노이점의
수사록 연구

열하일기와 비교연구의 관점에서

韓中文化交流研究叢書 4

隨槎錄研究

根『熱河日記』比較的觀点

金東錫

한중문화교류연구총서
❹

노이점의 수사록 연구

열하일기와 비교연구의 관점에서

김동석 지음

보고사

머리말

이 글은 필자의 학위 논문인 『수사록 연구』를 수정하고 보완한 것이다. 본래 『수사록 연구』는 연구 논문 「노이점의 『수사록』에 관한 연구」를 발전시킨 것이다. 『수사록 연구』는 『열하일기』라는 커다란 거작을 통하여 『수사록』의 가치를 살피다보니 『수사록』이 작게만 보였다. 『수사록 연구』가 완성되고 나서 「조선후기 연행록의 미학적 특질」이라는 논문을 통해 『수사록』의 가치를 부각시키고자 하였다. 이번 출판에서는 이런 과정에서 언급되었던 내용을 종합하고 정리하여 출판하게 된다.

이번에 출판을 앞두고 다시 보니 이미 논문 심사를 할 때에도 지적이 된 적이 있었지만 그때 크게 수용하지 못한 내용이 눈에 들어왔다. 이번 출판에서는 이런 부분을 염두에 두고 대략 두 가지 방향을 가지고 수정하고자 했다.

먼저 이번 출판물에서는 가급적 『수사록』 입장에서 『수사록』을 『열하일기』와 비교하고, 『수사록』이 가지고 있는 가치를 발견하려고 하였다. 사실 『수사록』 작품의 모든 내용은 『열하일기』와 연관선상에 있을 정도로 상호 보완적이다. 노정이 그렇고 여기에 언급되는 인물이 그렇다. 이런 점을 고려하니, 『수사록』의 하나하나의 사실도 『열하일기』의 보완물이 될 수 있다는 생각이 들어, 이런 관점으로 『수사록』을 이해하고 고찰하려고 했다.

두 번째, 기존 연구에서는 노이점의 배청(排淸) 사상과 박지원의 북학(北學) 사상을 대립시켜서 문제점을 부각하였다. 사실 노이점과 박지원은 대청관이나 습관, 문장력 같은 여러 면에서 서로 다른 점이 있다. 하지만 이번 고찰에는 노이점이 북경에 와서 대청관이 조금씩 변화하고 있다는 점을 고려하여 이런 관점을 반영하고자 했다.

특히 새롭게 보완한 부분은 4장 「『수사록』과 『열하일기』의 비교」이다. 노이점과 박지원이 함께 다니거나 동일한 공간에 있었을 때 같은 인물과 주변 상황을 어떻게 묘사하고 있는지 살펴보았다.

『열하일기』가 풍부한 내용을 담고 있는 자료이기 때문에 비교 연구는 여지가 더 있지만 일단 여기서 일단락 짓고, 다음 연구는 좀 더 넓어진 안목을 가졌을 때 보완하고자 한다.

필자가 『수사록』의 원전 자료를 처음 접한 것은 진재교 선생님으로 부터다. 당시 남권희 교수님에 의해 세상에 갓 소개되어 자료가 있는 것조차 알려지지 않았을 때 자료를 선뜻 제공 받은 것이다. 이것이 계기가 되어 『열하일기』와 비교하며 연구할 수 있었다. 필사본을 보니 판독이 힘든 글자와 이해가 안 되는 부분이 자주 발견되었다. 당시 고향에는 연청 오대영 선생님께서 생존하여 계실 때였다. 해석의 여러 부분과 필사본이 가지는, 난해한 글자의 판독은 수시로 선생님을 뵙고 가르침을 받을 수가 있었다. 얼마 후 권연웅 교수님에 의한 『수사록』 표점본이 나와 접하게 되었다.

당시 김명호 선생님이 쓴 『열하일기 연구』를 통해 『열하일기』를 공부하고 있었기 때문에 『수사록』에 대한 관심은 연구로 이어지게 되었다. 결국 임형택 선생님, 김명호 선생님, 김혈조 선생님, 박희병 선생님과 지도교수 진재교 선생님을 모시고 학위 논문까지 쓰게 되었다. 번역을 하면서 논문에서 미비했던 부분이 자꾸 크게 느껴졌다. 당시 부족했던 논문을 너그럽게 이끌어 주신 선생님들께 거듭 머리 숙여 인사를 드린다.

논문을 완성할 때였다. 한 문장조차 막연하게 쓰던 시절, 유영봉, 이군선 선생님이 도와 주셨다. 나중에 이철희, 김진균 선생님들이 합류하여 일독하며 도와 주셨다. 지나간 옛날이지만 이번 기회에 거듭 감사의 인사를 드린다. 출판은 허경진 선생님께서 진행하시는 『한중문화교류연구총서』에 동참하면서 출판할 수 있게 되었다. 선생님께도 거듭 감사의 인사를 드린다. 그리고 이 책이 출판되도록 맡아주신 보고사 황효은 선생님께도 감사를 드린다.

『열하일기』의 해석은 연민 이가원 선생님의 번역을 참고하였다. 논지를 위하여 수정한 부분도 있지만 공부가 많이 되었다는 것을 밝힌다. 이밖에 『송계집』 같은 자료를 언급할 때는 고전번역원의 번역을 참조하였지만 다 언급하지 못한다.

2016년 5월

김동석

차례

Ⅰ
서론

『수사록(隨槎錄)』은 조선후기 추산(楸山) 노이점(1720~1788)이 쓴 북경 기행록[燕行錄]이다. 노이점은 1780년 사은겸진하사행(謝恩兼進賀使行)의 일원으로 청(淸)나라에 다녀왔는데, 『수사록』은 이때 노이점이 『열하일기』를 남긴 연암(燕巖) 박지원(朴趾源)과 함께 청나라 기행을 하면서 남긴 기록이다. 이 자료는 1980년대 초 남권희(南權熙) 교수가 처음으로 소개하였다.[1] 이어 경북대학교 도서관에 소장되어 있는 필사본은 권연웅 교수에 의하여 표정정리가 되었다.[2]

남권희 교수는 『수사록』의 서지학적 관점에서 수사록의 가치를 주목하고 그 대략을 소개한 바 있다.[3] 그리고 박지원과 함께 북경

---

1) 남권희, 「새로 발견된 노이점의 수사록에 대한 서지적(書誌的) 연구」, 『도서관학논집(圖書館學論集)』 23, 1995년 겨울호 참조.

2) 권연웅, 「노이점의 『수사록』: 해제 및 원문 표점」, 『경북사학(慶北史學)』 제22집, 1999. 8, 141~239면 참조.

3) 그는 "『수사록』은 『열하일기』의 새로운 해석과 보충을 하는 데 중요한 자료로서 충분한 역할을 할 것으로 판단하면서, 같은 시기의 사행에 관련한 다른 기록으로서 비교자료가 되며, 조선후기 기행문학 자료의 추가와 대외관계 인식의 재조명과 두 자료의 존화적, 비판적 경향도 비교할 수 있을 것으로 여겨진다."라고 하였다. 남권희, 앞의 논문 참조.

기행을 하면서 자신의 체험을 기록으로 남긴 노이점은 『수사록』에 박지원과 다른 관점과 흥미로운 기록을 남기고 있다.

노이점은 북학론의 관점을 지녔던 박지원과 달리 배청을 고수하였는데, 그의 입장과 함께 이러한 사유 속에서 나온 그의 기록은 하나의 관심사가 될 수 있을 것이다.

그리고 『열하일기』가 놓친 일정을 보충하거나 『열하일기』에서 소개한 구체적인 상황과 내용을 설명하는 데 유효할 수 있다는 점을 주목할 필요가 있다. 이를테면, 『열하일기』는 한양에서 의주까지 가는 과정과 북경에서 한양까지 돌아오는 과정을 생략하였는데, 『수사록』은 전 과정을 자세하게 모두 기록하고 있다. 우리는 이를 통해 『열하일기』에서 생략된 여정을 구체적으로 확인할 수 있다.

그리고 『수사록』은 1780년 북경 기행에 관한 풍부한 기록을 보여줄 뿐만 아니라, 『열하일기』와 다른 관점에서 기록하였다는 점에서, 두 기행록의 대비를 통하여 당시 북경 기행과 박지원의 기록을 보다 풍부하게 고찰해 볼 수 있는 자료이다. 이러한 이유로 『수사록』은 연구자들의 주목을 받기에 충분하다.

이 글에서는 이러한 점에 주목하면서 『수사록』을 살펴보고자 한다. 먼저 Ⅱ장은 작자 노이점과 관련된 인사를 조사해 보고, 『수사록』이 북경 기행록의 전통 속에서 형식과 내용이 구체적으로 어떻게 다른지 살펴볼 것이다. 이는 『수사록』의 이해를 위한 예비적 검토에 해당한다. 이러한 배경을 통하여, 노이점이 청의 객관적 현실을 인정하고 앞선 문물을 적극 인정하였던 박지원과 달리 배청을 고수하던 그의 처지는 어떠하고, 어떠한 배경에서 이러한 인식이 나온 것인가에 관심을 가져보고자 한다.

특히 이를 통하여 당시 조선과 청과의 외교관계 속에서 노이점과 박지원이 개인적으로 보여주었던 자세에 주목하여 살펴보고자 한다. 사실 당시에 존주대의(尊周大義)에 입각하여 북벌을 주장하는 사람들과 현실에 맞게 외교정책을 펴야 한다는 격론이 사람들 사이에 있었거니와, 노이점과 박지원도 역시 그러하였다. 이는 청을 바라보는 데 상이한 입장을 보인 노이점과 박지원이 각각 『수사록』과 『열하일기』를 통해 다른 지향을 보이게 되는데, 그 구체적인 내용은 Ⅲ장과 Ⅳ장에서 살피게 될 것이다.

제Ⅲ장은 기록내용과 서술시각의 관점에서 『수사록』 내용을 구체적으로 분석하고자 한다. 먼저 『수사록』에 나타난 일정을 정리하고, 이국(異國)의 풍물(風物)과 물태(物態), 지전(地轉)에 관한 내용을 담은 「서관문답서(西館問答序)」, 여성에 대한 관심 등을 살펴보고자 한다. 또한 배청숭명 사상에 입각한 노이점의 북경 기행자세와 상방비장(上方裨將)의 신분으로 사신의 업무에 관해 소상하게 남겼던 기록들을 검토할 것이다.

제Ⅳ장은 『수사록』과 『열하일기』를 비교하면서 『수사록』의 장점을 고찰하고자 한다. 노이점과 박지원은 북경 기행 동안 공사(公私)의 입장이 각기 달랐기 때문에 부분적으로는 다른 일정을 보여주었다. 이를 살피기 위하여 1) '구성상의 비교와 기록의 차이' 2) '『열하일기와 대비하여 본 『수사록』의 특징' 3) '노이점의 체험으로 본 『열하일기』'로 나누어 살펴보고자 한다.

이런 논의를 통하여 『수사록』의 내용과 특징을 좀 더 구체적으로 알 수 있으며, 아울러 『열하일기』의 일기체 부분의 구성방식과 서사적 특성도 대비하여 분명하게 규명될 수 있을 것으로 기대한다.

II
작자와 북경 기행록의 전통

1. 『수사록』의 작자

1) 수사록에 대하여

『수사록』은 박지원과 함께 북경에 다녀온 노이점이 쓴 북경 기행록이다. 이 책은 필사본으로 남아 있었는데, 남권희 교수에 의해 소개되었다. 1780년 북경 기행에서 작자 노이점은 상방비장(上方裨將)이라는 공적인 임무를 부여받아 박지원과 함께 청을 다녀왔다. 이 두 사람은 각기 경험한 바를 각각 기록으로 남겼는데, 동일한 사실을 두고도 어떤 경우는 상반된 입장에서 기록하기도 하였다. 그런 까닭에 『수사록』은 『열하일기』와 동일한 시기, 동일한 여로의 북경 기행록이지만, 몇 가지 점에서 그 성격이 다르다.

하지만 두 북경 기행기록을 통해 서로 다른 인간적 기질과 북경 기행록을 기술하는 방식, 그리고 당대 중국 사회와 학술의 동향 등에 대해 다양한 면모를 읽을 수 있다는 점에서 흥미롭다.

『수사록』이란 제목은 이 책이 소개될 때부터 관심을 끌어왔다. '사(槎)'는 본래 '해사록(海槎錄)'의 용례에서 보여주듯이 배를 타고 바다를 통해 일본으로 간 사신의 기록에 많이 사용되었다. 시문을 모은 '동사록(東槎錄)'의 경우처럼 육로를 통한 사행에도 '사(槎)'를 붙이는 때가 종종 있었다.

두보의 시 「추흥팔수(秋興八首)」를 보면, '봉사허수팔월사(奉使虛隨八月槎)'라 하고 있는 바, 육로의 사행도 '사(槎)' 자를 쓴 것을 확인할 수 있다. 조선 후기의 문인인 홍경모(洪敬謨, 1774~1851)도 '사(槎)'와 관련하여 다음과 같이 언급하고 있다.

> 무엇을 사(槎)라고 하는가? 장건(張騫)이 뗏목을 띄워 황하를 건넌 것을 말한다. 북경에 사신가는 것은 황하에 뗏목을 띄우는 것과 다른데 왜 사(槎)라고 하는가? 사신이 중국에 사신 가던 처음에는 바다로 배를 타고 건넜기 때문이다. 지금은 배로 가는 것도 아닌데 무엇 때문에 사(槎)라고 하는가? 사명(使命)을 받드는 것이 장건과 같기 때문이다. 그러므로 왕명을 받들고 사신가는 것을 성사(星槎)라고 한다.[1)]

이는 홍경모가 자신의 북경 기행기록에 「사상운어(槎上韻語)」라고 제목을 붙인 뒤 '사(槎)' 자를 붙인 이유에 대해 밝힌 글이다. 장건이 대월지국에 사신을 갈 때 온갖 고초를 겪으면서 황하를 건너 가다가 뗏목도 꺼리지 않고 타고 갔다는 뜻으로 보인다. 이를 통해 본다면, 육로이든 해로이든 사신을 간 기록에 모두 '사(槎)' 자를 붙일 수 있다는 사실을 알 수 있다. 노이점 역시 이를 염두에 두고 『수사록』으로 제목을 삼은 듯하다.

---

1) 홍경모(洪敬謨), 『관암유사(冠巖遊史)』 권15, 「사상운어인(槎上韻語引)」. "曷之謂槎? 張騫之泛河以槎也. 使於燕者, 異於泛河, 曷以稱槎? 使者朝天初以航海也. 今非航海, 而曷之曰槎? 奉使命如張騫也. 故奉使之行稱之曰星槎也."

노이점이 『수사록』을 완성하면서 참고한 서적으로 『송계집』과 『민상국일기』, 유언술의 『연경잡지』 같은 것이 있다.

『송계집』은 대륙을 12번이나 다녀온 인평대군(麟坪大君) 요(㴭, 1622~1658)의 시문집으로 현손(玄孫)인 진익(鎭翼)이 1774년 간행한다. 노이점이 『송계집』을 처음 언급한 것은 7월 8일이다.

> 내가 『송계집』을 본적이 있는데 그 책에는 사람들이 "학야구천리(鶴野九千里)"[2]라고 하는데 지금 보니 과연 믿을 만하다. 그러나 이 말은 무엇을 근거로 한 것인지 알지 못하겠다.[3]

노이점이 언급한 학야구천리(鶴野九千里)는 『송계집』, 1656년(丙申) 9월 3일 기사에 언급한 말이다.

> 요동 9천 리라는 말이 헛된 말이 아니다.[4]

『송계집』을 다시 언급한 것은 7월 18일이다.

> 송산(松山)에 도착하여 왕(王)씨라는 사람의 집에서 말에게 꼴을 먹인다. 송산과 행산(杏山)은 명나라 때 청나라 사람과 수없이 싸웠던

---

2) 학야구천리(鶴野九千里) : 1656년(丙申) 9월 3일 기사를 보면, "요동 9천 리라는 말이 헛된 말이 아니다."라고 말하고 있다. ("鶴野九千里之說, 非虛矣", 『송계집』 권6, 「燕途紀行」)

3) 노이점, 『수사록』, 7월 8일, "曾見『松溪集』云 : '人言鶴野九千里, 今果信.' 然此則未知其何據."

4) 인평대군, 『송계집』 권6, 「燕途紀行」, "鶴野九千里之說, 非虛矣."

> 곳이다. 『송계집(松溪集)』을 보니, 청나라 사람들이 우리나라의 정포(精砲) 병사 수천 명을 빌려 송산의 승리를 거뒀다고 한다. 강개(慷慨)한 마음 감당하지 못하겠다.[5)]

정포는 임진왜란을 겪으면서 조선에서 일본 조총을 개량하여 만든 총이다. 이를 실전에 배치한 적이 있다. 송산 전투에 대해서는 박지원도 『송계집』에 있는 말을 인용하고 있다. 노이점과 박지원이 『송계집』을 다 같이 언급하고 있는 것으로 보아 사신의 일행은 간행된 지 얼마 되지 않은 이 책을 휴대하고 북경에 간 것으로 보인다.

인평대군은 전란 지역이었던 금주(錦州)를 지나면서 지난날에 있었던 전투로 감회에 사로잡혔다.

> "우리나라 장수와 병졸들은 비록 청인의 위령(威令)에 겁이 나서 부끄러움을 머금고 적에게 나갔다고 하지만, 국가에서 수백 년 동안 병사를 양성한 것이 마땅히 써야 할 때는 쓰지 못하고, 도리어 쓰지 못할 자리에 썼으니, 아아! 애석한 일이로다."[6)]

금주 전쟁 직후 이곳을 방문한 인평대군과 1780년 이곳을 방문한 노이점은 감회가 비슷하다. 노이점은 인평대군의 생각에 동조하면

---

5) 『송계집』, 7월 18일, "至松山, 秣馬於王姓人家. 松山·杏山, 卽皇明時清人百戰之場地. 曾見『松溪集』, 則清人借我國精砲數千, 收松山之捷, 不勝感慨."(고전번역원 번역을 인용하였다. 수정한 부분도 있지만 이하 언급하지 않기도 한다.)

6) 『송계집』 권6, 「연도기행」, 9월 8일, "縱怯清人威令, 含羞赴敵, 國家數百年養兵, 未用於當用之時, 反用於不當用之地, 嗚呼惜哉!"

서 당시 조선 병사가 송산과 행산 전투에 청나라의 용병이 되어 명나라와 싸운 것을 슬퍼하였다.

노이점은 민상국일기를 8월 13일 고증의 자료로 인용하고 있다.

> 일찍이 『민상국일기(閔相國日記)』를 보니, "서원(西苑)에 태액지(太液池)가 있는데, 그 길이는 200여 리이며, 남쪽에는 남해자(南海子)가 있는데, 길이가 160여 리이다."라고 한다. 이 두 곳의 원(苑)은 한나라 때의 상림원(上林苑)처럼 자주 사냥하였던 장소이거나 유람(遊覽)할 수 있는 명승지(名勝地)가 있는 것인가? 아니면 창춘(暢春)의 여러 원(苑)들을 통칭하여 서원이라고 하는지, 그곳에 별도로 서원이 있는지, 이것은 정확히 알 수 없다.[7]

서원(西苑)은 자금성 서쪽에 있다. 서원의 위치에 대해서는 여러 가지 설이 있다. 대개 창춘원(暢春苑) 부근이라고 추정한다. 고대에는 유(囿)라고 하고, 한나라 때 와서 원(苑)이라고 하였는데, 말을 기르는 곳이기도 하다. 상림원은 한나라 무제 때 진(秦)나라 원(苑)을 확충하여 만든 궁원(宮苑)으로 가로세로 300리 되는 큰 궁궐이었다고 한다. 『민상국일기(閔相國日記)』는 민상국이 남긴 중국기행문으로 보인다. 민상국은 민정중(閔鼎重)으로 1628년(인조 6)에 태어나 1692년(숙종 18)까지 살았다. 본관은 여흥(驪興), 자는 대수(大受), 호는 노봉(老峯)이고, 송시열(宋時烈)의 문인이다.[8]

---

7) 노이점, 『수사록』, 8월 13일, "曾見『閔相國日記』云 : '西苑有太液池, 長二百餘里, 南有南海子, 長一百六十餘里', 此兩苑, 如漢之上林苑, 多田獵之場, 而有游觀之勝, 抑未知暢春諸苑, 通謂之西苑耶. 其或別有西苑耶? 是未可的知耳."

8) 『한국민족문화대백과』, 한국학중앙연구, 네이버지식백과 참조.

유언술(兪彦述)은 『송호집(松湖集)』을 남겼다. 그의 연행록으로는 『연경잡지』가 있는데, 노이점이 언급하고 있다.

> 아침이 지난 후 아문(衙門)을 나와 밖에 있는 '거실'[閭舍]에서 나와 병부의 원외랑(員外郞) 박명(博明)과 필담을 주고받는다. 나는 이전에 판서(判書) 유언술(兪彦述)이 서장관이었을 때 쓴 일기에 박명(博明)의 학술(學術)과 문장(文章)을 성대하게 칭찬한 것을 보고, 마음속으로 몹시 훌륭하다고 생각하고 있었다.[9)]

유언술(兪彦述)은 1749년 11월 삼절연공 겸사은사(三節年貢兼謝恩使) 때, 정사 낙창군당(洛昌君樘)과 부사 황정(黃晸)을 모시고 서장관 자격으로 연행에 참가했다.

이상에서 살펴보면 노이점은 북경 기행을 체험하기 위하여 여러 책을 보고 이해를 도모했으며 떠나기 전에 대략의 지식과 정보를 가지고 있었던 것으로 보인다.

그리고 북경 기행 도중에 다른 사람과는 달리 개인 시간이 많았던 것으로 보인다. 8월 16일 기록을 보면 이런 정황을 짐작할 수 있다.

> 여러 동반들은 모두 영(營)에 일이 있어 힘써 일을 하고 있기 때문에 틈이 없고 나만 홀로 일이 없다. 이 때문에 소일(消日) 거리가 없어

---

9) 노이점, 『수사록』, 8월 10일, "初十日 朝雨灑卽止. 朝後, 出衙門外閭舍, 與兵部員外郞博明, 酬以筆談, 余曾見兪判書彦述爲書狀時日記, 則盛稱博明學術·文章, 心甚嘉之."

오직 시를 읊조리기만 하지만 화답해줄 사람도 없어 더욱 무료하기만 하다.[10]

노이점이 틈만 나면 시를 읊조렸다는 것을 보면 쉬지 않고 창작활동을 하고 있다는 것을 알 수 있다. 『수사록』 창작은 이런 자세를 가지고 있었기 때문에 가능했을 것이다.

2) 작자와 가계

노이점은 충청도 공주사람으로, 1720년(숙종 46)에 태어나 69세가 되던 1788년(정조 12)까지 살았다. 본관은 만경(萬頃)이고, 자는 사홍(士鴻), 호는 추산(楸山)이다.

그의 부친은 무과 출신의 노언준(盧彦駿)인데, 노이복(盧以復)과 노이점 두 아들을 두었다. 족보에는 노이복이 적형(嫡兄)이고, 노이점은 서자라고 밝히고 있다.

노이점은 그의 족형(族兄) 노이형(盧以亨)에게 글을 배웠고, 1756년(영조 32) 37세의 나이로 진사(進士)에 합격하였다. 이후 장릉참봉(長陵參奉)과 한성부(漢城府)의 서부봉사(西部奉事) 같은 미관말직(微官末職)을 역임하게 된다. 그의 가계도를 작성하면 다음과 같다.

---

10) 노이점, 『수사록』, 8월 16일, "諸同行皆有營爲事, 故役役無暇, 而余獨無所事, 故無以消日, 唯事吟哦, 而元無酬唱者, 尤覺無聊."

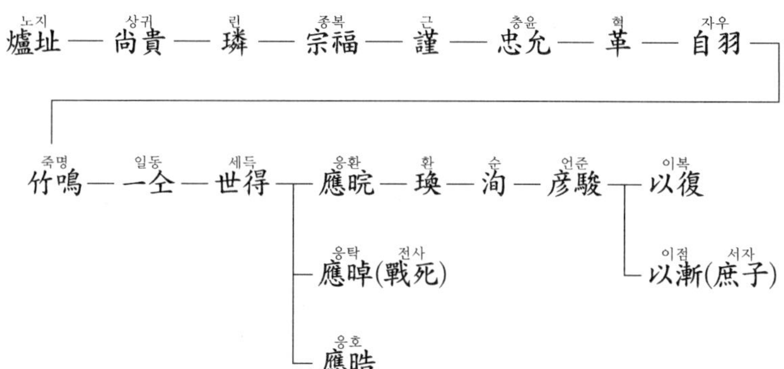

가계도에서 주목할 만한 인물은 그의 4대조 선조인 노응환(盧應晥) 형제다. 4대조 삼형제, 노응환과 노응탁(盧應晫), 노응호(盧應晧)는 임진왜란 당시 스승 조헌(趙憲)을 따라 의병활동을 하였다. 노응탁은 스승과 함께 금산에서 전사하고 남은 두 형제는 겨우 목숨만 보존하였다. 특히 노응환은 죽기 전까지 이 일을 잊지 못했다고 한다.

그들의 행적은 『공주군지(公州郡誌)』와 『보은군지(報恩郡誌)』, 『만경노씨족보(萬頃盧氏族譜)』에 기록되어 있는데, 각 기록들은 다소 차이를 보인다.[11] 『공주군지』는 삼의사(三義士)가 금산전투에 참가했다고 기록하고 있으나, 『보은군지』는 노응환과 노응탁이 각각 38세와 33세로 전사하자 노응호가 두 형의 시체를 업고 귀가하여 함께 죽지 못한 것을 한스럽게 여겼다고 기록하고 있다. 어쨌거나 의병활동으로 가문이 적지 않은 타격을 입고 삼형제 중 한 명만 살았다는 사실이다.

11) 충남 공주에 있는 만경노씨삼의사(萬頃盧氏三義祠)와 충북 보은에 있는 후율사(後栗祠)는 그들의 행적을 기리기 위해 세운 것이다.

임진왜란 때 노응환 형제의 순직은 노이점의 의식에 많은 영향을 끼친 것 같다. 이는 임진왜란 후 왜구를 무찌르는 데 도움을 주었던 명나라가 만주족이 세운 청나라에 의해 멸망하자, 명나라에 대한 의리심이 청나라에 대한 거부감으로 전이되어 나타나게 된 것으로 보인다.

압록강을 건너기 위해 의주에 머물 때 취승당(聚勝堂)에 올라 이런 감회를 보이고 있다.

> 동쪽 작은 문 안에 제일 높은 곳에 있는 취승당(聚勝堂)은 임진(壬辰)년 섬나라 오랑캐의 변고가 일어나자 선조가 국경을 넘으면서 어가가 잠시 머문 곳이다. 아침을 먹고 사신을 모시고 간다. 취승당의 터는 매우 높아 돌계단 수십 층을 오르니 비로소 정원에 도착한다. 사모하는 마음에 우러러 보니 감회를 누를 수 없다. 한참 후에 돌아왔다.[12)]

취승당은 임진왜란 때 북으로 피난을 왔던 선조가 머물던 곳으로 알려졌다. 영조의 친필이 있으며 의주성을 내려다 볼 수 있는 곳이라고 한다. 노이점이 취승당에 올라 감회를 감당할 수 없다고 표현하고 있는 것으로 보아 당시 일행들 중에 많은 사람들이 보편적으로 가지고 있던 정서 이상으로 이런 시국관에 집착하고 있던 인물로 볼 수도 있다.

---

12) 노이점, 『수사록』, 六月, 二十二日, 晴. 聚勝堂在東小門內最高處, 卽壬辰島夷之變, 穆陵播越駐蹕之所也, 朝後, 陪使行而往, 堂址甚高, 上石階數十層, 始至於庭, 瞻仰景慕, 不勝感懷, 良久歸.

대개 이러한 배경 속에서 노이점의 배청숭명(崇明排淸) 의식이 형성된 듯하다. 실제 그는 『수사록』의 곳곳에서 배청숭명 의식을 드러내고 있다. 이러한 점은 『열하일기』에 보이는 박지원의 북학사상(北學思想)과 대조를 이루고 있다.

그리고 『수사록』에는 노이점과 조헌(趙憲)의 학문적 연관성을 짐작할 수 있는 대목이 보인다. 일찍이 조헌은 명나라를 다녀와서 우리나라에서 공자의 위패를 '대성 지성 문선왕(大成至聖文宣王)'으로 적어 놓았다고 상소한 적이 있었다고 한다.[13)]

『조선왕조실록』을 보면, 본래 '대성 지성 문선왕(大成至聖文宣王)' 이란 호칭은 바로 송조(宋朝)의 제도로서 명조(明朝)에 와서도 고치지 않고 그대로 썼던 것이며 우리나라 사전(祀典)은 모두 홍무(洪武)의 반제(頒制)를 따르고 있기 때문에 『오례의(五禮儀)』에도 그렇게 정했다고 한다. 가정(嘉靖) 연간에 조정 학사(學士)들의 주장은, 천자(天子)가 친히 석채(釋菜)를 행하니, 황제가 왕에게 절하는 것은 매우 사리에 어긋나는 일이라 하여 '지성 선사(至聖先師)로 주청(奏請)하여 개정하고 천하에 반포하여 모두 옛 호칭을 버리도록 하였다고 한다.[14)]

노이점 역시 『수사록』에서 북경의 태학관에서 공자의 위패가 '지성 선사 공자신위(至聖先師孔子神位)'로 되어 있음을 자세하게 기록하고 있다. 이는 조헌이 상소한 내용을 익히 알고 이를 이어받아 북경 기행에서 직접 언급한 것으로 여겨진다. 노이점의 선조들이 조헌의 문인(門人)인 점을 앞서 지적하였거니와, 이러한 사례를 통해 노이점

---

13) 『선조실록』, 1574년(선조 7) 11월 1일 기사 참조.

14) 『선조실록』, 1601년(선조 34) 1월 24일 기사를 요약하여 인용한다.

도 조헌의 학풍을 계승한 단초를 엿볼 수 있다.

하지만 보다 구체적인 사승 관계나 학문적 이력에 관해서는 그의 문집이 남아 있지 않아 확인할 수 없다. 그러나, 『만경노씨세보(萬頃盧氏世譜)』에 다음과 같은 기록이 있다.

> 영조 병자년 진사가 되다. 기상(氣象)은 온아(溫雅)·화락(和樂)하고, 자태(姿態)는 옥과 같았다. 학문은 경전(經典)과 예(禮)에 깊이 통하고, 문장은 구양수(歐陽修)와 소동파(蘇東坡)를 겸하였다. 그 명망은 사대부 사이에 두터웠고, 이름을 중국에까지 떨치니 중국인들이 존경하여 심복하였다. 시가(詩歌)에 뛰어나 유고(遺稿) 21권이 집에 보관되어 있다. 문장과 학행으로 벼슬을 하여, 관직이 서부봉사(西部奉事) 통훈대부(通訓大夫)가 되었다. 호는 추산(楸山)이고 정조 무신년에 졸하였다.[15]

박지원(朴趾源)이 노이점을 노참봉(盧參奉)으로 호칭하는 것으로 보아 노이점은 참봉을 했던 것으로 보인다.[16] 참봉은 종9품이다. 봉사(奉事)는 조선시대 때 관상감(觀象監), 군기시(軍器寺), 내의원(內醫院), 사역원(司譯院) 같은 기관에 딸린 종8품이다. 학문과 문장에 대해 약간 과장된 표현을 하고 있으나, 유고가 21권에 이르렀다는 사실

---

15) 『만경노씨족보(萬頃盧氏族譜)』. "英廟丙子, 中進士. 溫雅愷悌, 孚尹其姿, 學邃經禮, 文并歐蘇, 望重紳章, 名震華夏, 胡人敬服, 騰歌詩律, 有遺稿二十一卷, 藏于家. 以文章學行筮仕, 官至西部奉事通訓大夫. 號楸山, 正廟戊申卒."

16) 박지원, 『열하일기』, 「상루필담(商樓筆談)」(林基中, 『연행록전집』 53권, 389면. 이하 『연행록전집』 53권, 389면과 같은 방식으로 표기하도록 한다.), "盧參奉" (이 책에서 『열하일기』 번역은 고전번역원 사이트에 있는 이가원 선생님의 번역을 인용하였다. 논리를 위하여 수정한 곳도 있지만 이하 언급하지 않기로 한다.)

로 미루어 본다면 시문에 상당한 재능을 지녔던 것으로 보인다. 그가 당대에 시인으로 지목받았던 진택(震澤) 신광하(申光河, 1729~1796)와 시를 주고받았던 사실에서도 그의 시적인 재능을 짐작할 수 있다.[17] 구체적으로 신광하가 노이점을 지칭하여 "노이점의 시벽(詩癖)은 그만두기 힘들다"[18]라고 말한 바 있거니와, 이러한 언급에서 노이점의 시적 재능과 시창작의 열정을 잘 알 수 있다. 다만 아쉬운 점은 그의 유고가 소실되었다는 점이다.

그리고 인용문에서 '중국에까지 이름을 떨쳤다'는 언급은 몽고인 박명(博明)과 교류하면서 시와 서신을 주고받은 사실을 두고 표현한 듯하다.

여기서 우선 주목할 사안은 그가 서자출신이라는 점이다. 『수사록』에도 자신의 신분에 대하여 인식하는 대목이 보인다.

> 저는 한미한 집안의 천부(賤夫)로서 치우친 바다 모퉁이에 살다보니, 견문이 거칠고 비루할 뿐만 아니라 재주 또한 얕고 짧습니다. 게다가 학식도 거칠어 사대부의 경지를 엿볼 수 없었습니다. 다만, "태어날 때 하늘이 나에게 준 것은 많고 적음의 차이가 없었는데 나는 무엇 때문에 아득하게 버려졌는가?"라고 밤낮으로 고민하고 하늘을 설만(褻慢)하게 생각한 것을 두려워하였기에 성현(聖賢)의 책에 마음

17) 신광하는 『숭문연방방집(崇文聯芳集)』에 노이점과 관련된 시로써, 「차노봉사이점견기(次盧奉事以漸見寄)」 6편과 「화노봉사(和盧奉事)」 7편이다. 그리고 「화노봉사(和盧奉事)」 7편 뒤에 이어서 「우화십이첩(又和十二疊)」 12편, 그리고 다시 「화노봉사(和盧奉事)」라는 제목에 2편, 「봉정노봉사(奉呈盧奉事)」 1편, 「별노봉사(別盧奉事)」 2편 등을 남기고 있다.

18) 『숭문연방집』·「화노봉사(和盧奉事)」 7편 중 일곱 번째 시. "盧生詩癖苦難休".

> 을 두지 않을 때가 없었고, 백가(百家)의 말들을 찾기를 어린아이 때부터 백발이 될 때까지 오로지 어둡기만 하여 그 실마리를 찾을 수 없었습니다. 이에 죽어 땅 속에 들어가서도 눈을 감지 못할 것을 두려워하였습니다. 드디어 분발하여 중국에 한 번 가서 중화의 선비에게 물어보고자 하였습니다.[19]

사대부(士大夫)의 울타리를 엿볼 수 없다는 자조적인 표현은 자신의 신분 문제에 대한 갈등을 표출한 것으로 보인다. 노이점이 서자 출신으로서 신분의 제약을 받으며 살아온 자신의 처지와 갈등을 우회적으로 말한 것이다. 특히 하늘이 사람을 태어나게 할 때 차등을 두지 않았다는 점을 강조한 것은 자신이 현실 속에서 받고 있는 차별의 부당성을 강조하기 위한 토로이기도 하지만 자신의 재능을 자부하고자 하는 의식도 짙게 깔려 있는 발언이다.

그의 이러한 의식은 종종 북경 기행 도중에 다른 방식으로도 표출된다.

> 금석산(金石山) 참(站)에 도착한다. 이 산은 변방의 명산으로 여러 봉우리가 험준하게 우뚝 솟아 연꽃을 깎아 놓은 듯한 것이 진실로 천태산(天台山)이나 여산(廬山)과 감히 우열을 가릴 수 없다. 그러나 멀리 떨어진 황량한 변경의 국경 지역에 치우쳐져 있기 때문에 이름

19) 노이점, 『수사록』, 「여박청사서(與博詹事書)」, 237면. “某, 華圭賤夫也. 僻在海隅, 見聞荒陋, 才又淺短, 學識鹵莽, 不足以窺士君子之藩籬, 而第念: ‘天之所以與我者, 初無豊嗇之殊, 則我何爲芒芒然棄之耶?’ 夙夜祗慄, 唯褻天是惧, 未嘗不留心於聖賢之書, 芳搜百家之言, 昉於髫齕, 訖於白紛, 而一味冥墒 罔尋其緒, 則恐此目之不瞑於地下, 遂有奮發之志, 一欲就質於中華之君子.”

> 은 '순임금의 제사'를 받는데 오르지 못하고, 경치는 주유(周遊)할 때 수레[20]를 불러들이지 못했으니 이 또한 산이 때를 만나지 못한 것이다. 자못 안타깝다.[21]

'순임금의 제사'는 우질(虞秩)을 풀이한 말이다. 이 말은 『서경(書經)·우전(舜典)』에 있는 말이다.[22] 천태산(天台山)은 중국의 절강성(浙江省) 천태현(天台懸) 북쪽에 있는 산이고, 여산(廬山)은 강서성(江西省) 구강시(九江市) 남쪽에 있는 산으로 파양호(鄱陽湖)와 장강(長江)가에 우뚝 솟아 있다. 서자 출신인 노이점이 한평생 살면서 겪은 신분차별로 '아득한 곳에 버려졌다.'는 생각이 그의 일생을 지배한 듯하다. 이것이 북경 기행 동기를 자극하였다.

산을 보고 산이 아름답다는 것만 느낄 수 있었겠지만, 노이점은 구태여 대접을 받은 산과 그렇지 못한 산을 비교하여 생각하고 있다. 이름 없는 산을 보면서 자신의 심회를 우회하여 들어내듯이 똑같이 빼어난 산이지만, 처지가 다르면 순임금의 제사 같은 것을 받지 못한다고 지적하고 있다.

하지만 노이점은 자신의 처지를 비관만 하지 않고 문사를 통하여 극복하고자 하였지만, 이를 국내에서는 근본적으로 해결할 수 없었

---

20) 수레 : 주철(周轍)을 풀이한 말이다. 옛날 목왕(穆王)이 자신의 의지를 보이기 위하여 천하를 다닐 때 수레바퀴의 흔적과 말 발자국을 남기었다. 『흠정사고(欽定四庫)·자부(子部)·초학기(初學記)』"昔穆王, 欲肆其志, 周行天下, 將必有車轍馬迹."

21) 노이점, 『수사록』, 『수사록』, 6월 26일, "至金石山站. 此山是塞上名山, 羣峰崒兀, 削出芙蓉, 眞可與台廬伯仲, 而僻在於荒徼絕塞之間, 故名不登於「虞秩」, 景不引乎「周轍」, 是亦山之不遇者也, 殊庸慨惜."

22) 『서경(書經)·순전(舜典)』"望秩于山川"

다. 그래서 청나라에 가서 그곳의 선비를 만나 물어보면서 자신의 진정한 문학적 재능을 확인하고자 하였다. 이에 북경에 와서는 박명을 중주의 선비로 생각하게 된다. 박명을 통하여 자신의 심회를 은근하게 들어내는 듯한 표현을 한다.

> 우계(愚溪)는 남만(南蠻)의 가운데로 졸졸 흐르고 있었는데, 유자후(柳子厚)가 한 자 내려준 이름 때문에 지금도 세상에 알려지게 되었습니다. 바다 귀퉁이 조선에 사는 어리석은 사람이라 우매(愚昧)하지만 어찌 남만에 있는 우계만 못하겠습니까?[23] 대가(大家)의 좋은 글도 자후(子厚)의 희어(戲語)에 불과했던 것입니다.[24]

유자후는 유종원(柳宗元)이다. 유종원은 우연히 죄를 지어 호남성(湖南省) 영주부(永州府)에 있는 소수(瀟水)로 귀양을 가게 되었다. 유자후는 그곳에 있는 물을 사모한 나머지 소수로 흘러가는 염계(冉溪) 옆에 작은 집을 지어 놓고, 자신의 이름을 우계(愚溪)로 바꾸고 염계도 우계로 바꾸어 불렀다. 또한 유종원은 「염계(冉溪)」라는 시를 남겼다. 노이점은 박명을 만나자 시인답게 유종원의 고사를 떠올렸다.

노이점은 박명에게 시를 보내주고, 이에 대한 화답시를 얻어 자신이 드러나기를 바란 듯하다.

> 혹시 버들을 꺾어 흙 장구를 치는 소리로는 균천(勻天)과 운소(雲

---

23) 송조여(宋趙與), 『빈퇴록(賓退錄)』 1권, "子厚居柳築愚溪, 東坡居惠築鶴觀, 若將終身焉."

24) 노이점, 『수사록』, 9월 1일, "愚溪蠻徼中一涓涔, 而得子厚一字之賜, 至今顯於世, 海隅愚生, 雖甚顓蒙, 豈蠻溪之不若耶? 大家珠什, 不翅子厚之戲語爾."

韶)의 음악을 함께 섞일 수 없는 것은 알지만, 혹시라도 돌아봐 주시어 시문[瓊琚]을 적어 주신다면 어리석은 사람이 돌아가는 선물에 빛이 나게 하여 집안에 전하는 자산(資産)이 되게 할 것을 기약합니다. 서촉의 단청도 진귀한 것이 못할 뿐만 아니라 '형양(荊揚)의 삼품(三品)'[25]도 보배가 되지 못하고, 강남의 문채가 나는 비단도 아름다운 것이 되지 못합니다. 감동을 어찌 다하겠습니까? 오직 합하께서 살펴 주시기 바랍니다.[26]

균천(勻天)은 균천(鈞天)을 뜻하는 것으로 보인다. 균천(鈞天)은 "균천광악(鈞天廣樂)"을 약칭한 말로 하늘의 음악을 말한다. 운소(韻韶)는 황제의 무도(舞蹈)인 운문(雲門)의 악(樂)과 우순(虞舜)의 대소(大韶)의 악(樂)을 말한다. 뒷날 궁중의 음악을 광범위하게 지칭하는 말로 쓰였다. 노이점이 박명에게 지나친 격식을 갖춘 듯한 편지이다. 이상을 살펴보면, 노이점은 하늘이 자신을 버려 서자로 태어나게 했지만 자신에 대한 자신감이 없다고는 할 수 없을 것이다. 결국 그 어려운 여행길에 노구를 이끌고 와서 중주의 선비를 만났고, 자신의 지식세계를 검증하게 된다. 그리고 자신의 내면에 흐르고 있던 자존(自尊)의 정신이 『수사록』을 창작하게 되었고, 결국 이 기록으로 자신의 존재를 세상에 알리게 되었다.

25) '형가(荊揚)의 삼품(三品)' : 『주례(周禮)·직씨(職氏)』, "揚州其利金錫, 荊州其利丹銀齒革"

26) 노이점, 『수사록』, 「여박첨사서(與博詹事書)」, "固知折柳附缶之音, 不足混於勻天云韶之響, 而倘蒙腆眷, 惠以瓊琚, 則庸責歸槖, 箴作傳家之資, 西蜀丹青, 不足以爲珍, 荊揚三品, 不足以爲宝, 江南文錦, 不足以爲美, 感戢曷旣, 唯閤下垂察焉, 某拜."

3) 기행당시 노이점의 모습

(1) 노이점의 시와 문인 교류

노이점은 계주에서 글방 선생을 만났는데, 그의 독서 수준을 우습게 본 적이 있다. 다음은 그 내용이다.

> 이에 서로 읍을 하고 다시 집으로 들어가 필화(筆話)를 하였지만 그는 아무것도 알지 못한다. 그의 글재주가 부족하다는 것을 알 수 있다. 그런데도 경전(經傳)을 가리키는 선생이라고 하니 웃음이 나온다. 들어보니, 이곳은 음(音)만 알고 뜻을 모르는 선생이 많은데, 이 때문에 음만 가리키는 선생이 있다고 한다.[27)]

심양의 교관으로 부터 문장이 훌륭하다는 칭찬을 듣기도 한다.

> "그대의 글을 보니 능히 중화(中華)에서 문장(文章)하는 학사(學士)도 감당할 수 있겠습니다. 가히 제왕의 교화가 가장 먼저 도달하는 곳이라는 것을 알겠습니다."[28)]

북경에서도 노이점은 박명에게 인정을 받았다. 박명은 노이점의 시를 받고 얼마 지나고 나서, 열하에서 돌아온 박지원과 함께 만날 때 노이점의 시에 대하여 이렇게 말했다.

> 박명이 말한다.

---

27) 노이점, 『수사록』, 9월 19일, "故遂相揖, 而復入齋中, 與之筆話, 而彼皆不曉. 其不文而可知, 然而爲人經師, 甚可呵也. 聞此處知音而不知義者多, 故有敎音之師云."

28) 노이점, 『수사록』, 7월 11일, "觀尊華翰, 堪擬中華文章學士, 可見王化首及處"

"부끄럽게도 아름다운 (시로) 읊어 주심을 입었습니다. 기운(氣韻)과 풍격(風格)이 웅건(雄建)하고 노련하시어, 운율(韻律)과 격조(格調)가 유창하고 아름다운 것이 평소의 소양을 보여주시는 것입니다.[29]

박명이 외국인인 노이점에게 다소 과장이 섞인 듯한 표현을 하여 이처럼 말할 수도 있을 것이다. 하지만 노이점이 평소에도 시에 능한 것이 알려졌다.

노이점과 박지원이 함께 있었을 때 박명으로부터 다음과 같은 말을 듣는다. 이때가 8월 22일 노이점과 박지원, 박명이 필담을 나누고 있었을 때였다.

이때 박명의 처조카인 황씨(黃氏)가 들어와서 나와 서로 읍을 한 다음 의자에 앉는다. 박명은 우리와 있었던 일을 여러 번 황씨에게 칭찬하면서 말하는데, 중국말을 알지 못하여 무슨 말을 하는지 알 수 없다. 박명은 황씨에게 글로 써서 보인다.

"박공(朴公)은 고명(高明)하고, 노군(盧君)은 침잠(沈潛)한 사람이지요. 봄에 피는 꽃과 가을에 열매를 두 분이 각각 차지하고 있지요."[30]

나이를 기준으로 박지원과 노이점을 소개한 것으로 보인다. 이날의 기록은 『수사록』에는 나타나지만, 『열하일기』에 없는 내용이다. 노이점은 박명을 매우 중요시하였지만 박지원은 노이점만큼 박명을

---

29) 노이점, 『수사록』, 8월 22일, "博曰 : '愧荷佳咏, 氣格蒼老, 韻調流麗, 足徵素養'"

30) 노이점, 『수사록』, 8월 22일, "時博之妻侄黃姓者, 入而與余相揖, 坐於椅子, 博以吾輩事, 多與黃稱道, 而未曉華音, 未知其何語也, 博書示于黃曰 : "朴公高明, 盧君沈潛, 春華秋實, 二君以之.""

중시한 것은 아닌 것으로 보인다.

노이점은 북경 기행 도중에도 사람들과 자주 시를 주고받은 것은 물론이고 말 위에서도 시를 지었을 정도로 시에 몰입하고 있었다. 8월 1일 노이점은 하천을 건너고 있었다. 이때에도 시를 생각하고 있다가 물에 빠진 적이 있는데 다음과 같은 밝히고 있다.

> 어떤, 한줄기 물 앞에 당도하니, 그 넓이는 매우 광활하며, 그 깊이는 말의 배까지 이른다. 물이 흐르는 중류에서 말이 넘어져 일어나지 못하자, 다리 밑으로 모두 잠겨 온몸이 물에 빠져 숨쉬기조차 절박해진다. 오른손으로 말갈기를 굳게 잡고, 왼손으로 마부의 어깨를 의지해, 마부가 고삐를 끌고 일으켰으나 말이 일어나려다가 다시 넘어진다. 이와 같이 너덧 차례 해 마침내 능히 떨치고 일어날 수 있었기 때문에 요행히 떨어지는 것은 면한다.
>
> 한번 웃을 만한 일이 있다. 나는 항상 말 위에서 시 구절을 찾고 있었는데 이 하천에 도착하자, 일행 중에 말이 물에서 넘어지는 사람이 분명히 있을 것이기 때문에 '말이 물에서 넘어진다.'[馬伏波]의 대구를 구하려고 읊조리고 있는 사이에 내가 이러한 곤경에 빠진 것이다. 실로 시참(詩讖)이라고 할 수 있다. 어찌 배를 잡고 웃는 것을 참을 수 있겠는가?[31]

시참(詩讖)은 우연하게 지은 시가 뒤에 일어나는 일을 암시하는 것

---

31) 노이점, 『수사록』, 8월 1일, "有一水當前, 其廣甚濶. 其深至於馬腹. 中流而馬顚不能起, 自脚以下, 盡沒于水, 全身之沒溺, 迫在呼吸. 以右手牢把馬鬣, 又以左手倚馬夫之肩, 馬夫牽轡起之, 而馬欲起還顚. 如是者四五次, 而終能奮起, 故幸免墮落. 有一可笑者, 余常於馬上覓句, 至此河, 必有一行中馬伏于水者, 故方求馬伏波之對, 而吟哦之際, 身罹此厄. 誠一詩讖, 曷勝捧腹."

이다. 노이점이 전심(全心)을 다하여 시에 몰입하였다는 것을 짐작할 수 있다. 그리고 박명도 노이점이 시로 자신의 소양을 보여주었다고 평가했다.

진택(震澤) 신광하(申光河)[32]와 시를 주고받은 적도 있다. 북경에 가면서 지나간 7월 23일 산해관에서는 시를 지어 『수사록』에 기록하였다.

> 진시황의 축성을 원망한들 무슨 소용이 있는가? 秦皇築怨終何益
> 단지 맹강녀만 이름이 알려지게 되었구나. 只得成名一孟姜

노이점은 중주의 대표적인 인사인 박명을 만나 자신의 학문 세계를 검증하고자 하였다. 『수사록』이 하루 일과를 기록한 것 중에 제일 긴 문장으로 자신의 생각을 펼쳐 보인 것도 이 날의 필담이다. 이 필담 중에 당송팔가문에서부터 명나라 학자들에 이르기까지 언급하였고, 두보를 최고의 시인으로 꼽았으며, 송나라와 명나라의 시에 대해서도 자신의 생각을 펼쳐 보였다.

---

32) 신광하(申光河, 1729~1796) : 조선 후기의 문신이다. 본관은 고령(高靈). 자는 문초(文初). 호는 진택(震澤). 아버지는 첨지중추부사(僉知中樞府事) 호(澔)이며, 1751년(영조 27) 사마시에 합격하였다. 1786년 조경묘참봉(肇慶廟參奉)에 제수되고 그 뒤 의금부도사(義禁府都事)·형조좌랑·인제현감(麟蹄縣監)·우승지·공조참의를 거쳐서 첨지중추부사(僉知中樞府事)·좌승지 등을 역임하였다. 그는 일생 동안 시문(詩文)을 좋아하여 전국에 있는 강산을 유람하며 지은 시를 『남유록(南遊錄)』·『사군록(四郡錄)』·『동유록(東遊錄)』·『북유록(北遊錄)』·『백두록(白頭錄)』·『풍악록(楓岳錄)』·『서유록(西遊錄)』 등으로 묶어서 2,000여 수의 주옥같은 시를 저서로는 『진택문집(震澤文集)』이 있다. (『한국민족문화대백과』, 한국학중앙연구원, 네이버지식백과 참조, 검색어 : 신광하.)

> "송시(宋詩)가 고실(古實)을 숭상한 것은 정말 명나라 사람이 논한 것과 같습니다. 명나라 사람의 시는 헛된 소리를 숭상하여 당나라 사람들의 질박하고 순진한 것[渾然]이 아닙니다. 풍기(風氣)가 올라갔다가 내려감이 어찌 이렇게 되지 않을 수가 있습니까? 지금의 시는 어떠합니까?"[33]

고실(古實)은 고실(故實)이라고도 한다. 고실(古實)은 전고(典故) 같은 옛일에서 뜻을 빌리거나 참고하여 사용하는 것을 말한다. 노이점은 시의 성쇠가 풍기(風氣)와 연관이 있다고 풀이했다.

(2) 명·청 학술과 자신의 철학적 입장

노이점은 박명을 만나 필담을 하던 중에 명나라와 청나라 학자에 대한 관심을 보이면서 이들에 대한 자신의 견해도 피력하고 있다. 명나라 방손지(方遜志) 같은 사람을 평하더니 박명의 견해를 물어본다.

> "명나라 때 글 중에 방손지(方遜志)나 왕약명(王若明) 같은 사람은 구양수(歐陽修)와 소동파(蘇東波)에 부끄럽지 않은 것 같습니다. 그 밖에 형천(荊川)과 공동(崆峒), 진강(晉江), 봉주(鳳洲) 같은 사람들은 체재와 격조는 각기 다르지만 일가를 이루었다고 말해도 나쁠 것 없습니다. 응당 누구를 최고로 볼 수 있을까요? 저는 방손지보다 나은 사람이 없다고 보는데, 잘 알지는 못하지만 어떤지요."[34]

---

33) 노이점, 『수사록』, 8월 22일, "余曰：'宋詩多尙古實, 誠如明人之論, 而明人之詩, 專尙虛聲, 亦非唐人之渾然也, 風氣陞降, 惡得不然, 當今之詩, 未知何如耶?'"

노이점은 유종원의 「진문(晋問)」과 「봉건론(封建論)」, 증공(曾鞏)의 「학사기(學舍記)」, 한유(韓愈)의 「원도(原道)」를 좋은 글이라고 꼽고 있다. 여기에 형천(荊川) 당순지(唐順之, 1507~1561), 공동(崆峒) 이몽양(李夢陽, 1472~1530), 진강(晋江) 왕신중(王愼中), 봉주(鳳洲) 왕세정(王世貞) 같은 명나라 문장가 중에 방손지(方遜志)를 제일가는 문장가로 꼽고 있다.

> 『방손지집(方遜志集)』의 판본(板本)이 매우 좋으나 가격을 매길 수 없어 살 수가 없으니 안타깝다. 그 문장은 전아(典雅)하고 호박(浩博)한데, 명나라 때에도 없었을 뿐만 아니라 실로 전대(前代)에도 드물게 있는 것이다. 식암(息庵)이 방손지의 글은 한유와 같고, 학문은 낫다고 말한 것은 실로 과장된 말은 아니다. 사오지 않은 것은 우리나라에 많기 때문이다.[35]

방손지의 이름은 지구(志求), 자는 문건(文健)이다. 식암(息庵)은 그의 별호이다. 강서성(江西省) 청강현(淸江縣) 사람이다. 방손지는 책보기를 좋아하여 많은 책들을 필사하여 남겨 놓은 것으로 유명하다.

다음은 노이점의 철학적 배경을 살펴보고자 한다. 이와 관련해서는, 8월 22일 북경에서 박명과 노이점의 필담을 주목할 필요가 있

34) 노이점, 『수사록』, 8월 22일. "余曰明時之文, 如方遜志、王若明, 似無愧於歐、蘇矣. 其餘荊川、崆峒、晋江、鳳洲諸人, 雖體格各異, 而不害爲一家言也. 當以何家爲最耶? 愚意則無出於遜志未知如何?"

35) 노이점, 『수사록』, 9월 14일. "『方遜志集』板本極好, 而無價不得買, 可歎, 其文典雅浩博, 非但皇明之所未有, 實前代之的罕有, 息庵所謂文似昌黎而學則過之者, 信非過與矣, 未得買來者, 蓋我國多有故也."

다. 이날 박명은 노이점을 방문하였고, 박지원도 뒤늦게 합류하였다. 이들과 필담을 나누던 도중, 노이점이 박명에게 사람과 물(物)의 성(性)에 대하여 물어본 일이 있다. 노이점이 말한 것을 살펴보면, 그는 호론(湖論) 계통의 사상적 배경을 가지고 있는 듯하다.

> 내가 물었다. "『중용』은 도를 담고 있는 책이다. 첫 장에 천명의 성을, 주자(朱子)는 그것을 풀이하여, 각각 성명을 바르게 하는 것이라고 했습니다. 사람과 물(物)의 성(性)은 각각 다릅니다. 그러나 치우치고 온전함에 차이가 있지만 한 가지 원리는 같습니다. 금수초목(禽獸草木)이 모두 인의예지(仁義禮智)의 성(性)이 있단 말인가?"[36]

『중용』 제1장의 "천명지위성(天命之謂性), 솔성지위도(率性之謂道), 수도지위교(修道之謂敎)"에 대한 주자(朱子)의 주해(註解)를 두고 박명에게 질문한 것이다. 노이점이 인용한 주자의 언급을 다시 살펴보고, 노이점이 어떻게 받아들이고 있는지 알아보도록 한다.

> 사람과 물은 각각 그 본성(本性)의 자연스러움을 따르니, 그 일용(日用)하는 만물의 사이에 각각 마땅히 가야할 길을 지니지 않은 것이 없다. 이것을 도(道)라고 한다.[37]

노이점은 주자의 해석 가운데 사람과 금수초목을 지칭하는 물(物)

---

36) 노이점, 『수사록』, 8월 22일, "余曰; '『中庸』則載道之書也, 首章天命之性, 朱子釋之以各正性命, 人物之性各自不同, 然雖有偏全之殊, 而一原則同, 禽獸草木, 皆有仁義禮智之性耶?'"

37) 『中庸』·「第一章」 "人物各循其性之自然, 則其日用事物之間, 莫不各有當行之路, 是則所謂道也."

은 행하는 일이 각각 다름을 상기하면서, 사람과 물을 분리하여 설명하고 있다. 이는 호론의 인물성(人物性) 이론이다. 박명도 노이점과 유사한 견해를 가지고 있었다.[38]

노이점의 이러한 언급은 그가 청나라에 대하여 더욱 배타적인 감정을 가지게 만들었던 사상적 배경을 보여준다. 이점은 낙론(洛論) 계열인 박지원과도 대비되는 사상이다. 박지원은 「호질(虎叱)」에서 범과 인간의 성이 동일하다고 언급한 바가 있다.

(3) 여행 때의 모습

노이점과 박지원은 중주의 인물과 만나는 것에 북경 기행의 중요한 목적을 두었다. 하지만 두 사람은 독특한 차이를 보인다. 노이점은 심양교관을 만나 그의 학식을 대수롭지 않게 생각하거나 소극적인 태도를 보인 반면, 박지원은 밤에 금기를 어기고 숙소를 빠져 나가 그곳의 상인들과 밤새도록 이야기를 펼쳤다.

다시 북경에서 유명인사 박명을 만날 때, 노이점은 박명에게 보일 수 있는 최선의 존경을 보이면서 박명에게 글을 받으려고 간절하게 애원했다. 이때 박지원도 박명과 필담을 나눈 적은 있지만 별다른 반응을 보이지 않는다. 박지원은 열하에서 현달하지 못한 거인(擧人) 왕민호(王民皥) 같은 인물을 만나 서로 의기투합하면서 장편의 글을 남긴다.

---

38) 노이점, 『수사록』, 8월 22일, "博曰; '『中庸』之書, 闢異端之書也. 盖子思子之時, 正異端大行之時, 子思作『中庸』以明道, 故謂各正者, 人之皆正也; 至能盡物之性, 則兼物而言, 盖人具五性之全, 禽獸則間有具一二性者, 草木之性, 則順天地以爲性, 而不可與人比也."

노이점은 박명을 만나 상당한 후의를 입었고, 깊이 있는 학문의 세계를 토론하였다.

노이점이 조선 사람들과 어울리면서 가졌던 에피소드를 살펴보기로 한다. 노이점이 박지원과 주고받은 대화는 『열하일기』의 「상루필담(商樓筆談)」에 나온다. 박지원은 심양에서 현지의 상인들과 만나기 위하여 밤에 몰래 밖으로 나가려다가 노이점과 마주치자 다음과 같은 대화를 한다.

> 내가 급히 걸어 당에 오르면서 노이점에게 말하였다. "형님께서 심심(伈伈)해 하십니다." 노이점이 답하였다. "사또께서 적막하실 겁니다."[39)]

박지원이 던진 말에 노이점이 즉각 대답하는 모습이다. 이러한 두 사람간의 대화로 미루어 보아, 노이점은 북경 기행 내내 정사 박명원과 대화를 할 수 있을 정도로 가까운 사람이라는 것을 알 수 있다.

노이점과 박지원이 비교적 활발한 대화를 나누며 함께 다니기 시작한 것은 북경에 와서다. 북경에 오기 전에 보통 박지원은 변계함과 함께 새벽 일찍 출발했다. 박지원이 10여 리를 가고 나면 사신의 선발대가 따라왔다고 한다. 노이점은 으레 박지원이 떠나고 난 뒤에 사신의 일행과 함께 출발했다. 또한 박지원이 구요양성과 구광령 같은 곳을 갈 때 노이점은 함께 가지 못했다. 노이점이 자신의 말이 아파서 따라갈 수 없었다고 밝히고 있는 것을 보아 제약은 없던 것

---

39) 박지원, 『열하일기』, 「상루필담」(『연행록전집』 53권, 389면), "余忙步上堂去, 出語盧君曰: '兄主太伈伈.' 盧君曰: '使道寂寞矣.'"

으로 보인다.

북경에 도착해서 박지원이 다시 열하로 떠나자 노이점은 북경에 남는다. 노이점은 저절로 박지원과 함께 다닐 기회가 없어졌지만 사신이 북경으로 돌아오고 나서 여러 곳을 다닐 때는 박지원과 함께 다녔다. 또한 숙소인 서관에서도 대화를 자주 나눈 적이 있다.

노이점은 황금대를 구경하려고 하였다.

> 십일 날씨가 맑다. 들으니, 황금대의 유적지가 조양문 밖 오리쯤에 있다고 한다. 그것이 진짜인지 가짜인지 따질 것 없이 한 번 보고자 했으나 역례(驛隷)들 중에 아는 사람이 거의 없어서 갈 수가 없다. 자못 안타깝다.[40]

이때가 8월 10일이었다. 당시 박지원과 정사(正使)를 비롯한 사신의 일행은 열하에서 돌아오지 못한 상태였다. 노이점은 함께 갈 하례가 없기 때문에 가지 못했다고 말하고 있지만, 꼭 그런 것만은 아닌 것 같다. 노이점은 적극성이 부족했기 때문인 것으로 볼 수도 있다. 다른 날 노이점은 사람들이 융복사(隆福寺)에 있는 시장에 가자는 제안을 받아들이지 않았다.

> 동반(同伴)들이 모두 융복사(隆福寺)[41]에 있는 시장에 나갔지만 그

---

40) 노이점, 『수사록』, 8월 10일, "初十日, 晴. 聞金遺址在朝陽門外五里許, 毋論其眞假, 欲爲一見, 而驛隷中, 知者甚少, 無以往訪殊可菀也."

41) 융복사(隆福寺) : 동서북대가(東西北大街)의 서쪽에 있다. 1425년 명나라 경태(景泰) 때 건립되었고, 옹정(雍正) 9년 때 중수(重修)되었다. 명나라 때 북경에 유일하게 있는 나마(喇嘛)와 반선(班禪)이 동시에 머물던 사원으로 나마묘(喇嘛廟)이다.

러나 나만 혼자 서관에 머물러 있다. 나는 시장에 돌아다니는 것을 달갑게 생각하지 않기 때문이다. 동반들이 하는 말을 들어보니, 이 장터는 정말로 볼 것이 많아 도성의 사람들이 모두 모일 뿐만 아니라 천하의 장사꾼들도 일제히 모이지 않는 사람이 없고, 심지어 외국인 사람들까지 온다고 한다. 지극히 먼 지역의 보물도 모두 모여 산더미 같이 쌓이기에 비록 황제의 자식들이나 여러 왕들, 명환(名宦)[42]들도 모두 와서 구경한다고 말한다. 비로소 가보지 못한 것을 후회할 뿐이다.[43]

라마교 사원이었던 융복사는 왕부정(王府井) 북쪽에 있었고, 호국사(護國寺)와 대비하여 동묘(東廟)라고 하였다. 옛날에는 조정에서 향화(香火)를 하던 곳으로 대묘회(大廟會)로 유명하고 주변에 상업도 발달하였으며 고관대작들도 이곳에 와서 흥정을 하며 물건을 샀다고 한다. 근대에는 인근 왕부정 귀족과 동교민항(東交民巷)에 머물던 외국인까지 몰려들어 한때 하루에 100만 전(錢)을 소비했다고 한다. 노이점은 이곳을 다녀오지 않고 후회하였지만 박지원은 나중에 이곳에 다녀온다.

황금대 이야기는 계속된다. 박지원의 기록을 통하여 노이점이 황금대에 다녀왔지만 스스로는 기록에 남기지 않았다는 것을 알 수 있다.

---

42) 명환(名宦) : 명성과 지위가 높은 관리나 여러 대를 거쳐 특권을 누려온 집안.

43) 노이점, 『수사록』, 8월 17일, "十七日 晴. 同伴皆出去隆福寺場, 而余獨留館, 蓋不屑於遊市也, 而聞同人之言, 則此場甚多可觀, 不但都城之人畢集, 天下之商莫不齊會, 至於外國之人, 絕域之寶, 叢聚山堆, 雖皇子、諸王、名宦華族, 亦皆來玩云, 始悔其未見耳."

열하에서 돌아온 박지원은 노이점과 함께 황금대를 다녀오게 된다. 이때 박지원은 전후의 과정을 매우 인상 깊게 느낀 듯하다. 박지원은 당시 황금대 구경과 관련하여 노이점의 일화를 자세히 묘사하고 있다.

> 노이점은 그날 나와 황금대(黃金臺)에 찾아가기로 약속하였다. 나는 여러 사람에게 수소문하였으나 아는 사람이 없었다. 고기(古記)를 찾아보았으나 그 설명이 일치하지 않는다. …… 하루는 노이점이 몽고인 박명(博明)에게서 얻어와 『장안객화(長安客話)』라는 책에서 초록한 것을 보인다. "조양문(朝陽門)을 나서 해자를 따라 남쪽으로 가다가 동남쪽 모퉁이에 이르면 나타나는 가파른 흙 언덕이 이것이다. 해가 높이 걸려 있다가 아득히 떨어질 즈음에 옛날을 슬퍼하던 선비가 이 황금대에 오르면 갑자기 고개를 떨구며 천고의 세월을 생각하게 될 것이다."라고 한다. 노이점이 이 때문에 쓸쓸해하면서 가기를 그만두고, 다시 황금대에 대하여 말하지 않았다.[44]

노이점은 북경에서 만난 몽고인 박명을 통하여 황금대의 위치를 알아내었다. 하지만 노이점은 책에 쓰여 있는 내용을 보고는 그만 의기소침한 나머지 황금대 보기를 포기한 듯하다. 여기에 언급되어 있지 않지만, 박지원은 노이점과 북경 근처의 고적을 방문하고, 이

---

44) 박지원, 『열하일기』, 「황도기략(皇圖紀略)·황금대(黃金臺)」(박영철본 『열하일기』, 「황도기략·황금대기(黃金臺記)」), "日約余同尋黃金臺, 余乃博訪於人, 而無知者. 求之古記, 其說不一. …… 盧君一日得之於蒙古人博明, 其所錄示曰『長安客話』: '出朝陽門, 循壕而南, 至東南角, 巋然一土阜, 是也. 日迫崦嵫, 茫茫落落, 吊古之士登斯臺者, 輒低回睠顧, 有千古之思'云. 盧君由是憮然罷行, 不復言黃金臺."

에 대한 정보를 나누었다는 것을 알 수 있다. 그 때문에 노이점은 황금대와 관련한 서적을 구해왔고, 그 내용을 박지원에게 알려주었던 것이다. 그 후 노이점과 박지원은 우연한 기회에 황금대를 구경하게 된다.

> 노는 날 노이점과 함께 동악묘(東嶽廟) 극을 보려 함께 수레를 타고 조양문(朝陽門)으로 나갔다가 돌아올 때에 태사 고역생(高棫生)을 만났다. 그는 능사헌야(凌蓑軒野)와 함께 수레를 타고 황금대(黃金臺)를 찾아 나섰다고 한다. 능사헌야는 월(越) 땅 사람으로 기사다. 처음으로 연경에 와서 고적(古迹)을 방문하면서 나더러 같이 가자고 한다. 노이점은 매우 기뻐하더니,
>
> "하늘이 준 인연이야!"라고 한다.
>
> 도착해 보니 수십 장의 무너진 언덕에 불과하고, 주인이 없어 황폐한 무덤 같은데 억지로 황금대라고 말한다.[45)]

인용된 부분은 『열하일기』에만 나타나는 것으로, 『수사록』에는 없다. 『수사록』에서 노이점이 더 이상 언급하지 않은 까닭은 박지원과 함께 그곳을 가보았지만 매우 실망하여 굳이 그것을 기록할 가치를 느끼지 못했기 때문이 아닌가 한다. 요컨대 노이점은 북경 기행 동안 박지원과 이처럼 유적지와 그것과 관련한 정보를 교환하고, 서로 대화를 하였던 것이다.

---

45) 박지원, 『열하일기』, 「황도기략(皇圖紀略)·황금대(黃金臺)」(앞의 인용문), "暇日與盧爲觀東嶽廟廠戲, 同車出朝陽門. 將歸, 逢高太史棫生. 高與凌蓑軒野同載, 謂將尋黃金臺. 凌是越中人, 且奇士, 初至燕, 爲訪古迹, 要余偕行. 盧大喜, 謂:'有天緣'. 旣至, 不過數丈頹阜, 如無主荒墳, 强爲名之曰黃金臺."

노이점은 조선으로 돌아올 때 산해관을 나오면서 북경 기행에 대한 의욕이 꺾인다.

> 검푸른 바다를 보니 나도 모르는 사이에 우울해지는데, 서쪽 유람도 이제는 의욕이 꺾이게 된다. 자못 크게 탄식한다.[46]

그러면 배청사상에 사로잡힌 노이점이 생각하는 북경 기행의 목적은 무엇일까? 그가 북경 기행에 가진 관심은 과연 무엇이었던가? 노이점은 다음과 같은 말을 남겼다.

> 노이점은 말한다. "선비가 구석진 나라에 태어나서 중화를 한 번 보는 것이 소원이었습니다. 그러나 오로지 산천의 웅장하고 기이한 것, 마을의 번화한 것, 북경의 장엄하고 화려한 것에 마음을 두고서 '내가 원하는 것을 얻었다'고 한다면 말단이다. 남전(藍田)의 산을 유람하면서 단지 산의 경치만 보고 옥을 캐는 것을 알지 못하는 것과 무엇이 다르겠는가? 중화(中華)는 진실로 사군자(士君子)의 남전이고, 북경은 남전에서도 최고의 옥이 묻혀있는 곳이다."[47]

남전(藍田)은 섬서성(陝西省)에서 옥이 생산되는 지역이다. 노이점은 남전 같은 북경에서 중국 인사들과의 교류를 통해 중화문물의 진

---

46) 노이점, 『수사록』, 9월 26일. "遙望雲岑, 越瞻滄溟, 不覺悵惘, 而西遊於是乎始落莫矣. 殊庸浩歎."

47) 노이점, 『수사록』, 「여박첨사서(與博詹事書)」, "某曰: '士之生於偏邦, 一見中華, 願也. 然唯夫心於山川之雄奇, 邑里繁華, 京都之壯麗, 而曰: '獲我願也', 亦末矣, 何异於遊藍田之山者, 秪見其山之勝, 而不知其采玉也耶? 中華固士君子之藍田, 而京師又藍田之最種玉處也.'"

수를 체득하는 것을 북경 기행의 목적으로 삼고자 하였다.

노이점과 박지원이 북경 기행에서 보여준 인식과 태도에는 상당한 차이가 있다. 이 차이는 노이점이 중국 인사들을 만나 필담하는 과정에서 더욱 확연하게 드러난다. 이를테면 노이점의 경우, 몽고인사 박명과 함께 필담을 나누면서 경전(經典) 구절과 역사인물, 지명 등에 관련하여 자신의 지식을 보여주고 그것을 확인하는 데 의미를 부여하고 있다.[48] 하지만, 박지원은 그러한 인식과 태도와는 사뭇 다르다. 그는 지전(地轉)을 비롯하여 티베트 불교, 청나라 통치술 같은 거대 담론에 대하여 활발한 필담을 하는 등 세계인식과 새로운 변화에 예의 주목하면서 자신의 사유와 인식의 지평을 보여주었다.

그러나 박지원과 상이한 경향을 지닌 노이점의 견해가 박지원의 사유를 새롭게 평가할 수 있는 계기를 주기도 하였다.

2. 1780년의 사은겸진하사행(謝恩兼進賀使行)

1780년 박지원과 노이점은 건륭의 70세 생일을 축하하기 위하여 떠나는 북경 기행사절단과 함께 중국에 다녀온다. 그런데 당시의 사행은 기존에 있어왔던 북경 기행과는 매우 다른 분위기에서 이루어졌다. 조정에서는 이전의 배청숭명 사상에 대한 반성을 촉구하는 상소가 있었는가 하면, 다른 한편에서는 여전히 전통을 고수하는 분위기가 형성되기도 하였다. 이에 대한 구체적인 내용은 『조선왕조실

---

48) 노이점, 『수사록』, 8월 10일 필담 내용 참조.

록』에 잘 나타나 있다.[49)]

정조가 즉위할 무렵부터 청에 대한 외교를 두고 엇갈린 견해가 표출하였다. 북벌을 주장하는 사람들과 현실에 맞게 외교정책을 펴야 한다는 사람들 사이에 격렬한 논쟁이 일어났다. 이러한 분위기는 정조가 즉위한 지 한 달 정도 되어 대보단(大報壇) 시향(時享)이 번국(藩邦)인 조선에게는 비례(非禮)라는 이명휘(李明徽)의 상소로 나타나게 된다. 대보단(大報壇)은 명나라가 망한 후 병자호란의 치욕을 씻기 위해 숙종 30년인 1704년에 설치한 것이다. 존주대의의 명분을 실현하기 위하여 설치한 대보단은 임진왜란 때 왜구의 침입을 막기 위하여 조선에 군대를 파견해준 명나라 황제 신종(神宗)을 추모하였으며, 시향은 1년에 한 번씩 중국의 황제가 동순(東巡)하는 시기인 2월 상순으로 택일하였던 것이다. 이러한 이명휘의 상소는 송시열(宋時烈)을 위시한 존주대의파를 겨냥한 말이었다. 이에 대하여 내병조(內兵曹)에서는 이명휘를 '망은배의(忘恩背義)'라고 비난하며 다음과 같이 말하였다.

> 존주대의(尊周大義)는 조종조(祖宗朝) 때부터 전해오는 심법(心法)이다. 선현(先賢)의 뜻에는 또한 아픔을 참고 원통함을 먹음이 없었지만 절박한 상황에 부득이한 심정으로 마음속에만 새겨두었던 일이다.[50)]

---

49) 정조 시대 중국관을 살피면서 黃枝連의 『朝鮮的儒化情境構造』(中國人民出版社, 1995.)를 참고하였다.

50) 『정조실록』 권1, 정조 즉위년, 4月 18日(己未), "尊周大義, 自是祖宗朝傳家心法, 先正之意 亦嘗以忍痛含寃, 迫不得已之心, 存諸胸中"(번역은 고전번역원 사이트에 있는 『조선왕조실록』 번역본을 인용하였다. 논지를 위하여 수정한 부분도 있다.

조종조는 국왕의 조상을 말한다. 정조는 존주대의파의 압력으로 이명휘를 신문하고 송시열을 비난했다 하여 그를 추자도(楸子島)로 귀양 보냈다. 이명휘는 배소로 가던 중 병사하게 된다.

효종과 인조의 '복설지책(復雪之策)'과 '춘추존양(春秋尊攘)의 의리'를 더욱 발전시키려는 존명대의파의 정략은 정조 때에도 명맥이 유지되었던 것으로 보인다. 정조 3년에는 조공사신의 수를 줄이는 한편 대보단에서 망배례(望拜禮)를 하는데 바빴다.[51] 편찬사업에 업적을 많이 남긴 정조가 이때 『존주휘편(尊周彙編)』[52]을 간행한 것은 당시의 시대적 분위기에서 기인한 바가 크다.

그런데 당시 청나라의 사회 문화적 분위기는 매우 달랐다. 강희(康熙)와 옹정(雍正), 건륭(乾隆)으로 이어지면서 청조 최고의 전성기를 구가하고 있었다. 특히 건륭연간에는 국내외의 전쟁을 성공리에 마쳐 그 영토를 오늘날의 중화인민공화국의 모습으로 확대하기에 이르렀다. 그의 별명인 '십전노인(十全老人)'은 이러한 그의 치적을 대변한다.[53]

이 시기 갓 즉위한 정조는 1780년의 사행을 청과의 친밀한 우호정책의 일환으로 파견하였다. 이에 정조는 토산물을 구비하고, 아울러 정문(呈文)을 함께 바치는 정성을 보였다. 그러나 조선이 청과의 관

이하 인용된 번역에서는 언급하지 않기로 한다.)

51) 황지연(黃枝連), 전게서, 454~461면 참조.

52) 『존주휘편(尊周彙編)』은 정조가 존명배청을 위하여 이의준(李義駿)과 성대중(成大中)에게 명하여 편찬한 책으로 규장각에 소장되어 있다. 내용으로는 청과의 전쟁, 교섭사 및 이와 관련된 행사, 제신들의 사적을 기린 책이다. 정조의 배청숭명 사상도 볼 수 있다.

53) 『중국역사대사전-청사상』, 상해고적출판사, 1992, 2면.

계가 좋아진다고 해서 조선왕조 내부에 온존한 반청의식의 불만까지 완전하게 사라진 것은 아니다.

어쨌거나, 청나라는 1780년 북경을 기행할 때 공교롭게도 조선에 대해 우호정책을 폈다. 말하자면 이 무렵 청과 조선의 외교관계는 매우 중대한 변화의 계기를 마련하고 있었다. 자기능력을 과시하기 좋아하고 자아 중심적이던 건륭황제는 자신의 70세 생일 축하연에 조선과 같은 번국(藩國)을 참가시켜, 먼 변방의 나라들이 중국에 의하여 교화되어 사해가 편안하고 앞으로도 영원히 평화를 누리게 할 것이라는 뜻을 알리고 싶어 했다.

박지원은 청나라가 조선 사신에게 베푼 호의를 다음과 같이 『열하일기』에 담고 있다.

> 이번 우리 사신이 열하에 들어오니 황제는 특별히 군기처(軍機處)의 근신(近臣)을 보내어 길에서 맞이하도록 하였고, 그들의 조정에 있을 때는 대신의 반열에 서게 하였고, 그들의 희극을 들을 때는 조정의 신하와 나란히 연극을 보게 하면서 잔치를 열고 물품을 주었고, 또 조서를 내려 정공 이외의 별사(別使)들에게도 방물을 영원히 생략토록 해 주셨다. 이는 실로 광세(曠世)의 성전(盛典)으로 명나라 시대에도 받아보지 못했던 대접이기도 하다.[54)]

이때 청나라는 조선을 대우한다는 특단의 조치를 취하였다. 특히

---

54) 박지원, 『열하일기』 6권, 「행재잡록」(『연행록전집』 54권, 559~560면), "今我使之入熱河也, 特遣軍機近臣道迎之, 其在庭也, 命班于大臣之列, 其聽戲得比廷臣而宴賚之, 又詔永蠲正貢外別使方物, 此實曠世盛典, 而固所未得於皇明之世也."

정공(正貢)이외에 별사(別使)가 바치는 방물을 없애준 것은 이전뿐만 아니라 명나라 때에도 없었던 일이었다.

『수사록』에서도 이 점이 언급되고 있다.

> 건륭은 조선 사신의 행차를 예의로 대해 주었고, 상으로 선물을 많이 주었다고 한다. 사신들이 성절사의 전담사신으로 온 것을 반가워했기 때문이라고 한다.[55)]

당시 북경 기행 도중 박명원과 정원시가 정조에게 올린 장계(狀啓)에도 『열하일기』와 맥락을 같이하는 내용이 담겨져 있다.

> 황제가 특별히 군기장경(軍機章京) 소림(素林)을 보내어 저희에게 말하기를 "조선 사신들이 행재소에 온 것은 전에 없던 일로 조선은 짐에게 만수절 표자문을 받들고 하례를 하였으므로 앞으로 나와 예를 행하게 하는데 정사는 2품의 끝에 서게 하고 부사를 3품의 끝에 서게 하여 짐의 격외의 은혜가 계속되게 하라."라고 하였다.[56)]

이러한 사건은 아직 조선 정계에 존재하면서 지속적으로 북벌을 주장하였던 사람들에게 경종을 울릴만한 것이었다. 조선 사신에 대

---

55) 노이점, 『수사록』, 8월 20일, "乾隆禮待使行, 賜賚甚多, 概喜其趁聖節專使故也."

56) 『정조실록』 권10, 정조 4년 9월 壬辰. "皇帝特遣軍機章京素林諭臣等曰, '使臣等之着來行在卽前所未有, 而該國以朕萬壽奉表陳賀, 故使之前來行禮正使序於二品之末, 副使序於三品之末, 係朕格外之恩'云云."(이 책에서 『조선왕조실록』과 관련된 내용은 국사편찬위원회 사이트에 있는 『조선왕조실록』 번역본을 인용하였다. 논지를 위하여 수정한 부분도 있다. 이하 언급하지 않기로 한다.)

한 청 황제의 대우 등은 대청인식의 변화를 가져왔다. 조선에서도 청에 대한 정책을 조금씩 수정할 수밖에 없었다.

이러한 일련의 변화로 인해, 존주대의파의 강경한 인물들은 불편한 심기를 토로하게 되었다. 1780년 4월 당시 김하재(金夏材)의 상소문은 이러한 내용을 잘 담고 있다.

> 우리나라가 저들 청나라 사람과 재화를 갖추어 왕래한 지 이제 이미 백여 년이 되었습니다. 비록 하늘을 두려워하고 보존을 도모하는 의도로 이처럼 언사(言辭)를 겸손하게 하고 폐백(幣帛)을 후하게 주기는 하였으나, 무릇 빈례(賓禮)와 향례(饗禮)의 사이에서 지난날의 중국을 섬기는 것과는 전혀 같지 않았습니다. 삼가 듣건대, 이번 동지사행 이외에 또 별도로 사신을 보내는데 출발하는 날짜의 간격이 열흘도 채 안 된다고 합니다. 신은 비록 성상의 마음이 어디에 계신지 알 수 없으나 연로에 사신의 왕래가 끊이지 않아 열읍(列邑)에서 분주하게 접대하는 바람에 나라의 재용이 점차 고갈되고 백성의 힘이 더욱 지치고 있으니, 사소한 일은 아닙니다. 삼가 바라건대, 내리신 분부를 빨리 중지하고 종전대로 동지사가 겸행(兼行)하게 함으로써 조금이라도 폐단을 덜어주소서. 그리고 또 듣건대, 표문(表文)의 양식이 종전에 비해 점차 융숭해져서 찬양할 때에 더러 요(堯)와 순(舜), 공자(孔子)의 명언을 쉽사리 사용한다고 합니다. 이게 어찌 전대의 현신들이 말한 '아픔을 참고 원한을 안고서 어쩔 수 없어서 한 것이다.'라는 뜻이겠습니까? 신의 구구하고도 주제 넘치는 생각으로는, 저들 나라가 만일 만족을 모르는 야욕을 키워 한번 오늘날의 행위를 뒤집는다면 장차 어떻게 그 뒤를 이어갈 수 있겠습니까? 삼가 원하건대, 다시 더 생각하시고 세폐(歲幣) 이외에는 수량을 더 추가하지 말고, 이에 사신에게는 문자의 양식을 옛 관례에 따르고 후일의 폐단을

> 생각하여 제한을 두도록 명령하소서![57]

위의 상소는 박명원과 정원시가 청에서 보내온 장계를 받기 직전에 올린 것이다. 김하재의 상소에 대하여, 정조는 이 상소를 발설해서는 안될 것이며 또한 서로 어긋나는 점이 있음을 지적한다.

> 정조가 비답(批答)하였다. "적적하던 중 이렇게 숨김없이 말해주니, 사람의 마음을 조금은 분발시켰다고 하겠다. 위 대목의 여러 조항은 마땅히 유의하겠다. 그 다음 몇 건의 일은 발설해서는 안될 것이고 또한 서로 어긋나는 점도 있다. 끝 대목의 일은 유사에게 신칙하겠다."[58]

김하재가 조공의 수를 줄이고 표문의 내용도 격하하여 종전같이 해야 한다는 주장에 정조는 현실적인 외교 여건을 고려하지 않을 수 없었다.

정조가 청나라를 현실외교의 파트너로 인식함으로써, 당대 지식

---

57) 『정조실록』 권10, 정조 4년 10월. "我國之於彼人, 金繒往來, 今已百餘年, 雖以畏天圖存之意 有此卑辭厚幣之擧, 而凡賓禮饗禮之間, 與前日事大, 逈然不同, 伏聞今番冬至使行之外, 又出別使, 而發行日子, 相距不一旬, 臣雖未知聖意攸在, 而沿路之冠蓋相望, 列邑之供億旁午, 國用漸耗, 民力益困, 非細事也, 伏願亟寢成命, 依前以冬至使兼行, 以省一分之弊焉, 且聞表闇之式, 視前漸隆, 贊揚之際, 或以堯舜孔子之名言, 容易加之, 此豈先正所云忍痛含怨迫不得已之意哉? 區區過計, 以爲彼國若長其無厭之欲, 一反今日之爲, 則將何以繼其後耶? 伏乞更加三思, 歲幣之外, 勿加其數, 爰命詞臣, 文字之式, 只按舊例, 以慮後弊以存防閑焉."

58) 『정조실록』 권10, 정조 4년 9월 17일. "批曰: '寂然之中, 有此無隱之設, 謂之差彊人意可乎, 上段諸條, 當留意, 其次數件事. 係不可洩, 亦有相左者矣, 末端事, 申飭攸事.'"

인들이나 관료들의 일부는 청에 대한 인식이 과거보다 훨씬 우호적으로 달라질 수 있었다. 『수사록』과 『열하일기』는 바로 이러한 시대 분위기에서 탄생하였다. 그러나 『수사록』과 『열하일기』는 동일한 시기에 창작된 작품임에도 그 성격은 매우 다르다. 『수사록』이 청나라를 배격하는 시각에서 창작된 것이라고 한다면, 『열하일기』는 청나라의 문화와 청의 존재를 긍정적으로 인식하는 입장에서 창작된 것이기 때문이다.

1780년 사행이 가지는 또 다른 특징이 있다. 9월 17일 사신이 조선의 국왕에게 올린 장계의 내용에는 라마승 반선 6세를 만났던 사실을 모두 감추고 있다. 애당초 열하에서 반선 6세를 만나라는 청나라 측의 요구가 있을 때에도 조선의 사신은 배불정책 때문에 만나기를 거부하였다. 결국 황제의 명령에 따라 할 수 없이 반선 6세를 만나고 갈등을 겪는 모습은 『열하일기』의 「찰십륜포」에 잘 묘사되어 있기도 하다.

이에 대한 것은 『조선왕조실록』과 『열하일기』는 차이를 보이고 있다. 『조선왕조실록』에는 14일 날 후원에서 화포의 불꽃놀이를 구경하였다고 한다.[59] 장계에 라마승을 만난 사실을 드러낼 수 없었지만, 『열하일기』에는 11일 반선 6세를 만나 밤에 불꽃놀이 구경을 하였다고 기록하고 있다. 그 구체적인 내용에 대한 검토는 뒤에서 다시 언급하기로 한다.

---

59) 『정조실록』 권10, 정조 4년 9월 17일 임진 條 참조.

3. 북경 기행록의 전통과 『수사록』

중국은 유사 이래 끊임없이 주변의 소수민족을 통합하면서 그들의 문화까지도 한화(漢化)시켜왔고, 그 과정 중에 적지 않은 마찰을 보여왔다. 그리고 이러한 중국의 변화는 한반도에도 영향을 끼쳤다.

이런 상황에서 중국을 가장 극명하게 관찰한 기록물이 있다. 바로 고려의 빈왕록(賓王錄)과 조선의 조천록(朝天錄), 연행록(燕行錄)이다. 이중 빈왕록은 1권의 책을 말하는 것이고, 나머지 조천록과 북경 기행록은 각각 명나라 청나라 때 일군의 기록물이다.

중국을 가는데 있어서 언제나 육로만 이용하지도 않았다. 심양이 막혔을 경우에는 바다를 통하여 북경에 갔다.

> 청돈대(靑墩臺)를 지났다. 이곳은 관문(關門) 밖에 있는 연대(烟臺)의 하나로 일출을 바라보는 곳이다. …… "두 개의 작은 섬이 파도치는 구름 속에서 출몰하는데, 남쪽에 있는 것이 각화도(覺華島)입니다. 심양으로 가는 길이 막혀 우리 사신이 바다로 배를 타고 왔을 때 이 섬으로 와 경유해서 건넜는데 바다로 오는 길이 매우 험난하기에 빠져 죽은 사람이 많았습니다. 지금 바닷가를 보면 작은 언덕이 있는데, 이곳이 그 당시에 배에서 내리던 곳입니다."라고 한다.[60]

관문(關門)은 산해관(山海關)의 문(門)을 말한다. 1621년부터 1637년 사이에 조선 사신은 만주족 때문에 심양을 통하여 북경에 갈 수

60) 노이점, 『수사록 』, 7월 20일, "過靑墩臺, 此卽關外烟臺之一而望日出處也. …… 有二小島出沒於雲濤, 在南者是覺華也. 瀋路梗塞後, 我國使行浮海而來, 從此島而渡, 水路甚險溺死者多, 今見海濱, 有小丘陵, 此是當時下陸處云."

없었을 경우에는, 뱃길을 통하여 산해관 밖에 있는 각화도에 내려서 북경에 가기도 했다. 그러나 정상적인 대부분의 경우에는 육로를 통하여 심양이나 요양에서 우가장(牛家庄)을 통하여 북경에 들어갔다.

그리고 조선 후기의 대청 사행에 있어서 규모와 조직의 정례화는 1701년(숙종 27)에 이루어졌다. 정사와 부사, 서장관 3명에다 비장(裨將)과 역관 같은 사람들 30여 명이 두 나라 사이의 공식화된 사행이었다. 따라서 북경에 도착하여 조알(朝謁)의 의례를 행할 때에도, 이 30명만이 참가했다.[61)]

조천록과 북경 기행록을 통해 당시 중국과 조선을 오고 가면서 교류하였던 인사들 사이의 분위기를 살필 수 있다.

당시 북경을 오가면서 조선과 명나라 선비들 간에 서로 시를 짓고 주고받은 선례가 생기게 되었다. 시를 짓고 화답하는 것은 서로의 생각을 교환할 수 있을 뿐 아니라, 양국 간의 사이를 더욱 가깝게 하였다.[62)]

초기 북경 기행록은 청나라의 실체를 인정하자는 기록도 있었지만[63)] 대부분은 배청사상을 포함하고 있었다. 또한 형식에 있어서, 북경 기행록은 일기체의 형식을 통하여 기록을 나타내는 것이 일반적인 것이지만, 그 전개 방식은 시와 산문을 혼용하는 경우와 시만 연철(連綴)한 것이 있다. 또한 드문 경우이지만, 한문으로 기록된 북

---

61) 황원구, 『연행록선집(燕行錄選集)』, 「해제」, 12면 참조.

62) 주응빈, 『구경사임지』 4권, 대만중앙도서관인쇄 『현람당총서』 총서, 1981.

63) 소현세자의 서연관(書筵官)으로 있었던 김종일(金宗一)의 경우는 병자호란 직후의 청을 긍정적인 면에서 있는 그대로 인식하려고 시도하였다. 한명기, 「병자호란 직후 조선지식인의 청나라 이해」, 명지대학교 국제한국학연구소, 2002.11.1 참조.

경 기행록을 한글로 번역하여 놓은 경우도 있다.

북경 기행록은 나름대로 독특한 특성을 가지고 있다. 북경 기행록은 국가 통치 이데올로기를 반영하여 편찬된 『조선왕조실록』을 비롯하여 『비변사등록(備邊司謄錄)』, 『승정원일기(承政院日記)』, 『통문관지(通文館志)』, 『동문휘고(同文彙考)』 등의 공식적인 기록물과 대비되는 입장에서 쓰였다. 즉 북경 기행록은 개인의 비공식 기록물이라는 점에서 이들과 성격을 달리하는 것이다. 경우에 따라서, 북경 기행록은 『조선왕조실록』과 같은 기존의 정부 공식의 역사서에 빠진 부분을 보충하는 역할을 할 수 있었다.

성종 때에 최부(崔溥)와 조선 사람들은 제주도 바다에서 표류하여 중국 절강성에 이르렀다. 처음에는 중국관원들에게 왜적으로 오인받아 처형될 뻔 했지만 해박한 지식으로 조선 사람임을 인정받아 융숭한 대접을 받고, 각지를 유람한다. 이때 일종의 귀국보고서로서 『표해록(漂海錄)』을 지었다.[64] 선조 때 정유재란이 일어나자 권협(權悏)이 고급사(告急使)로 명나라에 구원을 청하러 다녀온 1백일 동안의 견문을 기록한 『연행록』이 있다. 그리고 1636년(인조 14) 병자호란이 발발되기 직전 명나라에 동지사로 갔다가 명나라의 부패상을 폭로한 김육(金堉)의 『조경일록(朝京日錄)』 같은 연행록도 있다. 1712년(숙종 38)에는 박지원의 『열하일기』보다 68년 앞서 저술된 것으로, 대표적인 북경 기행록 작품인 김창업의 『노가재연행일기(老稼齋燕行日記)』 등이 있다. 이렇듯 당시 사행의 무대에는 해마다 다양한 사람들이 출연하여 독특한 모습을 펼쳐내고 있었던 것이다.

---

64) 葛振家評注(2002) 참조.

그런데 정묘호란 이후의 북경 기행록에는 배청감정이 지속적으로 나타나고 있다. 또한 북경 기행록에서 대청관계에 대한 외교 변화를 날카롭게 예견한 『열하일기』는 특별한 위상을 갖고 있다고 생각된다. 당시 조선의 사신 일행이 건륭의 70회 생일을 기념하기 위하여 열하로 갔을 때, 청나라 조정에서는 조선 사신들에 대해 종전보다 각별한 예우를 해준다. 구체적으로 중국 황제를 접견할 적에 바로 높은 반열에 서게 하고, 별공(別貢)을 면제시켜준 것을 예로 들 수 있다. 이는 18세기에 이르러 조·청 관계가 새로운 국면에 이르게 되었음을 말해주는 것이다. 『열하일기』는 바로 이러한 분위기에서 창작되었고, 그러한 시대 분위기를 가장 잘 담아내고 있다.

이 무렵 대부분의 조선인들이 청에 대하여 적대적인 입장을 취했다고 하더라도 북경 기행 자체는 매우 긍정적으로 생각하고 있었다. 북경을 기행하는 사람들은 중국과 같은 문자를 쓰는 동문지역(同文之域)의 일원으로서, 중국 자체를 하나의 연구 대상으로 생각하고 있었다. 특히 선비들은 중국을 방문하여 다양한 문화를 체험하고, 중국 문인들과 교류하여 자신들의 학문세계를 점검할 수 있었다.

하지만 당시의 수많은 선비들이 한문학에 종사하면서 중원에 가보기를 고대했지만, 모두 북경 기행을 떠날 수 있었던 것은 아니다. 그래서 북경 기행을 하지 못한 사람들은 북경 기행록을 통해 간접경험을 할 수 있었다. 아울러 북경 기행을 떠나게 된 사람들도 기존의 북경 기행록을 보고서 북경 기행에 필요한 준비를 미리 할 수 있었다.

북경 기행록은 이러한 시대적인 요구 속에서 발전할 수 있었다. 특히 북경 기행록은 개인이 쓴 자유로운 형식으로서 시간의 흐름을 중요시한 기록물이라는 점에서 그 문학적 성공의 가능성도 잠재되어 있었다. 그리하여 북경 기행록의 유통은 대개 학문적으로 연관관계를 가지는 사람들끼리 서로 베껴서 보거나, 아니면 출판의 경로를 거쳤을 것이다.

그리고 북경 기행록 연구에 앞서 기행록의 형식을 살피는 것은, 계통을 세워 이해해야 한다는 점에서 선결되어야 할 문제이다. 한 예로 김경선은 북경 기행록의 형식을 다음과 같이 분류한 바 있다.

> 역사서를 예로 들어보면, 노가재(老稼齋) 김창업의 『노가재연행일기』는 편년체에 가까운데 평이하면서 내용이 있고 조리가 분명하며, 담헌 홍대용의 『연기(燕記)』는 기사본말(紀事本末)을 따르고 있는데 전아하고 주도면밀하다. 박지원의 『열하일기』는 입전체인데 매우 화려하고 풍부하며 해박하다. …… 노가재는 날짜를 달과 연결시키고 달을 년과 연결하였다. 담헌은 기사(紀事)의 본말(本末)을 갖추었다. 박지원은 간간이 자신의 뜻을 주장하였다.[65]

김창업의 『노가재연행일기』는 편년체, 홍대용의 『연기(燕記)』는 기사본체를 본받았다는 것이다. 『노가재연행일기』에 쓰인 편년체(編年體)는 『춘추』의 서술방식으로, 가장 오래된 역사 기술방식이다. 『노가재연행일기』는 편년체 양식을 수용함으로써 서술이 쉽고, 분산되지 않는다는 장점이 있다. 하지만 북경 기행을 사건별로, 체계

65) 김경선, 『연원직지』, 서(序) "以史例, 則稼近於編年, 而平實條暢 洪沿乎紀事, 而典雅縝密, 朴類夫立傳, 而贍麗閎博 …… 稼齋之日繫月, 月繫年也, 湛軒之卽事而備本末也, 燕巖之間以己意立論也."(고전번역원의 번역을 인용하였다. 논지를 위하여 수정한 부분이 있다. 이하 언급하지 않기로 한다.)

적으로 이해하기가 어렵다는 단점이 있다.

반면 홍대용의 『연기』는 기사본말체[66]의 형식으로 되어 있는데, 이는 사건의 본말을 쉽게 꿰뚫을 수 있는 가장 효과적인 양식이 되었다. 기사본말이라는 양식을 통하여, 홍대용은 자신이 북경 기행에서 경험한 사실을 사건별로 기록하였다. 구체적인 내용으로는 「오팽문답(吳彭問答)」과, 「장주문답(蔣周問答)」, 「유포문답(劉鮑問答)」과 같은 문답식, 「손진사(孫進士)」·「주학구(周學究)」와 같은 인명거론식, 「망해정(望海亭)」과 「사호석(射虎石)」, 「반산(盤山)」과 같은 지역의 명소를 이야기하는 방식을 들 수 있다. 그리고 「환술(幻術)」, 「장희(場戱)」 등과 같이 북경 기행 중에 목도한 것을 묘사하는 방식 등도 예로 들 수 있는데, 사건마다 관계되는 이야기를 날짜 순서대로 묘사하고 있다.

이처럼 김경선(金景善)은 북경 기행록을 역사서의 형식으로 인식하고 있다. 이런 관점에서 본다면, 『수사록』은 『노가재연행일기』와 마찬가지로 편년체 형식이라고 할 수 있다. 노이점은 자신이 경험한 북경 기행의 모든 과정을 『노가재연행일기』와 같이 날짜별로 기록하였기 때문에 서술이 분산되지 않는다. 그러나 앞서 언급하였듯이, 북경 기행의 사건별·주제별 이해에 어려움을 줄 수 있다. 이에 대해서는 Ⅲ장에서 따로 논의할 것이다.

그런데 편년체 형식인 『노가재연행일기』와 『수사록』, 그리고 기사본말체의 형식을 가지고 있는 『연기』, 입전체 형식을 가지고 있는

---

66) 원래 남송 때 원추(袁樞)가 『자치통감(自治通鑑)』을 기본 자료로 하여 『통감기사본말(通鑑紀事本末)』이라는 책을 편찬하면서 하나의 형식으로 정형화되었다. 이 형식은 동양에서 가장 발달된 역사편찬체제이면서 가장 나중에 생긴 것이다.

『열하일기』는 모두가 사서(史書)의 서술방식을 각각 취하고 있다. 이는 중국의 서사문학 특히 소설이 발달하는 과정에서 역사 장르의 형식을 빌려 존재하였던 것과 유사한 양상을 보여준다.[67)]

그런 점에서 북경 기행록은 역사 현실을 얼마간 반영하기 마련인 서사문학과 일정한 관련이 가질 수 있다고 말할 수 있다. 그리고 조선 후기에 대량 생산되는 북경 기행록은 장르상 비공식적인 역사서술 형식 속에서 나름대로 문학적 예술성을 꽃피울 수 있었다고 생각된다.

하지만 북경 기행록은 개인 창작물이기 때문에, 기본적으로 공식적인 역사서와 차이가 있다. 역사와 북경 기행록의 문학성의 차이는 이런 구분 이외에도, 각각의 양식이 담고 있는 내용의 차이도 중요한 요인이 될 수 있다.

요컨대 역사는 연속성, 병렬성, 우발성, 연속성을 특징으로 하는 반면, 문학은 하나의 중심 플롯을 두고 일관되고 통합하고 조직하는 구심적 통일체이다. 또한 역사는 단일하고 완전한 행동보다는 일정한 시기와 관련되어 있으므로, 극의 플롯처럼 그렇게 간단명료하지가 않다.[68)] 그래서 문학적인 재능과 인식을 가지고 있는 작가라면,

---

67) 루사오펑 지음, 조미원·박계화·손수영 옮김, 『역사에서 허구로: 중국의 서사학』(길, 2001), 76~77면 참조. 전통적으로 중국의 서사문학은 발달 과정 중에 역사장르와 철학 장르에서 존재할 수 있었다. 일반적으로 중국인들은 '픽션' 혹은 '小說'에 대해 구별되면서도 서로 연관되는 두 가지 개념을 가지고 있었다. '보잘 것 없는 말', '하찮은 담론'이란 의미의 소설은 철학적으로 하위에 있는 개념이거나 아니면 비공식적이고 열등한 역사의 유형으로 여겨졌다. 첫 번째 개념은 소설을 철학적 저작으로 분류한 것이고, 두 번째 개념은 소설을 역사유형 중의 하나로 생각한 것이다. 철학이든 역사이든 간에 중국인들은 소설에 대해 이중적인 태도를 취했다.

68) 류샤오펑, 전게서, 67면 참조.

비록 북경 기행록의 형식이라 하더라도 그들이 각각 접할 수 있었던 시간과 공간의 일정한 측면들을 비교적 자기의 개성에 맞게 자유롭게 묘사, 기록할 수 있었다.

그런데 같은 북경 기행록이라 하더라도, 『수사록』과 『열하일기』는 성격을 전혀 달리한다. 『수사록』은 북경 기행록이라는 전통에서 쓰인 것이고, 『열하일기』는 북경 기행록이라는 형식을 가지면서도 오히려 서사문학의 전통 위에서 쓰인 작품이라고 할 수 있다.

뛰어난 문사들은 이렇게 북경 기행록이라는 자유로운 일기 형식 안에 문학적인 표현방식을 스스로 개발하였고, 또한 예술적인 표현 기법을 발전시켜 왔다. 그러다가 마침내 『열하일기』에 와서야 화려하게 그 꽃을 피우게 된 것이다. 『열하일기』는 그 문학적인 탁월함으로 말미암아 비록 북경 기행록이라는 형식을 취하고 있지만, 서사문학의 틀 또한 유지하고 있다. 다음 일화를 보면 창작 당시에도 서사 문학으로 인식되어 비판받은 적이 있었다는 것을 알 수 있다.

> 밤에 달이 밝자 박지원이 소리를 길게 뽑으며 자기가 지은 『열하일기』를 읽으니 이덕무와 박제가가 둘러앉아서 듣는다. 산여가 박지원에게 말하기를, "선생님의 문장은 비록 공교롭다고 하지만 패관기서를 좋아하시니 이로부터 고문이 발전하지 않을까 두렵습니다."라고 말했다. 박지원이 대답하기를, "그대가 무엇을 안다고!"라고 말하면서 여전히 계속해서 읽었다. 산여도 이때 취해있었는데 자리 옆에 있는 촛불로 『열하일기』의 원고를 태우려 하였다. 내가 급히 만류하여 저지하였다. 박지원은 화를 내더니 급기야 돌아눕고 일어나지 않았다. …… 박지원은 더욱 노여워하여 다시 일어나지 않았다. 날이 샜다. 박지원은 술이 깨자 문득 의복을 단정히 하고 꿇어앉아서 말한

> 다. "산여, 이리 오게. 내가 궁벽하게 산 지 오래되다 보니 문장을 통하여 불평스런 마음을 한 번 풀어 보고 싶어, 그 유희의 마음을 멋대로 한 것뿐이지 어찌 즐겨서 한 것이겠나."[69]

산여(山如)는 박지원의 족손(族孫)인 박남수(朴南壽, 1758~1787)의 자(字)인데, 나이도 박지원과 20여 살 차이가 난다.[70] 인용된 지문을 통하여 박지원은 패관기서를 좋아했고, 『열하일기』가 패관기서의 일종으로 인식되었다는 사실을 알 수 있다. 이 가운데 『열하일기』의 창작이 고문의 발달을 저해시킬 수 있다는 산여의 말은 『열하일기』가 패관문학의 성격을 가지고 있다는 문학적 위상을 예리하게 간파한 것이다. 이처럼 『열하일기』와 같은 패사소품 문체의 추구는 기존의 북경 기행록에서는 볼 수 없었던 새로운 시도이다. 박지원이 산여의 말을 불쾌하게 여기면서도 계속해서 『열하일기』를 읽어 내려간 것은 패설체에 대한 평소의 소신에서 나온 행동으로 읽을 수 있다.

『열하일기』에서 보듯 박지원이 기존의 문체를 거부하고 패설체를 수용하고 있는 것은 기존 북경 기행록이 가진 장르적 성격의 변화를 시도한 노력으로 보아야 한다. 이는 마치 기존의 역사서가 더는 독

---

69) 남공철, 『금능집(錦陵集)』 권17, 「박산연묘지명(朴山如墓地銘)」. "夜月明, 燕岩曼聲讀其所自著熱河日記, 懋官次修環坐聽之. 山如謂燕岩曰 : '先生文章雖工, 好稗官奇書, 恐自此古文不興' 燕岩醉曰: '汝何知?' 復讀如故, 山如是亦醉, 欲執座傍燭, 焚其藁, 余急挽而止, 燕岩怒, 遂回身臥不起, …… 而燕岩愈怒愈不起, 天且曙, 燕岩旣醒, 忽整衣跪坐曰:'山如來前, 吾窮於世久矣, 欲借文章, 一瀉出傀儡不平之氣, 恣其游戲爾, 豈樂爲哉.'"(고전번역원의 번역을 인용하였다. 논지를 위하여 수정한 부분이 있다. 이하 언급하지 않기로 한다.)

70) 김명호, 『열하일기 연구』, 247~248면 참조.

자들에게 흥미 유발을 못하게 되자, 연의(演義)라는 새로운 형식을 통하여 독자들에게 접근했던 것과 같은 이치이다. 박지원이 『열하일기』에서 기존의 문어체 표현방식에다 자신이 경험한 현장의 생동감을 사실적으로 전달하기 위하여 백화체를 상당량 수용한 것도 같은 맥락이다. 이는 입말을 사용했다는 점에서 패관기서의 표현 형식을 수용한 것으로도 볼 수 있다.

당시 조선 지식인의 독서동향은 거칠게 말하면 과문(科文)을 공부하는 부류, 문채(文彩)를 숭상하는 부류, 그리고 패관소설을 좋아하는 부류로 나눌 수 있다.[71] 특히 서사문학에 대한 당대 독서 지식인들의 지적욕구는 「답남직각공철서(答南直閣公轍書)」를 통하여 잘 드러난다.

> 점점 패관의 소품에 빠져들게 되어 …… 이렇게 된 것을 알지도 못했는데 그렇게 되어 버려 점차로 사람들이 좋아하는 것이 되었습니다.[72]

이렇듯 『열하일기』는 창작 당시부터 패사소품(稗史小品)으로 인식되고 있었다. 일부 문신들은 『열하일기』의 내용과 문체에 대하여 기존의 북경 기행록과 달리 흥미를 가지고, 심지어 이를 필사하여 돌려서 보기도 하였다. 박지원의 이러한 글쓰기 방식에 대한 관심은

---

71) 김혈조, 「박지원체의 성립과 정조의 문체반정」, 『한국한문학연구』 제6집, 49면 참조.

72) 『燕巖集』 卷2, 「연상각선본(煙湘閣選本)·서(書)」, 「답남직각공철서(答南直閣公轍書)」, "駸尋入稗官小品, …… 則莫知爲, 而爲轉輾爲委巷所慕."

상당기간 지속되었다.

노이점도 박지원의 이런 문체와 글쓰기 방식이 당시 지식인의 독서계에 영향을 미치고 있다는 점을 언급하고 있다.

> 한양의 선비들 중에 다투어 박지원을 본받으려고 하며, 그의 글을 베껴서 읽는 사람이 많다.[73]

노이점이 북경에서 말한 것이다. 당시 박지원은 44살이었으므로 박지원의 글이 한양에서 사람들에게 읽힌 것은 그 이전일 것이다. 노이점의 언급에 따르면, 『열하일기』가 쓰이기 이전에 박지원은 이미 문장으로 한양의 선비들 사이에서 떨쳤다는 것을 알 수 있다.

박지원이 『열하일기』에서 패사소품체의 글쓰기 방식을 수용한 것은 자신의 새로운 사유를 펼치기 용이할 뿐만 아니라, 북경 기행록을 재미있게 읽고 쉽게 이해시키기 위한 노력의 일환인 듯도 하다.

이에 반해 『수사록』은 당시 독서 인구들의 기호나 요구와 별 관계없이 기존의 북경 기행록 전통을 십분 계승하면서 창작된 작품이라고 할 수 있다. 그런 점에서 『수사록』은 노이점 자신의 신변에 관한 이야기와 이국의 풍물 등과 같은 단순한 사건을 나열하는 식으로 구성되어 있다. 이는 『수사록』과 『열하일기』의 성격을 구별하는 뚜렷한 기준이 되기도 한다.

이런 까닭에서 박지원과 노이점은 동일한 지역을 다녀왔지만, 자

---

73) 박지원, 『수사록』, 「서관문답서(西館問答序)」, "洛之士大夫, 爭慕倣之, 謄其文而誦之者, 甚多."

신들의 생각을 표현하는 방식에 있어서 매우 다른 양상을 보여주고 있다.

그러나 『수사록』과 『열하일기』는 무엇보다도 개인의 소견을 비교적 자유롭게 펼칠 수 있다는데 공통된 성격이 있는 것이다. 서정적인 감정이 격해지면 시를 읊조린 경우도 있고, 이성에 대한 호기심도 숨김없이 보여주기도 한다. 또한 작자의 신변에서 벌어지는 개인적인 고충도 자세하게 기록한 경우도 있다.

북경 기행록은 동일한 지역을 반복하여 다녀오면서 남긴 개인의 기록이지만, 북경 기행시기와 북경을 기행하는 사람에 따라 이처럼 그 내용이 차이를 보이고 있다.

『노가재연행일기』는 1712년(숙종 38)의 사행일기로 박지원의 북경 기행보다 68년 전을 배경으로 하고 있다. 이때는 청나라 성조(聖祖)인 강희시대가 시작한 1662년으로부터 51년째가 되던 해이다. 당시 강희는 안으로 오배(鰲拜)의 내분을 수습하고 삼번(三藩)의 난을 성공리에 수습하였다. 뿐만 아니라 남으로는 멀리 타이완의 정성공(鄭成功)의 아들인 정경(鄭經)을 정복하였고 북으로는 몽고 부족을 정복하였다.

노가재 김창업은 바로 이러한 시기에 중국을 방문한 바 있거니와, 그 역시 중국의 커다란 역사적인 변화에 대해 각별한 인식이 분명 있었을 것이다.

또한 『연기』는 『열하일기』보다 15년 전인 1765년(영조 41)에 쓰인 것이다. 시간적인 격차가 있는 만큼 분위기도 달랐으니, 이들이 방문하는 유적지에서도 감회가 다르게 나타난다.

각기 다른 개성과 사고방식, 문학적 재능에 의해 쓰인 많은 북경 기행록들이 제각각의 면모와 특징을 지니게 되었다. 그 상이점은 몇 달이나 계속되는 북경 기행 중에서 가장 감명을 받았던 장소가 작자마다 서로 다른 데서 확연히 드러난다. 그러면 박지원과 홍대용, 노이점이 어느 곳을 방문하였을 때 감정의 격랑이 어떻게 일어났는지 구체적으로 살펴보도록 한다.

사행을 떠난 박지원이 끝없이 펼쳐진 요동평야를 바라보며 새로운 감회에 사로잡혀 한바탕 울고 싶어한 적이 있다. 곧 요동평야는 박지원에게 북경 기행의 감명을 주기 시작한 곳이라고 말할 수 있다. 반면 홍대용이 북경 기행 길에서 처음 감명을 받은 곳은 박지원과 다르다. 홍대용이 가장 인상 깊어 하던 곳은 어디인가? 아마도 의산려산(醫無閭山)이 아닌가 생각된다.

> 망해정(望海亭)에 올라와서 눈가가 찢어지거나 머리의 갓에 머리카락이 솟구치지 않으면 나약한 사람이다. 돌아보면 반평생 우물 속의 (개구리처럼) 앉아서 하늘만 바라보다가 날파리[肖翹] 같이 꿈틀거리다가 이에 가슴을 펴고 눈을 밝히어 천하의 일을 논하려고 하니, 심하다, 스스로 헤아릴 수 없음이![74]

초교(肖翹)는 『장자』의 「거협」 편에 나오는 말로서, 아주 작으면서 날아다니는 새 같은 것을 가리킨다. 홍대용은 망해정에 올라 감정이

---

74) 홍대용, 『담헌서(湛軒書)』, 「연기(燕記)·망해정」. "登此樓而不裂目眦, 髮衝冠眞懦夫也. 顧半生坐井, 蠢然若肖翹, 乃欲明目張膽, 妄談天下事, 甚矣, 不自量也." (고전번역원의 번역을 인용하였다. 논지를 위하여 수정한 곳이 있다. 이하 언급하지 않기로 한다.)

매우 격하게 동요하고 있음을 스스로 술회하고 있다. 그 구체적인 내용에 대하여서는 별다른 말이 없다. 그런데 「의산문답」에 나타나는 다음의 말은 그가 망해정에서 가졌던 분노의 원인으로 보인다.

> 허자는 은거하며 독서한지 삼십 년 만에 천지가 변화하는 것을 골몰히 연구하고 성명(性命)의 미세한 것도 밝히었다. 게다가 오행의 근본에도 심력을 쏟고, 삼교(三教)의 심오한 것도 통달하여 인도(人道)를 경위(經緯)하고 사물의 이치에 회통(會通)하였다. 심오한 것을 헤아리고 파헤치며, 본말을 통찰한 후 세상에 나와 사람들과 이야기하였으나 웃지 않는 사람이 없었다.
>
> 이에 허자가 말하였다. "작은 지혜를 가진 사람과는 큰 것을 말할 수 없고 누추한 풍속에 빠진 사람과는 도를 논할 수 없다." 이에 북경에 들어가서 현달한 사람과 만나 대화를 하려고 숙소에서 60여 일이나 머물렀지만, 끝내 만날 수가 없었다. 이에 허자가 한숨을 지으며 탄식하여 말한다. "주공의 도가 쇠퇴한 것인가? 철인이 병들어버린 것인가? 아니면 우리의 도가 잘못된 것인가?" 짐을 싸고 돌아오다가 의무려산에 올랐다. 남으로 푸른 바다를 마주하고 북쪽은 사막을 바라보니 마구 눈물을 흘리면서 말한다. "노자는 오랑캐 땅으로 갔고 공자는 바다에 배를 띄웠는데, (내가) 어찌 포기할 수 있겠는가? 어찌 포기할 수 있겠는가? 마침내 세상을 등질 생각을 하고 10여 리를 가니 돌문이 길에 임해 있는데, 실옹이 사는 문이라고 쓰여 있었다. 허자가 말한다. "의무려산은 오랑캐와 중국이 맞닿은 곳으로 동북의 이름난 산이니, 분명히 숨은 선비가 있을 것이다. 내가 가서 만나야겠다."[75]

75) 홍대용, 『담헌서(湛軒書)』, 「의산문답(醫山問答)」, 320면. "虛子隱居讀書三十年, 窮天地之化, 究性命之微, 極五行之根, 達三教之蘊, 經緯人道, 會通物理, 鉤深測奧, 洞悉源委, 然後出而語人, 聞者莫不笑之. 虛子曰: '小知不可與語大, 陋俗不可

망해정(望海亭)에서 홍대용이 눈이 찢어질 듯하고 머리끝이 쭈뼛하게 서는 듯 느낀 곳은 다름이 아니라 산해관(山海關)이었다. 홍대용이 산해관에 대하여 남다른 감회를 가지게 된 것은, 청나라가 북경을 정복하여 중국을 차지하게 될 때 오삼계(吳三桂)가 산해관을 내어 주었기 때문이다. 당시 조선에 있는 사람들에게까지도 중화세계의 몰락이라는 극심한 가치관의 혼란을 주었던 사건으로 마침 이곳을 지나는 홍대용은 남다른 감회에 사로잡힌 것이다.

박지원은 산해관을 지나가면서 홍대용과 같은 격한 감정을 드러내지 않는다. 홍대용의 언급을 익히 알고 있었던 탓도 있었겠지만, 박지원은 다른 곳에 관심을 가진다. 여기서 잠시 박지원이 산해관에 대하여 언급한 것을 살펴보기로 하자.

> 아아! 몽염(蒙恬)이 장성을 쌓아서 오랑캐를 막으려고 하였지만, 진나라를 망하게 한 오랑캐는 울타리 안에 자라고 있었다. 서중산(徐中山)이 산해관을 두어 오랑캐를 막으려 하였지만, 오삼계가 관문을 열어 적을 맞기에 급급하였다. 천하가 아무런 일이 없는 때에 단지 장사꾼들의 세금 받는 곳이 되었으니, 내가 산해관에 대하여 무엇을 더 이야기하겠는가![76]

與語道也.' 乃入燕都游談于搢紳, 居邸舍六十日卒無所遇, 於是虛子喟然歎曰: '周公之衰耶, 哲人之萎耶, 吾道之非耶,' 束裝而歸. 乃登醫巫閭之山, 南臨滄海, 北望大漠, 滋然流涕曰: '老聃入于胡, 仲尼浮于海, 烏可已乎, 烏可已乎', 遂遯世之志. 行數十里, 有石門當道, 題曰實居之門, 虛子曰: '醫巫閭, 處夷夏之交, 東北之名嶽也, 必有逸士居焉, 吾必往叩之.'"

76) 박지원, 『열하일기』·「산해관기(山海關記)」(『연행록전집』 53권, 530면), "嗚呼! 蒙恬築長城以防胡, 而亡秦之胡養於蕭牆之內, 中山設此關以備胡, 而吳三桂開關迎入之不暇也. 當天下無事之日, 徒爲商旅之譏征, 則吾於關亦奚足云!"

서중산은 서달(徐達)이다. '장사꾼에게 세금 받는 곳'이라는 뜻을 가진 기정(譏征)은 '관시기이부정(關市譏而不征)'에서 인용한 말로 관문에 있는 사장에서 조사만 하고 세금을 걷지 않는다는 말이다. 출전은 『맹자』「양혜왕」 편에서 인용한 말이다. 이는 산해관이 전쟁터가 아니라 장사하는 곳으로 변했다는 뜻이다. 박지원에게 있어 산해관의 존재가 가지는 의의는 홍대용과 사뭇 다른 것이다. 이제 박지원에게 이곳은 과거의 사실 때문에 홍대용처럼 머리털이 치솟는 비분의 감정을 주는 장소가 아니라, 과거의 역사가 묻혀버려 평화롭게 장사하는 곳에 지나지 않았다. 그러므로 이 대목은 청에 대하여 비분강개만 할 것이 아니라 청나라의 실체를 인정하고, 그 위에서 새로운 세계를 맞이해야 한다는 박지원의 생각이 은연중에 드러난 부분으로 이해할 수 있겠다.

반면 노이점은 산해관의 경관에 대해 탄식을 자아낸다.

> 아마도 오삼계의 의도는 청나라 군대의 힘을 빌려 아버지의 원수를 갚고, 천천히 청나라를 멸망시키어 명나라를 회복한다는 것이었을 것이다. 그 계획은 강유(姜維)가 등애(鄧艾)를 끌어들여 한나라 왕실을 회복시키려다가 끝내 문을 열고 적을 받아들이게 된 것과 같다. 그의 생각도 또한 슬픈 것이다.[77]

산해관의 경관에다 오삼계의 역사적 사실을 적시(摘示)하는 한편, 오히려 그의 실패를 안타까워하고 있다. 『삼국지연의』에 나오는 강

---

77) 노이점, 『수사록』, 7월 23일, "盖三桂之意則借清兵而報君父之讐, 徐啚清人而更復宗社. 其計如姜維之搆鄧而復漢室而終作開門納賊之人. 其志亦悲夫!"

유와 등애의 고사를 인용하여 오삼계가 명나라의 국권을 지키려고 애를 쓰다가 실패했다고 동정이 섞인 감회를 보이고 있다.

명승지를 역사적 사건에 결부시켜 자신의 인식을 드러내는 것은 산해관만이 아니었다. 백이, 숙제의 사당 또한 마찬가지였다. 그가 관심을 가지고 있던 곳이 바로 이곳이었다.

> 밤에 눅눅한 방에 누우니 잠을 잘 수가 없다. 곰곰이 오늘 왔던 길을 생각해보니 채미사(采薇祠)에서 성범(聖範)을 본 것은 평생 없었던 성대한 일이었다. …… 오늘 있었던 일은 평생 잊을 수 없는 일이라 할 만하다.[78)]

노이점은 백이·숙제의 사당을 방문하고, 그날 밤 감회에 사로잡혀 잠을 이루지 못했다고 고백하고 있다. 무엇보다 백이·숙제의 충절을 두드러지게 인식한 것이다. 이를 보면, 노이점은 백이·숙제의 충절을 평소 무엇보다 앙모하고 있었던 모양이다.

노이점이 산해관에서 명나라의 멸망을 안타까워한 심정은 홍대용이 산해관에서 느끼는 감명과 유사한 면이 있다. 하지만 홍대용이 청나라의 역사무대 등장을 상대주의적 중화사상의 입장에서 바라본 것이라면, 노이점은 명나라에 대한 존명의식에서 나온 것이다.

이상에서 각각의 북경 기행록을 통하여 작자의 세계관이나 역사인식, 그리고 나아가서는 그 시대상까지도 읽을 수 있음을 살펴보았다.

---

78) 노이점, 『수사록』, 7월 26일, "夜臥濕炕不能着睡. 默念今日所經過, 則采薇祠之瞻仰聖範, 實平生所未有之盛事也. …… 今日之事, 可謂平生所不可忘者也."

그런데 『수사록』은 노이점이 하루도 빼놓지 않고 매일 충실하게 기록하였다. 단순한 북경 기행인 경우에는 짧게 서술하였고, 북경에 체류하면서 주요한 곳을 방문하거나 박명(博明)과 만나 필담을 나누는 일에서는 내용이 길어지고 있다. 상방의 비장으로서의 노이점은 사신의 업무와 관련하여 상마연, 하마연과 중대한 일이 있는 광경들을 자세히 묘사하기도 하였다. 이는 자신의 신분에 충실한 면모를 보여 주는 것이다.

특히 자신의 신분과 입장 때문에 대청관계에 원론적인 입장만 고수할 수밖에 없었을 것이다. 좀 더 확대해서 생각한다면 북경을 기행한 기록물의 『수사록』이라고 쓰게 된 것도 대청 인식의 다른 표현으로 볼 수 있다. 그가 대체로 '사(槎)'라고 쓴 것은 본래 이 말이 일본에 가는 것을 지칭하였던 바, 『수사록』의 '사(槎)'도 섬나라 왜에 가는 것을 의미하듯, 배타적인 생각을 가지고 청을 지칭하여 쓴 것으로도 보인다.

또한 『수사록』은 북경 기행록의 전통과 발달 과정에서 적지 않은 의미를 지니고 있다. 축적된 사행록의 문학적 성과가 박지원을 통하여 『열하일기』로 화려하게 피어나기도 한 반면에, 북경 기행 체험을 충실하게 기록했다는 면에서 노이점의 『수사록』이 기존의 전통을 잇고, 사행에 참가한 정사나 부사의 기록이 아니라, 정사를 수행한 비장의 기행록이라는 점에서도 다르게 의미부여를 할 수 있기 때문이다.

III
『수사록』의 기록내용과 서술시각

1. 일정의 고찰

『수사록』은 전 과정이 날마다 기록한 일기체 형식으로 되어 있다. 때문에 그 기록을 날짜를 따라 읽어내려 가면 북경 기행의 전체 과정을 알 수 있다. 그런데 북경 기행의 전 일정을 놓고 『수사록』과 『열하일기』를 비교하여 보면 사뭇 다르다. 『열하일기』는 한양을 출발하여 의주까지 도착하는 과정과 열하에 다녀온 후 북경 체류하였을 때의 일정, 그리고 북경에서 한양으로 돌아오는 과정이 생략되어 있다.

이 때문에 1780년 북경 기행의 일정을 모두 살펴보기 위해서는 『수사록』의 일정을 중심으로 살펴볼 수밖에 없다. 『열하일기』에 생략되어 알지 못했던 일정 중에 먼저 한양에서 의주까지의 내용을 살펴보기로 한다.

1) 한양에서 의주까지

『수사록』을 보면 5월 25일 한양에서 출발했을 때의 정황을 알 수 있다.

> 5월 25일 날씨가 맑다. 아침 일찍 사신의 행차가 대궐로 가서 임금의 행차에 참가하고 있지만 곧바로 사폐(辭陛)하지 못했다. 식사 후 나는 박치계(朴稚繼) 형제와 모화관(慕華館)을 먼저 나와 송정 이랑의 집에 갔으나 만나지 못하였다. 사대(查對)가 곧바로 행하여지지 않아 저절로 지체된다. 오후가 되어 사신의 일행이 나오고 사대는 이미 끝났다. 날씨가 그다지 덥지 않았는데 전별하는 사람이 적지 않다. 사람들의 열기가 쌓여 찌는 듯하고 땀이 흘러 등을 적시고 곽란(癨亂)이 날 것 같다. 오후 포시(哺時) 쯤 사신의 일행과 함께 출발하여 고양에 도착하였으나 해가 아직 걸려 있었다.[1]

사폐(辭陛)는 먼 곳으로 떠나가는 사신이 임금에게 하직 인사하는 것이고, 사대(查對)는 중국에 보내는 표(表)와 중국에 보내는 공문서인 자문(諮問)을 대조하여 살피는 것을 말한다. 5월 25일 사신의 일행은 북경 기행 출발에 앞서 대궐에서 정조와 만나고 있었음을 알 수 있다. 그리고 『승정원일기』를 보면 사신은 선정전(宣政殿)에서 정오쯤에 정조를 만났다는 것을 알 수 있다.[2] 노이점의 경우 북경 기

1) 노이점, 『수사록』, 5월 25일, "二十五日, 晴. 早朝使行赴闕, 仍參擧動, 未卽辭陛 飯後余與朴稚繼兄弟 先出慕華館 歷入松亭李郎家而未遇, 因査對之未卽行, 自致遲滯 午後, 使行始出來, 査對已罷矣. 日未甚熱, 而出餞者不少, 人氣積蒸, 汗流浹背, 幾至成癨. 哺時陪使行離發, 抵高陽, 日未落矣."

2) 『승정원일기』, 5월 25일, "庚子五月二十五日午時, 上御宣政殿. 三使臣入侍時, 上使朴明源, 副使鄭元始, 書狀官趙鼎鎭, 左承旨徐有防, 假注書洪光一, 記事官李璡·徐龍輔, 以次進伏訖. 上命進前, 明源進伏日, 暑月動駕之餘, 聖體, 若何? 上曰, 一樣矣. 王大妃殿氣候, 若何? 上曰, 一樣矣. 惠慶宮氣候, 若何? 上曰, 一樣矣. 上曰, 當此炎節, 萬里行役, 果難矣, 卿等須利涉焉. 行期, 何如? 明源曰, 遼野之土, 時値潦雨, 則盡成泥濘, 人馬難過, 而第雖不得迅行, 計一月三日, 則可以得達云, 八月十三日前, 似可到彼矣. 上曰, 專對之責, 惟在於識事情而善處變, 今番卿等, 須善爲之, 奏文一節, 豫備兩件, 亦涉如何? 卿等須相議處之, 可也. 明源曰, 此事臣等謹

행에 전별하는 사람들이 많았다. 사신의 일행은 이날 포시(哺時)인 오후 5시쯤에 한양을 출발해 고양에서 처음 유숙하였다.

이들은 파주와 송경, 평산, 단흥, 봉산, 황강, 가성, 순안, 가산, 안주, 선천 등을 지나 거의 20일 만인 6월 15일 의주에 도착하였고, 6월 24일 의주를 출발하였다.

2) 의주에서 북경까지

의주에 도착한 사신의 일행은 그곳에서 9일간 머문 셈이다. 오랫동안 의주에 머문 이유가 『열하일기』와 『수사록』에 나타나 있다. 다음은 『열하일기』에 언급된 내용이다.

> 처음 의주관(義州館)에 머무른 지 10일 동안에 방물이 모두 도착하였다. 북경 기행의 기일이 매우 급한데 한 번 비가 내려 장마가 졌다 강 양쪽에 물이 불어났다. 중간에 날씨가 맑은 날이 벌써 4일이나 되었지만 물살은 더욱 거세어지고 나무와 돌이 함께 굴러가고 탁류가 허공에 튄다. 아마도 압록강의 발원지가 멀기 때문인가 보다.[3)]

이때 사신의 일행은 청나라로 가지고 갈 방물이 의주에 도착하기를 기다린 것이 지체의 이유였다. 그런데 6월 15일부터 19일까지 비가 내렸다. 그 후 20일에서 23일까지는 날씨가 맑아졌는데도 출발

當臨時處之矣. 上曰, 加減六和湯一貼煎入事. 出榻教 命退, 諸臣以次退出."

3) 박지원, 『열하일기』, 6월 24일(『연행록전집』 53권, 252면), "初留龍灣(義州館). 十日方物盡到, 行期甚促, 而一雨成霖, 兩江通漲. 中間快晴亦已四日, 而水勢益盛, 木石俱轉, 濁浪連空, 蓋鴨綠江發源最遠故耳."

하지 못했다. 그동안 내린 비가 하류로 몰려왔기 때문에 강을 건널 수 없어서 또다시 며칠간 체류했던 모양이다. 마침내 6월 24일 압록강을 건너 북경으로 향하는 북경 기행을 시작하였다. 노이점은 『열하일기』에 언급되지 않은, 사신 행차의 규모를 구체적으로 밝히고 있다.

> 강을 건넌 사람의 수는 270명이고 말은 194마리였다.[4)]

그 규모가 작지 않음을 알 수 있다. 그러나 이러한 대규모 인원이 물이 불은 압록강을 건너기란 쉽지 않았던 듯하다. 그들은 장마로 불어난 물과 그 물살 때문에 쉽사리 건너지 못했던 것이다.

> 미시(未時)에 배에 올랐다. 강물이 광활하고 물결이 사나워 똑바로 건널 수가 없다. 배를 구룡당(九龍堂) 아래까지 끌어다 놓고 비로소 띄워 움직인다.[5)]

오후 2시가 되어서 비로소 배를 타기 시작하였다. 당시 불어난 물살 때문에 강물을 가로질러 똑바로 건너지 못하고 배를 상류지역인 구룡당(九龍堂)까지 끌고 가서 배를 띄웠다. 이렇게 하면 배가 물살을 따라 흘러서 목적지에 쉽게 도착할 수 있었기 때문이다.

여기서 조선과 중국의 국경에 대하여 잠시 언급하고자 한다. 오늘날 조선과 중국의 국경은 압록강이지만, 북경 기행 당시 국경은 압

---

4) 노이점, 『수사록』, 6월 24일, "渡江人數, 合二百七十員名, 馬一百九十四匹."

5) 노이점, 『수사록』, 6월 24일, "未時登舟, 而水濶波悍, 不能直渡, 挽舡於九龍堂下, 始爲放舟."

록강이라고 말하는 경우와 책문이라고 말하는 경우가 있다. 『수사록』의 기록을 보면 이에 대한 언급이 나타나 있다.

> 당피포(唐皮浦)에 도착한다. …… 2명의 어떤 갑군이 수자리 살던 장막에서 나와 서 있다가 우리 일행을 본다. 말몰이꾼이 (우리가) 중국어로 말을 거니 그들도 대답한다. 비로소 그들의 얼굴과 차림새를 보니 또한 새롭고 새롭게 느껴진다. 대개 중강(中江)부터가 저들의 국경이기 때문에 갑군이 와서 지킨다.[6)]

당피포(唐皮浦)는 압록강을 건넌 후 도착한 곳이다. 이곳은 청나라의 갑군이 와서 지키는 곳으로, 경계라는 것을 알 수 있다. 당시 국경이라는 것은 국경선을 말하기보다는 지역적인 개념이었기 때문에 오늘날처럼 그 경계가 명확하지 않은 수 있다. 인용된 부분은 압록강을 건넌 후의 상황으로 『열하일기』에서도 볼 수 없는 것이다.

압록강을 건너 북경으로 가면서 노이점은 통상 사신의 일행을 따라갔고 박지원은 보통 새벽 변계명과 함께 사신의 일행보다 앞에 일찍 출발하였다. 게다가 요녕이나 광령성 같은 곳에서 박지원은 사신의 행차를 따라가는 노이점과 달리 구요양과 구광령을 동료들과 다녀오기도 한다.

한편 노이점의 기행 일정에는 구경하고 싶은 것을 보지 못하여 아쉬워하거나 부모님 제사를 맞이하여 감회에 젖는 등 북경 기행도

---

6) 노이점, 『수사록』, 6월 24일, "至唐皮浦 …… 有甲軍二人出立於戍幕, 而見我一行, 驅人以漢語打之, 渠亦答之. 始見彼人面貌狀, 亦覺新新. 盖自中江屬彼邊, 故甲軍來戍也."

중 겪는 이런저런 고충을 자주 이야기한다. 이런 부분을 먼저 살펴보고자 한다.

> 북쪽 높은 산을 바라보니, 높은 산이 수백 리에 가로질러 펼쳐져 있고, 여러 봉우리가 높고 험준하게 구름과 아지랑이 아득한 사이로 출몰한다. 들어보니 이곳이 의무려산(醫無閭山)이라고 한다. 항상 한 번 보고 싶었는데 지금 비로소 소원을 이룰 수 있게 되었으니 행운이라고 말할 수 있지만 길은 돌아가고 말은 병이 나서 서악(西嶽)과 옥천(玉泉) 사이를 유람할 수 없는 것이 자못 안타깝다.[7)]

대개 사신의 일행은 정해진 일정을 따라가야만 했지만, 간혹 좋은 관광지가 있으면 별도로 일행과 떨어져서 구경한 후 다시 일행을 따라가기도 했다. 노이점은 의무려산을 몹시 구경하고 싶어 했다가, 그 기회를 얻었지만 말이 병이 나서 나설 수가 없었다.

이밖에도 노이점은 북경 기행도중 병든 말 때문에 여러 번 고생하였다.

> 병든 말이 연일 먹지 않고, 피오줌이 그치질 않는다. 여러 약으로 치료하였으나 지금까지도 효과를 보지 못했다. 동반과 함께 큰 수레를 세내어서 타고 갔다. 그 수레가 매우 낮아서 다니기가 몹시 어렵고, 언덕에 오를 때면 왼쪽으로 기울거나 오른쪽으로 쏠린다. 진흙을 지날 때 말이 굴러 수레가 빠지고, 때때로 산이 무너지고 땅이 갈라지

---

7) 노이점, 『수사록』, 7월 14일, "北望高山橫亙於數百里, 群峰崒兀, 出沒於雲靄緲茫之間. 聞是醫無閭山也. 常欲一見, 而今乃諧願, 雖云幸矣, 而路迂馬病, 不得遊覽於西嶽玉泉之間, 殊庸嘅咄."

> 는 소리가 난다. 몸도 불편하고 매우 위험해 결코 말을 타는 것만 못하다. 그러나 동반들은 이에 익숙하지 못하기 때문이라고 하면서 만약 수레 타는 것에 익숙하다면 기분이 편하고 좋다고 한다. 말을 모는 사람은 수레 위에서 몰기도 하고 수레 옆에서 가기도 한다. 말이 게으름을 부리면 채찍을 휘두르며 '다다(多多)'라고 꾸짖기도 하고, '구구(句句)'라고 말하기도 한다. 이른바 '다다(多多)'라고 말하는 것은 '타타(打打)'를 말하는 것 같은데, '구구(句句)'라고 하는 것은 무슨 말이지 모르겠다.[8]

7월 16일 병든 말을 더 이상 탈수 없게 되자 수레를 세내어 타고 가면서 겪은 일들이다. 그런데 노이점은 남들이 편하게 여기는 수레를 불편하게 여기고 오히려 말 타는 것을 더 편안하게 생각한다. 재미있는 것은 수레를 타면서 수레를 모는 중국 사람의 행동과 말 모는 소리를 묘사한 부분이다. 중국인 말몰이꾼이 '다아 다아~'라고 외치는 것을 '다다(多多)'라고 적고 있는데, 이는 중국 사람이 말하는 '타타(打打)'를 듣고 음차(音借)한 것으로 보인다. 그리고 '구구(句句)'에 대해서는 궁금해 하면서도 그 뜻을 이해하지 못하였다.

『수사록』에는 북경 기행도중 겪은 어려움이 자주 나타나 있다. 7월 26일 박지원은 노이점과 정진사, 주주부, 변래원과 함께 이제묘에서 출발하여 야계둔(野鷄屯)에 도착하는데, 여기서 뜻하지 않게 비

---

8) 노이점, 『수사록』, 7월 16일, "病驂連日不食. 血溺不止, 多般藥治, 訖未見效. 與數同伴, 同貰大車而行, 其制甚低, 而其行甚艱, 登坂則左傾右欹, 涉泥則馬顚輪沒, 而時聞山崩地裂之聲, 身不便而危亦甚矣. 終不如乘馬, 而同伴則以爲此不閑於乘車而然矣. 若習於乘者, 氣甚便好云. 驅車者或御於車上, 或行於車傍. 馬倦行則以鞭揮之, 而或叱之爲多多, 或叱之爲句句, 所謂多多者, 似是打打, 而句句則不可知矣."

바람에 우박을 맞는다. 노이점은 『수사록』에 이때의 상황을 기록하고 있다. 이에 대한 분석은 뒤에서 다시 언급하기로 한다.[9)]

이 기록을 통하여 악천후를 뚫고 몇 만 리를 걸어가야 하는 사행의 어려움을 충분히 상상할 수 있다. 노이점은 날씨뿐만 아니라 자신이 타고 다니던 말 때문에 관광도 못하고 여러 번 고생한 적도 있었다.

> 듣자하니 서진사의 집은 자못 화려하고 사치스러우며 완상(玩賞)할 수 있는 서화(書畵) 같은 것이 많기 때문에 전부터 사신들이 이곳을 지날 때 언제나 그의 집을 들렀고, 서진사도 관대하게 대접했다. 이번 우리 행차도 부사와 서장관, 동반들이 그의 집으로 간 사람이 많지만 나는 말이 병들어 가지 못한다. 안타까웠다![10)]

7월 25일에 있었던 일이다. 행대(行臺)는 서장관(書狀官)을 말한다. 노이점은 서진사의 집에 가지 못했지만 박지원은 일행들과 이곳을 방문하여 여러 가지 견문한 사실을 기록하였다.

북경에 도착하기도 전에, 이미 말이 병들기 시작했음을 알 수 있다. 이 때문에 그는 마음대로 다닐 수 없었다. 다음날 사호석(射虎石)에서도 이와 비슷한 일이 발생하였다.

---

9) 이 내용은 2장 「『열하일기』와 대비해서 본 『수사록』의 특징」에서 2)단원 「동일한 공간에서 묘사」의 (5) '청성묘(清聖廟) 우박사건'에서 언급하기로 한다.

10) 노이점, 『수사록』, 7월 25일, "聞徐進士家亦頗華侈, 多有書畵之可玩者, 故自前使行過此時必入其家. 徐亦款待. 我行今行副价行臺及諸同伴多有入者, 而余以馬病未入. 可歎!"

> 남문 밖 10리쯤에 이장군의 사호석이 있다고 한다. 갈 길이 바쁘고 말이 병들어서 가볼 수가 없으니 안타깝다.[11]

이 기록은 7월 26일에 있었던 사실을 언급한 것이다. 말이 병이나 구경도 다닐 수 없는 것을 안타까워하고 있다. 노이점은 『수사록』에서 자신의 신변에 있었던 반갑지 못한 일을 또다시 서술하고 있다.

> 타던 말이 병이 들어 먹지 않은 지 이미 오래되었다. 어제 역참부터는 다시 발을 저는 병이 생겼다. 만 리 행역에 의지하는 것은 오직 말뿐이거늘 이제 탈 수 없으니 어떻게 가야 할지 모르겠다.[12]

노이점은 말이 발을 절어 불편을 겪고 있었다. 그러다가 800전을 주고 빌려 탄 나귀마저 신통하지 않아 고생하기도 한다. 이에 대한 언급이다.

> 내가 다른 길로 돌아서 가려고 하는 사이에 갑자기 나귀가 제멋대로 펄쩍 뛰어 진흙 속으로 들어가 온몸이 거의 빠졌다. 나는 나귀의 등에 있지만 무릎 아래는 온통 진흙 속에 빠져 있어 나올 수가 없다. 문상오(文尙五)가 급히 와서 나를 업어 나오고 나서 나귀도 끌어낸다. 그 어려움이란 말할 수가 없다. 나귀를 버리고 걸어 간다. …… 밥을 먹은 후 쇄마(刷馬)를 빌려 타고 출발한다.[13]

---

11) 노이점, 『수사록』, 7월 26일, "聞南門外十里許, 有李將軍射虎石. 而行忙馬病, 不得往見. 可歎!"

12) 노이점, 『수사록』, 7월 27일, "所騎病不食已久, 自昨站又生蹇病. 萬里行役, 所恃者只是鬣, 而今不可騎 未知何以作行也."

나귀가 진흙에 빠졌기 때문에 노이점도 그 속에서 꼼짝 못하고 있었다. 좀 더 깊은 진흙에 빠지게 되었다면 극단적인 상황이 발생할 수도 있었다.

하지만 『열하일기』에는 이러한 묘사가 좀처럼 언급되지 않는다. 청장년인 박지원과 노인인 노이점의 차이일 수도 있지만, 이들은 비록 같이 북경 기행을 하고 있으면서도 북경 기행에 임하는 자세가 다르기 때문일 수도 있다.

말이 진흙에 빠진 것을 리얼하게 묘사한 것도 있다.

> 재봉이 탄 말은 크고 좋은 말이었으나, 내가 발이 빠졌던 진흙탕에 넘어져서 일어나지 못하였다. 온몸이 점점 더 빠지더니 오직 두 귀만 보이는데, 작기가 고양이 귀 같다. 이 녀석은 죽을 것이 분명했다. 역예(驛隸)와 말몰이 꾼 수십 명이 말머리를 들기도 하고 꼬리를 당겨 식경이 지나서야 겨우 끌어낸다. 대개 이곳 진흙은 사람이나 말이 빠지게 되면 저절로 진흙 속에 더욱 얽히어 들어가기 때문에 빠져나오기가 매우 어렵다.[14)]

7월 28일 동팔리보(東八里堡)에서 있었던 일이다. 재봉이의 말이 진흙에 넘어져서 그대로 잠기는 장면을 실감나게 묘사하고 있다. 특

13) 노이점, 『수사록』, 7월 29일, “余欲迤驅他路之際, 驢子忽自躍, 入沒於泥中, 全身幾盡沒. 余在驢背上, 而自膝以下, 亦盡沒於泥中, 無以拔出. 文尙五急來負余而出又拔出驢子. 其難辛不可言. 捨驢而徒行, …… 飯后借騎刷馬而發.”

14) 노이점, 『수사록』, 7월 28일, “再鳳所騎者, 卽體大好馬, 而顚于余所沒足處不能起. 全體漸沒, 唯見雙耳露出, 而小如描耳. 其死必矣. 驛隸及驅人輩數十名, 或擧其頭, 或拔其尾. 過食頃, 艱辛舁出. 盖此處泥土, 人馬致沒, 則自泥中益爲鉤入, 故拔出極難”

히 위기에 처한 말을 진흙에서 꺼내는 사람이 수십 명이나 되었다는 설명에서 그들의 인정 넘치는 일체감이 돋보이기까지 한다.

7월 16일 병든 말로 고생하고 있던 그가 부모님 제삿날을 만났다.

> 날씨가 맑았다. 만 리 이역(異域)에서 망극(罔極)한 날을 만나, 동쪽 구름을 바라보며 그저 홀로 목 놓아 큰 소리로 울 뿐이다.[15)]

북경으로 가는 길에 노이점은 부모님의 기일(忌日)을 당하여 조선이 있는 동쪽 하늘을 보고 슬퍼하였다. 난생처음 겪는 북경 기행으로 말미암아 돌아가신 부모님 생각이 더욱 간절했을 것이다.

노이점은 사신의 일행이 지나가는 광경도 설명하고 있다.

> 나귀를 몰고 먼 길을 간다. 길은 숫돌같이 평탄하고, 버드나무 그늘이 길을 끼고 있으며, 짙은 녹음이 수백 리에 이어져 있다. 말을 타고 그 속을 가면 별천지에 들어가는 것 같아 한끝을 가면 또 한끝이 있고, 한 굽이를 가면 또 한 굽이가 있다. 가면 갈수록 깊어져서 앞에 가는 사람은 뒤에 오는 사람을 볼 수 없고, 뒤에 따라가는 사람은 앞에 가는 사람을 볼 수 없다. 이는 하나의 장엄한 광경이다.[16)]

넓은 들판과 그곳 대로에 심어 놓은 버드나무 길로 수백 명의 조선 사신과 몇백 마리나 되는 말이 죽 이어져서 지나가는 장면이 연

---

15) 노이점, 『수사록』, 7월 16일, "晴. 萬里殊域, 逢罔極之日, 瞻望東雲, 只自號泣."

16) 노이점, 『수사록』, 7월 30일, "驅驢於長路. 路大如砥, 柳陰夾路, 濃陰横亘數百里, 馬入其中, 如入洞天. 過一節又有一節, 入一曲又有一曲, 去去深深, 前去者, 不見後來者, 後來者, 不見前去者, 此一壯觀也."

상된다. 피로감에 젖어 있던 노이점도 이 장엄한 광경을 보고 감동을 받았는지 그 버드나무 우거진 길이 별천지 같은 동굴로 가는 것 같다고 표현하고 있다.

3) 북경 도착과 전반기 북경생활

사신의 일행이 **북경에서 체류한 기간**은 8월 1일부터 9월 15일이다. 그런데 이 부분은 사신이 업무상 수행하고 있는 일을 기준으로 본다면 크게 두 부분으로 나누어 살펴볼 수가 있다. 하나는 정사 박명원이 사신의 일행과 함께 열하에 다녀온 기간인 8월 5일부터 8월 20일까지이고, 다른 하나는 사신이 돌아온 8월 20일부터 조선으로 출발하는 9월 16일까지이다. 앞부분을 전반기 북경생활, 뒷부분을 후반기 북경생활로 구분하여 설명하고자 한다.

사신과 그 일행은 북경에 도착하자마자 자문(咨文)을 청나라에 바친다.

> 사신의 행차는 자문을 가지고 예부에 바친다. 예부에서 한족시랑(漢族侍郞) 장존여(莊存與)가 와서 자문을 받는다.[17]

조선 사신은 외교문서인 자문을 청나라의 예부에 주고 노이점과 그 일행은 곧바로 숙소인 서관으로 돌아간다. 그런데 숙소는 잠을 잘 수 없을 정도로 불편한 곳이었다.

---

17) 노이점, 『수사록』, 8월 1일, "使行奉咨文, 入納於禮部, 禮部漢侍郎莊存與來奉表."

> 만주식 온돌방은 폐기되어 아직 온전하게 수리가 되지 않아 집은 넓어도 조금도 편안한 느낌이 없다. 밤이 되면 바람이 많이 불고, 추위도 파고들어 잠을 잘 수가 없으니 오히려 여로에서 주선하면서 잤던 집보다 낫지 않다. 또 깊숙한 서관에 매여 있으니 캄캄한 감옥 속에 굳게 갇힌 것과 다름이 없다. 근심을 다 말할 수 없다.[18)]

숙소인 서관이 수리되지 않았을 정도로 갑자기 정해진 숙소였다. **북경 체류기간의 전반부**인 8월 1일부터 8월 20까지를 살펴보기로 한다. 당시 열하로 떠나지 못하고 북경에 남아있던 조선 사람들은 북경의 유적지와 시가지를 구경하거나, 한가롭게 개인적 관심사에 빠져 있었다. 그런데 북경에 남아 있던 사신의 일행이 북경 시가지를 구경하기 위하여 출입문을 나서는 것은 순탄하지만은 않았던 것 같다.

> 초 7일 날씨가 맑았다. 동반(同伴)과 함께 거리를 구경하려고 하니 갑군이 굳게 막아 되돌아왔다 다시 나갔다.[19)]

이날 노이점은 오전에 청나라 갑군의 저지를 받아 관광을 못하다가, 오후에 겨우 나갈 수 있었다. 거리로 나가서 천막 속에서 벌어지고 있는 묘기 구경을 하고, 코끼리를 본다. 또한 시내 구경을 가지 않았던 다른 사람들은 대개 잡기로 소일했다.

---

18) 노이점, 『수사록』, 8월 2일, "炕廢而未及完葺. 家濶而小無穩意, 夜來風多寒緊, 無以成睡, 反不如路上周旋之爲愈也. 且縶在幽館, 無異牢鎖於黑獄, 愁惱不可言."

19) 노이점, 『수사록』, 8월 7일, "初七日, 晴. 與同伴欲出遊於街上, 而甲軍牢拒, 還爲入來, 竢間更出."

> 8월 8일 날씨가 맑았다. 동반들은 모두 잡기로 시간을 보내고 있지만 나는 평소에도 투전(投錢)과 바둑놀이를 좋아하지 않았다.[20]

잡기는 구체적으로 투전과 바둑놀이였다. 투전놀이는 '지패(紙牌)' 놀이를 말하는 듯하다. 노이점은 자신의 고결함과 품위를 지키려는 듯 일상생활에서 겪을 수 있는 세속적인 재미를 가지지 못하였다. 반면 박지원은 노이점과 다르다. 세속적인 풍속에 잘 어울렸다. 북경에 오는 도중 일행들과 어울려 투전놀이를 한 적도 있었다. 다음은 북경으로 오는 도중에 통원보에서 박지원이 보여준 모습이다.

> 하루가 1년 같이 길었다. 저녁을 향하고 있는데도 더욱 더워져 저녁잠을 잘 수가 없다. 옆방에서 한참 지패놀이를 하면서 소리지르고 다툰다. 마침내 나도 달려가 그 자리에 끼어들어 연거푸 5차례를 이겨 백여 닢을 땄다. 술을 사서 실컷 마시니 전날의 수모를 씻을 수 있었다. 내가 묻기를 "지금도 또다시 복종하지 않겠는가?"
>
> 조군(趙君)과 변군(卞君)이 말한다.
>
> "우연일 뿐이오." 함께 크게 웃었다.
>
> 변군과 박래원이 분을 이기지 못하고 다시 한 번 판을 벌이자고 요구한다.
>
> 내가 사양하면서 말했다.
>
> "득의(得意)한 곳에는 다시 가지 않고, 만족을 알면 위태해지지 않지."[21]

---

20) 노이점, 『수사록』, 8월 8일, "初八日, 晴, 同伴皆以雜技消日, 而余素不喜投錢及圍棋之戲."

21) 박지원, 『열하일기』, 7월 2일(『연행록전집』 53권, 323면), "日長如年, 向夕尤暑,

지패(紙牌)는 종이로 만든 놀잇거리다. 종이에다 인물, 조(鳥)·수(獸)·충(蟲)·어(魚), 문자, 시구(詩句) 따위를 그리고, 각기 점수를 부여하여 그 점수를 붙인 종잇조각을 가지고 내기를 했던 것으로 보인다. 조군은 조달동(趙達東)이고 변군은 변래원(卞來源)으로 보인다. 박지원이 일행들과 투전놀이를 하여 돈을 따서, 그 돈으로 술을 사 마시고 재미있는 농담을 하는 장면이다. 두 가지 경우의 예문은 노이점과 박지원의 성향을 재미있게 대비시키며 보여주고 있다.

그런데 대개 조선 사람들이 북경에 도착하면 임의대로 관사를 나와 구경할 수 없었다. 밖으로 나갈 수 있었어도 노이점은 시장에 돌아다니는 것조차 싫어하였다.

> 8월 17일 날씨가 맑았다. 동반들이 모두 융복사(隆福寺)에 있는 시장으로 나갔지만 나만 혼자 서관에 머물렀다. 시장에 돌아다니는 것을 싫어했기 때문이다.[22)]

융복사는 북경 동서북대가(東西北大街)의 서쪽에 있는데, 1425년 나라 경태(景泰) 때 건립되었고, 옹정 9년 때 중수되었다. 명나라 때 북경에 유일하게 있는 라마(喇嘛)와 반선(班禪)이 동시에 머물던 사원으로 나마묘(喇嘛廟)이다.

라마교 사원이었던 융복사는 호국사(護國寺)와 대비하여 동묘(東

不堪昏睡. 聞傍炕方會紙牌, 叫呶爭哄. 余遂躍然投座, 連勝五次, 得錢百餘, 沽酒痛飮, 可雪前恥. 問:'今復不服否?' 趙卞曰: '偶然耳'相與大笑. 卞君及來源不勝忿寃, 要余更設, 余辭曰:'得意之地勿再往, 知足不殆'."

22) 노이점, 『수사록』, 8월 17일, "晴. 同伴皆出去隆福寺場, 而余獨留館, 蓋不屑於游市也."

廟)라고 하였다. 옛날에는 조정에서 향화(香火)를 하던 곳으로 대묘회(大廟會)로 유명했고 주변에 상업도 발달하였으며 고관대작들도 이곳에 와서 흥정하며 물건을 샀다고 한다. 근대에는 인근 왕부정(王府井) 귀족과 동교민항(東交民巷)에 머물던 외국인까지 몰려들어 한때 하루에 100만 전(錢)을 소비했다고 한다.

박지원은 융복사를 다녀왔고 기록도 남겼다. 노이점은 박지원에 비해 소극적이었지만 박지원은 적극적이었다. 박지원은 북경 기행 도중 심양의 숙소에서 몰래 빠져나와 그곳의 상인들과 밤새우면서 술을 마셨다. 시장조차 구경하지 않는 노이점과, 상인들과 만나 즐겁게 보낸 박지원은 서로 대조되는 면이 있다.

이밖에도 노이점은 동행하며 구경다닐 사람을 구하지 못하여 적극적으로 나서지 못하고 혼자서 애를 태운 적도 있었다.

> 8월 10일 날씨가 맑았다. 들어보니, 황금대(黃金臺) 유적지가 조양문(朝陽門) 밖에 5리쯤 있다고 한다. 그것이 진짜인지 가짜인지 막론하고 한번 보고자 했으나 말몰이꾼들 중에 아는 사람이 없어서 갈 수 없으니 자못 답답하였다.[23)]

> 8월 11일 날씨가 맑았다. 땔나무 파는 시장에 있는 문천상 사당에 가서 참배하려고 했으나 함께 갈 사람이 없어 갈 수 없으니 몹시 답답하다.[24)]

---

23) 노이점, 『수사록』, 8월 10일, "初十日, 晴. 聞金臺遺址在朝陽門外五里許, 毋論其眞假, 欲爲一見, 而驛隷中知者甚少, 無以往訪, 殊可菀也."

24) 노이점, 『수사록』, 8월 11일, "晴. 欲往拜柴市文山祠, 而無伴未果, 殊菀菀."

황금대와 문천상의 사당을 방문하지 못한 노이점은 혼자서 고민하고 있었다. 이를 통하여 그가 투전과 바둑놀이를 좋아하지 않고 시장에 돌아다니는 것도 싫어하였지만 역사 유적지인 황금대와 송나라 때 이민족인 원나라에 항거하다 순직한 문천상의 사당과 같은 곳은 의미를 부여하고 방문하고자 하였다는 것을 알 수 있다.

사신의 일행이 열하에서 돌아오기 전까지 노이점이 다녀온 곳은 법장사의 백탑, 코끼리가 있는 상사(象司) 정도이다. 노이점은 대부분 숙소에 머물고 있었다. 그리고 몽골인 박명을 만나 필담을 나눈 적도 있었다.

그가 비교적 적극적으로 주요한 곳을 방문하게 된 시기는 사신의 일행이 열하에서 돌아온 이후였다.

4) 북경 체류 후반기

북경 체류기간의 후반부는 열하에서 사신의 일행이 돌아온 8월 20일부터 9월 15까지이다. 이 기간 동안 노이점은 박지원을 비롯하여 사신의 일행과 합류하여 북경 시내를 구경하고 다녔다. 그런데 열하에서 돌아오는 사신과 만나는 첫날부터 실수가 생겼다.

8월 20일 열하에서 북경으로 돌아오는 사신의 행차가 덕승문으로 들어온다는 소식을 접한 노이점은 아침 일찍부터 여러 사람과 함께 그쪽으로 마중을 나간다.

> 『수사록』: 행차가 성밖에 도착했다는 것을 듣고, 여러 동지들과 함께 맞이하려고 덕승문(德勝門)을 향하여 가니 행차는 동직문으로

들어 왔다. 이 때문에 (방향이) 날줄과 씨줄처럼 어긋나서 허탕치고 돌아와 보니, 사신의 행차는 이미 서관에 들어온 지 오래되었다.[25)]

『열하일기』 : 아침에 떠났다. 이십 여 리를 가서 덕승문에 도착하였다. 문의 제도가 조양문이나 정양문 등의 여러 문들과 한결 같았다. 아마도 9개 문의 제도가 모두 같은가 보다. 진흙 질기가 더욱 심하다. 한 번 그 속에 빠지면 힘으로 빠져나오기가 어렵다. 양 수천 마리가 길을 메우고 가는데 목동 몇 사람이 몰고 간다. 덕승문은 원나라 때의 건덕문이다.[26)]

이상에서 언급한 것을 보면, 노이점은 덕승문으로 마중 나갔고, 박지원은 덕승문으로 들어 왔지만 서로 만나지 못하였다는 것을 알 수 있다. 그러나 이날 박지원은 덕승문으로 들어온 것이고 노이점은 동직문을 덕승문으로 착각했다.

또 다른 기록인 주명신(周命新)의 『옥진재시고(玉振齋詩稿)』를 보면 주명신의 7언 절구[27)]를 통하여 『열하일기』와 『수사록』에서 혼돈을 주던 노정도 밝힐 수 있다. 당시 조선 사신은 동직문(東直門)을 통하여 열하로 갔다는 것을 주명신의 언급을 통하여 알 수 있다. 하지만 노이점은 이때에 동직문을 덕승문에서 출발하였다고 말한 것이다. 다음은 이에 대한 노이점의 언급이다.

---

25) 노이점, 『수사록』, 8월 20일, "聞行次到城外, 與諸同人出去迎候, 向德勝門而去, 而行次則自東直門入, 故緯繣虛還 行次已入館所久矣."

26) 박지원, 『열하일기』, 8월 20일(『연행록전집』 54권, 328면), "平明發行, 行二十餘里, 至德勝門, 門制一如朝陽. 正陽諸門, 蓋九門制度皆同, 泥濘尤甚. 一陷其中, 力難自拔. 有羊數千頭塞道而行, 惟牧童數人驅之. 德勝門元之建德門也."

27) 주명신, 『옥진재시고』, 7언절구, 「출동직문환덕승문(出東直門還德勝門)」

> 예부(禮部)에서 연달아 재촉하므로 사신의 행차(行次)는 식사를 한 후 곧바로 출발한다. 사신의 행차를 모시고 덕승문 안쪽에서 공손히 송별한다.[28)]

그리고 1780년 8월 20일에도 열하에서 돌아온 사신의 일행을 마중나갔던 노이점이 허탕치고 돌아온 것은 노이점과 노이점을 안내한 사람들이 잘못 알았기 때문인 것으로 보인다.

사신의 일행이 돌아온 뒤, 노이점의 행동은 전과는 다르게 활기를 띈다. 그가 정사의 비장이었기 때문에 사신의 업무와 관련된 일인 영상(領賞)과 상마연(上馬宴)[29)], 하마연(下馬宴)[30)] 등에 적극적으로 참가하게 된다.

방물의 납부와 영상은 자금성 안에서 이뤄지기 때문에 노이점은 자금성을 구경할 수 있었다. 또한 옹화궁이라든가 태학관 등과 같은 곳은 개인이 마음대로 다닐 수 없는 곳이었지만, 사신의 일행을 따라 가서 구경할 수 있었다. 한편 열하에서 돌아온 박지원도 노이점과 함께 이러한 행사에 참가했던 사실을 『수사록』을 통해 거듭 확인할 수 있다.

『수사록』 8월 25일의 기록은 『열하일기』의 내용과 함께 보면 서로 보완되는 부분이 있다. 열하에서 돌아온 사신의 일행들과 노이점

---

28) 노이점, 『수사록』, 8월 5일, "晴. 禮部連爲催促, 使行飯后卽發. 陪行至德勝門內祗送."

29) 상마연(上馬宴) : 회동관에서 조선으로 떠나게 되는 조선 사신의 일행에게 청나라 예부가 베풀어 주는 잔치이다. 예부에서 상서와 관원이 참석한다.

30) 하마연(下馬宴) : 하마(下馬)는 말에서 내린다는 뜻으로 사신이 도착을 말한다. 하마연은 사신이 도착하면 베풀어 주는 잔치이다.

은 이날 오룡정(五龍亭)을 거쳐 국자감(國子監), 옹화궁(雍和宮), 문승상사(文丞相祠)를 다녀오게 된다. 여기에 대한 비교 언급은 뒤에서 다시 하기로 한다.[31)]

이를 통하여 『열하일기』의 일기체 부분이 끝난 이후의 일정도 추정할 수 있게 되었다. 즉 「알성퇴술(謁聖退述)」에 나타난 태학(太學), 학사(學舍), 역대비(歷代碑), 명조진사제명비(明朝進士題名碑), 석고(石鼓), 문승상사(文丞相祠) 등을 방문한 날짜와 「황도기략(黃圖紀略)」에 구체적으로 언급된 오룡정(五龍亭), 구룡벽(九龍壁), 태액지(太液池), 만불루(萬佛樓), 극락세계(極樂世界), 옹화궁(雍和宮) 등을 방문한 날짜를 고증할 수 있게 되었다.

8월 27일에는 방물을 바치는 모습을 기록하고 있다. 방물 중에 종이와 명주는 체인각(體仁閣)에 바치는 것이었다.

> 우리나라의 방물 중에 종이와 명주는 체인각에 납부하기 때문에 따라가서 들어가 보니, 체인각은 지극히 높은 것이 정전(正殿)과 다름이 없었다. 사방에 금색 옷과 모직 옷들을 층층이 많이 쌓아 놓아 황홀하게 눈을 어지럽히니 모두 다 기록할 수 없다. 이것들은 신흥각로인 이시오(李侍堯)의 소유재산을 몰수한 것이라고 한다. 그는 제독(提督) 이여송(李如松)의 손자로서 건륭의 신임을 받고 중용되었으나 신흥 귀족 호부상서(戶部尙書) 화신(和珅)의 미움을 받았다. 그가 운남과 귀주의 제독으로 있을 때 뇌물을 받은 일로 잡아와, 죄안(罪案)을 만들어 장차 죽음에 이르게 했다고 하는데, 말을 다는 믿을 수

31) 이 내용은 2장 「『열하일기』와 대비해서 본 『수사록』의 특징」에서 2)단원 「동일한 공간에서 묘사」의 (8) '북경에서 함께 여행을 다니면서'에서 언급하기로 한다.

> 없고 사람들은 간혹 그가 억울하게 죽었다고 한다. 방물 받는 관리는 의자에 앉아서 장부를 가지고 납부하는 것을 본다. 끝까지 사고가 없어서 매우 다행이다.[32)]

방물을 바치는 과정이 아주 자세하게 묘사되어 있다. 『열하일기』에도 이 부분에 대한 언급이 있다.

> 내무부관원과 통관이 우리나라 역관을 안동하여 자주(紫綢)와 황저(黃紵)를 체인각에 납부한다. 이때 각로 이시요의 재산을 걷어 들이고 있었다. 그는 운남(雲南)과 귀주(貴州)의 총독으로 있으면서 해명(海明)에게 금 200량을 받은 것이 발각되어 재산을 몰수당하고 있었다. …… 내무 관원이 마주 앉아서 수납하고 있었다. 그 물건들은 다름이 아니라 부인이 입는 담비 갖옷 200여 벌이었다. 어떤 옷은 꽤 길고, 털끝에는 금빛 이무기와 용이 그려져 있었다.[33)]

체인각에 조선 사신이 제출한 것을 『수사록』에는 종이[紙]와 명주[紬]라고 말하고 있고, 『열하일기』에는 자주[紫綢]와 황저[黃紵]라고 말하고 있다. 그런데 노이점과 박지원은 체인각에서 압수한 이시요

---

32) 노이점, 『수사록』, 8월 27일, "我國方物中紙與紬, 納與體仁閣, 故隨入而見, 則極爲穹崇, 無異正殿, 四面層層多積, 錦衣及毛衣等物, 燦爛眩目, 不可勝記. 此則積新閣老李侍堯之産云. 侍堯則李提督如松之孫, 爲乾隆所柄用, 爲新貴戶部尙書和珅所惡, 捉其爲雲貴總督時貪贓事, 構成罪案, 將至於死, 而語多不實, 人或寃之. 方物奉納官坐於椅子, 持簿考納, 而竟至無頉, 甚可幸也."

33) 박지원, 『열하일기』, 「황도기략(皇圖紀略) · 체인각(體仁閣)」(『연행록전집』 54권, 296면), "內務府官與通官眼同我譯考納幣之紫綢黃紵于體仁閣. 時方籍入閣老李侍堯家産, 侍堯納雲貴總督海明金二百兩, 贓發被籍. …… 內務官對坐收納, 而所籍無他物, 皆婦人所著貂裘二百餘領. 一裘頗長, 而毫端金畵蟒龍."

의 물품을 목격하고 있다. 이점을 미루어 보아 노이점과 박지원이 동행했다고 할 수 있다. 그러나 『열하일기』의 묘사가 『수사록』에 비하여 극히 소략하다. 이렇게 『수사록』에 기록된 구체적인 일정과 당일 벌어진 삽화를 통하여 『열하일기』의 생략된 일정도 추측할 수 있다. 노이점은 체인각을 들어가기 직전 동화문(東華門) 앞에서 대기하고 있는 모습을 다음과 같이 묘사하고 있다.

> 8월 27일 흐리더니 밤에 비가 왔다.
>
> 아침을 먹고 방물을 납부하는 행차를 따라 동화문(東華門) 앞에 도착한다. 동화문은 높이가 2층인데, 이 문은 높아 우리나라 숭인문(崇仁門)보다 더욱 웅장하며 화려하다. 방물을 실은 수레가 오지 않았기 때문에 문 옆에서 쉬고 있는데, 문을 지키는 병사가 막아서 앞으로 갈 수 없다. 조금 있으니 어떤 한 명의 관료가 대궐에서 말을 타고 나와 동화문 앞에 와서 내리고 그의 하인들이 가마를 가지고 나아가 그 관료 앞에다 벗어놓는다. 그 관료가 가마를 타니 가마꾼이 가마를 메고 가고, 갑군 20여 명도 준마를 타고 뒤를 따라간다. 물어보니 대신(大臣)이라고 한다. 대개 청나라 풍속에 대관(大官)은 대궐 안에서도 말을 타고 다니는 가 보다. 방물이 도착하고 나서 여러 명의 역관을 따라 동화문으로 들어가니 문 안은 매우 넓다. 작은 돌다리를 따라 조그마한 중문(中門)으로 들어가니, 왼쪽에 큰 전각이 한 채 있다. 청기와로 덮었고, 문은 나무판에 옻을 칠하였으며 겹겹이 잠겨 있다. 그 안에는 10장(丈) 되는 괴석이 많다. 그 전각은 무엇이라고 부르는지 물어보니 동궁(東宮)이라고 한다.[34]

34) 노이점, 『수사록』, 8월 27일, "陰夜雨. 早飯后, 隨方物而至東華門外. 門高二層, 其高比我國崇仁門, 尤壯麗. 以方物車之未及至, 憩于門傍, 門卒禁不得前, 俄有一官,

인용문을 통하여 조선 사신은 동화문을 통하여 자금성에 들어가서 방물을 납부하였다는 것을 알 수 있다. 노이점은 동화문에서 방물을 기다리고 있다가 대궐에서 걸어 다니지 않고 말을 타며 다니는 청나라 대신(大臣)을 보고 의아하게 생각한다. 조선과 풍속이 달랐기 때문일 것이다.

조선 사신은 8월 27일 방물을 청나라에 바치고, 청나라는 조선 사신들에게 9월 15일 영상과, 9월 16일에는 하마연을 베푼다. 이는 조선 사신이 북경을 떠날 때가 되었다는 것을 의미하는 것으로『열하일기』에는 그 구체적인 날짜와 내용이 일부 빠져있다.

5) 북경에서 의주까지 돌아오는 길

조선으로 돌아오기 위하여 북경을 출발한 날은 9월 17일이었다. 북경에서 돌아오는 길은 이미 장마철이 끝났고 방물도 납부해 버렸기 때문에 빠른 속도로 돌아올 수 있었다.『열하일기』의 일기체 부분에서 주로 여름철 장마와 더위로 고생하는 모습을 자주 볼 수 있었다면,『수사록』의 기록에서는 돌아올 때 추위에 떠는 모습을 살펴볼 수 있다. 특히 사신의 일행이 의주에 가까워지면서 날씨로 고생을 했다. 돌아오는 일정을 서두르는 것도 추위를 피하고자 함이었다.

여기에서는 북경에서 산해관까지, 산해관에서 심양까지, 그리고

自闕中乘馬而出, 至門而下, 其隷人以轎子而進, 稅之於官人之前, 其人乘轎, 轎夫舁之而去, 有甲軍二十餘人, 乘駿馬隨後而去. 問之則大臣也. 盖其俗, 大官則乘馬於闕中. 方物來到後, 隨諸任譯入門, 門內極廣濶, 從小石橋入小中門, 則左有一大閣. 盖以靑瓦, 門以髹板, 重重封鎖, 而其內多十丈怪石, 問其閣號則東宮也.”

심양에서 조선으로 돌아왔던 과정을 살펴보고 대략 『열하일기』와 함께 살펴보고자 한다.

『수사록』에 의하면, 사신일행은 9월 17일에 북경을 출발한다. 노이점은 북경을 떠나올 때의 풍경을 다음과 같이 묘사하고 있다.

> 식사를 마치고 곧바로 출발하여 조양문(朝陽門)에 이르니 거의 15리이다. 도성에 물색(物色)이 번화한 것은 앞에 자세히 서술하였지만, 거리마다 십자로는 넓게 뚫렸고, 시장마다 온갖 물품이 모두 모였다. 황금빛과 푸른빛이 눈부시게 반짝이고, 그릇과 완구가 빛나니 더욱 눈이 어지럽게 느껴진다. 오고 가는 사이에 도성의 남자와 여자가 곳곳에서 무리를 지어 우리를 본다. 여자는 언제나 짙은 화장에 검은 옷을 차려 입었다. 어떤 여자는 문에 나와서 보기도 하고, 어떤 여자는 대문에 기대고 보기도 하는데 곱고 아름다운 사람이 많다.[35]

조선에 돌아올 때 조선 사신들이 조양문(朝陽門)을 통하여 북경을 빠져 나왔음을 알 수 있다. 이때 노이점은 북경의 화려한 물산(物產)에 거듭 감탄하면서도 길을 메우고 구경나온 북경사람들 중에 여인들에게도 시선이 모아지고 있다. 그리고 북경을 나올 때 그동안 지루하게 느꼈던 기분을 벗어버리고 있었다.

> 조양문을 나선다. 몇 달 갇혀 있던 나머지 비로소 흔쾌하게 말을

35) 노이점, 『수사록』, 9월 17일, "飯後卽發, 至朝陽門, 幾十五里矣. 都城物色之繁華, 前已細記, 而街街十字通豁, 市市百貨叢聚, 金碧炫耀, 器玩瑩煌, 益覺眩眼. 過來之際, 都人士女, 到處成群而見之, 女子則必凝粧袨服 或出門而見, 或倚戶而窺, 嬋姸者甚多."

> 타고 나오자 새장의 새가 벗어나는 정도에 그치는 것이 아니다. 가을 빛이 청명하고 길도 평탄하다. 북경에 왔을 때 어렵고 험난했던 때를 생각해 보니, 기쁜 마음을 어찌 형용하겠는가?[36)]

노이점은 북경에서의 귀환을 '새장의 새가 벗어나는 듯'하다고 비유하고 있다. 북경에서 떠나는 것을 구속에서 벗어나는 것처럼 반가워했기 때문이다. 『수사록』에 언급된 날짜인 9월 16일은 양력으로 10월 중순쯤이다. 북경에서 느낄 수 있던 가을은 황사가 없고 습도도 적절하기 때문에 일년 중 가장 상쾌한 때이기도 하다.

북경을 떠나 산해관으로 가던 9월 20일에는 주야간 기온 차이로 형성된 수증기와 나무가 어우러져 형성된 연수(煙樹)에 대한 묘사가 있다. 연수는 본래 계주(薊州)에서 보는 것이 장관이라고 알려졌다. 노이점은 계주에서 놓친 구경을 조선으로 돌아갈 때 어양교(漁陽橋)에서 목격하게 된다. 반면 『열하일기』에서는 북경으로 오던 7월 16일 여름에 박지원이 「호질」을 필사하던 곳에서 연수에 관한 기록을 남겼다. 여기에서 노이점의 설명과[37)] 박지원의 묘사가 돋보인다.[38)]

---

36) 노이점, 『수사록』, 9월 17일, "出朝陽門, 累朔鎖蟄之餘, 始得快卸, 不翅籠禽之得脫. 而秋氣淸明, 道涂平夷, 回思入來時, 艱險之狀, 欣喜何狀."

37) 노이점, 『수사록』, 9월 20일, "今行以未見煙樹爲恨, 日晩後漸暖, 遠樹蒼蒼, 如有白雲, 蓊蓊而起於樹底, 濛濛然上於樹杪, 似雲非雲, 如烟非煙, 遠見則分明, 近看則無有, 此所謂煙樹也. 盖海氣鬱於地底, 因日暖而發於樹間, 炯焜澄朗月, 奇狀有如是矣."

38) 박지원, 『열하일기』, 7월 16일(『연행록전집』 53권, 480~481면), "忽見遠邨樹木間, 透光如積水空明, 非煙非霧, 不高不低, 常護樹根,泂澈如立水中, 而其氣漸廣, 橫抹遠際, 似白似玄, 如大玻璃鏡, 五色之外 別有一種光氣. 設諭者每擧江光湖色, 而其空洞透暎, 不足以形似也. 村舍車馬皆倒影寫照, …… 大抵冬天靜日, 氣候溫美, 關內外日日常見云."

주에 원문만 제시하고 내용은 생략한다.

9월 20일부터 나흘을 가서 26일에는 산해관(山海關)에 이른다. 산해관에서 곧바로 떠나지 못하고 지체하게 된 이유를 『수사록』은 다음과 같이 설명하고 있다.

> 개성상인들이 오지 않았기 때문에 일찍 출발할 수가 없다. 정오가 지나도 오지 않아 어쩔 수 없이 길을 떠난다. 산해관에 와서 조금 기다리자, 산해관의 관리들이 한꺼번에 모인다. 통역관이 미리 와서 주선하였기 때문에 이루어진 것이다. 성문을 열어주고, 나가게 허락하니 머물러 지체 하는 걱정을 피할 수 있어서 다행이다. 성문을 나올 때 말에서 내려서 가는 범절은 한결같이 지난번과 같다.[39)]

개성상인도 1780년 중국으로 가는 길에 동반했다는 것을 알 수 있다. 돌아올 때는 다른 상황이 전개된다. 정해진 기일 내에 북경에 도착해서 방물을 납부해야 한다는 의무감이 사라졌기 때문에 좀 더 느긋한 시간을 가질 수 있었다. 그러나 산해관을 빠져 나올 때 개성상인이 미처 따라오지 못하여 청나라 관원이 산해관 문을 열어 주지 않자 노이점은 조바심을 느끼고 있었다. 관문을 통과할 때는 아직도 일정한 질서와 순서를 요구하였던 모양이다.

산해관에서 조선까지 일정은 9월 26일 출발하여 10월 20일 압록

---

39) 노이점, 『수사록』, 9월 26일, "以松商之未及來, 不得早發, 過午不來, 故不得已發行. 至山海關少竢, 關吏齊會, 盖任譯豫來周旋之致也. 開門許出, 故得免留滯之歎, 幸幸! 出門時下馬等節, 一如去時."

강을 건너고 10월 27일 한양에 도착한다.

9월 30일 산해관을 출발한 후 벌써 겨울이 다가왔음을 체감하고 있었다.

> 구혈대(嘔血臺)에 이르지도 못했는데, 찬 기운이 뼈를 에는 듯하고, 모래와 티끌이 눈에 들어간다. 잠시 있으니 미세한 싸라기눈이 먼저 날리더니 이어서 큰 눈이 내린다. 10리를 가는데, 한결같이 어지럽게 내려 사람들이 모두 추워 떨고, 눈을 뜨지 못한다. 수염엔 얼음이 맺히고, 눈엔 '눈'[雪]이 들어가 눈동자를 찌르는 듯하니 흐릿하게 귀신같은 얼굴빛이 있다. 말의 털은 고슴도치의 털 같고, 쓰러질 듯하여 갈 수가 없다. 15리쯤 이르러 길옆에 있는 전방에 들어가 분탕(粉湯) 한 그릇을 마시니 조금은 언 몸이 풀린다.[40]

『열하일기』에 묘사된 분위기가 대부분 여름 장마철과 연관되어 있기 때문에 1780년 북경 기행은 마치 여름에 다녀온 것 같은 느낌을 가질 수 있었다. 그런데 『수사록』을 보면 조선 사신의 일행은 돌아오는 과정 중에 겨울을 맞이하여 추위와 싸우고 있었다. 『수사록』을 통하여 그 당시 그들이 겪었던 고충을 엿볼 수 있다.

사신의 일행은 심양을 거쳐 드디어 책문에 이르게 되었다. 북경을 빠져 나올 때의 소감을 새장에서 새가 벗어나는 듯하다고 하였는데 책문을 나오면서 다시 이러한 감회를 가진다.

---

40) 노이점, 『수사록』, 9월 30일, "未至嘔血臺, 寒氣砭骨, 塵沙眯眼, 俄而微霧先飄, 繼以大雪. 行十里, 一味亂下, 人皆寒栗, 目不能開, 氷結于鬚, 雪入于眼, 眼睛如刺, 依依有鬼色, 馬毛如蝟磔, 披靡不能行, 至十五里, 入道傍廛房, 飮粉湯一器, 少爲禦寒."

> 비로소 책문을 나가는 것을 허락한다. 사신의 행차를 따라 책문을 나서니 그 쾌활함은 마치 날개는 없지만 새 조롱에서 나오는 정도가 아니다.[41)]

노이점은 책문을 나오면서 비로소 중국을 벗어났다고 말하고 있다. 새가 갇혔던 새장에서 나오는 듯하다고 말한 것은 상투적이지만 노인이기 때문에 심신이 지치고 상사의 비장으로서 사행의 책임감에서 벗어날 수 있었기 때문이기도 하겠다.

박지원은 한때 책문을 통하여 청나라에 들어가면서 북경 기행에 임하는 자신의 심정을 자못 비장한 감정으로 드러낸 적이 있다. 반면 그때 노이점은 별다른 느낌 없이 책문을 들어갔다. 그런데 책문을 나올 때는 북경을 벗어날 때처럼 노이점은 자유를 느끼고 있었다.

6) 압록강에서 한양까지

마침내 조선 사신의 일행은 10월 20일 압록강을 건넌다. 여름에는 이 강에 물이 불어 고생하였는데, 이제는 말이 얕은 곳을 걸어서 건널 수 있을 정도로 물이 빠져 있었다.

> 사람들은 배로 건너고, 말은 아래 여울의 낮은 곳으로 건넌다.[42)]

사신의 일행이 압록강을 건넌 후부터 의주에서 한양까지는 하루

---

41) 노이점, 『수사록』, 10월 19일, "始爲許出, 陪使行出門, 其快活不翅如脫樊籠."
42) 노이점, 『수사록』, 10월 20일, "人則以舟而渡, 馬則從下灘水賤處而濟."

에 140리에서 160리를 갈 정도로 매우 빠른 속도로 강행군을 하였다. 마침내 10월 27일은 북경 기행의 마지막 날로 한양에 도착한 날이다. 눈비가 내리는 가운데 사신 일행은 횃불을 들고 고양을 출발하여 박석(薄石)고개를 넘고 예종(睿宗)의 능이 있는 창능(昌陵)에 이르자, 비로소 동트기 시작한다. 노이점은 양철현(楊轍峴)을 넘은 후 한양에서 마중 나온 사람들을 만난다. 홍제원(弘濟院)과 모화관(慕華峴)을 지나 서성(西城)에 잠깐 있다가 계동에 이르니 사시(巳時)가 되었다.

> 눈과 비가 내렸다. 동이 트기 전에 출발한다. 횃불을 들고 박석령을 넘어 창릉에 이르니 해가 돋는다. 양철현을 넘으니 비로소 서울에서 하인들이 나온 것을 볼 수 있다. 아득히 세상을 등지고 있었던 것 같다. …… 모화현을 넘어 옛 친구들을 많이 만났다. 서쪽 성곽 밖에서 잠시 머무르니 눈비가 섞여 날린다. 계동에 이르니 10시다.[43)]

임무를 마치고 돌아온 노이점은 한양에서 별다른 기술을 남기지 않았다. 『수사록』에서 기행에 관한 부분의 내용은 이렇게 마감하지만, 그 외에도 『수사록』에는 부록으로 노정을 기록한 「자의주 지연경 노정기(自義州至燕京路程記)」와 박명에게 준 글인 「여박명서(與博詹事書)」, 박지원에게 준 글인 「서관문답서(西館問答序)」, 반선 6세 액이덕니(額爾德尼)에 관한 글 「반선육세시말(班禪六世始末)」이 있지

43) 노이점, 『수사록』, 10월 27일, "雨雪, 開東前發行, 擧火過薄石嶺, 至昌陵, 日初暾矣, 踰楊轍峴, 始見京中下隷之出來者, 依依如隔世事, …… 踰慕華峴, 多逢故人, 至西城外小留, 雨雪交作, 入桂洞, 日已巳矣."

만 여기에 관해서는 뒤에서 고찰할 예정이다.

이상에서 개략적인 북경 기행의 일정을 살펴보았다. 『열하일기』에서 다하지 못한 일정을 『수사록』을 통하여 알 수 있었다.

7) 여행의 고충

개인적인 고생을 유달리 많이 기록하고 있는데, 그 자신이 북경에서 만난 박명에게 북경에 오던 과정을 술회하면서 이점을 거듭 언급하고 있다.

> 산천이 가로 막혔고, 길과 도랑에 장마가 졌습니다. 이번 행차에는 능곤(菱緷)의 복장을 하고, 탕수(湯火)의 물을 건넜습니다. 북경가는 인편을 따랐으나 다시 장마 비를 만나 달포동안 평지가 바다같이 되어서, 진흙을 무릅쓰고 가다가 무릎이 빠지는 재난을 만났고, 하천을 건너다 머리 꼭대기까지 물에 잠길 뻔한 위험을 만났습니다. 심지어 (앞을) 헤아릴 수 없는 경우에 처하여 여러 번 천지신명께 호소하였고, 바지와 잠방이를 걷어 올리면서 몸이 으쓱해지고 모골(毛骨)이 모두 오싹해지면서 물에 빠져 죽을 번한 적도 여러 번 있으면서도 오히려 후회하지 않은 것은 어찌 그 뜻이 얕고 천하다고 할 수 있겠습니까?[44]

능곤(菱緷)은 천한 복장을 말하고, 탕화는 매우 위험한 상황을 말

---

44) 노이점, 『수사록』, 「與博詹事書」, "山川間之道涂潦焉, 今玆之行, 衣菱紆之服, 涉湯火之水, 跟行人之便, 而又値淫潦, 浹月, 平陸成海, 衝泥而遭沒膝之災. 濟川而罹滅頂之患, 甚至於臨不測而屢號神明, 褰裳褌而毛骨俱竦, 濱死者數矣. 而猶不以爲悔者, 其意豈淺淺也哉."

한다. 한양에서 북경에 오는 3달 과정의 북경 기행 중에 장마를 만나 고생한 경우가 여러 번 있었다.

그러나 이러한 고생 속에서 노이점은 무엇을 생각하였을까?

> 맹자는 말했습니다. "선비는 천하의 선비와 벗하는 것도 부족하다고 여겨 다시 고인과 벗한다." 무릇 천백(千百) 년 뒤에 태어난 사람으로 천백 년 전의 사람과 벗을 하는 것은 어렵습니다. 그들의 얼굴 모습을 접할 수 없고, 목소리도 들을 수 없는데도 오히려 그들의 '정신과 기분'을 어렴풋이 비슷한 사이에서 구하거늘 하물며 같은 시대에 살면서 소식을 들어 알고 있는 사람에 있어서는 어떻겠습니까?[45]

노이점은 이미 조선에 있었을 때부터 박명의 소문을 들었던 것으로 보이고, 고생 끝에 북경에 와서 박명을 만나는 것에 커다란 보람을 느끼고 있었다고 여겨진다.

2. 주제별 기록내용

앞서 이야기했듯이, 『수사록』은 역사서의 편년체(編年體) 형식처럼 구성되어 있다. 이 때문에 사신들의 북경 기행일정에 맞춰 진행되었던 일들을 쉽게 파악할 수 있지만, 작자 노이점이 주로 관심을

45) 노이점, 『수사록』, 「與博詹事書」, "孟子曰 : '士尚友天下之士而爲不足, 又尚友古之人.' 夫生於千百載之下, 而欲尚友於千百載之上, 亦已難矣. 其人面目之莫接, 聲音之莫聞, 而猶且求之於精神氣味依稀彷彿之間, 而况生乎一世, 聲聞相通者, 爲何如耶?"

기울였던 부분이 무엇이었는지는 알기가 쉽지 않다. 이점을 고려하여 본 장에서는 노이점의 관심과 시선이 가장 많이 머물렀던 곳이 어디였는지, 몇 가지로 나누어 살펴보고자 한다.

1) 이국의 풍속과 풍물에 대한 관심

조선과 중국은 가까운 거리에 있지만 언어와 생활방식이 다르고 자유로운 교류도 없었기 때문에 양국이 오랜 세월을 걸쳐 각각 누리고온 의·식·주와 그 밖의 생활습관은 다른 부분도 많다. 노이점 역시 청나라를 방문하면서 조선에서 볼 수 없었던 것들에 대하여 기록하고 있다.

먼저 9월 13일자의 기록에는 북경의 풍속과 물태(物態)에 관해 자세하게 다루고 있는데 다음 글은 가옥에 대한 부분이다.

> 가옥의 형태는 봉황성부터 모두 일자모양을 사용하니 원래부터 가운데가 꺾인 것은 없었다. 생각해보니, 온 세상이 모두 그런 것 같다.[46)]

북경을 처음 방문한 노이점이 북경 기행도중 의아스럽게 여겼던 중국의 '一'자형 가옥 구조에 대해 비로소 말문을 열었다. 중국은 모두가 '一'자형의 가옥 구조임을 확인하는 대목이다.

노이점은 나아가 북경에서 본 수레에 사람들이 타고 있는 것을

46) 노이점, 『수사록』, 9월 13일, "屋制則自鳳城, 皆用一字, 元無折者, 想擧天下皆然矣."

보고 다음과 같은 기록을 남겼다.

> 남자와 여자는 함께 수레에 탄다. 나이 어린 여자는 언제나 깊숙한 곳에 앉아서 우리를 힐끔 보았지만, 나이가 많은 여자는 다들 얼굴을 드러내 놓고 본다. 나이가 많고 적음에 관계없이 꽃을 꼽지 않은 사람이 없다. '긴 도포'를 입었는데, 옷섶을 오른쪽으로 하고, 목 아래에 단추가 있고, 중간에도 또 단추가 있고, 옷 끝에도 또다시 단추가 달렸다. 얼굴은 담백하게 화장을 했지만 머리에 장식을 성대하게 하였다. 비록 하녀같이 천한 사람도 모두 지분(脂粉)을 하였다.[47]

수레와 수레에 탄 사람들에 대한 서술이다. 중국 여인들의 복장과 화장, 머리 장식까지 자세하게 관찰하고 있다. 그들이 타고 다니는 수레인 태평거(太平車)에 대하여 상세한 설명을 곁들이고 있다.

> 수레는 검은 비단으로 덮개를 싼 모양이다. 우리나라 가마 모양이지만 몸체는 쌍가마와 같이 길며 태평거(太平車)라고 부른다. 태평거는 평탄한 도로를 잘 달릴 수 있어 노새 1마리가 끌면서도 4~5명을 태울 수 있고, 날아가는 듯이 빠르며, 벽돌을 깔은 길을 지날 때는 소리가 우레와 같다. 「장문부(長門賦)」에 "우레같이 우르르 울려 퍼지는 소리, 임금님의 수레 같구나!" 라고 한 것은 수레 소리를 잘 형용했다고 말할 수 있다. 길이 질게 되면 수레바퀴가 빠져 나올 수가 없다. 지나간 곳은 양쪽에 모두 수레바퀴 자국이 있고, 깊이도 거의 몇 척이나 된다.[48]

47) 노이점, 『수사록』, 9월 13일, "男與女俱乘車. 而女之年少者, 必深坐而窺見我人, 年多者, 多露面而見之. 無論年之多少, 無不揷花. 衣長襖子而右袵, 領下有團樞, 中間又有團樞, 裔末又有團樞. 面上淡粧, 盛加首飾, 雖婢子之賤, 皆施脂粉."

노이점은 태평거의 모습을 꼼꼼하게 관찰하였다. 이런 묘사를 통해 벽돌 깔은 북경의 거리에 수레소리가 요란하게 울려 퍼지는 광경도 상상할 수 있다. 그리고 북경 시내가 모두 벽돌을 깐 것이 아니라는 점도 알 수 있다. 비가 오면 수레바퀴가 빠지고, 또 수레 지나간 자리가 파여 움푹하게 자국이 나있다는 표현으로 보아 당시 북경의 도로 사정을 알 수 있다.

태평거를 끌고 다니는 말과 노새에 대해여서도 자세하게 관찰하고 있다.

> 노새는 몸체가 크고 높아 명물 아닌 놈이 없다. 북경 거리에 태평거를 끄는 놈은 모두 노새다. 당나귀 큰놈은 전혀 (볼 수)없지만 하는 일이 몹시 고되다. 지극히 가난한 사람과 천한 사람이 아니면 타지 않지만 쓰이는 곳은 정말 많아 변방에서는 보리밭을 갈거나, 건축하거나, 곡식을 타작할 때 모두 당나귀를 사용한다. 도성에서는 물을 길어온다거나, 땔나무를 실어 오는 일, 분뇨를 실어 내는 일, 방아를 찧는 일 모든 것을 당나귀가 아니면 할 수 없다.[49]

노새는 암말과 수나귀 사이에서 태어난 것으로 매우 크고 힘이 세기 때문에 태평거(太平車)를 끌 수 있었을 것이다. 또한 가난한 사

48) 노이점, 『수사록』, 9월 13일, "車制則以黑繒裏盖, 如我國較樣, 而體長如雙轎, 名日太平車. 平道則善去, 一騾駕之, 而四五人同載. 其疾如飛, 遇塼石則其聲如雷, 「長門賦」所謂;'雷隱隱而響起聲', 象君之車音, 可謂善形容也. 路泥則轍沒而不能拔, 過去處, 皆有兩邊轍跡, 深幾數尺."

49) 노이점, 『수사록』, 9월 13일, "騾子皆體高而大, 無非名物. 長安街上駕太平車者, 皆騾子也. 驢子則大者絕無, 服役甚苦. 非至貧賤夫則不騎也, 而用處甚多. 邊上則耕牟築場打穀, 皆以驢爲之, 都城則汲水載柴載糞磨役, 非驢則不爲."

람은 싼 가격과 유지비 때문에 비싼 노새보다는 작은 당나귀를 타고 다닌 듯하다. 노이점도 7월 26일 진자점(榛子店)에서 타고 다니던 말이 병이 나자 당나귀를 돈 주고 빌려 탄 적이 있었다. 튼튼하지 못한 말을 탄 것은 노이점이 넉넉하지 못한 경제적 형편 속에서 북경 기행을 하였음을 보여준다. 노이점은 청나라 사람들이 경제적 형편과 신분에 따라 타고 다니는 가축이 다르다는 것도 자세히 기록하고 있다. 이러한 관찰은 모자에 대해서도 유사하게 나타난다.

> 벼슬이 높은 사람은 붉은 보석으로 모자의 정자(頂子)를 달았고, 그 다음으로 높은 사람은 산호(珊瑚)로, 그 다음은 수정(水晶)으로, 그 다음은 황금(黃金)으로, 그 다음은 청주(靑珠)로 '정자'를 달았다.[50)]

이 대목으로 우리는 청나라에서 모자의 정자(頂子)가 신분을 구별하게 하는 물건이었음을 알 수 있다. 그런데 그들의 모자는 매우 호화로워 산호나 수정, 황금 등으로 장식된 것이었다. 그 모자를 이국(異國)적인 풍경으로 새롭게 바라보는 노이점의 모습이 그려진다.

낯선 북경의 거리 속에서 노이점은 소경의 모습도 발견한다.

> 봉사는 먹고 살 수 없어서 비파를 메고 갈래 길에 서 있다.[51)]

소경은 생계를 위해 비파를 연주하는 거리의 악사였다. 18세기 중

---

50) 노이점, 『수사록』, 9월 13일, "官尊者, 以紅宝石爲帽上頂子, 其次珊瑚頂子, 其次水晶頂子, 其次黃金頂子, 其次青珠等頂子."

51) 노이점, 『수사록』, 9월 13일, "盲者無以得食, 荷琵琶立於路岐."

국에서는 인구가 급격하게 늘어나는 시기였다. 그들은 저마다 직업에 만족하며 살았다고 한다. 노이점이 지적한 소경의 활동을 이런 맥락에서 이해할 수 있을 것이다.

북경에 있는 승려들에 대한 언급도 있다.

> 승려들은 다들 태평거를 타고, 대부분 처자식이 있으며 또한 고기 먹는 사람도 있다.[52)]

북경에서 본 승려들 역시 조선의 승려들과는 전혀 다른 모습이다. 처자식이 있고 고기도 먹는다고 구체적으로 언급한 데에서 그들을 기이하게 바라보는 노이점의 시선이 드러난다.

조선 사람들이 지나가면 북경에 있는 중국인들이 모여 들었다. 중국인들의 시선에는 조선 사신들의 모습이 더욱 기이하였을 것이다. 생경한 복장을 하고 알아들을 수 없는 언어를 구사하는 사신 일행을 중국인들이 무심히 바라보지 않았다. 구경거리가 된 노이점은 다시 구경꾼들을 관찰하고 있다.

> 지나가던 구경꾼이 무리를 이룬다. 많은 사람들이 웃통을 벗고 몸을 드러낸 채 분주하게 다니는데, 이것은 만주 사람들의 의례적인 풍속으로 책문에서 북경까지 모두 이렇다.[53)]

---

52) 노이점, 『수사록』, 9월 13일, "僧徒皆乘太平車, 多有妻孥子, 亦有食肉者."

53) 노이점, 『수사록』, 8월 1일, "所過觀者成群, 而多有裸體以白身奔趨者, 此則滿人之例風也, 自册至京皆然矣."

구경꾼들 중에는 웃통을 벗고 다니는 사람이 있었다. 노이점은 북경 기행도중 자주 볼 수 있었던 그 모습을 만주사람이 즐겨하는 풍습이라고 지목하여 밝히고 있다. 웃통을 벗은 채 다니는 모습은 북경 올림픽 이전까지만 해도 북경에서 종종 볼 수 있는 광경이기도 했다.

노이점은 서점의 풍경에도 관심을 가지고 있었다.

> 서점의 책은 높이가 산 같고, 차곡차곡 쌓여있지만 서반(序班)이 아니면 개인은 책을 살 수 없다. 만약 사사로이 책을 사다가 붙잡히면 우리나라에서 난전을 벌이다가 붙잡힌 것과 같은 곤욕을 당한다. 비단 책방에서 책을 사는 것만 이런 것이 아니고 사사로이 붓과 먹을 사는 것도 또한 그렇다.[54)]

서반은 청나라 때 있던 관직이다. 청나라 종구품으로 홍려시(鴻臚寺)나 회동관의 관원으로 조회(朝會)와 연향(宴享) 같은 것을 책임지고, 시반(侍班)과 제반(齊班), 규반(糾班) 같은 것을 진행시킨다. 1910년 없어졌다. 이 당시 서반이 아니면 책방에서 책을 마음대로 살 수 없었다. 뿐만 아니라 붓과 먹도 사사로이 살 수 없었다.

북경 거리의 식당에 대해서도 자세한 설명을 한다.

> 내성과 외성의 거리 곳곳마다 양과 돼지를 잡아 털을 제거하고 나

54) 노이점, 『수사록』, 9월 13일, "冊肆則其高如山, 堆積秩秩, 而非序班, 則不可私買, 若私買而見捉, 則其辱如我國之見捉於亂廛者. 非但冊肆之私買者如是, 私買筆墨者亦然."

> 서 통째로 매달아 둔다. 먹고 마시는 '간이식당'에는 비린내가 매우 심하게 나서 재빨리 코를 막고 지나갔다. 그렇지만 때때로 혹시라도 들어가 보면 식당은 매우 깊숙하다. 음식을 사먹는 사람은 무려 수백이 되는데, 모두 의자에 앉아 있고, 먹는 것은 끓인 밀가루 탕과 술, 떡, 양고기, 돼지고기 같은 종류이다.[55]

먼저 북경의 거리 풍경이 나오는데, 마치 푸줏간을 연상시킨다. 털을 뽑은 양과 돼지가 통째로 매달려 독특한 풍치를 드러낸다. 역겨운 냄새는 '발효두부'[臭豆腐] 같은 요리의 냄새로 보인다. 찾아든 식당 안은 아주 컸다. 의자에 즐비하게 앉은 수백 명의 손님이 그들의 전통 음식을 즐기고 있었다. 주재료는 양과 돼지고기이다.

한편 당시 북경의 풍물 중 특이한 점으로 소나무는 물론 큰 나무가 없다는 것도 특이하게 보고 있다.

> 북경성 안에는 소나무 한 그루도 없고, 또한 큰 나무도 없다.[56]

노이점은 북경거리에 소나무가 없는 것을 무슨 이유인지 예사롭게 보고 있지 않지만 그 원인까지는 밝히지 못했다.

또 우물이 없기 때문에 물을 길어다 먹고 있었다.

> 북경성 안에는 우물이 없어 20리쯤 되는 곳에서 실어 와야 하기

---

55) 노이점, 『수사록』, 9월 13일, "城中城外到處街上, 殺羊豚革其毛, 而以全體肉懸之. 飮食鋪子, 腥臭甚苦, 輒揜鼻而過. 然時或入見, 則鋪制深邃, 買食者無慮數百人, 皆坐椅子上, 而所食者, 粉湯酒餠羊猪肉之屬."

56) 노이점, 『수사록』, 9월 13일, "城中無一松樹, 且無喬木."

> 때문에 물 값이 매우 비싸다.[57)]

물이 귀한 북경에서는 비싼 돈을 들여 멀리서 길어다 먹고 있었다. 북경은 오늘날도 강수량이 적어 건조하기 때문에 용수(用水)조차 부족하다. 『수사록』을 통하여 이미 그 시절 어려웠던 물 사정을 알 수 있다. 부족한 물을 길어올 때는 주로 당나귀를 사용하였다. 나귀는 노새보다 작지만, 좁은 골목인 호동(衚衕)까지 들어가기에 쉬웠던 탓에 선호했던 것으로 보인다. 그런데 가게의 주인들은 돈을 들여 구한 물을 자주 가게 앞에 뿌리고 있었다. 바람과 먼지가 많은 북경에서 가게에 먼지가 날리는 것을 방비하기 위해서였다.

> 길옆에 있는 점방 사람들은 큰 대야나 통에 물을 가득 담아 놓고 먼지가 나면 물을 길에 뿌린다. 하루 사이에도 물을 뿌리는 것이 몇 번이나 되는지 알 수 없다.[58)]

북경에서 상인들이 물을 뿌리는 사람들의 생활 모습을 잘 관찰하고 그 이유를 적실하게 적고 있다. 노이점은 먼지가 사람들에게 피해를 주고 있는 실상과 코에 들어간 먼지를 제거하는 당시 북경 사람들의 대처방법까지도 자세하게 설명하고 있는데, 그의 관찰력이 돋보인다.

이어지는 대목도 마찬가지다.

---

57) 노이점, 『수사록』, 9월 13일, "城中無井, 運來於二十里許, 水價甚高."

58) 노이점, 『수사록』, 9월 13일, "路傍廛人, 盛水於大盆及大筩. 塵起以水灑路, 一日之內, 凡灑塵者, 不知其幾次."

> 토양 빛깔은 희거나 검푸르지 않고 회색빛이다. 며칠 비가 오지 않으면 먼지가 날려 하늘을 뒤덮어 사람들은 눈을 뜰 수가 없고 귀와 콧구멍에 먼지와 흙이 가득 차게 된다. 이 때문에 사람들은 비호(鼻壺)를 차고 다닌다. 먼지를 없애는 약은 석웅황(石雄黃) 가루인데, 이 가루로 코에 불면 먼지가 사그라진다. 비호는 옷 칠한 조롱이 같이 생겼다.[59]

조선에서 볼 수 없었던 비호에 대하여 언급하고 있다. 노이점은 비호의 내용물에 관심을 기울였다. 그것은 석웅황으로, 석황(石黃)과 웅황(雄黃)을 섞은 안료(顔料)의 한가지이다. 북경은 예나 지금이나 황사로 먼지가 매우 많은 지역이다. 노이점의 기록으로 옛날 북경 사람들은 이것을 사용하여 코에 찬 먼지를 제거하였다는 것을 알 수 있다.

다음은 북경의 하수도와 짐을 메고 다니는 사람에 대한 기록이다.

> 어제 큰길을 보니 오물 냄새가 나지 않았다. 내가 하인들에게 들으니, "성안에서는 돼지를 기르지 않고 길거리와 가게 앞에 하수도가 안보이게 도랑을 파 두었기 때문에 더러운 냄새가 거의 나지 않습니다. 비가 온 후에는 여러 하수도를 깨끗하게 청소하여 퇴적물이 없게 하기 때문에 그렇게 되는 것입니다"라고 한다. 또한 길에 다니는 사람들을 보니, 1장이 넘는 작은 막대기를 어깨에 걸치고, 광주리나 바구니 같은 것들을 막대기의 양쪽 끝에 줄로 매달고 다닌다. 이 방법

59) 노이점, 『수사록』, 8월 13일, "土色則非白壤 非青黎, 如灰色. 數日不雨, 則飛塵漲天, 人不能開眼, 耳孔鼻竅, 塵土卽滿. 故人皆佩鼻壺, 盛消塵藥, 則石雄黃末也. 以藥吹鼻則塵消. 所謂鼻壺狀如漆調籠耳."

> 은 매우 편리하여 좋다. 책문을 들어선 후 짐을 지는 사람들은 모두 이 방법을 사용하는데, 한 명도 머리에 지고 어깨에 메는 사람이 없는 것은 이 방법이 짐을 지는데 편리하기 때문이라고 한다. 또 바퀴 하나짜리 수레가 있는데, 무겁게 여러 포대를 싣더라도 나는 듯이 빨리 간다.[60)]

인용된 지문에서는 잘 정비된 북경의 하수도와 외발 수레의 장점에 대하여 자세하게 설명하고 있다. 뿐만 아니라 누구나 사람들이 어깨에 나무를 걸치고, 나무 끝에 짐을 매달고 다니는 모습을 노이점은 편리한 방법이라고 생각하였다.

이러한 견해는 노이점이 평소 청을 오랑캐의 나라라고 하여 그 풍속과 문화를 비판하던 때와 다른 입장이다.

한편 노이점은 북경 이외에도 기행도중 색다른 경험을 한 적이 있다. 7월 1일 통원보에서 있던 일이다. 노이점이 기록한 다음 사건은 『열하일기』에는 없는 내용이다.

> 저녁이 되어도 비가 그치질 않아 또 머물러 잔다. 밤에 큰 호랑이가 담장을 넘어 뜰 가운데로 들어왔다. 융장의 제부(弟婦)가 남편과 함께 자다가 알몸으로 뛰어 나와 큰 소리로 호랑이를 쫓고, 그 남편도 뒤따라 나와 총을 쏘아 몰아내자 호랑이는 즉시 도망가 버렸다. 그 사람은 비록 극악(極惡)하지만 용기는 가히 칭찬할 만하다.[61)]

---

60) 노이점, 『수사록』, 8월 21일, "昨見大街上, 無穢惡之臭, 聞隷人之言, 曰: 城中不畜豚, 且爲隱溝於衚衕及市肆上, 疏出穢惡之臭, 雨後諸溝, 淸洗無累, 故如是云. 且見行者, 以丈餘小木掛於肩上, 以索懸筐筥之屬於木兩端而行, 此甚便好, 自入柵後, 擔者皆用此法, 而無一負戴者, 此是便擔云. 又有車之獨輪者, 載數包重, 而其疾如飛."

당시만 하더라도 중국의 동북지역에서는 곳곳에 호환이 일어났던 모양이다. 『열하일기』에 이 내용이 없는 것은 혹 빗소리에 묻혀서 박지원이 듣지 못했는지도 모를 일이다.

돌아오는 길에 그는 구걸하는 노파들을 보고 동정을 느꼈다.

> 오는 길에 길에서 잔돈을 달라며 구걸하는 노파들이 매우 많았다. 오히려 서글프게 느껴졌다.[62)]

이처럼 청나라 사람들의 비참한 생활상을 언급하는 것은 『열하일기』에서는 좀처럼 언급하지 않는 내용이다. 동일한 날 같은 장소를 함께 지나왔으면서도 달리 묘사하는 것은 서술 시각의 차이에서 기인한 것으로 보인다.

그 후 노이점은 10월 4일과 5일에 봉변을 겪었다.

> 이웃에 사는 백발의 오랑캐 노인이 와서 말한다.
>
> "먼 길에 노고가 많은데 어떻게 가려고 하시오?"
>
> 나는 사례 인사를 하니, 그 노인은 집에 있는 어린아이를 시켜 작은 광주리에 포도를 가지고 오라고 하더니 나에게 너덧 덩이가 달린 포도 한 송이를 준다. 내가 사양하자, 그는 억지로 권하여 나는 어쩔 수 없이 한 송이를 먹었다. 먹고 난 후 그 사람이 나에게 청심환을 달라고 하기에 내가 약간 가지고 있던 것이 지금은 다 떨어져 없다고

---

61) 노이점, 『수사록』, 7월 4일, "雨至夕不止, 又爲留宿. 夜有大虎越墻而入於中庭, 隆章之弟婦與其夫同宿, 以赤身出來, 大聲逐虎, 其夫踵而出, 放砲逐之, 虎卽逃去, 其人雖極惡, 而其勇敢可尙."

62) 노이점, 『수사록』, 10월 1일, "歷路乞婆之索錢者甚衆, 還覺苦惱."

> 대답하자 그자는 화를 내면서 말한다.
> "다른 사람의 물건을 거저먹는단 말이오?"
> 거듭 거듭 그치질 않는다. 내가 2문(文)을 주니 그 자는 도리어 돈을 땅에 던져버리고 불끈 화를 내며 일어나더니 가 버린다. 부끄러워 어찌 할 수가 없다.[63]

노이점은 포도를 파는 노인의 간교에 말려들었다. 그 때문에 그의 요구에 따라 가지고 있던 돈을 주었지만, 그 노인은 도리어 땅에 돈을 던져버리고 화를 내며 떠나갔다.

노이점은 이러한 경험을 통하여 그들의 아름답지 못한 풍속을 탓한다. 가는 곳마다 중국인들이 따라 다니면서 청심환을 구걸하거나, 문밖을 나서면 빙 둘러서서 알아듣지 못하는 말로 수작을 부린다고 하였다. 박지원도 「오이 파는 늙은이」 이야기에서 이와 유사한 경험을 한 적이 있다. 그런데 박종채는 이런 문제에 대해 '중국과 조선의 다른 풍속에서 생겨난 일을 곡진하게 묘사하고 해소를 섞은 것 중에 한편이다.'[64]라고 하여 그들의 인정물태를 심각하게 받아들이지 않고 있다.

또한 노이점이 중국인을 통칭하여 나쁜 풍속을 가지고 있다고 하였지만, 박지원은 시대(時代)의 입을 통하여 이러한 짓을 하는 사람이 한족에게만 있고 만주족에게는 없다는 것도 밝히고 있다. 북경

---

63) 노이점, 『수사록』, 10월 4일, "隣胡髮白者來見曰: '遠路勞苦, 何以經過?' 余謝之. 其人使家僮持葡萄一小筐而來, 授以四五顆一莖, 余辭之, 其人苦勸, 余不得已喫之. 喫了後, 其人仍索淸心丸, 余以略有所儲, 余以罄竭答之, 其人怒曰: '他人之物白喫耶?' 再三不已. 余以二文錢遺之, 其人還擲於地, 艴然起去, 不勝愧赧."

64) 김윤조, 『역주과정록』, 66면 참고.

기행도중 겪는 유사한 경험에서도 서로 대응하고 느끼는 것에 차이를 보이고 있다.

노이점이 청나라에 대하여 가졌던 멸시하는 듯한 시각은 연경에서 고국으로 돌아올 때 청석령(靑石嶺)에서 본 가난한 집의 울타리에서도 비슷하게 나타난다.

> 북경에서 이전 역참에 오기 전까지 길가의 가난한 사람들은 수수대로 울타리를 하였다. 그 모양이 성글고 썰렁한 것이 버드나무를 꺾어 울타리를 했다는 것과 무슨 다름이 있는가?[65)]

버드나무를 꺾어 울타리를 했다는 말은 『시경』의 구절인 '절류지번(折柳之樊)'을 인용한 것이다. 수숫대 울타리를 언급한 것은 청나라 동북지역에 가난한 사람이 그만큼 많다고 말하고 싶어서였던 것으로 보인다. 노이점은 기대하였던 중화 문명에 대한 관념적인 세계가 실제로 기대에 못 미치자 실망하고 있는 것이기도 하다.

이상에서 살펴본 대로, 이국의 수도 북경에 도착한 노이점은 특이하고도 낯선 경험을 틈틈이 기록하였다. 지나친 문식(文飾)이나 기교(技巧)를 부리지 않았지만 자신이 본 것을 충실히 기록하여, 자신의 새로운 견문을 남들에게 전하고자 하였다. 노이점이 남긴 이런 몇 장의 북경스케치는 『수사록』 곳곳에서 모습을 드러내면서, 박지원이 다녔던 북경의 전체적인 모습을 연상·조망하는 데 일정하나마

---

65) 노이점, 『수사록』, 10월 13일, "自燕至此站之前, 路傍貧家, 皆以糖竹爲籬, 其踈冷之狀, 何異於折柳之樊."

역할을 담당한다.

2) 지전(地轉)에 관한 새로운 인식

노이점이 박지원에게 준 글인 「서관문답서」에서 서관(西館)은 1780년 조선 사신의 일행이 북경에 체류하면서 머물렀던 곳으로 자연스럽게 모여 이야기하던 공간이기도 하였다. 노이점은 사신의 숙소에 대하여 설명하고 있다.

> 나와 동반들은 예부로 들어가지 않고, 바로 서관(西館)으로 들어간다. 우리나라 사신들은 원래 옥하관(玉河館)에 머물렀다가 중간에 대비달자(大鼻㺚子)인들이 와서 머무르게 된 것을 계기로 남관(南館)으로 이동하게 되었다. 남관은 정양문 내 한림원 옆에 있다. 작년에 동지 사행 때 하인들이 불을 내고 나서 아직 개조하지 않았기 때문에 이번 사행에는 서관으로 갔다. 서관은 제독 아무개의 집으로 죄를 지어 적몰(籍沒)한지 얼마 되지 않았는데, 그 사람은 아직 살아있다고 한다.[66]

이전에 조선 사신이 머물던 남관의 위치가 정양문 안 한림원의 옆에 있다는 것을 설명하고 있다. 아울러 이 기록을 통해 당시 사신의 일행들이 왜 서관에 묵게 되었는지를 알 수 있다. 청이 러시아를

66) 노이점, 『수사록』, 8월 1일, "余與諸同伴不入禮部, 直向西館. 蓋我國使行, 曾入於玉河館, 中間因大鼻㺚子之來據, 移入於南館. 官在正陽門內翰林院之傍. 前年冬至使行時, 隸人失火, 尙未改造. 故今行入於西館. 西館卽提督某人之家, 而以罪籍入者不久, 其人尙在云矣."

위해 옥화관을 제공하자, 조선 사신의 숙소는 부득이하게 서관으로 옮겨질 수밖에 없었기 때문이다. 사신의 거주지에 대한 연구는 이미 연구가 축적되어 있다.[67] 그런데 적몰한 집 주인은 제독 이시요(李侍堯)로 추정된다. 그는 이성량의 후손인데, 화신의 미움을 받아 처벌을 받게 되었다.

다음은 사신이 머물던 서관에 대한 자세한 설명이다.

> 해가 저물자 비로소 서관에 도착한다. 서관의 규모는 매우 크고 높다. 안에 있는 집은 폭은 4간(間)이며, 길이는 6가(架)이고, 높이는 거의 4장(丈)이다. 사신이 들어간 곳의 '만주식 온돌방' 아래 바닥에는 모두 벽돌을 깔았다. 남쪽 문은 폭이 10척(尺)이 넘고, 높이도 또한 이정도 된다. 문을 열 때는 여러 사람이 함께 문을 들어 큰 나무로 마당에 바쳐 놓는다. 닫을 때도 또한 이렇게 한다. 밖으로 출입하는 남문(南門)은 나무판으로 만들었고, 높이가 한 장(丈)이 넘는다. 방을 출입하는 가운데 문도 또한 나무판으로 만들었고, 꽃과 풀, 날짐승, 들짐승 같은 것을 조각하여 채색한 것이 우리나라 풍(風)의 목단(牧丹) 모양과 같으며 높이도 한 장(丈)이 넘는다. 북문도 크기가 또한 이와 같다.
>
> 나는 정계명(鄭季明)과 함께 서쪽 '온돌방'으로 들어간다. 서관의 가운데뜰은 매우 넓고, 모두 벽돌을 깔았으며 중간에 큰 길을 만들어 놓았다. 그 큰 길 좌우에 있는 긴 회랑(回廊)에는 사이에 서까래가 매우 많은데, 그 형태가 모두 같다. 부사는 동쪽 행랑에 들고, 서장관은 서쪽 행랑으로 들어갔다.[68]

---

67) 원재연(2009) 참조.

68) 노이점, 『수사록』, 8월 1일, "日暮始抵於館. 而館制甚高大, 內舍廣四間, 長六架高

저녁 무렵 서관에 도착한 노이점은 앞으로 자신들이 묵게 될 서관의 규모와 구조 등을 지나칠 정도로 자세하게 살펴보았다. 특히 각각의 건축 구조물에 대한 크기와 방바닥에 대한 언급이 친절하며, 문과 행랑에 관한 언급도 빠뜨리지 않고 있다. 노이점은 달포 이상 머무를 곳이라서인지 유달리 길게 설명하고 있다.

8월 4일 밤 열하로 떠나기 전날, 박지원은 잠을 자면서 벽돌 밟는 소리에 잠을 깬 적이 있는데, 노이점의 기술로 이 사실을 거듭 확인할 수 있다.

한편 사신들이 열하에서 돌아온 8월 20일 이후에, 노이점은 서관에 머물면서 박지원과 자주 만나 이야기를 나눈 것 같다. 같은 숙소에 오랫동안 체류하였기 때문에 만날 기회가 많아졌기 때문인 듯하다. 이 시기 노이점은 열하에 다녀온 박지원에게 전해들은 것으로 추측되는 이야기를 「추문(追聞)」이라고 제목을 달았다.

> 추문(追聞) : 거인(擧人) 왕민호(王民皥)는 호가 곡정(鵠渟)으로 연암과 열하에서 서로 만났다고 한다. 부인이 남편을 바꾸지 않은 것을 논하였는데, 중국에서는 금령이 매우 엄하여 국가에서 그들의 부모까지 죄를 준다고 한다. 동남지역은 더욱 심하여 사대부 집안의 남녀가 어렸을 때 약혼을 하였거나 혹 불행하게도 남자가 죽어 버리면, 여자도 또한 약을 먹거나, 혹은 스스로 목을 베고 죽어 합장하게 한다

幾四丈. 使行入處 炕下皆鋪甎. 南戶則廣過十尺, 長亦如之, 開時則數人共擧, 而以大木撑之於庭, 閉時亦然. 自外出入之南戶, 以板爲之, 高過丈餘. 自炕出入之中門, 亦以板爲之, 而多施雕彩, 刻花卉鳥獸等物, 如我國豊牧丹狀, 而高過丈餘. 北戶大亦如之, 余與鄭季明同入於西炕. 館之中庭甚大, 皆鋪甎, 而中築正路, 左右長廊間架甚多, 其制皆同. 副介入於東廊, 行臺入於西廊."

고 한다. 세상 사람들이 간혹 이것을 기롱하여 시분(尸奔)과 절음(節淫)이라고 한다. 정말로 괴상하다.[69]

거인은 향시(鄕試)에 합격하여 중앙 정부에 가서 전시(殿試)를 볼 수 있는 사람이다. 이 부분은 박지원이 열하에 있는 태학에서 곡정과 만나 필담을 나누던 내용의 일부를 북경으로 돌아와 다시 노이점에게 말한 것이다.[70] 분(奔)은 여자가 예를 갖추지 아니하고 남자와 결합하는 것을 말한다. 분시(尸奔)와 절음(節淫)은 중국의 상해와 소주, 항주 지방인 동남쪽에서 너무 지나치게 절의를 강조한 나머지 살아있는 사람에게조차 죽음을 강요한 풍습에서 유래하였다고 한다. 노이점은 이점을 십분 이해하지 못했다. 때문에 이 내용을 기록할 만한 가치가 있다고 생각한 듯하다.

또한 이를 통하여 박지원이 북경으로 돌아와서도 열하에서 중주 인사들과 나누던 이야기를 조선 사람들에게도 언급하였다는 것을 확인할 수 있다.

왕민호는 또 당녀(唐女)가 전족한 사정을 논하였다.

"남당(南唐)의 이소랑(李小娘)이 송나라에 들어갈 때 발이 매우 작았지만 궁인들이 그것을 본받아 전족을 하면서 유행이 되었다. 원나라 초기 당녀(唐女)들이 달녀(韃女)와 섞이는 것을 부끄럽게 생각하여 모두 전족을 하였다. 명나라 때는 금지하여도 말릴 수가 없었고, 지

---

69) 노이점, 『수사록』, 9월 11일, "追聞: 王擧人民皥者, 號鵠渟, 與燕巖相見於熱河, 論婦人不更夫事, '中國則禁令甚嚴, 罪其父母, 東南尤甚, 士夫家男女, 幼少時約婚, 或不幸男死, 則其女亦飮藥, 或自刭而死以祔葬, 世或譏以尸奔節淫.' 良可怪也."

70) 박지원, 『열하일기』, 「태학유관록」(『연행록전집』 54권, 174면) 참조.

금도 만주 여인과 섞이는 것을 부끄럽게 여긴다."라고 하였다.[71]

인용된 예문은 박지원이 태학에서 곡정을 만나 이야기하는 과정에 보이는 부분이다.[72] 대부분 『열하일기』의 내용과 같지만, 이소랑은 장소랑(張宵娘)으로 기록되어 있다. 이상에서 노이점은 박지원과 곡정 왕민호가 주고받던 이야기를 박지원을 통하여 들었다는 사실을 짐작할 수 있다.

3) 「서관문답서(西館問答序)」 분석

노이점에게 박지원은 북경 기행 중 많은 대화를 나눈 사람이면서 주요한 사람이었다. 북경에 올 때만 하여도 박지원은 항상 사신의 행차보다 앞에서 출발하였고 노이점은 사신의 행차와 함께 다녔기 때문에 많은 대화를 나눌 수 없었지만, 박지원이 열하에 다녀오고 나서 북경을 다닐 때는 박지원과 노이점은 자주 함께 다녔다.

노이점이 박지원과의 대화 속에서 가장 깊은 인상을 받은 것은 「서관문답서」에 나오는 이야기라고 할 수 있다. 「서관문답서」는 열하에 다녀온 후인 1780년 9월 3일 숙소인 서관(西館)에서 노이점이 쓴 글이다. 지구가 둥글고 또한 자전한다는 박지원의 설명을 듣고 감동하여 박지원에게 써준 글이다.

---

71) 노이점, 『수사록』, 9월 12일, "民皥又論唐女纏足事曰: '南唐李小娘入宋, 其足甚小, 宮人效之纏其足, 仍而成風, 元初唐女恥混韃女, 人皆纏之. 至明時禁之不得, 至今恥混於滿女'云"

72) 연민문고 소장본, 『열하일기』 6권, 410~411면 참조.

> 밤에 연암이 와서 하늘과 땅이 운행하며 돈다고 말한다. 연암이 "하늘과 해, 달만 돌면서 움직이는 것이 아니고, 지구도 또한 자전하면서 돈다."라고 한다. 나는 주자의 학설을 고수하여 자전하지 않는다고 심하게 논쟁을 하였다. 연암의 설은 비록 황당무계에 가깝지만 자못 독특하게 터득한 묘리가 있는 듯했다. 그래서 「서관문답서(西館問答序)」를 지어서 연암에게 주었다.[73]

특기할 만한 것은 북경에서 노이점이 열하를 다녀온 박지원으로부터 지전(地轉)과 지원(地圓)에 대한 이야기를 듣고, 지원과 지전에 대하여 주자가 주장한 천원지방의 입장에서 반대했다는 점이다.

또한 박지원은 동행한 조선 사신과 수행원들에게 주자와 다른 새로운 세계관을 환기시키려 했다는 것을 확인할 수 있다. 그리고 토론의 장소가 다름 아닌 북경의 서관이라는 점은, 박지원이 지전설을 통하여 상대적 입장에서 중화사상을 수용한다는 자신의 주장을 별다른 제약을 받지 않고 전달할 수 있는 장소와 시간적 여유를 얻었다고 말할 수도 있을 것이다.

61세의 노인 노이점은 이날 44세의 전도 유망한 박지원의 주장을 반박하였다. 하지만 묘리가 있는 듯하다는 표현으로 미루어 보면, 노이점도 박지원의 논리적 주장에 적지 않게 감동을 받은 듯하다. 바로 「서관문답서」는 9월 3일 벌어진 토론에 대한 충격과 박지원에 대한 흠모가 솟아난 나머지, 박지원에게 지어준 글이다. 때문에 이

---

73) 노이점, 『수사록』, 9월 3일, "夜燕巖來過, 論天地之運轉. 燕巖曰: '不但天與日月轉動, 地亦轉旋' 余則守朱子之說, 苦爭其不轉, 燕說雖近無稽, 而頗有獨得之妙, 故作「西館問答序」而與之."

글은 박지원에 대한 칭찬으로 시작한다. 북경 기행 때 『열하일기』를 남긴 박지원의 실제적인 모습도 살펴볼 수 있다는 점에서 더없이 소중한 자료라 할 수 있다.

『열하일기』에는 박지원이 자신의 마음을 술회한 표현이 자주 나타나고 있지만, 다른 사람의 눈에는 박지원이 어떤 모습으로 보이는지는 알 수가 없었다. 『수사록』은 바로 이런 부분을 어느 정도 해결해준다.

> 중화의 선비들로서 학문과 문장이 있는 사람들도 연암을 한번보고는 매료되지 않는 사람이 없었다. 그는 큰 키에 큰 얼굴로 눈썹이 수려하고 수염은 적어 옛날 사람 같은 풍채가 있다. 본성이 술을 좋아할 뿐만 아니라 잘 땐 코를 세게 골았고, 서양금(西洋琴)을 타면서 사람에게 노래를 부르게 하고 들었다. 호탕한 이야기와 웅장한 변론으로 주위사람을 놀라게 하고, 신령한 풍채가 늠름하여 용과 호랑이를 잡고, 호랑이와 범을 치는 기상이 있다.[74]

북경 기행 중 박지원이 중주(中州)의 선비들과 교류하면서 그들에게 어떠한 인상을 주고 있는지와 그의 외모, 재능, 기품이 잘 나타나 있다. 이중 '큰 키에 큰 얼굴로 눈썹이 수려하고 수염은 적어 옛날 사람의 풍모가 있다'는 박지원의 외모에 대한 묘사는 흥미롭다. 박지원의 모습은 조선 사람을 호위하며 통역을 맞았던 청나라 사람 쌍

74) 노이점, 『수사록』, 「서관문답서(西館問答序)」, "中華之士有學問文章者, 一見公, 未有不顚倒於下, 公長身大面, 眉秀而髥疎 有古人之風儀, 性嗜酒激睡, 彈西洋琴, 使人歌而聽之, 豪談雄辯, 驚動左右, 神采凜然, 有捕龍虎搏虎豹氣像."

림(雙林)이 수역(首譯)에게 박지원이 생김새를 언급하는 데에서 나타나 있다.

> 모습이 웅장하고 훌륭한 분은 누구입니까?[75]

쌍림도 노이점과 비슷한 언급을 하고 있는 것을 보아 박지원은 이미 외모로도 주목을 끌었던 것으로 보인다. 게다가 박지원이 술을 좋아한 점, 스스로 서양금을 타면서 사람들에게 노래를 시킨 점은 그의 대중적인 인간 면모를 느낄 수 있다는 점에서 매우 인상적이다.

인용문에서 박지원이 서양금을 연주했다는 기록은 박영철본 『열하일기』에는 없는 내용으로 충남대본 『열하일기』 같은 박지원 창작본에 나온다.[76] 이 대목이 충남대본 『열하일기』의 자료적 가치를 더해주는 단서이기도 하다. 박지원의 서양금을 타고 있는 모습을 박지원 창작본에 가까운 충남대본 『열하일기』에는 다음과 같이 서술하고 있다.

> 내가 말하였다.
>
> "칠팔 년 전 나의 친구, 자는 덕보(德保)요, 호는 담헌(湛軒)인 홍대용이 처음으로 음률을 알아서 토속 음악에 조화를 맞추었는데 후에 우리나라 여러 거문고를 타는 악사들이 모두 따라하여 지금은 온 나라에 크게 유행하고 있습니다. 우리나라에 원래 가야금이 있었는데 큰 비파의 반쪽으로 놓은 것 같고 12줄로 되어 있습니다. 이 가야금은

---

75) 박지원, 『열하일기』, 7월 17일(『연행록전집』 53권, 485면), "狀貌雄偉者誰也"
76) 김명호, 『열하일기 연구』, 27~47면 참조.

신라 때에 시작되어 줄을 쓰는 법이 중국의 거문고와 같으니 지금의 천금의 연주법은 모두가 흡사 가야금과 같습니다."

형산(亨山)이 물었다.

"선생은 능히 천금(天琴)을 연주할 수 있습니까?"

눈으로 심부름꾼을 불러 무어라고 하는 것이 천금을 찾아오라는 듯하였다. 내가 말하였다.

"약간 타는 법을 압니다. 혹시 근처에 천금이 있는지요? 마땅히 대인을 위하여 한 곡조 하겠습니다."

"이미 가게 중에서 구해보라고 하였습니다."

한참 있다가 심부름꾼이 돌아와 '없다.'고 말하자, 형산이 말한다.

"찾아도 없다고 하니 선생께서 구송(口誦)이라도 해주실 것을 감히 청합니다."

내가 구송으로 천금이 무어 무어라고 하면 생황이 어떻고 어떻게 한다고 하였다. 윤가정과 왕민호가 눈을 감고 있다가 한참만에 눈을 뜨고 서로 본다. 곡정이 형산에게 말을 하니 형산이 고개를 끄덕인다. 곡정이 다시 한번 하기를 청한다. 내가 금방 했던 대로 다시 하였다. 곡정이 눈을 감고 있다가 얼마 후 눈을 뜨고 말한다.

"이해하지 못하겠습니다. 그만 하시지요."

내가 곡정에게 암송하여 보라고 말하였다. 곡정이 얼굴을 바로 하고 단정하게 앉아 무어 무어라고 한다. 묻기를

"이해할 수 있습니까?"

하여, 내가 대답하였다.

"이해가 안 됩니다. 그만 합시다."[77)]

---

77) 박지원, 『열하일기』, 「망양록(忘羊錄)」(『연행록전집』 55권, 24~25면), "余曰: '七八年前, 敝友洪大容, 字德保, 號湛軒, 始能諧律, 和之土樂, 然後敝邦諸琴師, 多效之, 今則大行于世. 敝邦元有伽倻琴, 剖大瑟之半, 爲十二絃. 此琴起自新羅, 弄絃如

천금은 서양에서 들어온 악기인데, 홍대용에 의하여 연주법이 국내에 처음 보급되었다고 한다. 그런데 위에서 보듯이 박지원은 형산조차 보고 잘 알지 못하는 천금을 연주할 수 있었다.

열하에 있던 청나라 선비들은 서양금을 몰랐지만 조선 사신이 다니던 동북지방에는 서양금을 연주하는 사람이 있었다. 다음은 노이점이 이에 대하여 언급한 것이다.

> 마을이 번화하고 부유하며, 집들이 웅장하고 사치스러운 것은 자못 우리나라 평양과 같다. 전방이 딸린 강영태(康永泰)의 집으로 들어갔다. 그는 잘생긴데다가 재치가 있다. 이제 겨우 21살인데, 약간의 글을 이해하고, 서양금(西洋琴)[78]을 잘 연주한다.[79]

조선 사람이 자주 다니던 길에 북경의 문명이 전파된 것으로 보인다. 노이점의 기록을 통하여 박지원이 서양금을 연주한 사실을 확일할 수 있었다. 일제강점기 때 간행된 박영철본 『열하일기』에는 박영

中國彈琴之狀, 今天琴解調, 都似伽倻琴' 亨山問: '先生能解弄否?' 目招侍者, 囑云云, 似覓天琴也. 余日: '略會彈法, 不識傍近有是器否? 當爲大人一鼓' 亨山日: '已覓諸舖中矣', 頃之侍者還日: '無有' 亨山日: '求之不得, 敢請先生口誦' 余爲誦(琴訣云云, 笙訣云云) 尹王皆閉目, 良久開目相視, 鵠汀向亨山語, 亨山點頭. 鵠汀請再誦, 余誦如前, 鵠汀閉目而已, 開視日:'不會也罷' 余請鵠汀誦, 鵠汀整容端坐誦云云, 問日: '會否?', 余日: '不會也罷'"

78) 서양금(西洋琴) : '구라철사금(歐邏鐵絲琴)'이라고도 한다. '구라철사금'이란 명칭은 악기의 유래와 재료, 즉 '구라파에서 들어온 쇠줄로 된 악기'라는 뜻이다. 중국에 양금이 들어온 것은 이마두(利瑪竇, Matteoricci, 1552~1610)로부터 비롯되었고, 대략 1762년 이전에 우리나라에도 양금이 소개되었다. (검색어: 서양금, 제12회 양금연주회, 네이버 참조)

79) 노이점, 『수사록』, 6월 28일, "邑里繁華富實, 家舍宏壞侈靡, 殆同我國之平壤. 入接於廛房康永泰家, 其爲人俊邁, 年纔二十一, 略解文字, 善彈西洋琴."

철이 『열하일기』를 편찬하면서 박지원이 서양금을 연주했다는 부분을 의도적으로 바꾸었다는 것을 짐작할 수 있다.

또한 「서관문답서」는 박지원이 조선에서는 어떠한 인물로 인식되고 있는지와 그의 인생관까지 기록하고 있다.

> 연암(燕岩) 박지원(朴趾源)은 '뛰어나 구속을 달가워하지 않으며', '크고 건실한 사람'이다. 어려서부터 문장을 하였는데, 그 말은 진(秦)나라와 한(漢)나라의 사이를 출입하였고, 송나라 명나라 이하는 입에 올리지도 않았다. 뛰어난 명성이 온 나라에 울려 '서울'[洛]의 사대부들이 앞 다투어 우러러 보며 모방하고, 그의 글을 베껴 읊는 자가 매우 많았다. 하루는 갑자기 실망스러운 얼굴로 탄식하며 말했다.
>
> "과거와 문장은 이름을 내는 계단이지만 나는 육신에 의지하고, 명예는 다시 나에게 의지하고 있습니다. 나와 육신은 오래지 않아 마침내 다하여 사라질 것입니다. 하물며 '의지하고 있는 것[나]'에 '의지하는 것[명예]'은 어떻게 되겠습니까?"
>
> 마침내 과거를 버리고 저술한 글 거의 만 여 마디의 말을 불태워 버리고 금주(金州)의 연암산(燕岩山) 속에 은거하였다.
>
> ……
>
> 일찍이 말하였다.
>
> "세상 사람들은 자기를 알아주는 것을 다행으로 생각하고 있지만, 나는 나를 몰라주는 것을 다행으로 생각한다."
>
> 공은 현달하고, 존귀한 집안의 자손이다. '걸출한 재주'를 갈고 닦아 조정에서 벼슬하는 것은 가까운 거리의 일이지만, 궁벽한 산골에 걸어 잠그고 사람들이 맛보지 못하는 것을 달갑게 여기면서, 이 즐거움으로 조정에 벼슬하는 것과 바꾸지 않는 것은 어찌 소양이 없이 그렇게 할 수 있는 것인가?[80]

박지원이 과거를 포기한 저간의 사정은 『과정록』에도 일정부분 언급된 바 있으나, 여기서의 기록은 그것과도 사뭇 다르다. 박지원이 과거를 포기한 후에 느꼈던 심정을 노이점은 자세하게 언급하고 있다. 박지원은 명예가 그의 몸에 매달려 있고 그도 육체에 의지하고 있으니, 육체가 소멸하면 명예조차 소멸한다고 인식하고 있다. 부귀공명의 상징인 과거의 명예가 헛됨을 말한 것이다.[81] 과거를 포기한 박지원은 북경 기행을 통하여 자신의 인생역정을 돌이켜보는 계기로 삼았다. 이러한 박지원의 자세를 단편적으로 표현한 노이점의 글을 다시 살펴보자.

> 매번 나갔다가 돌아와 문뜩 말하였다.
>
> "내가 중국을 보지 않았다면 거의 일생을 헛되이 보낼 뻔했습니다."[82]

---

80) 노이점, 『수사록』「서관문답서」, "燕巖朴公, 卓犖瓌偉人也. 結髮爲文章, 其言出入於秦漢間, 宋明以下未嘗挂齒, 華譽聞于國中, 洛之士大夫爭慕傚之, 謄其文而誦之者甚多. 一日忽有不豫色, 嘆曰:'科典文名之堦也, 吾寄於身, 名又寄乎吾, 吾身之不久, 而終歸於澌壞泥滅, 而況其寄所寄乎?' 遂謝擧業, 焚其所爲文幾萬餘言, 隱於金州之燕巖山中 …… 嘗曰:'世之人以知己爲幸, 而吾以不知己爲幸.' 公簪纓胄也, 磨刮利器, 登敭王廷, 卽跬步間事, 而揥關窮山, 味人之所不味, 不以此易彼者, 豈無所養而然耶?"

81) 김윤조, 『역주과정록』, 태학사, 1997, 41면 참조. 그런데 이 말의 배면에는 사정이 있다. 돌아가신 부친의 광(壙)에 이상지(李商芝)에 의하여 오물을 들어가게 된 일이 발생하여 이상지의 집안과 이에 연관된 사람들은 영조의 벌을 받게 된다. 마침내 이상지는 스스로 폐축되어 다시는 벼슬을 하지 않고 떨어진 신발을 신고 도보로 다니면 서울에는 들어오지 않았다. 박지원이 나중에 이 사실을 알고 탄식하면서 스스로 과장에 들어가지 않았다고 한다. 결국 이 사실과 관련이 있는 것으로 보인다.

82) 노이점, 『수사록』, 「서관문답서」, "每出而歸輒曰: '若不見中華, 幾乎虛度一生.'"

평소 중국에 대하여 남달리 관심이 많았던 박지원에게 북경 기행은 새로운 세계관이 열리는 계기가 되었던 것으로 보인다.

다음은 『수사록』의 「서관문답서」를 통하여 본 박지원의 지전설에 관한 이야기를 좀 더 구체적으로 살펴보기로 한다.

박지원은 황해도를 지나오면서 지전설에 대해 구체적인 토론 준비를 하였지만, 열하에서 만난 중주인사들에게서는 기대할 만한 성과를 얻을 수 없었다. 그 후 북경으로 돌아와서도 박지원이 다시 북경 기행에 동행한 사람들에게 지전설에 대하여 이야기하였음을 『수사록』에서 확인할 수 있다.[83)]

며칠 후 노이점은 박지원에게 「서관문답서」를 주면서 박지원의 이론이 훌륭하다는 것에 어느 정도 긍정하는 뜻을 보이고 있다.

> 지난 밤 박지원과 함께 지구와 해, 달, 별들이 자전하면서 운행하는 것과 사해(四海)와 육합(六合), 팔황(八荒)의 요활(遼闊)함에 대하여 논하였다. 그 이론이 새롭고 신기하고 크고 넓어서 앞 시대 사람들이 볼 수 없던 것을 봤으니 어찌 위대하지 않은가? 비록 세상에는 내가 들었던 것보다 오묘한 것이 있지만, 그가 '보잘것없는 것들'의 밖에서 독특하게 초연한 것을 보고 아름답게 여겨, 마침내 그의 말을 기록하여 서술한다.[84)]

83) 이우성(1991), 「한국 실학연구회 창립기념 발표회」. 지전설은 역사적으로 성호 당시만 하더라도 '서양 천주교가 가지고 온 천문학적 지식의 제약 때문에 지구중심설에서 벗어나지 못했다. 우리나라 실학파 천체관이 지구중심설에서 태양중심설로 옮겨온 것은 성호보다 훨씬 후배인 담헌 홍대용에 이르러서 비로소 가능하였다.'라고 하였다.

84) 노이점, 『수사록』, 「西館問答序」. "疇昔之夜, 與不佞論天地日月星辰之轉運, 四海六合八荒之遼濶, 而其言新奇宏博, 闖前人之所未闖, 顧不偉歟? 雖世有奧於吾之所

그러나 『열하일기』의 내용을 가지고 추측하건대, 이때 박지원은 지원(地圓)을 설명하기 위해서 모기의 궁둥이와 육모초의 예를 들었던 것이고, 지전을 증명하기 위해서 고양이의 눈과 맷돌로 예를 들었던 것으로 보인다.[85)]

노이점은 자신이 주자의 이론으로써 지전설을 반대하다가, 결국 박지원의 논리를 수긍하게 된 동기를 다음과 같이 설명하고 있다.

> 선비들은 궁리(窮理)와 격물치지(格物致知)를 이야기를 하면서 머리털 끝만치라도 실지로 터득하는 오묘함이 없고, 다만 고인들의 책 속의 글만 연구하면서 스스로 과시합니다.
>
> 아! 책 속의 글이란 고인들의 조박(糟粕)이니, 여기에 단단히 얽매여 언어 문자 밖의 뜻을 터득하지 못한다면 이것은 조박(糟粕) 중의 조박(糟粕)이니, '태어나면서 눈 먼 사람이 눈으로 해를 본 적이 없다가 사람들이 태양이 구리쟁반 같다고 비유하는 말만 듣고, 쟁반을 두드려 그 소리를 이해하였다가 다른 날 종소리를 듣고서 해라고 말하는 것'과 무엇이 다르겠습니까?
>
> 오직 명석한 사람은 그렇지 않습니다. 그가 말하는 것은 가슴에서 나오는 말이요, 혀에서 나오는 것이 아닙니다. 그가 이해하는 것은 생각에서 나오는 것이지 귀에서 나오는 것이 아닙니다. 사람들이 보지 못하는 것을 보고, 사람들이 연구하지 못하는 것을 연구하니, 이는 탁월하고 뛰어나 스스로 터득한 사람이라고 할 수 있습니다. 간혹 그가 하는 말이 앞 시대의 사람들이 하던 말과 어긋나지만, 또한 이것이 각각 하나의 이치가 되는 데에는 나쁠 것이 없습니다. '창촉(菖歜)'

聞者, 而嘉其超然獨出於芻狗之外, 遂識其言而叙之."

85) 박지원, 『열하일기』, 「곡정필담」(『연행록전집』 55권).

과 양조(羊棗)는 어찌 성인이 좋아하던 것이 아니겠습니까?[86]

양조(羊棗)는 고욤나무 열매인데 증석(曾晳)이 매우 좋아하였고, 창촉(菖歜)은 창포 김치의 일종인데 문왕(文王)이 좋아한 것이다. 남들이 모르는 창촉과 양조의 맛을 증석과 문왕은 알고 있었다. 지전설도 마찬가지로 다른 사람이 깨닫지 못하는 것을 박지원이 깨닫고 있다는 것이다.

지전설은 김석문(金錫文)으로부터 홍대용에 이르기까지 이미 확실한 체계를 이루고 있었다. 그런데 박지원이 독특한 예를 들어 설명하자, 노이점은 이에 감동하였던 것이다. 특히 소식(蘇軾)의 「일유(日喩)」를 인용한 까닭은 지전설을 설명하는 것이 해를 볼 수 없는 사람에게 해를 설명하는 정도로 이해시키기 어려웠기 때문이다. 다음은 소식의 「일유」 가운데 노이점이 인용했던 부분이다.

> 태어나면서부터 눈이 먼 사람은 해를 알아볼 수가 없다. 그가 해에 대하여 물으니 어떤 사람이 말하기를 "해의 모양은 구리 쟁반같이 생겼습니다."라고 말하면서 쟁반을 두드리며 그 소리를 듣게 해주었다. 다른 날 종소리를 듣더니 해라고 생각하였다. 어떤 사람이 말하기를, "햇빛은 촛불과 같다."라고 하면서 초를 만지며 그 형체를 알게

86) 노이점, 『수사록』, 「서관문답서」. "士之譚窮格者, 無絲髮實得之妙, 而祗鑽古人紙上字, 自以爲夸吁, 紙上之語, 是古人之糟粕, 已膠固乎此, 而不得於言語文字之外者, 是又糟粕之糟粕, 何異於胎而眇者, 目未嘗見日, 聞人日如銅槃之喩, 扣槃而得其聲, 它日聞鐘聲而謂之日也哉, 唯明者不然, 其言也, 出於胸而不出於舌, 其解也, 從於思而不從於耳, 見人之所不見, 究人之所不究, 是可謂超卓自得者, 而間或其言矛盾於前人之說, 亦不害其各爲一義爾, 菖歜羊棗, 獨非聖賢嗜乎."

> 하였다. 그러자 눈먼 사람은 다음 날 피리를 만지면서 해라고 생각하였다. 해는 종소리나 피리와는 거리가 멀다. 그런데 눈 먼 사람은 그 차이를 알지 못한다. 일찍이 스스로 보지 못하고 다른 사람에 물었기 때문이다.[87]

노이점은 앞을 보지 못하는 사람이 해의 형체를 남에게 물어서 알 수 있는 것이 아니라고 강조하고 있다. 이는 고인(古人)이 남긴 책 속의 글도 설명만으로는 이해시키기 힘들다는 것을 가리키는 것이다.

박지원은 지원(地圓)과 지전(地轉)에 대하여 열하(熱河)에서 만난 곡정(鵠汀)에게 이야기하였을 뿐만 아니라 북경의 서관에서 노이점에게도 이야기하였다. 지전에 대한 이야기는 이미 북경에 오기 전 백탑을 보면서도 생각할 정도로 박지원은 지전에 대하여 몰입하고 있었다. 다음은 이에 대한 내용이다.

> 갑자기 한 무리의 검은 공이 칠승팔락하는 것을 보고 내가 오늘 비로소 인간이란 본래 의착하는 것 없이 하늘로 머리를 두고 발은 땅을 디디고 다니는 것을 깨달았다.[88]

한 무리의 검은 공의 실체는 멀리 보이는 백탑의 윗부분에 꿰어있

---

87) 蘇軾, 『東坡全集』, 「日喩」. "生而眇者, 不識日, 問之有目者. 或告之曰: '日之狀如銅槃', 扣槃而得其聲, 他日聞種, 以爲日也, 或告之曰: '日之光如燭', 捫燭而得其形, 他日揣籥, 以爲日也, 日之與鐘籥亦遠矣. 而眇者不知其異, 以其未嘗見, 而求之人也."

88) 박지원, 『열하일기』, 7월 8일(『연행록전집』 53권, 341면), "忽有一團黑毬, 七升八落. 吾今日始知人生本無依附, 只得頂天踏地而行矣."

는 공들을 의미하는 것 같다. 박지원은 출렁이는 말 위에서 아득한 요동평야에 있는 백탑을 보았다. '하늘로 머리를 두고 발은 땅을 디디고'라고 표현한 부분은, 지원과 지전을 염두에 두고 있던 박지원이 불현듯 지구에 붙어살고 있는 인간이 이마는 하늘을 향하고 발은 땅에 두고 살아가는 모습을 연상한 대목이라고 생각된다. 즉 지평선 너머 백탑의 머리 부분에 한 줄로 연결된 검은색 공 같은 것이 아지랑이 때문에 출렁이듯 보이자 갑자기 인간의 삶도 저런 것이 아닌가 생각하게 된 것으로 보인다. 검은 공이 출렁거리며 오르락내리락하는 것처럼 보이지만 실상은 백탑의 본체에서 이탈할 수 없듯이 사람의 삶이라는 것도 지구에서 이탈할 수 없다는 것을 새삼 느끼게 된 것으로 보인다. 지전을 생각하다가 결국 이런 현상에까지 관심이 투영된 것이라고 할 수 있다.

이러한 탐구는 고국에 돌아와서도 계속된다. 그런데 박지원이 북경 기행에서 돌아온 지 얼마 되지 않아 홍대용이 세상을 뜨게 된다. 박지원은 지원과 지전에 대해 저술을 해달라는 홍대용의 부탁을 북경 기행에서 베껴온 글 「호질」을 통하여 들어주었다. 즉 지원과 지전, 인물지본(人物之本), 고금지변(古今之變), 화이지분(華夷之分)이라는 「의산문답」의 주제를 창조적으로 계승하여 「호질」에서 구현한 듯 싶다.[89] 주제뿐만 아니라 창작 시기가 '고국에 돌아온 지 6년 만에 쓴'[90] 것은 이러한 점을 뒷받침한다.

이상의 논의를 통하여 노이점의 「서관문답서」는 북경 기행길에

---

89) 졸고, 「호질연구」, 『한문교육연구』 제14호, 2000 참조.

90) 김윤조, 「유만주가 본 박지원」, 『한국의 경학과 한문학』, 태학사, 1995 참조.

오른 박지원의 구체적인 모습을 가장 잘 살펴볼 수 있는 기록이라는 것을 확인하였다. 나아가 여기에는 지원과 지전이라는 새롭고도 신기로운 학설에 반박하다가 결국 이에 긍정하고 마는 노이점의 인식의 변화가 나타나 있다. 이처럼 「서관문답서」는 새로운 안목으로 새로운 세계에 대해 끊임없이 탐구, 몰두하고 있는 박지원의 형상을 사실적으로 보여준다는 점에서 아주 중요한 자료라고 할 것이다.

4) 이국 사람에 대한 관심

노이점은 북경가는 여행길에서 외국의 풍속과 물태, 이국 여성의 모습이나 복장 같은 것을 자주 언급하고 있다. 첨수참(甛水站)에서는 복식과 화장에 관심을 보이고 있다.

> 첨수참(甛水站)에 이르러 가게에서 말에게 먹이를 먹인다. 이 집은 매우 높고 크다 모든 것이 매우 풍요로운 곳으로 아마도 부호인가 보다. 여인들이 다 누각 위와 창문 틈 사이로 사신의 행차를 본다. 대부분 짙은 화장에 검은 옷을 입었는데 간혹 아리따운 사람도 있다.[91]

창문 틈 사이로 사신의 행렬을 엿보는 여인들과 여인들이 화장을 하고 검은 옷 입은 것을 인상 깊게 설명하고 있다. 다음은 낭산(狼山)과 팔리보(八里堡)의 민가에서 있었던 일이다.

---

91) 노이점, 『수사록』, 7월 7일, "至甛水站, 秣馬於廛房, 其家甚高大, 凡百極豊裕, 盖富豪者也. 女人輩多從樓上及牕隙間, 窺見使行, 而皆凝粧袨服, 間有美者."

> 해가 지자 낭산(狼山)에 있는 민가에 도착하여 묵는다. 이날 80리를 왔다. 마을에 있는 여자들이 뿔 나팔 소리를 듣고 일제히 나와 구경하는데 사이사이 미인이 많이 있다.[92]

> 팔리보(八里堡)에 도착하니 좌우에 있는 민가의 남자와 여자들 중에 바라보는 사람이 매우 많으며 여자 중에는 사이사이에 뛰어난 미인도 있다. 대체로 거쳐 오던 길에 있는 여러 역참에서도 이렇지 않은 곳이 없었지만 이곳 역참이 제일 낫다.[93]

낭산의 민가에서 뿔 나팔을 불자 동네 사람들이 모여드는 광경이 상상이 된다. 그런데 이때에도 노이점은 여인들에게 시선을 모으고 있다. 마침내 팔리보에 와서는 그동안 보아왔던 여인들과 비교하여 이곳에 미인이 제일 많다는 말을 하고 있다.

노이점이 중국의 여인들에 관심을 갖더니, 드디어 조선과 비교하여 새로운 사실도 언급하고 있다.

> 대체로 오늘 길에서 보니, 남자는 비록 간간이 준수한 자태와 맑고 고운 모습을 가진 사람이 있지만 우리나라 남자와 별다른 차이가 없고, 여자는 도처에 언제나 절세미인이 있다. 낭자산(狼子山)과 백기보(白旗堡) 같은 두 곳은 평소에도 색향(色鄕)이라고 말한다. 역관의 말을 들어 보니, 책문(柵門)에서 연경(燕京)에 이르기까지 모두 여자가 남자보다 낫다고 한다.[94]

---

92) 노이점, 『수사록』, 7월 7일, "日暮抵狼山閭家而止宿, 是日行八十里. 村中女子聞角聲, 一時齊出觀光, 間多絕色矣."

93) 노이점, 『수사록』, 7월 23일, "至八里堡, 左右閭家之男女, 望見者甚多. 女人則間有絕色, 盖歷路, 多站無處不然, 而此站爲最."

노이점은 중국의 낭자산과 백기보가 다른 어느 지역보다 미인이 많다는 사실과 책문에서 북경까지 여인들이 남자보다 낫다는 말도 하고 있다. 정보의 출처가 역관이라는 것으로 보아 역관의 관찰을 노이점이 공유하고 있다는 것을 알 수 있다.

특히 남자는 조선과 비교하여 별 차이가 없는 것에 주목하였다. 역관과 노이점의 관찰을 통해 이 시기 여인들이 남자들보다 낫다고 한 것은 아마도 조선의 여인보다 이쪽 청나라 지역의 여인들이 보다 자유롭게 다니고 꺼리는 것이 없기 때문에 조선보다 자세히 살필 수 있었기 때문일 수도 있다고 보인다.

여성에 대한 관찰은 북경에서도 계속된다.

> 성안에 사는 사람들이 남녀 할 것 없이 모두 문으로 나와 바라본다. 나이 겨우 15~6세 쯤 되고, 비녀도 하지 않은 어떤 여자 한 명이 언덕 위에 있는 집에서 중문(中門) 문틈으로 바라보다가, 우리 사신이 눈을 크게 뜨고 쳐다보자 바로 깊숙한 곳으로 들어가 버린다. 아마도 벼슬하는 집안의 규수인가 보다. 그 안색이 곱고 행동이 우아한 것이 전에 한 번도 보지 못했던 것이다.95)

많은 사람들 가운데 시선이 어떤 소녀에게 모아지고 있다. 여기서

94) 노이점, 『수사록』, 7월 23일, "大抵歷路所見, 男子則雖間有俊秀之姿明麗之標, 而瞥無異於我國, 至於女子 則到處必有絕色, 而如狼子山·白旗堡兩處, 素稱色鄕矣. 聞譯官之言, 自柵至燕, 而俱是女勝於男云."

95) 노이점, 『수사록』, 7월 25일, "城中居人, 無論男女, 皆出門而望之. 而有一女子, 年纔十五六而未及笄矣, 家在高丘, 從中門門隙中望見, 見我同行之睢盱, 卽爲深入. 似是仕官家閨姝, 而其顔色之嬋媛擧止之閒雅, 曾所未見."

도 그의 관찰은 피상적인데 머무르지 않고 그녀의 수줍음까지 묘사하고 있다.

다음은 구경나온 중국 사람들을 묘사한 것이다.

> 식사를 마치고 곧바로 출발하여 조양문(朝陽門)에 이르니 거의 15리이다. ……오고 가는 사이에 도성의 남자와 여자가 곳곳에서 무리를 지어 우리를 본다. 여자는 언제나 짙은 화장에 검은 옷을 차려입었다. 어떤 여자는 문에 나와서 보기도 하고, 어떤 여자는 대문에 기대고 보기도 하는데 곱고 아름다운 사람이 많다.[96)]

길을 메우며 조선 사신을 바라보는 사람들의 모습에 노이점의 시선이 쏠리더니, 여인이 화장을 하고 잘 차려입은 모습까지 언급하고 있다. 노이점의 세심한 기록을 통해 당시 북경 여인들이 거의 다 화장을 하였다는 것도 알 수 있다. 북경을 떠나 심양에 들어서면서도 노이점의 이러한 관심은 변함이 없다.

> 길에서 마주친 한 명의 여자는 검은색의 고은 비단 가마를 타고 있는데, 가마꾼들도 화려한 복장을 하였다. 다른 여자는 검은 비단의 장의(長衣)를 입은 채 말을 타고 뒤에 따라온다. 또 어떤 사람들은 꽹과리를 두드리고, 북을 치면서 좌우의 길을 끼고 오는데 물어보니 갓 결혼한 사람이 '우귀(于歸)'의 행차를 하는 도중이라고 한다. 우리나라 신행(新行)과 유사하지만 북치고 꽹과리를 두드리는 것은 괴이

---

96) 노이점, 『수사록』, 9월 17일, "飯后卽發至朝陽門幾十五里 …… 過來之際, 都人士女, 到處成群而見之, 女子則必凝粧袨服, 或出門而見, 或倚戶而窺, 嬋姸者甚多."

하고 놀랍다.[97]

10월 8일 북경에서 돌아오는 도중 가마를 타고 가는 새댁이 노이점의 시선에 잡혔다. 궁금해서 알아보니 신부가 시집으로 들어가는 우귀(于歸)를 하는 도중이라고 한다. 검은 차양으로 맵시를 낸 가마의 모습은 물론이고, 화려한 복장을 한 가마꾼과 새댁의 들러리인 듯한 검은 비단옷의 여인 등을 인상 깊게 보고 기록하였다. 시집갈 때 이채로운 풍경을 이해할 수 있어서 흥미롭다.

그의 관찰은 상중에 있는 여자에게도 이르렀다.

> 배의 나무 갑판 바닥 틈 속 사이로 배 안에 있는 방을 들여다보니, 옷을 빠는 여자와 불 때는 여자 종이 발아래에서 왔다 갔다 한다. 또 곱게 생긴 여자도 진한 화장에 검은 옷을 입고 방에 나란히 앉아 있다. 한림의 안 사람인가 보다. 구경을 마치고 배에서 내려와 언덕에 앉는다.[98]

이 부분은 8월 1일 어떤 한림(翰林)이 부친상을 당하여 그 시신을 모시고 고향으로 돌아가는 배에서 노이점이 본 여인들을 묘사한 것이다.

---

97) 노이점, 『수사록』, 10월 8일, "路逢一女子, 乘黑色羅紈轎, 擔夫皆着華服, 有女人衣黑錦長衣, 騎馬而隨後, 又有人鳴錚打鼓, 左右夾路而行. 問之則新嫁子于歸之行, 似近於我國新行樣, 而錚鼓之聲怪駭矣."

98) 노이점, 『수사록』, 8월 1일, "自板隙中覸見屋中, 則澣衣之女, 炊火之婢, 來往於脚下, 又有嬋妍女子, 凝粧炫服, 列坐於房內, 似是翰林家內眷也. 看了後下舡而坐於岸上."

이밖에 배에서 본 어린아이도 기록하였다.

> 첫 번째 배의 누헌(樓軒)에 있던 그 아이는 겨우 서너 살 정도 된다. 눈썹과 눈은 그림 같고, 피부와 살은 옥가루 같으며 변발을 하고 모자도 쓰지 않은 채 누헌(樓軒)에 앉아 있다. 정말 사랑스럽다. 내가 손을 꺼내어 아이의 손을 잡기를 청하자, 그 아이는 웃으면서 손으로 서둘러 내 손을 때리고 되돌려 손을 뺀다. 다시 돌려 손을 잡으려고 한다. 이와 같이 수십 차례 하니 더욱 귀여웠다. 그 옆에 있는 어떤 사람이 웃으면서 본다. 이 아이는 한림의 아이인 듯하지만 물어보지 못했다.[99]

나이가 많은 노이점은 아이를 보고 손을 잡고 싶어 하고 있다. 그런데 이 아이가 변발하고 있는 것을 보면서도 아무런 비평을 가하지 않는다. 아이의 귀여움에 매료되어 미처 이 말을 할 수 없었던 것 같다. 이는 심양에서 변발을 하고 글 읽는 아이를 보고 귀여워하면서도 변발한 것을 근심하였던 때와 다른 분위기이다. 노이점은 귀여운 사람만 보면 손을 잡으려고 하였기 때문에 북경의 옹화궁(雍和宮)에서는 어린 여승이 동자승인줄 알고 손을 잡으려다가 봉변을 당할 뻔한 적도 있었다. 여기에 대해서는 뒤에서 다시 거론키로 한다.

『수사록』에는 여러 인물들이 등장한다. 사신행차를 구경하는 구경꾼으로서, 자신들의 생업에 종사하고 있는 생활인으로서, 북경의

---

99) 노이점, 『수사록』, 8월 1일, "初舡軒上有小兒, 纔三四歲, 而眉眼如畵, 肌肉玉屑, 剃其髮而不着帽, 坐於軒上, 眞可愛也. 余出手而請執手, 其兒笑而以手忙打余手, 而旋去手, 如是凡數十次, 尤可愛也. 其傍有一人喜而視之矣, 此兒似是翰林之子, 而未及問之耳."

문화를 이끌어 가는 구성원으로서 다양한 모습이다. 노이점은 이들의 모습을 『수사록』에 틈틈이 담아냈다. 특별히 길게 언급한 것은 별로 없지만, 짧게나마 꾸준히 묘사하고 있다.

북경 사람들의 풍속에 대해서도 관심 있게 기록으로 남기고 있다.

> 그들의 풍속은 오랑캐에 물들었다고 하지만 숭상할 만한 것도 많다. 성안에는 원래부터 기녀들이 없고, 혹 있다 하더라도 성 밖으로 몰아내었다. 이것은 강희(康熙) 때 법령으로 전대의 황제는 하지 않았던 일이다. 지금 큰 거리에는 꽃 같은 미녀(美女)가 앞뒤에 줄을 지어, 채색이 된 장막에 술을 늘어뜨린 유벽보거(流壁宝車)를 타고 가도, 지나가는 도시 사람들이 천 명 만 명만 되는 것이 아닌데도 한 명도 눈을 크게 뜨고 쳐다보는 사람이 없다. 이곳의 풍속은 한나라와 당나라, 송나라, 명나라일지라도 견줄 수 없을 것이다.[100]

유벽거는 수레 벽에 기름을 칠해 장식했기 때문에 붙인 이름으로 여자들이 타는 수레다. 북경 사람들은 길에 유벽거를 타고 가는 여인들을 쳐다보지 않는다는 것을 자못 감탄에 가까운 말로 칭찬하고 있다. 기존 압록강에서 북경에 이르기까지 자신이 보여주던 태도와 다른 북경 시민들을 본 것이다. 여기서 그동안 두발 같은 형상에 머물던 시각이 북경 사람들의 내면세계까지 보게 된 것으로 시각에 변화가 생겼다는 것을 의미한다고 할 수 있다.

---

100) 노이점, 『수사록』, 8월 11일, "其俗雖漸染於戎羌, 而亦多有可尙者, 城中元無娼婦, 如或有之, 則逐出城外, 此則康熙之令典, 而前代帝王, 所未爲之事也. 今之大道上, 乘油壁宝車, 垂流蘇彩帳, 如花之美女前後相續, 而都人之過者不翅千萬, 而無一人瞧盱而視者, 此等之俗, 雖漢唐宋明之時, 似未及矣."

3. 서술시각의 특징

1) 배청 사상에 입각한 서술

노이점이 배청숭명(排淸崇明) 사상을 가지게 된 배경에 대해서는 앞서 『수사록』의 작자를 살펴보는 과정에서 이미 언급한 적이 있다. 여기에서는 박지원이 형상화한 노이점의 모습을 통해 그의 생각과 행동을 살펴보고자 한다. 박지원은 『열하일기』의 「일신수필서(馹汛隨筆序)」에서 대청관계에 대한 입장을 상사(上士)와 중사(中士), 하사(下士)로 나누어 설명하고 있다. 다음은 상사에 관한 언급이다.

> 상사(上士)가 엄숙하게 얼굴빛이 변하고 태도를 바꾸면서 말한다.
> "모두 볼 만한 것이 없습니다."
> "무엇 때문에 모두 볼 만한 것이 없다고 말하십니까?"
> "황제도 변발(辮髮)하였고, 장수와 재상, 대신(大臣), 모든 집사(執事)들도 변발을 하였고, 사대부와 서민들도 변발하였으니 비록 공덕은 은나라나 주나라에 나란하고, 부강은 진(秦)나라와 한(漢)나라를 초과한다고 하더라도 백성이 생긴 이래로 변발한 천자는 없었습니다. …… 한번 변발을 하면 오랑캐요, 오랑캐는 개와 양이니, 내가 개와 양에게서 무엇을 구경하겠는가?"
> 말하고 있던 사람이 침묵을 하자 둘러 앉아 있던 사람도 숙연해진다.[101]

101) 박지원, 『열하일기』, 7월 15일(『연행록전집』 53권, 450~451면), "上士則愀然, 變色易容而言曰: "都無可觀." "何謂都無可觀?" 曰: "皇帝也薙髮, 將相大臣百執事也薙髮, 士庶人也薙髮. 雖功德侔殷周, 富强邁秦漢, 自生民以來未有薙髮之天子也, …… 一薙髮則胡虜也, 胡虜則犬羊也. 吾於犬羊也何觀焉? 此乃第一等義理也" 談者黙然, 四座肅穆."

상사는 극단적인 숭명배청 사상을 가진 사람이다. 변발을 했기 때문에 오랑캐가 된다는 상사의 말에 모두들 숙연해지고 만다. 이를 통하여 당시 사행의 분위기가 자못 명분론을 주장하는 사람들에 의해 주도되고 있었음을 알 수 있다. 이러한 분위기의 형성원인은 병자호란 때 겪은 상처를 1780년 북경 기행 때까지도 치유하지 못했기 때문이기도 하다.

상사의 전형적인 모습은 노이점에서 찾을 수 있다. 노이점이 상사에 부합되는 점은 『열하일기』의 「황도기략(黃圖紀略)·황금대(黃金臺)」편을 통해서도 확인할 수 있다.

> 노이점은 국내에서 경술과 행실로 알려졌다. 그는 평소에도 춘추의리로 존왕양이(尊王攘夷)에 엄격하여 길에서 만나는 사람이 만주족인지 한족(漢族)인지를 말할 것도 없이 하나같이 되놈이라 하면서 지나온 산천과 누대를 비린내 나는 곳이라고 하여 보지 않았다. 다만 고적 중에 황금대와 사호석(射虎石), 태자하(太子河) 등은 길이 멀리 돌아가거나 명칭이 잘못된 것을 따지지 않고 반드시 끝까지 찾아보고서야 그만두었다.[102)]

노이점의 대청관은 배청사상에 근간을 두고 있다. 노이점이 길에서 변발을 한 사람을 만난다. 이에 대한 반응이 독특하다.

---

102) 박지원, 『열하일기』, 「황도기략」·「황금대」(『연행록전집』 56권, 509면), "盧君以漸, 在國以經行稱, 素嚴於春秋尊攘之義. 在道逢人, 毋論滿漢, 一例稱胡, 所過山川樓臺, 以其爲腥膻之鄉而不視也. 古跡之如黃金臺, 射虎石, 太子河, 則不計道里之迂曲, 號名之繆訛, 必窮搜乃已."

> 나는 다시 써 보인다.
>
> “올 때 들으니 책 읽는 소리가 아름다웠습니다. 아이에게 책을 읽게 하여 멀리서 온 사람에게 들려주시는 것이 어떻겠습니까?” 좌우를 둘러 살펴보니, 어린아이 수십 명이 모두 옥 같은 얼굴과 지초 같은 눈썹을 가지고 있다. 그 사람은 아이 한 명을 내 앞에 꿇어 앉히고, 책을 읽게 한다. 『시경(詩經)』의 「칠월(七月)」편인데, 책 읽는 소리는 우리나라와 매우 다르니 오히려 재미도 없다. 그러나 그 아이의 옥 같은 얼굴과 ‘눈썹’은 잊을 수가 없다. 나는 아이들 중에 가장 귀여운 아이 몇 명을 다시 불러서 손을 잡고 머리를 쓰다듬어 주지만 변발한 것이 애석하다.[103)]

노이점은 서당에서 글 읽는 아이를 보고 귀여워하면서도, 변발한 머리에 대해서는 매우 안타까워하고 있었다. 이런 심정에는 청나라 지배를 거부하는 상징적인 의미를 가지고 있다.

그는 변발에 대한 자신의 입장도 토로한 적이 있다.

> 백탑보에 도착하니 ……책문에 들어온 이후로 저들은 모두 변발(辮髮)을 하였는데, 뒷머리까지 머리를 땋아서 ‘붉은 댕기’를 묶었다. 여기에 와서 상투머리를 하고 관을 쓴 사람은 처음 본다. 나도 모르는 사이에 반갑고 가까운 것처럼 친근한 마음이 느껴진다. 그 사람도 우리를 보자 관대한 생각이 있어 보인다. 그러나 그 사람은 대단한 사기꾼 같다. 하지만 나를 중국에 태어나게 하였더라도 도사(道士)로

103) 노이점, 『수사록』, 7월 12일, “又書: ‘來時聞讀書聲甚喜 令童子讀書 使遠人聞之如何?’ 環視左右, 有童子數十人, 皆玉面芝眉. 其人令一童子跪於余前而讀書, 書則是「七月」篇. 而其音與我國頓異, 還爲無味. 然其兒之玉屑淸揚不可忘矣. 余又呼其中最愛者數人, 撫其頂執其手. 而惜其剃辮.”

도피하는 것 외에는 다른 방법이 없을 것이다.[104)]

노이점은 백탑보에서 조선 사람과 같이 상투머리를 하고 갓을 쓴 중국 사람을 보고 매우 반가워하고 있다. 체발을 오랑캐의 풍습으로 매우 수치스럽게 생각하고 있었기 때문에 자신조차 중국에 태어났다면 도사(道士)가 되어서 체발(剃髮)을 피하는 수밖에 없었을 것이라고 자신의 소감도 말하고 있다.

특이한 것은 사람뿐만 아니라 지나온 산천과 누대까지도 비린내가 난다고 지칭한 부분이다. 극단적인 배청사상을 가졌기 때문에 산천과 같은 자연물, 그리고 누대와 같은 역사적 유물에서도 오랑캐의 냄새가 난다고 한 것이다. 다음은 건륭의 행궁에서 보인 반응이다.

> 광활한 (벌판) 가운데에 작은 성이 청성묘를 둘러싸고 있다. 성의 동문으로 들어가니 孤竹城(고죽성)이라고 편액이 걸려 있고, ……청성묘 뒤 큰 전각(殿閣)이 있고, 전각 뒤에는 새로 지은 건륭의 행궁(行宮)이 있다. 행궁의 안이 청풍대(清風臺)이다.…… 아아! 청성(淸聖)이 거주하는 지역은 얼마나 경건하고 삼가 해야 할 곳이거늘 건륭이 감히 큰 궁전을 지어 맑고 향기로운 곳을 더럽히다니, 그는 방자하여 거리끼지 않는 것이 심하다. 두 성인을 이렇게 더럽히려는 의도를 가지고 비록 후한 희생(犧牲)과 폐백으로 제사를 지낸다 하더라도 어찌 토해내지 않겠는가?[105)]

104) 노이점, 『수사록』, 7월 10일, "至白塔堡. …… 入柵以後, 彼人皆剃髮, 而辮髮於後頭, 着紅鞣. 至是始見結髻着冠之人, 不覺歡忻親愛之心, 渠亦見我輩, 而有寬厚之意, 然其爲人, 則近於多詐矣. 然使我生於中國, 則逃身於道士之外無他道矣."

105) 노이점, 『수사록』, 7월 26일, "曠漠中有小城環圍聖廟, 入城東門, 則揭額以'孤竹

노이점은 만주족 출신 황제인 건륭이 백이와 숙제의 사당에 행궁을 지은 것을 보고 분개하고 있다. 특히 제사를 지낼 때 희생과 예물을 바친다 하더라도 백이·숙제의 신이 도리어 토해낼 것이라고 하는 부분은 그 비유하는 방법이 박지원의 「호질후지(虎叱後識)」에서도 유사하게 나타난다.[106)]

그러나 박지원과 노이점은 상반된 입장을 보이고 있다. 박지원은 만주족이라도 신에게 지내는 제사는 신이 그 제사를 흠향한다는 입장이고, 노이점은 만주족이 오랑캐이기 때문에 신이 흠향하지 않는다는 입장이다. 신이 제사를 흠향하느냐 마느냐 하는 것은, 신이 실제로 그 제사를 흠향하느냐와 관계없이, 청나라의 정통성을 인정하느냐에 대한 입장을 상징적으로 표현한 것이다.

또한 노이점이 이족을 배타시한다는 점에서 그의 사상적 기저는 주자에 가깝다. 심양에서 갓 결혼한 사람들의 무리가 꽹과리를 치고, 북을 두드리면서 다니는 것을 이상하게 생각하였으며, 주자의 예를 행하지 않는 상인(喪人)을 못마땅하게 여겼다.

> 전에 북경의 어떤 집에서 발인(發靷)하는 것을 보니, 역시 모두다 악기를 연주하였다. 이것은 매우 한심한 일이다. '업(鄴) 땅의 풍속'을 주자가 『소학』에서 이미 배척하였다. 대개 중국이 오랫동안 오랑캐 풍속에 물들어 있었기 때문에 그렇게 되었다. 들어보니, 상중(喪中)에

城' …… 則廟後有大閣, 閣後新作乾隆行宮. 行宮之內, 淸風臺也. …… 噫嘻, 淸聖所居之里, 何等敬謹之地, 而乾隆乃敢大作宮殿? 汚穢淸芬, 其放恣無忌甚矣. 以兩聖若浼之意, 雖致牲幣之享, 而其不吐之也耶?"

106) 박지원, 『열하일기』, 7월 28일(『연행록전집』 54권, 67면), "馨香腥膻, 各類其德, 百神之所饗何臭."

> 있는 사람이 발인 후 백일이 지나면 화려한 복장으로 갈아입어 스스로 일반 사람들과 다름없이 하면서도 부끄러운 줄을 모른다고 한다. 혹 수제(守制)하는 사람이 있어도 또한 금지하지 않는다고 한다.[107]

노이점은 사람들이 상중에 악기로 연주하는 것을 이해하지 못하였다. 여러 민족이 모여 살기 때문에 다양한 문화가 존재한다는 점을 인정하지 못한 것이다. 특히 삼년상대신 장례기간이 100일이라고 밝힌 것도 조선과는 다르기 때문에 말한 것이다.

결론이 독특하다. 장례풍속이 이렇게 삼년상을 치르는 전통적인 절차에서 변해버린 것은 오랑캐인 청나라 때문이라고 단정하고 있다. 문화의 다양성은 인정하지 않고, 자신의 관념 속에 사회현상을 판단해 버린다.

노이점은 열하에서 공연된 연극을 소개하는 과정에서도, 관념적으로 가지고 있었던 배청사상을 노출시키고 있다.

> 건륭은 여러 번 청희당(聽戲堂)에 왔고, 사신(使臣)에게도 참석토록 하였다. 그곳의 연극은 매우 다양했는데, '두루미'가 공중에서 집의 끝을 뚫고 내려오는 것, 어떤 용과 말이 땅 속에서 하도(河圖)를 메고 나오는 것, 심지어는 '화봉인(華封人)들이 축수'(祝壽)하는 것, 요(堯) 임금의 상을 만들어서 연극 놀이를 했다고 한다. 불경스러움이 심하니 '오랑캐'가 아니면 어떻게 이런 연극을 할 수 있겠는가? 옛날에 공도보(孔道輔)가 거란으로 사신을 갔는데 배우들이 문선왕(文宣王)

107) 노이점, 『수사록』, 10월 8일, "向見燕京發靷之家, 亦改作樂, 此則尤爲寒心. 鄴下風俗, 朱子於『小學』已斥之, 盖中國久染於胡俗故然矣. 聞居憂者, 過百日則着華服自同平人, 而不知爲愧, 或有守制者, 亦不之禁矣."

> 을 희화(戲化)하려 하자, 공도보가 꾸짖으며 물러나게 하였다. 오랑캐들이 이와 같은 잡희를 하는 것은 그들의 본래 습성이다. 자못 놀랍고 가슴 아프다.[108)]

하도(河圖)는 복희씨(伏羲氏) 때 황하에서 용마(龍馬)가 등에 지고 나왔다는 그림으로 주역(周易) 팔괘(八卦)의 근원이 되었다. '화봉인(華封人)의 이야기는 『장자외편(庄子外篇)』의 「천지편(天地篇)」에 근거한 고사이다. 화봉(華封) 사람들이 요(堯)임금에게 수(壽)·부(富)·다남자(多男子)를 축원하자, 요임금은 오래 살면 욕(辱)보는 일이 많고, 부자가 되면 일이 많고, 아들이 많으면 걱정이 많다고 사양하였다. 공도보(孔道輔, 987~1040)는 공자의 45대 손이다. 1027년 송(宋)나라 인종(仁宗) 때 공도보는 거란(契丹)으로 사신을 갔다. 공도보가 목협산(木叶山)에 도착하자 요주(遼主) 야율격진(耶律擊縉)이 연회를 베풀면서 공도보의 선조 문선왕(文宣王) 공자(孔子)를 희화하자, 공도보가 자리를 떨치고 나왔다. 야율격진은 신하를 보내 공도보를 자리에 되돌아오게 하고, 잘못을 묻지 않는 것을 감사하게 여기라고 공도보에게 말하자, 공도보가 잘못은 자기한테 있는 것이 아니고 배우들이 공자를 모욕하는 데도 금지시키지 않은 것에 있다고 하였다. 이에 야율격진은 대답을 못하고 연회가 끝나 버렸다.

노이점은 만주족들이 열하에서 요(堯)임금을 모형으로 만들어 연

---

108) 노이점, 『수사록』, 8월 20일, 乾隆累臨聽戲堂, 令使臣入參, 其戲甚夥. 有仙鶴自空中穿屋極而下來者, 有龍駒自地中, 負河圖而出者, 甚至於華封人之祝, 造帝堯之像而戲云云, 不敬甚矣. 如非異類 則豈有此等戲耶? 昔孔道輔, 使契丹, 優人作文宣王戲 道輔叱而退之. 胡人之作此等戲, 是其本習, 殊甚駭痛. 其他燈戲悝(*梅) 花等戲, 不無可觀云, 禮部漢尙書曹受善, 淸尙書德保, 戶部尙書和坤, 來見使臣云.

극했다는 이야기를 듣고 매우 못마땅하게 여겼다. 그는 청나라가 성인의 위엄을 손상시키고 있다고 생각한 것이다. 이러한 연극 공연이 상연될 수밖에 없는 시대 분위기를 가슴 아파하면서 오랑캐인 만주족의 풍속을 원망하고 있다.

이와 같이 노이점이라는 한 개인에게 일관되게 흐르는 배청사상을 통하여, 18세기 후반까지도 여전히 존재하고 있었던 배청사상 분위기의 한 단면을 짐작해 볼 수 있다. 하지만 청과 외교관계가 수립될 무렵이라도, 초기의 북경 기행록이 모두 배청숭명 사상을 가졌다고 말할 수는 없다. 병자호란 직후 소현세자의 강관(講官)으로 심양으로 파견된 김종일(金宗一)의 북경 기행록은 대청의식이 사뭇 다르기 때문이다. 그는 심양에 머무는 동안 목도했던 청의 건전하고 질박한 궁정생활, 확립된 기강, 갖추어진 군대의 기율, 백성들에게 관대한 통치 등을 찬양한 바 있다.[109)]

그런데 대부분의 북경 기행록은 양난으로 인한 상흔 때문에 배청숭명 사상에서 크게 벗어나지 못하였다. 이는 조선후기 중국 북경 기행록에 나타난 특징이 되어버렸는데, 『수사록』 또한 여기에서 벗어나지 못한 것이다. 이처럼 전통의 답습이라는 관점에서 『수사록』을 이해해야 할 것이다.

노이점이 청나라를 배격하고 있었지만 눈앞에 펼쳐진 그들의 문물제도를 보고는 색다른 견해를 보이기도 한다.

집안은 매우 정결하고 아름답다. 중문(中門)으로 들어가니 외랑(外

109) 한명기, 전게논문 참조.

> 廊)이 있다. 온돌 아래에는 벽돌을 깔아놓은 것이 마치 유리를 펴 놓은 것 같다. 온돌 위에는 붉은 양탄자를 펴 놓았고, 대청 앞에는 4~5개의 의자를 두었다. 벽면에는 석경(石鏡) 2부(部)를 걸었고, 그림과 글씨를 많이 붙이어 놓았다. 탁자 위에 나열된 은그릇은 술잔, 항아리, 병, 단지 같은 것이지만 그 명칭은 모르겠다. 그러나 모두 매우 화려하고 아름다운데다가 정교함을 갖추고 있다. 가운데로 들어가니 눈이 어지러워 정신을 빼앗기는 것이 요지경 속으로 들어온 것 같다. 집 아래에 있는 작은 정원은 네모반듯하고, 벽돌로 깐 것이 준평(準平)을 띄운 것 같다. 정원의 네 모서리에는 별도로 벽돌로 축조한 것이 약과를 쌓아 놓은 듯한데, 그 위에는 작약(芍藥)과 석류(石榴), 월계화(月桂花) 같은 꽃 수십 송이를 나란하게 두었다. 처마는 소나무가 덮여져 있고, 사방에는 담황색 비단으로 된 발이 드리워져 있다. 마당 가운데에는 몇 개의 구유를 두었다. 대개 우리나라에서 보지 못하는 것으로 비로소 중국 문물제도가 비록 작은 물건이라도 정치하고, 절묘하게 화려하지 않은 것이 없으니 작은 나라에서는 비슷하게라도 할 수 있는 것이 아니라는 것을 알았다.110)

외랑은 집채에 달린 복도이다. 압록강을 건너고 지난 지 얼마 되지 않은 시점에 언급한 내용이다. 노이점이 배격한 것은 청나라의 만주족들과 직접 관련된 변발 같은 것에 치우쳐 있다. 명확한 기준은 제시하기 힘들지만 문물제도에 대해서는 어느 정도 좋은 점을 인정하고 있다.

---

110) 노이점, 『수사록』, 6월 28일, "家制極精竗, 入中門, 有外廊, 炕下鋪塼, 如鋪琉璃. 炕上布紅氈子, 設椅子四五於廳前, 挂石鏡二部於壁面, 多傳書畫. 卓上列置銀器, 卽罇鍾、瓶缸之屬, 而不知其名. …… 蓋我國所未見者, 始知中華制度, 雖微物莫不精緻華妙, 非小國之所可仿佛也."

2) 북경 기행의 일정과 사신 업무에 대한 관심

『수사록』에 나타난 주요한 장점 중의 하나는 사신의 일정과 관련된 행정업무가 비교적 소상하게 밝혀지고 있다는 점이다.

7월 11일 사신의 일행이 심양에 머물고 있을 때의 기록이다.

> 방물을 위해 세를 내서 빌렸던 수레가 도착하지 않았기 때문에 이곳 '심양'에서 머문다. 방물은 의주에서 부터 쇄마(刷馬)로 실어와 성경에 바치면 여기서부터는 수레로 운반하여 북경에 이르게 된다.[111)]

위에서 언급한 대목에서 방물은 의주에서 심양까지 거치는 동안 산속을 빠져 나와야 하기 때문에 말을 이용하고, 평야지역인 심양부터 북경까지는 수레를 이용하고 있다는 것을 알 수 있다. 당시 사신 일행이 심양에서 하루 더 머문 것은 방물을 싣고 갈 수레가 준비되지 않았기 때문이었다.

노이점은 『수사록』에서 북경을 향한 사신 일행의 노정에 대해서도 소상하게 밝히고 있다.

> 압록강을 건넌 후 계속 서북쪽을 향하여 왔고, 냉정(冷井)에서 15리를 가다가 아미장(阿彌庄)에 이르러 비로소 똑바로 북쪽을 향하여 왔다. 심양에 와서는 다시 서쪽을 향하여 왔고, 이곳에 와서는 이르러 비로소 서남을 향하여 간다.[112)]

---

111) 노이점, 『수사록』, 7월 11일, "以方物雇車之未及來, 留宿於此. 方物自義州載於刷馬而來, 納於此京, 則自此, 以車運致於燕京矣."

112) 노이점, 『수사록』, 7월 13일, "渡江後連向西北而行, 自冷井行十五里至阿彌庄, 始

아미장에서 북쪽으로, 심양에서 다시 서쪽으로, 주류하에서 다시 서남쪽으로 활처럼 빙 돌아 북경으로 가는 여로를 자세한 지명과 노정을 연관 지어 설명하고 있다.

한편 정사의 비장역할을 하는 노이점은 언제나 정사의 소재에 대해 관심을 가지고 기록하고 있다. 다음은 그 예이다.

> 산해관 밖에 도착하니, 정사의 행차가 들어가 버려서 뒤에 오던 동반과 함께 들어간다.[113]

산해관을 들어가는 정사의 동태를 기록한 것이다. 산해관 밖에 있는 백하(白河)에 이르렀을 때도 마찬가지다.

> 나는 사신의 행차를 따라 먼저 건넜다.[114]

이때 백하에는 통관이 준비한 배가 2척밖에 안되었지만, 노이점은 정사와 함께 배를 탈 수 있었다. 이러한 설명을 통하여 노이점은 늘 정사와 가까이 있으면서 함께 움직였음을 알 수 있다. 노이점이 이처럼 사신의 주변을 상세하게 설명하고 있는 것은, 상방의 비장으로서 정사를 보필한다는 직책 때문일 것이다.

노이점의 관심은 여기에 그치지 않고 나아가 북경의 숙소인 서관

向直北而行. 至審陽又西向而行, 至此站而始向西南而行."

113) 노이점, 『수사록』, 7월 23일, "至山海關外, 上使行次已爲入去矣, 與後來同伴, 偕爲入去."

114) 노이점, 『수사록』, 8월 1일, "余隨使行先渡."

(西館)에서 중국인 통관과 대사가 머물면서 사무를 보는 아문(衙門)에서도 나타난다.

> 서관의 바깥에 있는 대문의 왼쪽 '온돌방'은 통관(通官) 오림포(烏林佈)와 몇 명의 사람들, 대신(大使)인 장문금(張文錦) 같은 사람들이 와서 머무른다. 이들이 바로 아문제독(衙門提督)이다.[115)]

서관 바깥 대문에 있는 왼쪽 방이 아문이다. 이곳은 청나라 관원이 머물면서 조선 사신과 관련된 일을 처리하고 있는 장소이기도 하지만 북경에 머물던 조선 사람들이 북경 시내 구경을 하기 위하여 지나가야 하는 출입구이기도 하다. 출입구를 통제하는 청나라 관원과 구경하기 위하여 밖으로 나가려는 조선 사람들은 자주 마찰을 일으켰다. 청나라 관원이 서관의 바깥에 있는 아문에 상주하면서 조선 사신과 관련된 일을 처리하고 있음을 알 수 있다.

사신의 일행이 북경에 다녀온 후, 다시 황제를 만나기 위하여 밀운(密雲)에 다녀온 적이 있었다.

> 예부는 우리나라 사신이 밀운(密雲)에서 황제를 맞이해야 하는 일을 황제에게 아뢰었고, 허락을 얻어 냈다. 사신은 내일 출발한다고 하지만 나는 감기 기운이 있어 행차(行次)에 따라 갈 수가 없다. 자못 탄식할 만하다.[116)]

---

115) 노이점, 『수사록』, 8월 2일, "館之外大門左炕, 通官烏林佈等數人, 大使張文錦等來留, 此所謂衙門提督."

116) 노이점, 『수사록』, 8월 28일, "禮部以我國使行祗迎皇帝於密雲事, 稟旨蒙許矣, 使行明日發程, 而余有微感, 不得陪行, 殊可嘆矣!"

만주족을 줄곧 폄하하던 그가 황제와 관련된 일에 대하여서는 비교적 격식을 차리는 글로 표기하고 있다. 노이점은 사신이 주관하는 일에 참가하고 싶은 의지를 강하게 보였지만, 열하에 가지 못했고, 얼마 후 열하에 다녀온 사신의 일행들이 다시 밀운으로 황제를 마중나갈 때도 따라가지 못한다. 밀운으로 떠나는 일행을 배웅한 사실과 밀운에서 돌아온 사신을 만난 것에 대해 간단히 언급하고 있다.

> 아침 식사 후 사신의 일행은 길을 떠난다. 때문에 주주부(周主簿)와 함께 거리를 몇 리 쯤 나갔다가 '배송'하고 돌아온다.[117]
>
> 아침에 들으니, 사신의 행차가 밀운에서 조회에 갔다가 성으로 들어온다고 한다. 때문에 아문에서 수십 보 되는 곳까지 나아가서 맞이하여 함께 돌아 왔다.[118]

노이점은 간단하게 언급하고 있지만 직접 가서 보지 못했던 그곳에 대하여 비교적 소상하게 기록하고 있다.

> 밀운까지 행차에 따라갔던 동반의 말을 들어보니…… 건륭은 밀운을 지날 때 황옥거(黃屋車)를 타고 지나갔는데, 앞에 가는 무리는 불과 4~5쌍의 깃발과 단지 작은 10여 쌍의 황기(黃旗)가 있었고, 뒤에 따라가는 관리는 30명 정도였으며, 이밖에 달리 호위하는 병사들은 없었다고 한다. 대개 그 간편함이 이와 같기 때문에 해마다 순시할

---

117) 노이점, 『수사록』, 8월 29일, "朝飯後, 使行離發, 故與周主簿出街上數里許, 祇送而歸."

118) 노이점, 『수사록』, 9월 5일, "朝聞使行自密雲趨朝入來云, 故出衙門數十步祇迎, 陪行入來."

> 때에도 백성들이 피해를 받지 않는다고 한다. 그러나 금년 가을에 장마가 매우 심하여 치도(治道)가 쉽게 붕괴되었고, 여러 번 수리하는 사이에 원성이 없지 않았다고 한다. 그렇지만 황제가 지나가는 곳에는 감면의 혜택도 많았다고 한다.[119)]

견혜(蠲惠)는 황제가 조세와 부역을 감면해주는 것을 말하고, 치도는 청나라 때 도시와 도시를 연결하기 위하여 닦아 놓은 길을 말한다.

노이점이 청나라를 비판만 하다가 밀운에 다녀온 동반으로부터 건륭이 검소하게 순행한다는 이야기를 듣고 자못 긍정적으로 평가하고 있다. 7월 25일 북경에 들어오기 전에 청풍대에 건륭이 행궁을 지어놓은 것을 비판하던 때와는 다른 인식을 보여 준다. 노이점이 북경에서 체류하면서는 건륭에 대한 생각과 청나라에 대한 인식이 조금씩 바뀌고 있다는 것을 보여주는 대목이다.

노이점이 방물에 대하여 자주 언급하는 것도 그의 직분과 깊은 관련이 있다고 여겨진다. 노이점은 북경에 있으면서도 방물의 움직임에 대하여 설명하였다.

> 방물이 이제야 도착하였다. 비록 도로가 물에 막혔기 때문이라고 하지만 지체된 것이 너무 심하다.[120)]

---

119) 노이점, 『수사록』, 9월 6일, "聞密雲隨去諸同伴之言. …… 乾隆過密雲, 而乘黃屋車, 前陪不過四五雙旌旗, 只小黃旗十餘雙, 後陪從官近三十人, 此外無他隨扈軍兵. 蓋其簡易如是, 故歲巡遊, 而民不受害. 然今秋潦甚, 治道易壞, 累次修釐之際, 不無怨言云, 然所過之處, 蠲惠亦多矣."

120) 노이점, 『수사록』, 8월 23일, "方物今始入來, 雖云道路阻水, 而其稽緩甚矣."

방물의 도착은 8월 23일이었다. 사신이 돌아온 후의 업무상 주요한 일정으로는 방물(方物), 영상, 하마연(下馬宴), 상마연(上馬宴)이 있다.

> 방물을 납부한 후에 으레 영상을 한다. 영상을 한 후에는 으레 상마연과 하마연이 있다. 이것이 끝나면 곧바로 떠나게 된다. 방물 납부를 빨리 하느냐 늦게 하느냐는 저들에게 달려 있다. 돌아갈 날이 정확히 언제인지 몰라 고민스럽다.[121]

노이점이 돌아갈 일을 고민한 날은 8월 24일이었다. 그 후 9월 15일 영상을 하고, 9월 16일 하마연이 있었다. 열하에서 돌아온 사신에게 남아 있는 주요 일정은 방물의 납부와 영상, 상마연과 하마연인데, 방물은 통상 사신이 북경에 도착하고 한참 후에 뒤이어 도착한다는 사실도 알 수 있다. 이와 관련된 내용은 뒤에 다시 언급하기로 한다.[122]

3) 궁금증과 부정확한 지식의 노출

『수사록』은 장르상 기행 산문에 속한다. 그런데 기행문은 속성상 여행 중에 알게 된 사실이나 겪은 경험을 모두 이해하고 쓸 수는 없

---

121) 노이점, 『수사록』, 8월 24일, "方物納之然後, 例行領賞, 領賞然後, 例行上馬宴下馬宴, 然後則卽爲出送, 而方物納之遲速, 亦係於彼, 未知歸期的在何日, 不勝悶菀."

122) Ⅳ단원 「『수사록』과 『열하일기』의 비교」의 1장인 '구성상의 비교와 기록의 차이에서'의 2) 항목인 '기록의 차이'라는 세부항목에서 다시 언급할 예정이므로 여기서는 생략하기도 한다.

을 것이다. 때로는 자신이 의아하게 느낀 점이나 잘못된 이해도 개재될 가능성이 많다. 노이점 역시 『수사록』을 전개해 나가는 동안 목격하였던 몇 가지 궁금증을 노출시킨다.

노이점은 북경 기행도중 조선과 다른 청나라 관왕묘에 대하여 궁금증을 가지고 있었다.

> 대체로 청나라 사람들은 오로지 '라마교'만 숭상하기 때문에 탑묘(塔廟)를 설치하지 않는 곳이 없다. 관우 사당의 경우는 사찰보다 더욱 많아 마을마다 있고, 언제나 관제묘라고 부른다. 그들이 높여 받드는 것은 불교와 다름이 없지만, 이 풍속이 어느 때 시작했으며, 그 의도는 무엇인지 알 수 없다.[123]

노이점은 청나라에서 라마교를 숭상하기 때문에 탑묘가 많다고 이해하였지만 관우의 상을 모신 관왕묘가 사찰보다 많은 것에 대하여서는 의문점을 가지고 있다.

본래 명나라와 청나라에서는 관우에게 대제(大帝)로 봉후(封侯)를 내리고, 곳곳에 관제묘를 세워 공자와 같이 제례(祭禮)를 융성하게 지냈다. 이는 왕조국가에서 충과 의를 고취시키기 위한 요구에서 시작되었다고 한다.[124]

산해관을 지날 때는 오삼계(吳三桂)가 청나라 군대를 받아들이면

123) 노이점, 『수사록』, 7월 12일, "大抵清人專尙竺敎, 故塔廟之設無處無之. 而至於關廟, 則比寺刹尤多, 邨邨皆設. 必稱關帝廟, 其崇奉與佛無異, 未知此風之昉於何時而其意亦未可知."

124) 삼국연의, 인민문학출판사, 2008, 전언(前言) 18면 참조.

서 헐었던 산해관의 성곽을 수리하지 않고 세월이 흘렀음에도 그대로 방치하고 있는 사실에 대하여 궁금하게 생각하였다.

> 지금 허물어진 성터가 아직도 있고, 여전히 개축하지 않았다. 그 의도를 알지 못하겠다. 아마도 국가를 일으킨 성대한 업적을 후손들에게 명백하게 보이려고 그러는 것인가?[125)]

허물어진 산해관을 수리하지 않은 까닭이 전승기념을 위한 것이라고 노이점은 추측하고 있다.

강녀묘(姜女墓)에 이르러서는 그녀의 소상(塑像)을 보고, 그곳에 써있는 문천상(文天祥)의 시를 봤다.

> 탑(塔) 위에 앉아 있는 강씨 소상(塑像)은 근심으로 우수에 젖어 있는 모습을 형용하였다. 양쪽 가장자리에 있는 기둥에는 문문산(文文山)의 대구 한 구절이 걸려 있다. "진시황은 어디로 갔는가? 만리장성 축조하다가, 강씨 미망인이여 원통하구나? 한 조각 고석(古石)에 아직도 정절이 남아" 일찍이 문산은 이곳을 지난 적이 없는데 어떻게 이 시를 지었는가? 알지 못하겠다. 혹시 호사자(好事者)가 연경의 감옥에 갇혀 있는 문문산(文文山)에게 이 시구를 받아서 여기에 걸어 둔 것인가?[126)]

---

125) 노이점, 『수사록』, 7월 23일, "今其毁城處猶存, 而尙不改築未曉其意也. 抑或以此爲興邦之晟烈, 昭示後裔而然歟."

126) 노이점, 『수사록』, 7월 23일, "榻上坐姜氏塑像 而形容憂愁之態 兩邊楝面 書揭文文山儷一句 '秦皇安在哉 萬里長城築 怨姜氏未亡也 一片古石猶貞' 文山不曾過此何以有此作耶? 未可知已 其或好事者 受文山此句於在燕獄時 揭于此歟?"

문문산은 송나라 때 충신으로 북경에서 입절한 문천상(文天祥)을 가리킨다. 노이점은 문천상의 시가 이곳에 남은 것에 대하여 의구심을 가졌다.

다음은 열하에 있는 별궁에 관한 기록이다.

> 열하의 소식을 들어보니, 험준한 산봉우리를 여러 번 넘었고 길이 매우 험난했으며, 변방인데다 바람과 모래가 없는 날이 없고 달리 뛰어난 경치도 없으니, 아름다운 곳도 아니라고 한다. …… 아마도 지역이 멀리 떨어진 변방의 산골짜기에 있고, 몽고와도 거리가 멀지 않기 때문에 볼만한 것이 하나도 없는 듯하다고 한다. 원나라 때부터 행궁(行宮)을 건립하여 두었는데 무엇 때문에 선택했는지 알 수가 없다고 하고, 단지 사냥하기에는 좋다고 하지만 사치함은 당나라 때 옥화궁(玉華宮)보다 더하다고 한다.[127)]

옥화궁은 당나라 정관(貞觀) 때 섬서성(陝西省)에 있던 궁전으로 나중에 불사(佛寺)가 되었다. 현장법사(玄奘法師)가 여기서 불경을 번역한 곳으로도 유명하다. 노이점은 원나라 때부터 있었던 열하 행궁이 옥화관보다 아름답고 좋은데, 무슨 까닭에서 사막의 오지에 지었는지 의문을 지녔다. 열하 행궁의 존재에 대한 의문은 노이점과 박지원에게 공통적으로 나타난다. 그러나 노이점은 궁금증만을 가졌지만, 박지원은 그 궁금증을 통하여 천하의 대세를 점치고자 하였다.

---

127) 노이점, 『수사록』, 8월 20일, "聞熱河消息, 則多越峻嶺, 路甚艱險, 塞上風沙無日無之, 別無勝景 非佳麗之地也. …… 蓋地在絕塞山谷間, 距蒙古不遠, 無一可觀, 自元時創置行宮者, 未知何所取也. 但獵場則好, 侈靡則過於唐之玉華云矣."

이 밖에도 열하에서 건륭과 반선 6세가 만나는 장면을 전해 듣고 매우 의아해 한다. 이 부분은 『열하일기』와 비교하는 부분에서 다시 언급하고자 한다.

노이점과 박지원은 고려보(高麗堡)에 관하여 언급하고 있지만 또 다시 부정확한 정보를 가지고 있었다. 먼저 구체적인 내용을 살펴보기로 한다.

> 고려보는 당(唐) 태종(太宗)이 요동을 정벌할 때 우리나라 사람들이 잡혀 와서 이곳에 살았다고 하는데, 사실인지 모르겠다.
>
> 그런데 책문에서 이곳에 이르기까지 '논'이 '반 마지기'도 없다가 유독 이곳만 4~5마지기 논이 있고, 볏짚으로 지붕을 이은 방식이 우리나라와 같으니 분명 우리나라 사람이다. 송편을 만들어 팔은 적이 있었는데 그 방식도 우리나라 송편과 같았고, 우리나라 사람을 보자 후하게 대접하였다. 그 뒤로 말몰이꾼들이 다투어 밥을 훔쳐 먹으면서 만족할 줄 몰랐고, 또 자주 꾸짖고 욕을 보였기 때문에 이제는 그 출신지를 물어보면 숨기거나, 크게 분노하여,
>
> "내가 어째서 당신 나라 사람이라고 하는가?"
>
> 라고 말하기도 했다고 한다.
>
> 내가 말 위에서 길가는 사람에게 말한다.
>
> "고려인(高麗人)은 잘 있는지요?"
>
> 그 사람은 듣고서 웃고만 간다.[128]

---

128) 노이점, 『수사록』, 7월 28일, "所謂高麗堡者, 唐太宗征遼時, 我國人被捉而來居生於此, 未知其是否, 而第自柵至此, 無水田半畝, 此獨有四五斗落水田, 而且以穀草蓋屋, 其制如我國, 必是我國人, 曾賣松餠, 而其制亦如我國松餠, 見我人亦必厚待, 其後驛隷輩, 討食無厭, 且多叱辱, 故今則問其本諱之, 且或大怒曰我豈是爾國人云 余於馬上問街上人曰: '高麗人好在否'" 其人聞而笑."

정축년(高麗堡)은 포로로 잡힌 사람들로 저절로 하나의 마을이 되었다. 관동의 천여 리 길에 수전(水田)이 없었는데 오직 이곳만 벼를 심었다.129)

앞의 예문은 노이점이 9월 21일 북경을 떠나 조선으로 향하는 노정에서 남긴 기록이고, 뒤의 예문은 박지원이 7월 28일 북경으로 들어가면서 남긴 기록이다. 두 기록에는 두 달 가량의 시차가 있다. 하지만 정작 많은 차이를 보이는 것은 역사적 사실에 관한 내용이다. 당시 노이점은 고려보를 지나면서 그것이 형성된 시기를 당태종 때로 추측하였고 반면 박지원은 고려보의 형성을 병자호란 다음해인 1637년으로 정확하게 기록하고 있다. 사실의 정황으로 보건대 노이점이 잘못 전해들은 듯하다.

하지만 공통적으로 나타난 견해도 있다. 벼농사에 관한 이야기로 노이점과 박지원은 고려보에 이르러 이를 처음 목격하였다. 이러한 기록을 통하여, 오늘날 동북지방에서 광범위하게 행해지는 벼농사도 당시 그들이 북경을 기행하였을 때는 거의 볼 수 없었다는 사실을 짐작할 수 있다.

노이점이 이렇게 관제묘와 산해관, 강녀묘, 열하, 고려보 같은 곳에서 궁금증을 가졌음에도 불구하고 명확한 해답을 구하지는 못했다. 하지만 여행 도중에는 남다른 관심을 가지고 적극적인 행동을 보인 적도 있다. 그가 북경 기행에 임하면서 보인 성실한 태도가 박지원에 의하여 포착되었다.

---

129) 박지원, 『열하일기』, 7월 28일(『연행록전집』 54권, 49면), "丁丑被擄人 自成一村. 關東千餘里無水田, 而獨此地水種."

> 고적 중에 황금대(黃金臺)와 사호석(射虎石), 태자하(太子河) 등은 길이 멀리 돌아가거나 명칭이 잘못된 것도 따지지 않고 반드시 끝까지 찾아보고서야 그만두었다.[130)]

노이점도 황금대와 사호석, 태자하의 유적지에 대해 몹시 구경하고 싶어 했다는 것을 알 수 있다.

그런데 박지원은 노이점이 사호석에 관심을 가지고 끝까지 찾아보았다고 했지만, 노이점은 별다른 성과를 얻지 못했다.

> 강희(康熙)가 그 옆에 작은 비석을 세워두고 "이장군사호처(李將軍射虎處)"라고 써서 마치 뚜렷한 증거가 있는 듯했지만, 건륭(乾隆)은 사호석이 아니라고 생각하고 고증한 것이 많이 있다. 그 어느 것이 맞는지 알 수 없다.[131)]

노이점은 사호석에 대하여 건륭의 견해를 제시하면서, 사호석의 진실 여부에 대해 의심만 표현하고 있다. 박지원이 노이점을 두고 말한 '반드시 끝까지 찾아보고서 그만두는' 태도와 다소 거리가 있어 보인다. 그러나 박지원이 말한 것을 미루어 보면, 인용된 지문처럼 노이점이 간단하게 사호석에 대하여 언급만 하고 있지만 이러한 표현에는 노구에 병든 말을 타고 궁금증을 풀어보겠다는 신념과 노력이 있었음을 박지원의 말을 미루어 알 수 있을 것이다.

---

130) 박지원, 『열하일기』, 「황도기략」·「황금대(黃金臺)」(『연행록전집』 56권, 509면), "古跡之如黃金臺, 射虎石, 太子河, 則不計道里之迂曲, 號名之繆訛, 必窮搜乃已."

131) 노이점, 『수사록』, 7월 26일, "康熙則立小碑於其傍 書曰:'李將軍射虎處', 似有明驗, 而乾隆則以爲非射虎石, 多有所證, 未知其孰是."

이상에서 보듯이 노이점은 궁금증을 노출시키고, 동일한 사실을 놓고도 박지원과 다른 관점을 내보이기도 했다. 이점은 『수사록』과 『열하일기』를 구분 짓게 한다. 『수사록』과 『열하일기』의 차이는 우연하게 생겨난 것이 아니다. 노이점은 다소 부정확한 사실과 궁금증을 노정시킬 수밖에 없었으며, 박지원은 궁금증을 통하여 자신의 세계관을 넓히고, 확립할 수 있었다.

Ⅳ 『수사록』과 『열하일기』의 비교

1. 구성상의 비교와 기록의 차이

1) 구성상의 비교

『수사록』은 북경 기행의 전 과정을 날짜별로 기록하고 있다. 반면 『열하일기』는 의주에서 북경까지를 「도강록(渡江錄)」, 「성경잡지(盛京雜識)」, 「일신수필(馹汎隨筆)」, 「관내정사(關內程史)」, 「막북행정록(漠北行程錄)」, 「태학유관록(太學留館錄)」, 「환영도중록(還燕道中錄)」으로 나누어져 있는 '일기체 기행 부분'과 「심세편(審世編)」, 「혹정필담(鵠汀筆談)」, 「망양록(忘羊錄)」, 「산장잡기(山莊雜記)」와 「환희기(幻戲記)」, 「피서록(避暑錄)」, 「구외이문(口外異聞)」, 「황도기략(皇圖紀略)」, 「알성퇴술(謁聖退述)」, 「앙엽기(盎葉記)」, 「동란섭필(銅蘭涉筆)」, 「행재잡록(行在雜錄)」 같이 일기체가 아닌 산문 부분으로 구성되어 있다. 이러한 『수사록』과 『열하일기』의 형식적 차이는 어디에서 연유된 것인가?

『수사록』과 『열하일기』의 형식의 차이를 살펴보기 위하여 북경 기행록의 전형적인 형식을 가지고 있는 김창업의 『노가재연행일기(老稼齋燕行日記)』와 홍대용의 『연기(燕記)』를 연관하여 살펴보고자 한다.

『수사록』은 매일 매일 일기처럼 기록하였다는 점에서는 『노가재 연행일기』와 같은 일반 북경 기행록과 유사한 형식을 지니고 있다. 반면 『열하일기』는 날짜별로 기록하면서 별도의 제목을 주제별로 정하여 기록하였다는 점에서는 홍대용의 『연기』와 유사한 점이 있다. 즉 홍대용의 『연기』에는 일정에 따라 답사지역만을 간단히 기록한 「연로기략(沿路記略)」과 「경성기략(京城記略)」이 있는데, 「연로기략」과 『열하일기』의 일기체 부분의 공통점은 의주에서 북경 기행이 시작한다는 점이다. 그러나 「연로기략」의 내용은 『열하일기』의 일기체 부분과 비교할 때 소략하다. 홍대용의 『연기』에서는 「연로기략」의 소략한 점을 보완하기 위하여 중요한 사건을 주제별로 분류하여 기술하였다.

홍대용의 『연기』와 박지원의 『열하일기』를 비교해본다면, 『연기』에 나타난 일정별 기록의 빈약함을 『열하일기』는 극복한 셈이다.

『열하일기』는 다른 북경 기행록과 매우 다른 형식을 취하고 있다. 대부분의 북경 기행록이 한양에서부터 시작하고 있는데 반하여, 『열하일기』는 압록강에서 시작하고 있다. 또한 일반 북경 기행록은 북경에서 돌아오는 과정까지 기록하고 있는데, 『열하일기』는 이 부분조차 빠져 있다.[1] 『열하일기』의 일기체 부분은 압록강에서 북경에 도착한 것과 열하에 갔다가 북경으로 돌아오기까지의 2달 동안 경험

---

1) 『과정록』에서는 『열하일기』가 완성되지 못한 책이라고 하고 있다. 이 말은 한양에서 출발하여 의주까지 간 사실과 북경에서 한양으로 돌아오는 과정이 생략되어 있는 것을 염두에 두고 언급한 것이라고 생각된다. 서울에서 의주까지 출발하는 과정과 돌아오는 과정을 생략한 것은 의도적이라고 볼 수 있다.

한 내용을 기록하고 있다. 즉 6월 24일 의주에서 출발하여 8월 20일 열하에 다녀온 기간 2달과 열하에 다녀온 후 북경에 체류하였던 기간은 1달을 포함하여 3달 과정을 일기체와 비일기체 형식으로 기록하고 있다. 3달 이외에 빠진 부분은 시간상으로 보아도 2달이 넘는 기간임에도 『열하일기』에는 생략하였다.

당시 사신의 일행이 북경에 도착한 것이 8월 1일인데, 8월 5일에 다시 열하로 떠난다. 이때 박지원은 정사와 함께 열하에 다녀오고 노이점은 북경에 계속 체류하였다. 8월 20일 박지원은 사신의 일행과 함께 열하에서 북경으로 돌아오고, 『열하일기』의 일기체 부분도 이날은 북경 기행의 마지막 날짜로 기록하고 있다. 『열하일기』는 이후 북경에 체류하던 일정에 대해서는 날짜별로 기록하고 있지 않고 다른 형식으로 기록하고 있다. 하지만 『수사록』은 이 이후의 과정에 대해서도 일기체 형식으로 기록하고 있다. 『수사록』을 통하여 열하에서 돌아온 사신 일행이 북경에서 8월 20일부터 9월 16일까지 대략 1달 가량 더 체류하였던 것을 알 수 있다.

이는 박지원이 열하에 다녀온 후 『열하일기』의 기록방식을 일기체에서 벗어나 새롭게 꾸미고 있다는 것을 시사한다. 그러면 무엇 때문에 일기체 형식을 포기하였는가? 특히 열하에서 돌아온 박지원은 북경에 체류하면서 자신의 견문을 일기체 형식이 아닌 「황도기략(皇圖紀略)」, 「알성퇴술(謁聖退述)」 등에 별도로 기록한 것은 그가 일기체를 의도적으로 포기하였다는 것을 의미한다. 아마도 『열하일기』의 이와 같은 구성은 우연이라기보다는 자신의 생각을 쉽고도 효과적으로 전달하기 위한 배려의 결과인 듯하다. 다시 말하면 김명호 선생의 지적대로 '『열하일기』는 주제를 보다 효과적으로 부각시키기 위해 출발에서 귀환에 이르기까지의 일정을 그대로 적은 연행록의 상투적인 형식에서 과감히 탈피하고자 했음을 시사한다'고[2] 하겠다.

『열하일기』의 이러한 형식적인 변화는 박지원에게 사상적으로 많은 영향을 준 홍대용의 북경 기행기인 『연기』의 단점을 극복한 면도 있다. 즉 『연기』도 대부분 주제별 이야기는 에피소드 형식을 취하고 있지만, 일련의 에피소드 같은 사건들은 북경 기행록 전체가 가지고 있는 작자의 문제의식이 제대로 표출되지 못하는 단점을 지니게 된다.

반면 『열하일기』에서 중국의 민족문제와 중화문명의 실체를 파악하는 것은 박지원에게 매우 중대한 현안이었다. 즉 명나라의 멸망과 함께 전통적인 중화사상의 위엄성에 변화가 있었기 때문이다. 이러한 변화는 당시 많은 지식인들에게 중심축의 붕괴로 말미암아 불안감을 가져다주었다.

박지원은 또한 이 시대의 주요한 이슈였던 화이(華夷)에 대한 진정한 의미를 「황도문답」, 「반선시말」, 「찹십륜포」, 「심세편」, 「행재잡록」, 「망양록」, 「혹정필담」, 「호질」 등에서 깊이 있게 다루기 위하여 일기체 형식을 탈피하여 별도로 조명할 수 있는 형식이 필요했기 때문일 것이다. 또 당시 조선에 여전히 팽배하였던 문제로서 명나라에 대한 의리와 청나라에 대한 복수심 때문에 생긴 북벌 문제는 「허생전」에서 허구적인 수법을 통하여 표현하였다.

『열하일기』 가운데 일기체 부분은 시간의 흐름에 따른 단순한 기

---

2) 김명호, 전게서, 21면 참조.

록만은 아니다. 박지원은 북경 기행을 하면서 자신의 심리와 느낌, 그 변화조차 적절한 방법을 통해 묘사하고 있다. 이는 『수사록』과 같은 일반 북경 기행록이 가지는 일반적인 특징이 아니고, 『열하일기』만이 가지는 특징이기도 하다.

2) 기록의 차이

(1) 상마연과 하마연, 영상

박지원은 8월 20일까지 일기체를 기술하고, 이 이후로는 다른 형식으로 기술한다. 그런데 공교롭게도 8월 20일 이후에 영상과 하마연, 상마연 같은 행사가 있었다. 하마연과 상마연 같은 공식 행사가 있음에도 불구하고 박지원은 이를 기술하지 않았다. 반면 노이점은 이를 상세하게 기술하고 있다. 박지원은 왜 기술하지 않았을까? 바로 『수사록』과 『열하일기』의 차이를 단적으로 보여주는 부분이다.

여기서는 『수사록』을 통하여 그 원인과 이와 관련된 구체적인 내용을 살펴보고자 한다. 영상을 결정하는 것에는 의주사신의 북경도착과 관련이 있다. 즉 의주사신이 도착하여야 조선으로 돌아가는 사신의 일정이 구체적으로 들어난다. 다음은 9월 10일 노이점이 이에 대하여 밝힌 내용이다.

> 우리나라 상인들의 수레가 북경에 들어오면 관례상 곧바로 시장을 열고, 바로 이어서 영상(領賞)이 있은 후 떠나게 된다.[3)]

3) 노이점, 『수사록』, 9월 10일, "陰. 我國商車入來, 則例即開市, 仍即領賞後出去."

영상은 상을 수령(受領)해 간다는 말이다. 청나라에 가면 돌아올 때 청나라 측에서 뇌자관(賚咨官)에게 은자(銀子) 30냥을 주고, 소통사(小通詞)에게는 은자 8냥을 주고, 종인(從人)에게는 은자 각각 4냥을 줬다. 의주상인이 도착하면 시장을 열어야 되지만 어찌된 일인지 청나라 상인들은 시장을 열지 않았다. 의주상인과 청나라 상인은 가격경쟁을 위하여 복잡한 심정을 들어내고 있었다.

> 그런데 이곳의 상인들이 우리나라 사람과 가격을 다투어 아직도 장이 열리지 않고 있으니 고민이다. 이곳의 상인들은 강남에서 계속되는 수재와 작년 겨울에 있던 불로 인한 재난 때문에 전방 여러 곳이 불에 탔기 때문이라고 핑계를 대지만, 그 의도는 분명 비단 값을 꼭 올리려고 하는 것이다. 우리 상인은 올려줄 수 없다고 다투지만 지금까지도 결정하지 못하고 있다. 마지막에 가서 결정될 것이다.
>
> 공단(貢緞)의 가격은 10문(文)이 내렸고, 화주(禾紬)는 4문이나 올랐다. 그들의 계산은 매우 교묘하다. 대개 우리나라에서 공단(貢緞)을 쓰는 것이 많지 않고 화주(禾紬)를 사는 것이 매우 많기 때문이다. 우리가 그들의 계산을 내리고 있는 중이라고 하는데, 정말로 개탄스러웠다. 들어보니, 화주(禾紬) 1필(匹)의 가격은 원래는 2냥(兩) 15문(文)인데 금년 봄 동지(冬至) 사행(使行) 때에 4문(文)이 올랐고, 지금 또 4문(文)이 올라 합쳐서 2냥(兩) 23문(文)이 되었다고 한다.[4)]

---

4) 노이점, 『수사록』, 8월 10일, "而此中商賈與我人爭直, 尙不開場, 悶悶. 此中商人托以江南連被水灾, 且前冬火患, 廛房多焚, 其意必欲增錦價, 我商則爭之以不可增, 至今未決, 末乃決之. 以貢緞則減價十文, 禾紬則增價四文, 其計甚巧. 蓋我國用貢緞不多, 貿禾紬甚多故也, 我墮其計中, 良可慨也, 聞禾紬一匹, 其價本銀子二兩十五文, 而今春冬至使行時增四文, 今又增四文, 合爲二兩二十三文云."

화주는 명주실로 바닥을 조금 거칠게 짠 비단이다. 공단은 두꺼우면서 무늬가 없는 비단을 말하고, 화주는 수화주(水禾紬)로 비단의 한가지이지만 올이 굵으며 너비가 명주와 같은 것을 말하는 것으로 보인다.

의주사신이 조선 사신의 일정에 일정한 영향을 끼친 것은 북경이외에도 또 한 차례 있었다. 북경에서 조선으로 돌아갈 때, 사신의 일행이 북경을 떠나 책문을 나서려면 이들 상인이 모두 책문에 도착하여야 나올 수 있다. 이해 겨울 10월 15일 정사와 부사가 함께 책문에 도착하여 의주상인을 기다렸다. 18일 의주상인이 도착하자 정사와 부사는 다음날인 19일 서장관만 남겨둔 채 한양으로 출발한다. 이처럼 의주상인은 조선 사신의 일정에 영향을 끼쳤다.

노이점은 방물을 납부하고 나서 영상이 있었다는 사실을 밝히고 있다.

> 방물을 납부한 후에 으레 영상을 한다. 영상을 한 후에는 으레 하마연(下馬宴)과 상마연(上馬宴)이 있고, 잔치가 끝나면 곧바로 내 보낸다. 그러므로 방물 납부를 빨리 하느냐 늦게 하느냐에 이런 행사가 연관되어 있다. 돌아갈 날이 정확히 언제인지 몰라 고민을 감당할 수 없다.[5]

방물은 산길이 많은 의주에서 심양까지는 민간에 있는 말을 돈을

---

5) 노이점, 『수사록』, 8월 24일, "方物納之然後, 例行領賞, 領賞然後, 例行下馬宴、上馬宴. 宴後, 則卽爲出送, 而方物納之遲速, 亦係於彼, 未知歸期的在何日, 不勝悶菀.

주고 빌려와 심양에 바쳤다. 그리고 심양부터는 수레로 방물을 운반했다. 이렇게 하여 방물은 8월 23일 북경에 도착했다. 사신의 일행이 8월 1일 북경에 도착하였으므로 도착한지 20여 일 지나서 방물이 도착한 것이다. 9월 15일 영상이 시행되고, 하마연과 상마연은 9월 16일 거행된다. 그리고 이전에 시장이 열렸다.

그런데 『수사록』의 특징은 영상과 하마연, 상마연에 관한 묘사가 상세하다는 점이다. 다음은 상을 받으러 갈 때의 사신의 모습과 가면서 본 자금성에 대한 설명이다.

> 9월 15일 날씨가 맑다. 이른 아침에 흑단령(黑團領)을 입고 '상을 받기'[領賞] 위하여 사신의 행차를 모시고 대궐로 나간다. 천안문 밖에 이르니 뜰이 넓고 두 개의 돌기둥이 좌우에 우뚝 서있다. 이것은 경천주(擎天柱)라고 하는 것으로 명나라 시대의 옛 유물이다. …… 이것이 오문(午門)으로 달리 오봉문(五鳳門)이라고도 한다. 정원은 넓어 단문보다 더욱 크다. 오문의 좌우에는 100장(丈)의 높은 성을 쌓았고, 그 위에는 누각을 지어놓았다. 금빛과 푸른빛이 빛나고 비단 창은 아득하니 인간세상이 아닌 듯하다. 왼쪽과 좌우에 각각 2개의 누각이 있는데, 한 누각은 4면이 각각 5'칸'[間]이다. 아울러 오문 위의 2층 누각이 오봉루다. 문 앞의 10보쯤에는 왼쪽에 장명등(長明燈)을 두었고, 오른쪽에는 일영대(日影臺)를 두었는데, 높이가 2장(丈) 남짓하다. 오봉루 '왼쪽' 월낭(月廊) 밖에 있는 황금대각(黃金大閣)은 바로 종묘이고, 오른쪽에 있는 큰 전각은 바로 사직이다. 오문의 안이 태화문(太和門)이다.[6]

6) 노이점, 『수사록』, 9월 15일, "十五日, 晴. 早朝, 爲領賞陪使行, 以黑團領詣闕, 至天安門外, 其庭廣敞, 有雙石柱, 屹立於庭之左右, 此所謂擎天柱. …… 此所謂午門,

'왼쪽'은 노이점이 자금성에서 남쪽을 바라보며 서 있을 때를 기준으로 삼았다. 즉 노이점은 자금성에서 좌우를 구분할 때는 황제가 남면(南面)하면서 바라보는 방향을 기준으로 좌우를 정했다. 인용된 예문을 통하여 노이점은 흑단령으로 갈아입고 사신의 일행과 함께 상을 받으러 오문 근처에 있는 월랑으로 갔음을 알 수 있다. 그런데 이 과정에서 노이점의 시선은 단순하지가 않다. 주변의 건축구조물의 모양과 배치에 지나칠 정도로 깊은 관심을 지니고 있다. 상을 받는 조선의 사신도 묘사하였다.

> 정사와 부사, 서장관은 오른쪽 월랑 어디 몇 번째쯤 되는 곳에 나아가 잠시 쉬면서 시간을 기다리고 있고, 나와 동반은 석궐문(石闕門) 안팎에서 배회하고 있다. …… 잠시 뒤에 예부에서 한족(漢族) 시랑(侍郎) 장존여(莊存與)가 들어왔는데, 앞에는 어떤 한 사람이 붉은 비단 방석을 들었다. 장존여는 뒤에 따라오는 사람 없이 혼자 온다. 서랑(西廊)에서 잠시 쉬더니, 곧바로 일어나 문 앞에 있는 정로(正路)의 왼쪽으로 나아가자 여러 시랑들도 따라 간다. …… 조금 후 통관 오림포(吳林佈) 등이 와서 사신을 인도한다. 사신과 여러 관원은 세줄[三重]로 반열을 나누어서 서쪽에서 동쪽으로 나와 정로(正路) 옆에 이른다. 통관(通官) 오림포는 북쪽으로 꺾어 돌아 수십 보를 가서 거의 붉은 상 주변까지 이르게 인도한다. …… 시랑은 붉은 상 위쪽 가장자리에서 있고, 여러 종관들도 차례차례 서 있다. 홍려시(鴻臚寺) 관원이 문

一名五鳳門也. 庭之廣敞, 視端門爲尤大. 門之左右築百丈高城, 作樓於其上, 金碧照耀, 紋牕縹緲, 似非人世. 左右各有二樓, 而一樓四面各五間, 并門之二層樓爲五鳳樓也. 門之前十步許, 左設長明燈, 右設日影臺, 高各二丈餘. 樓之左邊月廊外, 有黃金臺閣, 卽宗廟也, 右邊有大閣, 卽社稷也. 此門之內卽太和門也."

> 앞 좌우에 나란히 서 있는데 4~5명 정도 된다. 창려(唱臚)라는 한마디 소리는 우리나라 창배성(唱拜聲)과 같다. 통관(通官)이 꿇어앉기를 청하니 사신 이하 모두 꿇어앉는다. 홍려관(紅臚官)이 또 창려 소리를 내니, 통관이 세 번 고두를 청한다. 고두를 마치자 홍려관이 창(唱)을 하고, 통관이 다시 일어나기를 청한다. 일어나니 홍려관이 또 창을 하고, 통관이 다시 꿇어앉기를 청하고, 꿇어앉으니 통관이 세 번 고두하기를 청한다. 고두를 마치니 또 창을 하여 통관이 일어나기를 청한다. 일어나니 홍려관이 또 창을 하고, 통관이 꿇어앉기를 청하여 꿇어앉으니 통관이 세 번 고두하기를 청한다. 고두를 마치니 또 창을 하고, 통관이 일어나기를 청한다. 이것이 삼궤례구고두(三跪禮九叩頭)라는 것이다. 그러나 엎드리기만 하였지 고두는 하지 않았다.[7)]

창배성은 조정에 경축 같은 큰 일이 있을 때 예를 집행하는 사람이 고성으로 예를 주관하는 소리이다. 장존여(莊存與, 1719~1788)는 강소성(江蘇省) 무진(武進) 사람으로 자(字)는 방경(方耕)이다. 대표적인 저서 『춘추정사(春秋正辭)』에서는 좌씨전의 진위를 의심하고 공양학에 의거하여 공자의 정신을 들어내려고 하였다. 상주(常州) 공양학파의 시조이다.

---

7) 노이점, 『수사록』, 9월 15일, "三使臣詣右月廊第幾間, 小憩而待時刻, 余與同伴, 徘徊於石闕門之內外. …… 小選, 禮部漢侍郎莊存與入來, 前有一人持紅錦方席, 存與無跟隨而獨至, 乍憩于西廊, 卽起詣門前正路左邊, 諸郎隨之. …… 俄而通官吳林佈等來導使臣. 使臣及諸官以三重排班, 自西向東而進, 至正路傍. 通官導以折旋, 向北行數十步, 幾至紅牀邊. …… 侍郎立於紅牀之上傍, 諸從官次次列立. 鴻臚寺官列立於門前左右邊, 數幾四五, 唱臚一聲, 如我國唱拜聲. 通官請跪, 使臣以下皆跪, 鴻臚官又唱, 通官請跪, 通官請三叩頭. 叩訖又唱通官請起, 起則鴻臚又唱, 通官請跪, 跪則通官請三叩頭. 叩訖又唱, 通官請起, 起則鴻臚又唱, 通官請跪, 跪則通官請三叩頭. 叩訖又唱, 通官請起, 此所謂三跪九叩頭也. 然只俯伏, 而無叩頭之擧矣."

그때 복잡한 절차와 기다림 속에 마침내 도착한 곳은 붉은 상 앞이었다. 중국인 통역관 오림포는 사신을 이끌고 붉은 상 앞에서 사신에게 고두시키기 위하여 간격을 벌려 서게 한다. 고두는 엎드려 머리를 조아리는 행동으로, 삼고두는 절을 할 때 연거푸 세 번 머리를 꾸벅거리는 것이다. 노이점은 삼배례구고두(三拜禮九叩頭)를 하나하나 자세하게 설명하고 있다. 『열하일기』에는 없고 『수사록』에만 있는 내용으로 조선 사신이 실제로 고두하지 않았다는 점을 노이점은 특별히 강조하며 언급하고 있다. 조선 사신이 고두하기를 꺼려하는 것은 여기서 뿐만이 아니다. 이런 일은 열하에서 반선 6세를 만날 때도 있었다. 이와 관련해서는 뒤에 나오는 단원을 설명하면서 살펴보도록 하겠다.

삼배례구고두가 끝나자, 이어서 청나라는 조선 사신에게 상을 주게 된다. 바로 영상이 시작된다.

> 붉은 상에서 왼쪽 십 보쯤 떨어진 곳에 흰 말 서너 필이 미리 대기하고 있다. 영롱하면서 붉은 안장을 한 말 한 마리와 옻칠한 안장을 한 말 두 마리가 있었다. 한 사람이 먼저 영롱한 말안장을 얹고 있는 말을 끌어와 통관에게 주니 통관이 받고, 통관이 우리 대통사에게 주니 대통사가 받는다. 대통사가 무릎을 꿇고 정사에게 드리니 정사는 받아다가 돌아서서 통사에게 준다. 통사가 역예에게 준다. 한 명이 몇 필의 비단과 명주를 받들어 통관에게 주니 통관은 받아다가 우리나라 대통사에게 준다. 대통사가 무릎을 꿇고 정사에게 바치니 정사가 받아다가 돌아서 통사에게 준다. 통사는 역례에게 준다. 이것을 '회환예물(回還禮物)'이라고 한다. 한 사람이 옻칠한 안장을 얹은 말 한 필과 명주와 비단 각각 몇 필, 그리고 은자 몇 냥을 통관에게

> 주니 통관이 부사에게 바치고 부사가 받아 통사에게 준다. 방금 전에 했던 절차와 같다. …… 상 받기를 마치자 통관이 삼사와 여러 종관을 인도하여 서랑 앞으로 물러가게 하더니 다시 돌아서 동쪽으로 가다가 틀어서 북쪽을 향해 영상을 했던 곳에 서게 한다. 몇 보 뒤로 물러나 돌아서니 다시 처음에 서있던 곳이다. 창려에 엎드려 고두하게 하는 등의 절차는 한결같이 아까 했던 '삼배례구고두'와 똑같다. 이것을 후고사라고 한다. 삼배례구고두가 끝나자 물러나 서관으로 돌아왔다. 아아! 상을 받는 것은 성대한 일이다. 예의가 가지런하니 가히 볼 만하지 않다고 말할 수 없다. 모름지기 상전벽해의 느낌이 마음속에 매우 절실하다.[8)]

위에 언급한 글에서 노이점은 방납을 바치고 돌아갈 때 받는 '회환예물'에 대해 매우 자세하게 설명하고 있다. 정사에게 상을 준 다음 같은 방식으로 검은 안장으로 꾸민 말과 비단, 명주를 부사에게 주었다. 그러나 서장관에게는 말을 주지 않고 비단과 명주는 한 필 적게 하고 은자는 같게 하였다. 이와 같이 하되 삼통관의 비단 수는 서장관보다 적고, 여러 종관은 삼통사보다 적었다.

---

8) 노이점, 『수사록』, 9월 15일, "紅牀左邊十步許, 預待三匹白馬, 着玲瓏紅錦鞍者一, 着漆鞍者二, 一人先牽玲瓏鞍馬, 授通官, 通官受之, 授我大通事, 通事受之, 跪進於正使, 正使受之, 旋授通事, 通事付之於驛隷. 一人奉幾匹緞紬授通官, 通官受之, 授我大通事, 通事跪而進於正使, 正使受之, 旋授通事, 通事付之於驛隷, 此則回還禮物也. 一人牽漆鞍馬一匹, 緞紬絹各幾匹銀子幾兩, 授通官, 轉進於正使, 正使受而旋授通事, 如上儀. 一人又牽漆鞍一匹, 緞紬絹各幾匹, 銀子幾兩, 授通官, 轉進副使, 副使受而旋授通事, 如上儀. …… 受畢, 通官導三使及諸從官, 使之退立于西廊前, 旋又導之東, 又折而北向, 立於領賞處, 少退數步, 旋則詣初立之所. 唱臚跪叩等節, 一如上儀, 此則後叩謝也. 禮畢, 仍爲退出歸館所. 噫, 領賞盛擧也, 禮貌秩秩, 非無可觀, 而第桑海之感, 深切于中."

노이점은 지루하게 느껴질 정도로 상 받는 동작 하나하나를 기록하고 있다. 처음 보는 예식의 기록에 노이점은 각별한 의미를 둔 것이다. 그런데 배청숭명 사상에 젖어 있던 그가 성대한 의례에 감탄하면서 '상전벽해(桑田碧海)'라고 표현하고 있다. 아마도 명나라의 유습을 오랑캐인 청나라에서도 볼 수 있었기 때문에 이런 말을 했던 것이겠지만 북경에 들어오기 전 모습과는 자못 다르다.

다음은 노이점이 기록한 하마연에 대한 내용이다.

> '상 받기'[領賞]를 한 다음날은 으레 예부에서 하마연을 연다. 조반 후 여러 종관(從官)들과 함께 사신의 행차를 따라 예부로 가서 예부의 중문(中門) 밖에 있는 행각(行閣) 아래에서 쉰다. 잠시 후 예부시랑 장존여가 가마를 타고서 앞쪽에서 길을 인도하는 소리 한마디를 내며 바로 들어와 중문 밖에서 내린다.
>
> 통관 오림포(烏林佈) 등이 사신과 종관을 인도하여 중문 안으로 들어가니 마당 가운데에 있는 정로(正路)에는 푸른 장막을 설치하였다. 장막으로 들어가 몇 보를 가니, 또다시 정로 가운데에 붉은 상 한 개를 두었다. 네 모퉁이에 누런 비단 장막을 드리우고 자리를 마련하였다. 시랑(侍郎)은 붉은 상 앞에 서 있고, 정사와 부사, 서장관은 시랑 뒤에 서 있으며 여러 종관들은 사신들 뒤에 서 있다. 홍려시(鴻臚寺)가 창려(唱臚)를 하고, 통관(通官)이 꿇으라고 하자, 시랑 이하 모든 사람이 꿇어앉는다. 다시 창려를 하니, 통관이 고두를 하기를 청한다. 시랑 이하 모든 사람이 고두를 한다. 이와 같이 세 차례 하였다.
>
> 시랑 장존여가 대청으로 간다. 대청은 매우 크고 넓으며 갑군(甲軍)이 계단을 둘러 지키고 서있어 난잡하게 들어오는 것을 막는다. 시랑은 벽을 뒤로 하여 앉아 있었고, 통관은 3명의 사신을 인도(引導)하여 시랑의 서쪽 가까이에서 동쪽을 향하여 앉게 한다. 종관(從官)은 2줄

로 삼사의 뒤에서 동쪽을 향하여 앉는다. 해당 관원들이 벌써 잔칫상을 차려 각각의 좌석 앞에 진열하여 두었다. 상은 크기가 거의 우리나라 제사상과 같다. 중간 계단에는 마부들의 잔칫상을 차렸는데 음식이 매우 풍성하고 좋다. 과일의 종류로는 용안(龍眼), 여지(荔芰), 배, 귤, 포도 같은 물품이다. 배의 품질이 제일 좋다. 과자로는 사탕(砂糖)과 떡 따위가 20그릇이나 된다. 고기로는 삶은 양과 거위를 통째로 놓았다. 먼저 '타락(駝酪) 차'를 내온 다음에 연거푸 석잔 술을 가져온다. 시랑이 삼사와 더불어 술을 주고받으며 잘 돌아가라고 위로한다. 잔치가 끝난 뒤 시랑이 먼저 나가 '붉은 상'[紅牀] 앞에 선다. 삼사가 (장막으로) 들어가 시랑의 뒤에 서고, 종관은 삼사의 뒤에 선다. 창려를 함에 고두를 하는 것이 방금했던 의례와 같다.

이어 물러나와 중문 밖으로 나와 서 있었다. 삼사가 막 옷을 갈아입고 있을 때 길잡이 소리가 나더니 높은 관리 1명이 나온다.[9)]

행각(行閣)은 궁궐이나 절 같은 곳에 정당(正堂) 앞이나 좌우에 지은 행랑을 말한다. 홍려시(鴻臚寺)는 한(漢)나라 때부터 있던 관서(官

---

9) 노이점, 『수사록』, 9월 16일, "晴. 例於領賞翌日, 禮部行下馬宴. 朝飯後, 陪使行與諸從官詣禮部, 憩于中門之外行閣下. 少頃, 侍郎莊存與乘轎子, 前導一聲, 直入中門外而下. 通官烏林佈等, 引使臣及從官入中門內, 則中庭正路, 設靑帳幕. 入數步許, 則又於正路中, 設一紅牀. 四角垂黃錦帳, 盖設位也. 侍郎立於紅牀之前, 三使臣立于侍郎之後, 諸從官立于使臣之後. 鴻臚寺官唱臚, 通官請跪, 侍郎以下皆跪, 又唱臚, 通官請叩頭, 侍郎以下皆叩頭, 如是者三次. 侍郎詣大廳. 大廳甚宏大, 而甲軍環階衛立, 禁雜亂入. 侍郎主壁而坐, 通官引三使坐於侍郎之西傍東向, 從官以重行, 坐於三使之後東向. 當該官已設宴牀 排列於各坐前. 牀之大幾如我國祭牀. 中堦又設馬頭輩宴牀, 宴羞極爲盛美. 果品則龍眼、荔芰、梨、栗、葡萄等物, 梨品最佳. 造果 則砂糖、餠之屬近二十器. 肉則烝羊、烝鵝全體. 先進酪茶之後, 連進酒三盃. 侍郎與三使酬酢 慰以好還. 宴畢, 侍郎先出, 立於紅牀之前, 三使入於侍郎之後, 從官立於三使之後, 唱臚叩謝如上儀. 仍爲退出, 立於中門之外, 三使方改服, 有前導聲. 一大官出來."

署)의 명칭으로 예부에 소속되어 있다. 1749년(건륭 14) 때는 예부의 만주인 상서(尙書)가 겸하였다. 주로 조회(朝會), 국빈(國賓), 제사(祭祀), 연향(宴餉) 때 예의(禮儀)에 대한 일을 주도한다.

예부에는 태상시(太常寺), 광록시(光祿寺), 홍려시 같은 부서가 있다. 태상시는 예악, 교묘(郊廟), 사직에 관련된 일과 능침(陵寢)에 관련된 일을 담당한다. 광록시는 궁정의 숙위(宿衛)와 시종(侍從)을 담당한다. '타락(駝酪) 차'는 우유 또는 크림을 끓여 만든 차를 말하는 것으로 잉차(仍茶)라고도 한다. 예부터 우유는 귀한 약재로 여겨 '타락'이라 불렸고, 생우유를 짜는 일은 내의원 의관들이 직접 맡았다고 한다.

삼배례구고두의 의례가 끝나고 나서 잔치가 벌어지고 있는 상황에서 노이점의 시선은 시랑에게 모아지고 있다. 그가 사신과 함께 작별인사를 나누며 술을 주고 받는 장면도 기록해 놓았다. 이밖에도 차려진 음식의 종류와 상의 크기는 물론이고, 하마연의 행사가 끝나자 사신의 일행이 옷을 갈아입었다는 사실도 기록하였다.

다음은 호연대신(護宴大臣)이 하마연을 준비하는 과정과 행차하는 모습을 노이점이 언급한 내용이다.

> 한 명의 대관(大官)이 나왔다. 물어보니 호연대신(護宴大臣)인데, 대개 갑군을 데리고 와서 하마연의 의식을 준비하는 사람은 무반대신이라고 한다. 대신은 말을 타자 그를 따르는 사람 10여 명도 말을 타고 따라 간다. (나는) 사신을 배행하고 서관으로 돌아왔다.[10)]

---

10) 노이점, 『수사록』, 9월 16일, "一大官出來 問之則護宴大臣也. 盖領甲軍而來, 整齊

노이점은 정사 일행을 따라 서관까지 왔다. 이상에서 노이점은 자신이 목격한 하마연을 충실하게 기록하고 있음을 알 수 있다.

다음은 오후에 있었던 상마연 내용이다.

> 오후에는 광록시의 관원들이 서관에서 상마연을 진설한다. 하인들이 와서 마당 가운데를 쓸고, 잔치 상을 진열하였는데, 잔치 음식이 예부에서 있었던 하마연과 다름이 없다. 한참 뒤에 삼사의 음식상은 각각 관사로 간다. 여러 종관들의 상에서 쇄마(刷馬), 구인(驅人), 역예(驛隷) 같은 사람들과 광록사에서 온 사람들이 다투어 음식을 서로 집어 드니 시끄럽고 어지러워 소리가 천지에 진동을 한다. 정말로 한 차례의 변괴이다. 상마연의 의식(儀式)이 어떤 예절인데 어느 하례(下隷)들이 이같이 무례한가! 기강을 알 만하다. 실로 놀랍다.[11]

상마연은 사신의 일행들에게 베풀어지는 전별연(餞別宴)으로 하마연이 끝난 후 서관에서 진행되었다. 광록시(光祿寺)는 예부에 소속되어 있는 관청으로 주선(酒膳) 같은 궁중의 연희(演戲)와 제사를 맡아보던 관청이다.

노이점은 상마연의 행사에 하례들이 잔치음식을 두고 난동을 부리자 놀라고 있다. 소란스럽게 진행되고 있는 상마연 광경을 못마땅하게 바라본 것이다. 북경에 오는 내내 배청숭명 사상에 입각하여

宴儀者也. 卽武班大臣云. 大臣騎馬, 其從人幾十, 亦乘駿馬而隨去, 陪使臣還館所."

11) 노이점, 『수사록』, 9월 16일, "午後. 光祿寺官, 設上馬宴於館所. 隸人來掃中庭, 排列宴牀、宴羞無異於禮部之下馬宴. 良久, 三使宴牀, 則進之於各舍館, 而諸從官之牀, 刷馬、驅人、驛隷等, 及彼人之來者, 競相攫取, 喧聒亂嚷, 聲震天地, 誠一變怪. 宴儀何等大禮, 而么麽下隷, 如是無禮, 紀綱可見, 實爲駭然."

변발 같은 청나라 풍속을 비판하더니 상마연에서는 압도되어 오히려 경건한 태도로 임해야 한다고 청나라 의례를 존중하고 있다.

노이점의 기록은 여기에 그치지 않는다. 조선에서 새해에 청나라로 보냈던 사절단인 정조사(正朝使)가 정전에서 행하였던 진하(陳賀)를 일행들에게 전해듣고 자기의 상상을 더하여 자세하게 기록한다.

> 정조사(正朝使) 때 정전에서의 진하는 보지 못했지만 이미 그곳 정전을 봤고, 또 일행들의 말을 들었으니, 눈으로 보고 들은 것과 다름이 없기 때문에 기록한다.
>
> "당일 새벽 3시 넘어서 삼사와 종관 30명이 흑단령을 입고, 말을 타고 대궐로 갔다. 동안문(東安門)으로 들어가, 대석교(大石橋)를 지나 동화문(東華門) 앞에 이른다. 금장(禁墻)을 따라 남쪽으로 가니 대궐의 왼쪽 문에 이른다. 말에서 내려 걸어가다가 오른쪽 문 장랑에서 쉬고 있었다. 문무 관리와 유구, 안남의 두 나라 사신도 모두 모였다. 옥루(玉漏)에서 몇 각(刻)을 가리키고 있었다. 새벽빛에 희미하게 구분할 수 있게 되자 여러 왕과 패륵(貝勒) 공자, 문무 관리 그리고 여러 나라의 사신들이 차례에 따라 들어갔다. 따라왔던 사람들은 모두 오문 앞에 남겨두고 오문의 오른쪽 문을 따라 들어갔다. 금석교(金水橋)를 건너 북쪽으로 가니 태화문(太和門) 앞에 이른다. 오른쪽에 붙어있는 정도문(貞度門)으로 들어가면 태화전(太和殿)의 마당에 이른다.[12]

---

12) 노이점, 『수사록』, 9월 16일, "正朝正殿陳賀, 雖未見之, 而旣見其殿, 又聞同人之言, 無異目聲故記之.("當日五更初, 三使及從官合三十人, 以黑團領騎馬詣闕. 由東安門入, 過大石橋, 至東華門外. 循禁墻而南, 至闕左門, 下馬步行, 憩右門長廊, 文武官及琉球、安南、兩使臣, 皆來會. 玉漏下第幾刻, 曙色微分, 諸王、貝勒子、公, 文武官及諸國使臣, 隨次而入. 跟隨者, 皆落之於午門前, 從午門右翼而入, 逾金水橋而北, 至太和門之前, 由右翼貞度門而入, 至太和殿之庭."

옥루는 자동 물시계라고 할 수 있다. 호(壺)에 물을 담고 밑에 작은 구멍을 내어 물이 빠지면서 시계 바늘이 움직이게 된다. 패륵은 청나라 때 만주나 몽고의 귀족에게 내리는 작호이다. 진하례가 진행되는 태화전으로 가는 과정을 자세히 묘사했다. 태화전에 대해서도 설명하고 있다.

> 태화전(太和殿)은 높이가 3층이고, 크기는 4면 9칸[間]이다. 단확(丹艭)이 빛이 나고, 금빛과 푸른빛이 영롱하다. '황제의 정원'은 가지런하고 사면이 반듯반듯하다. 아침 해가 처음으로 비춰지고, 화려한 의식이 장차 거행하려고 하니 여러 왕과 패륵(貝勒), 공자 같은 사람들이 태화전 계단 위에 서 있다. 문관과 무관이 동서로 나뉘어 차례대로 서있다. 우리나라 사신들은 으레 서반(西班) 아래에 서며, 그 다음에 유구(琉球)가 있고, 그 다음에는 안남(安南)이 서 있다. 어사(禦史) 2명은 태화전 처마 안쪽에서 동쪽을 향하여 서 있고, 4명은 단지(丹墀) 위에 서 있고, 4명은 단지 안에 서서 모두 동서로 서로 마주 보고 서 있다. 4명이 동쪽 반열(班列)과 서쪽 반열에서 대기하고 있는데, 규의(糾儀)를 맡고 있는 것이다. 난의위(鑾儀衛) 관원이 미리 노부의장(鹵簿儀章)을 정전(正殿)의 마당에 진설해 놓았다. 홍(紅)색과 황(黃)색의 일산이 태화전의 위아래에 세워져 있다. 백(白)색과 흑(黑)색, 자(紫)색의 일산은 태화전의 좌우에 세워 두었는데, 각 색의 당번(幢幡) 깃발은 그 다음에 세우고, 각가지 깃발에는 금빛과 은빛 나는 '과월'(瓜鉞), 쇠로된 창과 큰 칼이 차례대로 세워져 있다. 곤봉(棍棒)은 그 다음에 세웠다. 의장(儀仗) 군졸(軍卒)의 몸에는 붉은색 수를 놓은 옷을 입혔고, 머리에는 황색의 털을 착용하였고, 두 줄로 나란히 서서 넓은 뜰까지 서 있다. 의장 말은 단지 가운데 길의 양쪽에 서 있고, 사람들이 메는 가마는 태화문(太和門) 밖에 있으며 큰 수레는 오문(午

> 門) 밖 쪽에 있고, 길들여진 코끼리는 큰 수레 앞에 있다.[13)]

흔정(昕庭)은 황제의 정원으로 천정(天庭)이라고도 한다. 단지(丹墀)는 궁전 앞에 있는 홍색 계단과 계단 위에 있는 공간을 말한다. 규의(糾儀)는 의식을 규찰하는 일이다. 난의위(鑾儀衛)는 황제의 행차를 맡은 의장대이고, 노부의장(鹵簿儀章)은 제왕이 거동할 때 따르는 의장대이다. 당번(幢幡)은 당(幢)과 번(幡)을 합쳐서 만든 기로 군사의 지휘나 의장에 사용한다. '과월(瓜鉞)'은 오이 모양으로 된 병기나 의장용(儀仗用) 물건이다. 여기에서는 태화전에서 펼쳐진 광경을 묘사하고 있다. 음악에 대해서도 언급하고 있다.

> 교방사(敎坊司)는 중화소악(中和韶樂)을 태화전 처마 아래 동쪽과 서쪽에서, 단폐악(丹陛樂)을 태화문 안쪽 섬돌 위에서 북쪽을 향하여 베풀었다. 예부에서는 누런 책상을 태화전 동쪽 처마 아래에 설치하고, 봉왕(奉王) 이하 각각의 문무관리 직성(直省), 부(府), 주(州), 위(衛)와 조선에서 올린 '표(表)'를 그 위에 두었다.[14)]

---

13) 노이점, 『수사록』, 9월 16일, "殿高三層, 其大四面九間, 丹雘照耀, 金碧玲瓏, 昕庭矗矗, 四面井井. 朝旭初暾, 縟儀將擧, 諸王、貝勒、子公等立於殿陛上. 文武官分東西序立, 我國使臣等列立于西班之下, 其次琉球, 其次安南. 禦史二人於殿簷內東向立, 四人立於丹墀上, 四人立於丹墀內, 俱東西相向. 四人立于東西班以侍之, 所以司糾儀也. 鑾儀衛官員, 預陳鹵簿儀章於正殿之庭, 紅黃傘立於殿之上下. 白、黑、紫傘立於殿之左右, 各色幢幡旗旌又次之, 各項金銀瓜鉞暨鐵槍、大刀又次之, 棍棒又次之, 儀仗軍卒身着紅紋繡衣, 頭着黃羽, 兩行排立, 亙於大庭, 仗馬立於丹墀中道之左右, 步輦陳於太和門外. 大輅在午門外面, 馴象在大輅之前."

14) 노이점, 『수사록』, 9월 16일, "敎坊司設中和韶樂於太和殿簷下東西, 設丹陛樂於太和門內堦上北向, 禮部設黃案於太和殿東簷下, 奉王以下, 文武各官, 及直省、府、州、衛, 並朝鮮國所進表置其上."

교방사는 궁정 음악을 관리하는 부서이다. 단폐악은 궁중에 중대한 전례가 있을 때 연주하는 음악이다. 직성(直省)은 행정구역인 성(省)의 하나로 중앙에 직속되어 있는 성이기 때문에 직성이라고 한다.

> 흠천감(欽天監)에서 때를 알리고 난 후 각 줄에 있는 향로에서 몇 근쯤 되는 침향(沈香)에 불을 붙이니 연기가 안개같이 태화전 안에 골고루 가득 퍼지면서 갖추어진다. 이때에 '황제의 수레가 이른다.'는 말을 3번 외치자 구름 안개를 또렷하게 통과하면서 황제가 나타났는데 내각(內閣) 대신 10명이 양쪽에서 앞길을 인도하고, 2명은 무기를 들고 뒤를 엄호한다. 오문(午門)에서 종이 울리자 교방사(敎坊司)에서 중화소악(中和韶樂)의 원평장(元平章)을 연주한다. 악관(樂官) 한 명이 휘(麾)깃발을 잡고 섬돌 위에서 그것을 세우면 음악이 연주되고 눕히면 음악이 그친다. 종과 북, 거문고, 비파, 훈(塤), 지(篪), 퉁소, 피리, 석경(石磬) 같은 것을 섬돌 위에 나열해 놓기도 하고, 태화문(太和門) 쪽에 나열해 놓기도 한다. 축(祝)과 오(敔)로 시작하고 끝나게 한다. 악공(樂工)은 모두 울긋불긋한 무늬의 옷을 입었다. 황제가 태화전에 이르러 어좌 안으로 오르자, 대신 10인은 어좌 앞에 서서 동쪽과 서쪽을 서로 바라보고, 뒤에 호위하는 2명은 어좌 뒤에서 병기를 잡고 칼날이 위로 향하게 하여 잡고 호위한다. 태학사(太學士) 같은 이들은 태화전의 처마 아래에 동쪽과 서쪽을 향하여 서 있다.[15)]

---

15) 노이점, 『수사록』, 9월 16일, "欽天監報時後, 各行香爐, 爇沈香幾斤, 備煙如霧, 遍滿殿內. 於是仙蹕三聲, 淸徹雲霄, 皇帝出臨, 內大臣十人兩翼前導, 二人執兵器後護. 午門鳴鍾, 敎坊司作中和韶樂, 秦元平之章. 樂官一人執麾於堦上, 立其麾則樂作, 按之則樂止. 鐘、鼓、琴、瑟、塤、篪、簫、管、笛、石磬之屬, 或列於堦上, 或列於太和門, 合止祝敔以之, 樂工皆着斑衣. 皇帝至太和殿陞御座內, 大臣十人立

흠천감(欽天監)은 천문(天文)과 역수(曆數), 점후(占候) 등의 일을 관장하는 곳이다. 침향(沈香)은 향에 쓸 나무를 연못 속에 오래 잠겨 놓았다가 꺼낸 다음 썩은 부분을 버리고 얻은 나무이다. 이때 나무의 기름이 모인 것을 심(沈)이라고 한다. '황제의 수레가 이른다'는 선필(仙蹕)을 풀이한 말이다. 휘(麾)는 아악 연주 때 지휘봉처럼 쓰는 깃발이고 훈(壎)은 흙을 구어서 만든 악기이며, 지(篪)는 대나무로 만든 악기로 죽지(竹篪)라고 한다. 태화전에서 의식이 베풀어지고 있는 광경도 묘사하고 있다.

> 어사(禦史)와 명편(鳴鞭), 명찬관(鳴贊官) 같은 이들은 안과 밖에, 여러 왕과 대신(大臣), 패륵(貝勒), 패자(貝子), 공자(公子) 같은 이들은 섬돌 위에 반열이 늘어서 있다. 그 밖에 나머지 문관과 무관 관리들은 뜰에 있는 품패 앞의 반열에 따라 각각 위치에 나아가 꿇어앉고 있다. 선독관(宣讀官)이 책상 위에서 표(表)를 받들고, 태화전 처마 아래의 어도 가운데로 나아가 북향을 하고 꿇어 앉는다. 선독(宣讀)을 마치자 단폐악(丹陛樂)의 경장(慶平)장을 연주하고, 명찬관이 삼궤구고두(三跪九叩頭)를 이어서 구령한다. 예가 끝나자 음악도 끝이 났다.
>
> 홍려시 관원이 머물던 문무(文武) 관리를 나오도록 인도하여 나가게 하고, 조선 사신을 인도하여 육품패 앞에 서있게 한다. 치평장(治平章)을 연주하면서 삼궤구고두를 구령한다. 멀리 바라보니, 어좌가 어렴풋한데 오로지 누런 옷의 자락만 보일 뿐이다. 예를 마치자 음악도 끝난다. 다시 우리 사신을 머물던 곳에서 나오도록 인도한다. 유구의 사신을 인솔하여 칠품패 앞에 세우고 앞에 했던 의례대로 한다.

御座前, 東西相向, 後護二人立禦座後, 執兵器, 上刃侍衛. 太學士等於殿簷下東西向立."

다음에는 안남 사신을 인솔하여 팔품패(八品牌) 앞에 세우고 앞에 했던 의례와 같이 한다. 명찬관이 마침내 물러나 원래의 반열에 선다. 이때 '채찍소리'를 3번 내니 황제가 들어가 버린다. 음악은 처음 의례 때와 같다. 물러나게 하여 원래의 반열에 있다가 바로 나온다."

전날 밤 문무 관리와 외국사신, 이들 모두의 반열을 점검할 때 갑자기 태화전 안에서 가마를 타고 나타난 사람이 있었다. 가마 앞에는 오로지 유리등 1쌍만 걸고 그다지 위엄스러운 거동은 없었는데, 그가 누구인지 몰랐다.

새벽에 다시 오니, 우보(羽葆) 의장 같은 것을 성대하게 갖추고, 음악을 연주하면서 들어가기에 그제서 황제가 환궁한다는 것을 알았다."[16]

명편(鳴鞭)은 황제가 거둥과 사전(祀典), 시조(視朝), 연희를 할 때 휘둘러 사람들을 정숙하게 하는 황제의 의장용(儀仗用) 채찍이다. 원래 만주 귀족의 호칭인 패륵(貝勒)은 황실작위로 몽고인에게 주기도 한다. 패자(貝子)는 패륵 아래에 있다. 공자(公子)는 제후의 아들을 말한다. 명찬(鳴贊)은 큰소리로 의례 순서를 구령하는 것, 또는 이를 집행하는 관리의 관직을 말한다. 우보(羽葆)는 새털을 깃대 머리에

16) 노이점, 『수사록』, 9월 16일, "禦史及鳴鞭、鳴贊官, 排班于內外, 諸王、大臣、貝勒、子、公等班於堦上, 其餘文武官班於庭中品牌之前, 各就位跪. 宣讀官從案上奉表, 詣殿簷下禦道之中, 北向跪, 宣畢, 作丹陛之樂, 秦慶平之章, 鳴贊官贊三跪九叩頭禮, 禮畢樂止. 鴻臚官卽引文武官出次, 引朝鮮使臣立於六品牌前, 樂作秦治平之章, 逐贊三跪九叩頭禮, 遙望禦座隱隱, 只見黃衣之裔而已. 禮畢樂止. 又引我使出次, 引琉球使臣於七品牌前, 如上儀. 次引安南使, 立於八品牌前, 又如上儀. 鳴贊遂退立原班, 於是鳴鞭三聲, 皇帝入去, 樂作如初儀, 逐退立原班, 仍爲退出." 前夜, 文武官及外國使臣, 皆點班, 忽殿內有乘轎而出者, 駕前只挂琉璃燈一雙, 無他威儀, 不知其爲誰. 曉乃還, 而盛備羽葆、儀仗等屬, 陳樂而入, 始知爲皇帝還宮."

꽂아 일산처럼 만든 의장(儀仗)의 일종으로, 영구가 나갈 때 장인(匠人)이 그것을 들고 길을 인도한다.[17]

> 그런데 어떤 사람은 (황제가 환궁하는 것이 아니고) 등장묘(鄧將廟)에 제사 지내러 돌아간다고 하고, 또 다른 사람은 당자(堂子)를 제사 지내기 위하여 들어간다고 말한다. 당자는 만주인들이 받드는 신이다. 추문(追聞) : 3번 명편(鳴鞭) 소리를 낸다는 것은 두 가닥의 가죽 끈을 꼬아 길이 4~5파(把)가 되는 것을 좌우에서 두 사람이 휘두르는 것으로, 빙글 빙글 돌리다가 내리치는 것이다. 그 모양과 소리는 우리나라의 일찍 여문 벼에 모여드는 참새를 쫓을 때 쓰는 것과 같다.[18]

당자(堂子)는 옥하교(玉河橋) 동쪽에 있었는데 숭봉하는 것이 무슨 신(神)인지 알 수 없으나 청나라 사람들이 말하기를, '등 장군(鄧將軍)의 사당'이라 했다. '청인이 처음 일어날 때에 명조(冥助)가 있었기 때문에 향사한다'고 한다. 매년 정월 초하룻날이면 황제가 먼저 당자가 있는 당사에 가서 제사를 행한 뒤에 돌아와서 조참(朝參)을 받는다.[19] 당자는 만주 풍속에 하늘과 신, 부처에게 제사 지내는 장소로 중대한 정치 군사와 같은 일이 있을 때 제사를 지내는 곳이다. 건륭 때부터 사당에 제사지내던 것을 당자에서 지내도록 바꿨다. 원래 장안좌문(長安左門) 밖 어하교동(御河橋東) 쪽 부근에 있었으나 동

---

17) 명찬과 우보에 대해서는 고전번역원 각주를 참고하였다.

18) 노이점, 『수사록』, 9월 16일, "而或以爲祭鄧將廟而還, 或以爲祭堂子而還, 所謂堂子者, 卽滿人所崇奉之神也.) (追聞 : 鳴鞭三聲者, 以革兩條絞之, 長四五把, 左右兩人揮之, 回回良久打之, 其制樣與聲, 如我國早稻驅雀之物.)"

19) 고전번역원, 『북경 기행기사(燕行記事)』 참조.

교민항(東交民巷)이 1901년(광서 27) 신축조약(辛丑條約)에 의하여 사관(使館) 구역으로 지정되자 남하연(南河沿) 남구로(南口路) 북쪽으로 옮겼다. 현재 북경반점(北京飯店) 귀빈루(貴賓樓)가 있는 곳이라고 한다. 파(把)는 두 팔을 벌린 길이이다. 노이점은 황제가 숭봉하는 신까지 전해 듣고 이처럼 기록으로 남겼다.

정조사는 새해를 맞이하여 청나라로 보낸 사신단이다. 박지원이 8월 20일 열하에서 북경에 도착한 이후 돌연 일기체 기록을 쓰지 않고, 이후의 일정에 대해서는 「황도기략」이나 「알성퇴술」 같은 편에 주제별로 분류하여 기록하고 있다. 노이점의 기록을 통하여 23일 방물이 도착하였고, 이어 시장이 열린 다음 영상과 하마연, 상마면 같은 의례가 있었다는 것을 알 수 있다. 이 의례에 사신들의 일행이 참가하였고 삼배례구고두 같은 의식이 있었다. 박지원은 이 이후의 기록을 생략하고 있기 때문에 이런 의식에 참여했는지에 대해서는 전혀 알 수가 없다. 게다가 박지원은 영상이나 하마연, 상마연 같은 의식에 대해서는 언급조차 하지 않았다. 노이점이 모든 기록을 남긴다는 입장에서 이런 의식을 기록하고 있지만 박지원이 이 기록을 남기지 않기 위하여 일기체 서술을 의도적으로 중단했다고 할 수 있다.

이상에서 노이점이 비장으로서 직분을 충실하게 수행하려는 자세를 살펴볼 수 있다. 상방비장으로서 그의 안목은 박지원의 관심밖에 있었던 방물의 이동상태, 일정, 영상과 하마연, 상마연 등에 대하여 자세한 서술을 하고 있다. 이러한 점은 『열하일기』의 보완이 될 수 있다는 점에서 자료적 가치가 있다.[20)]

---

20) 민족문화추진위회에서 번역한 『연행록선집』 소재 각종의 북경 기행록에는 영상과

(2) 열하 기행

1780년 성절사행(聖節使行)은 건륭의 생일을 축하하는 진하(進賀)를 위한 것이었으므로 생일 행사에 참여해야 했다. 당시 황제가 열하에 있었기 때문에 사신의 일행은 북경에서 다시 열하로 떠났다. 노이점은 나이가 들어 사신의 일행과 함께 열하로 갈 수 없었지만 박지원은 열하에 다녀온다. 사신의 일행이 기행의 새로운 국면을 맞이하는 시점이다.[21]

사신의 일행이 열하로 떠날 때 노이점은 사신의 행차를 동직문까지 배웅하고, 자금성 구경을 나선다. 하지만 노이점은 박지원과 달리 별다른 이별의 감회를 보이지 않고 있다.

> 예부에서 연달아 재촉하므로 사신은 아침 후 곧 출발한다. 사신의 행차를 따라 덕승문까지 갔다가 자금성 서쪽문인 지안문으로 돌아왔다.[22]

노이점이 덕승문까지 갔다고 했지만, 사실은 노이점이 동직문을 덕승문으로 착각한 것이다. 박지원은 열하로 떠나기 전날 밤 자못 긴장하고 있었다. 그의 긴장감에 대한 논의는 뒤로 미루고, 여기서는

하마연, 상마연에 관한 간단한 언급이 있지만, 노이점만큼 자세하게 묘사한 사람은 거의 없다. 이 부분 역시 『수사록』이 다른 연행록과 다른 점이기도 하다.

21) 박지원, 『열하일기』, 8월 5일(『연행록전집』 54권, 109면), "秋八月, 初五日, 辛亥, 晴, 從謝恩兼進賀正使, 自燕京發熱河之行, 副使書狀官譯官三員, 裨將四員, 并從人共計七十四人, 馬共計五十五匹, 餘皆落留西館."

22) 노이점, 『수사록』, 8월 5일, "禮部連爲催促, 使行飯后卽發. 陪行至德勝門內祗送, 歸路入地安門, 卽紫禁城西門也."

출발 때의 상황을 우선 살펴보기로 한다. 이 부분에서 책문과 요동평야에서 보여주었던 박지원의 내적인 감정이 다시 한 번 표출된다.

이날 새벽이 되자, 박지원은 장복이를 북경에 남겨두고 창대만 데리고 열하로 떠난다. 이때 박지원은 창대와 장복이가 이별을 앞두고 눈물을 흘리며 슬퍼하는 장면을 보게 된다. 다음에 제시하는 글은 창대와 장복이의 눈물을 보고 감동받아 자신의 생각을 풀어낸 것이다.

> 3~4리를 가 동직문(東直門)을 나서니 박래원이 왔다가 묵묵히 이별하고 갔다. 장복은 등자를 잡고 목 메이게 슬퍼하더니 차마 놓지 못하였다. 내가 이별인사하고 돌아가라고 타이르니, 다시 창대와 손을 잡고 두 사람이 서로 슬피 우니 눈물이 비 오듯 하였다. 만 리길 동무가 되어 한 명은 남고 한 명은 떠나니 인정상 그러할 것이다. 이 때문에 말 위에서 인간 세상에게 최고로 슬픈 때를 생각하여 보니 이별보다 괴로운 것이 없고, 이별 중에는 생이별보다 슬픈 것이 없다. 저 한 번 살고 한 번 죽는 사이에 이별하는 것은 괴롭다고 말할 것도 없다.[23]

박지원은 장복이와 창대가 이별을 슬퍼하면서 우는 것을 보고 감동한 나머지 인간의 감정에 이별보다 더 큰 괴로움이 없다고 말한다. 그런데 여러 이별 중에서도 생이별이 가장 힘들다는 다소 파격

---

23) 박지원, 『열하일기』, 8월 5일(『연행록전집』 54권, 116~117면), "行三四里, 出東直門, 來源追至黯然辭別而去, 張福執鐙悲咽不忍捨, 吾喻令辭還, 則又執昌大手, 兩相悲泣, 淚如雨下. 萬里作伴, 一地一留, 情所固然, 因於馬上, 念人間最苦之事, 莫苦於別離, 別離之苦, 莫苦於生別離, 彼訣別於一生一死之際者, 無足言苦."

적인 말도 한다. 어떻게 죽어서 영영 이별하는 슬픔이 생이별보다 못할 수 있는가? 이는 슬픔을 강조하기 위해 생이별이 사별보다 슬프다고 역설적으로 표현한 것이다. 그들의 꾸밈없는 감정은 인위적으로 얻어지는 것이 아니라 마치 동심과 같은 것이기도 하다.[24] 박지원은 장복이와 창대의 울음을 계기로 이별에 관한 장편의 논리를 소현세자가 신하들과 생이별하던 장면까지 상상하면서 펼쳤다.

그런데 생이별에 대하여 굴원이 남긴 명구가 있다.

> 슬픔은 생이별보다 슬픈 게 없고, 즐거움은 서로 새로이 알 때보다 더한 것이 없다.[25]

이는 중국 사람들 사이에 회자되었던 말이다. 이 말을 박지원의 논리에 대입하여 보면 자못 시적인 언어가 산문화되었다는 생각이 든다. 생이별은 처자와의 생이별을 말하고 서로 새로이 아는 것은 남녀가 사귈 때를 말한다. 굴원은 남자와 여자가 서로 만나는 즐거움이 있은 후에 서로 이별이 있을까 걱정한 것이다. 굴원이 말하는 생이별은 이처럼 처자를 대상으로 한정하고 있다고 할 수 있다. 그러나 박지원이 말한 생이별은 그 범위에 있어 굴원과 다르다.

> 지금 장복은 부자와 같이 친하지 않고, 임금과 같이 의리가 있는 것도 아니요, 남자와 여자같이 정이 있는 것도 아니요, 붕우와 같이

24) 동심에 관하여서는 김혈조, 『박지원의 산문문학』의 「박지원의 사유양식」 편 참조, 성균관대학교 대동문화연구원, 2002.

25) 『九歌 小司命』. "悲莫悲兮生別離, 樂莫樂兮新相知."

교분이 있는 것도 아닌데, 그와 생이별하는 고통이 이와 같으니, 오직 강과 바다, 강가의 다리만이 이별의 장소가 되는 것이 아니라 외국의 타향에서도 이별의 장소가 아님이 없다.[26)]

박지원과 굴원이 생이별을 가장 슬프다고 말한 점은 유사하다. 하지만 박지원이 말한 생이별은 부모와 자식, 군신, 남녀, 붕우에까지 해당하는 것으로, 굴원이 말한 남녀 간의 생이별보다 범위가 자못 넓다. 그러나 이런 순간에도 노이점은 사신과 헤어질 때 별다른 감회를 기록으로 남기지 않았다.

박지원은 북경에 다녀오고 나서 그 구체적인 경험과 생각은 「막북행정록」과 「태학유관록」, 「환연도중록」, 「찰십륜포」에 잘 나타나 있다. 노이점은 열하에 다녀오지는 못했지만 열하에 다녀온 사신들의 이야기를 듣고 기록하였다. 노이점의 기록은 주로 반선 6세에 대한 기록에 치우쳐 있다. 그 구체적인 전말을 살펴보고자 한다.

(3) 반선 6세와의 만남

이 부분은 『열하일기』의 기록이 『수사록』보다 더 소상할 수밖에 없다. 노이점은 열하에 따라가지 못하였고, 역관을 비롯한 여러 사람들에게 들은 것을 기록하였기 때문이다. 하지만 서로 비교하여 봄으로써 『열하일기』에서 언급된 내용들을 객관적인 입장에서 살펴보

---

26) 박지원, 『열하일기』, 8월 5일(『연행록전집』 54권, 121면), "今張福, 親非父子, 義非主臣, 情非男婦, 交非朋友, 而其生離之苦如此則, 亦非獨江海河梁爲之地也, 異國異鄉, 無非別地."

고, 의견 차이를 보이는 부분을 통하여 노이점과 박지원의 가치관의 차이도 살펴볼 수 있을 것이다.

열하에서 청나라 황제는 조선 사신에게 티베트 라마교의 교주(敎主)로 당시 열하의 찰십륜포(札什倫布)에 와 있던 반선 6세를 만나라고 명령을 내렸다. 이 명령은 조선 사신에게 심각한 고민거리가 되었다. 조선에서는 불교를 금하고 있을 뿐만 아니라, 사신으로 가서 사사로이 외교활동을 하는 것은 기휘(忌諱)에 걸리는 일이기 때문이다. 이에 대한 박지원의 기술을 보기로 한다.

> 군기대신이 황제의 뜻을 받들어 전하여 말한다. "서번(西番)의 성승(聖僧)을 가서 뵙고자 하는가?" 사신이 대답하여 말한다. "황제께서 소방(小邦)을 사랑하시기를 내복(內服)과 같이 하시니 중국인사와 왕복을 하는 것은 혐의스럽지 않겠지만, 외국 사람을 함부로 통하지 않는 것이 원래부터 조선의 법입니다."[27]

> 조금 있다가 군기가 날 듯이 말을 타고 와서 입으로 황제의 말을 전한다. "조선과 중국은 한 몸과 같으니 곧 가서 보아라." 사신들이 상의하였다. 어떤 사람이 말했다. "가서 본다면 필경 어려움을 겪을 것입니다." 다른 사람이 말했다. "예부에 글을 올려서 조리를 근거하여 따져봅시다."[28]

---

27) 『연행록전집』 제54권, 「태학유관록」 180면, "軍機大臣, 奉皇旨來傳曰: '西番聖僧, 欲往見乎?' 使臣對曰: '皇上字小, 視同內服, 中國人士不嫌往復, 而至於他國人不敢相通, 自是小邦之法也.'"

28) 『연행록전집』 제54권, 「태학유관록」 180면, "俄有軍機又飛鞚而來, 口宣皇旨曰: '是與中朝人一身卽可往見.' 使臣相議, 或曰: '往見終涉重難.' 或曰: '呈文禮部, 據理爭之.'"

박지원의 글을 보면, 사신의 일행은 조선의 국법을 근거로 하여 반선과 만남을 부담스러워하였다. 그래서 청나라 조정에 글을 올려 자문(諮問)을 구하자는 의견까지 나오게 된다.

조선 사신의 이러한 태도를 두고 황제는 말하기를, "조선국이 예의는 알지만 신하들은 예를 모른다."[29)]라고 하였다. 청나라 사람 박보수(朴寶樹)는 예부에 갔다가 이 말을 듣고 조선 사신에게 전하면서 장차 자신들에게도 화가 미칠 것이 두려워 다른 통관들과 함께 울고 있었다.

이때 박지원은 만일 조선 사신이 황제의 명령을 거부하고 반선을 만나지 않는다면 조선 사신 모두가 남방으로 유배될지 모른다고 상상하기에 이르렀다. 이런 우여곡절을 겪고 난 후, 조선 사신은 피치 못해 찰십륜포에서 반선을 만나게 되었다.

열하에서 청나라 관원과 조선 사신이 가장 극적으로 대립한 것은 반선을 만날 때였다. 갈등의 근원적인 원인은 조선 사신들이 유교 원리에 입각하여 배불숭유(排佛崇儒)하는 생각을 가지고 있었기 때문이었다. 사건의 발단은 우연하게 시작되었지만, 일이 진행되면서 복잡하게 되어버렸다.

『수사록』에는 이런 자세한 상황에 대해서는 언급이 없고 다만 조선 사신이 반선을 만난 사실만 기록하고 있다.

> 건륭은 우리 사신한테 반선 6세를 만나보라고 하였다. 조선 사신은 사양하다가 할 수 없이 가서 만나 보았다.[30)]

---

29) 『연행록전집』 제54권, 「태학유관록」 183, "皇上謂, 該國知禮, 而陪臣不知禮."

건륭의 강요에 의해 조선 사신이 어쩔 수 없어 반선 6세를 만났다는 것을 알 수 있다. 이 점에서 박지원과 노이점의 언급은 유사하다. 『열하일기』를 통해 처음에 조선 사신이 반선 6세를 만나지 않으려고 완강하게 버티자, 청나라 관원들이 총동원되어 어떻게든 사신들을 반선 6세에게 보내려고 하였다.

> 군기대신이 처음에 말한다. "황제도 고두하고, 황육자(皇六子)도 고두하고, 화석액부(和碩額駙)도 고두했으니 이번 조선 사신도 고두해야 한다." 사신은 아침에 벌써 예부와 논쟁하여 말했다. "고두하는 예의는 천자의 조정에서 행하는 예인데, 지금 어떻게 천자에게 경의로 표하는 예를 번승(番僧)에게 할 수 있겠습니까?" 다투기를 그치지 않자 예부에서 말했다. "황제가 스승의 예의로 대접하는데 조선 사신은 황제의 명령을 받들고 있으므로 예의는 응당 이와 같이 해야 한다." 사신이 떠나지 않으려 하면서 버티고 서서 힘써 다투고 있으니 상서(尙書) 덕보(德保)가 성이 나서 모자를 벗어 땅에 던지고는 방에 벌렁 누우면서 큰 소리로 말한다.
>
> "빨리 빨리 가!"
>
> 손을 저어서 사신을 나가게 한다. 지금 군기가 무슨 말을 하는데, 사신은 못들은 척한다. 제독이 사신을 인도하여 반선 앞에 간다.[31]

30) 노이점, 『수사록』, 8월 20일, "乾隆使我使臣往見班禪六世, 辭不得已, 而往見之."

31) 박지원, 『열하일기』, 「찰십륜포」(『연행록전집』 54권, 607~608면), "軍機大臣初言: '皇上也叩頭, 皇六子也叩頭, 和碩額駙也叩頭, 今使臣當行拜叩.' 使臣朝旣爭之禮部曰: '拜叩之禮行之天子之庭, 今奈何以敬天子之禮施之番僧乎?' 爭言不已. 禮部曰: '皇上遇之以師禮, 使臣奉皇詔, 禮宜如之.' 使臣不肯去, 堅立爭甚力. 尙書德保怒, 脫帽擲地, 投身仰臥炕上, 高聲曰: '亟去亟去!' 手麾使臣出. 今軍機有言, 而使臣若不聞也. 提督引使臣至班禪六世前."

반선을 만날 때 해야 하는 고두 문제로 조선 사신과 군기대신이 다투는 장면이다. 그러나 조선 사신들은 서역(西域)에서 온 승려인 번승(番僧)에게 고두할 수 없다고 주장하자 예부상서 덕보는 화가 나 모자를 집어던지고 방에 벌렁 누우면서 큰소리치고, 군기(軍機)도 한마디 거들었다. 상황이 이렇게 되자, 남아 있던 제독이 사신을 억지로 안내하여 반선 6세가 있는 찰십륜포로 간다. 갈등은 조선 사신이 반선 6세를 만나면서도 해결되지 않는다.

그런데 박지원은 조선 사신이 반선을 만나기 전에 청나라 관원과 다투고 있는 장면을 직접 목격하지는 못하였을 것이다. 왜냐하면 그는 아침에 사신을 따라 입궁하였다가, 혼자 돌아와 숙소에서 쉬고 있을 즈음에 사신일행이 반선 6세를 만나러 간다는 이야기를 갑자기 전해들었기 때문이다.

반선 6세의 생김새에 대하여 노이점은 열하에 다녀온 사람들로부터 들은 것을 『수사록』에도 자세하게 기록하였다. 이 두 부분을 비교하는 것은 박지원의 묘사를 다시 한 번 확인한다는 의미가 있다.

> "반선 6세의 얼굴은 매우 큰데 눈동자가 맑지 못하고 어둡고 아프게 보였다고 한다. 누런 승려의 두건을 두르고 있었는데, 모양이 전립모자 같으면서 매우 높았고, 승려의 누런 옷을 입고 있었는데, 모양이 긴치마 같았다고 한다. 어깨 한쪽을 드러내고 걸터앉은 모습이 부처 같았다.……"라고 말하는 것을 들었다.[32]

32) 노이점, 『수사록』, 8월 20일, "班禪面貌甚大, 眼睛不明, 見甚陰慘, 着黃僧巾, 樣如氈笠帽子而極高, 衣黃僧衣, 而狀似長裳, 袒一臂, 而踞坐於榻上, 如眞佛樣. …… 云."

노이점은 반선 6세를 만나본 사람들로부터 전해들은 이야기를 그대로 기술하였는데, 그 중에서 반선을 신성시하는 사람들의 말도 그대로 적어 놓고 있기도 하다.

결국 우여곡절 끝에 반선을 만나게 된다. 다음은 박지원이 반선을 묘사한 내용이다.

> 반선 6세는 가부좌를 하고 남쪽을 향하여 앉아 있었다. 모자는 황색 방로(氆氇)인데, 갈기가 있고 신발모양으로 높이가 2척 남짓하다. 금으로 짠 선의(禪衣)를 입고 있었는데 소매도 없이 소맷자락으로 왼쪽 어깨를 걸치고 온 몸을 싸고 있었다. 옷자락 오른쪽 겨드랑이 아래 오른팔은 노출된 채로 내놓고 있었는데 길이가 어른의 넓적다리만큼 컸으며 금색이었다. 얼굴은 짙은 황색이었는데 둘레가 6~7뼘이나 되고 수염의 흔적은 없었는데 잘생긴 코가 달려 있었다. 눈썹은 몇 촌(寸) 정도 되었는데 눈알은 희고 동자는 흐릿한데다 깊고 음침하였다.[33]

박지원은 반선 6세가 소매 없는 금색 선의(禪衣)로 왼쪽 어깨부터 온몸을 감싸고 있으며, 오른쪽 겨드랑이 아래 오른팔은 금빛 색깔에 노출된 채로 내놓고 있는데, 그 길이와 크기가 오른쪽 넓적다리만하다고 하였다. 동시에 얼굴은 깊은 황색인데, 눈동자는 희고 흐릿한데다 깊고 음침하였다고 묘사하고 있다.

그런데 『수사록』에는 사신의 일행이 반선을 만날 때 가장 긴장을

---

33) 박지원, 『열하일기』, 「찰십륜포(札什倫布)」(『연행록전집』 54권, 606면), "班禪趺跌南向坐, 冠黃色氆氇, 有鬣, 狀似靴, 高二尺餘. 披織金禪衣, 無袖, 袪掛左肩, 圍裹全軀. 衽右腋下露垂 右臂, 長大如腿股而金色. 面色深黃, 圓幾六七圍, 無髭鬚痕, 懸膽鼻, 眼眉數寸, 睛白, 瞳子重暈, 陰沉窅冥."

보여주는 부분에 대한 기록이 없다. 『열하일기』을 통하여 그 부분을 살펴보고자 한다.

박지원은 조선 사신이 찰십륜포에서 반선을 만난 후 수건을 바치는 예를 생동감 있게 소개하여 조선 사신이 예부상서 그리고 군기대신 사이에서 서로 깊은 갈등을 겪고 있다는 것을 한층 더 깊이 있게 묘사하고 있다.

> 군기대신이 두 손으로 수건을 받들고 곧바로 사신에게 준다. 사신이 수건을 받고, 머리를 세워 반선 6세에게 준다. 반선 6세는 앉아서 수건을 받으면서 조금도 몸을 움직이지 않고 수건을 무릎 앞에 놓는다. 수건이 평상 아래로 늘어진다. 이와 같이 차례로 수건을 도두 받고서 다시 군기에게 수건을 준다. 군기가 수건을 받고 다시 오른쪽에 서서 대기한다. 사신이 머물던 곳에서 막 돌아 나오려고 하는데 군기대신이 오림포에게 눈짓하여 사신을 멈추게 한다. 아마도 예를 올리게 할 모양인데, 사신은 알지 못하고 뒷걸음질하여 물러나 검은 수를 놓은 요에 앉으니 순차가 몽고 왕 다음이다. 앉을 때 조금 몸을 숙이고 옷소매를 들고 앉는다. 군기대신이 당황하였으나 사신은 이미 앉아 버렸으니 어쩔 수 없어 못 본 척하였다. 제독이 수건을 나누어 줄 때 얻은 한 척이 넘는 나머지 수건으로 반선 6세에게 바치면서 더욱 공손하게 하였는데, 오림포(烏林哺) 이하의 사람들도 또한 공손하게 하였다.[34]

---

34) 박지원, 『열하일기』, 「찰십륜포」(『연행록전집』 54권, 608~609면), "軍機雙手擎帕, 立授使臣. 使臣受帕, 仰首授班禪六世. 班禪六世坐受帕, 略不動身, 置帕膝前. 帕垂榻下. 以次盡受帕, 則還授帕軍機, 軍機奉帕立侍于右, 使臣方以次還出, 軍機目烏林哺止使臣, 蓋使其爲禮, 而使臣未曉也, 因逡巡郤步, 退坐黑緞綉綑, 次蒙古王下. 坐時微俯躬擧袂仍坐, 軍機色皇遽, 而使臣業已坐, 則亦無如之何, 若不見也.

당시 조선 사신은 청나라 황제에게 고두하는 것조차 수치로 여기고 있었는데, 번승(番僧)에게 고두하는 것은 도저히 받아들일 수 없었다. 더구나 국가에서 억불숭유정책을 표방하고 있는 마당에, 사신으로서 임의로 국가의 체면이 손상되는 일을 할 수는 없었던 것이다. 그러나 황제는 이러한 것을 알면서도 반선 6세를 예우하기 위하여 조선 사신에게 반선 6세를 만나 고두를 하게 한다.

그 긴장감은 구체적으로 조선 사신과 청나라 관원이 반선 6세에게 수건을 바치는 함달(哈達)이라는 예를 올릴 때 극적으로 표출되었다. 수건을 올릴 때 조선 사신은 반선 6세에게 고두해야 했다. 그런데 정사가 고개를 든 채 수건을 반선 6세에게 바치자, 반선 6세도 심기가 거북한 듯이 조금도 움직이지 않고 수건을 받는다. 반선 6세는 정사에게 받은 수건을 평상에 두었다. 이때 박지원은 그 수건을 유심히 바라보고 있었다. 그 수건이 가지런히 놓인 게 아니라 평상에 축 처져 있었다. 이는 수건을 통하여 반선 6세와 조선 사신의 관계가 늘어진 수건처럼 정성이 없었다는 것을 암시한다. 또한 사신이 돌아와 자리에 앉았을 때 군기대신은 오림포(烏林哺)를 통하여 조선 사신이 반선 6세에게 고두할 것을 종용하였으나 사신은 그냥 돌아와 자리에 앉으면서 간단한 예만 취하였다. 사신이 반선 6세에게 수건을 바칠 때 예를 취하지 않은 것은 의도적이었다는 것을 알 수 있다. 사신은 그냥 자리에 돌아와 앉자, 그동안 고두문제로 다투었던 일이 일단 마무리된다.

이후 반선 6세는 조선 사신에게 열하에 온 이유를 묻는다. 노이점

提督得分帕時，所餘帕尺餘，進帕叩頭惟恭，烏林哺以下皆頭恭順."

도 이 부분에 대해 구체적으로 언급하고 있다.

> 반선 6세가 무엇 때문에 열하에 왔는지를 묻는다. 사신이 대답해 주었다. 반선 6세가 웃으면서 말하기를, "영원히 공손하면 저절로 복을 얻을 것이다."라고 하였다.[35)]

『열하일기』에도 이 부분에 대한 언급이 있다. 또한 그 이후의 과정도 묘사하고 있다.

> 차를 여러 번 돌린 후 반선 6세가 소리를 내어 사신이 온 이유를 물었다. 말소리가 전각에 울리는 것이 마치 옹기 안과 같았다. 미소를 지으며 내려다보면서 좌우를 살피는데, 눈썹 사이를 찌푸리고 눈동자가 반쯤 튀어나왔다. 눈썹 아래에서 가늘게 뜨고 깊이 굴리는 것이 시력이 나쁜 사람 같았다. 눈동자 밑의 흰자가 더욱 흰 것이 흐릿하게 보여 더욱 맑은 빛이 없는 것 같았다. 라마승이 말을 받아 몽고 왕에게 전하고, 몽고 왕은 군기대신에게 전하고, 군기대신은 오림포에게 전하고, 오림포가 우리 역관에게 전하니 모두 다섯 번 거치는 것이다.[36)]

이때 사신 일행이 최고조로 불편을 느낀 것은 상판사 조달동이

---

35) 노이점, 『수사록』, 8월 20일, "班禪問何爲以入來, 使臣對以故, 班禪六世笑曰: '永遠恭順, 自然獲福.'"

36) 박지원, 『열하일기』, 「찰십륜포」(『연행록전집』 54권, 609면), "茶行數巡, 班禪發聲問使來由, 語響殿宇如呼甕中, 微笑頫首, 左右周視, 眉間皺蹙, 瞳子半湧, 睫裏細開深流, 類視短者, 睛底益白而曖靆益無精光. 喇嘛受語傳蒙古王, 蒙古王傳軍機, 軍機傳烏林哺以傳我譯 蓋重五譯也."

반선 6세를 향하여 팔뚝을 걷고 반선 6세를 향하여 욕을 하려고 할 때였다.

> 상판서 조달동이 팔을 걷고 일어나 말한다. "만고의 흉악한 사람이군. 좋게 끝날 이치가 없어." 내가 그에게 눈짓하였다.[37]

역관 조달동은 상사가 고두를 외면하기 위하여 애쓰는 모습을 애타게 보고 있었다. 게다가 사신이 고두를 하지 않으려고 하니, 젊은 군기가 오림포를 통해 조선 사신에게 고두시키려고 하였다. 조달동은 바로 그들의 행동을 알아차리고 나서 도저히 참지 못하고 본능적으로 팔뚝을 걷어붙이고 대응하는 상황에 이른 것이다.

이 사건은 비록 박지원이 눈짓으로 조달동을 제지하여 무마되었지만, 사신 일행을 위험하게 만들 수 있는 일 중의 하나였다. 다행히 조달동이 이러한 행동을 한 곳은 반선 6세와 몽고왕, 그리고 정사가 있는 장소가 아니었다. 그곳에서 떨어진 곳으로 조선의 사신일행이 서 있었던 곳이었기 때문에 사건은 더 이상 확대되지 않고 무마된 듯하다.

반선 6세에게 수건을 올리는 절차와 고두의 문제를 무사히 넘기자, 또 다른 문제가 조선 사신을 기다리고 있었다.

> 『수사록』: 황제의 명령에 의해 사신에게 방로(氆氌)와 장향(藏香), 전자(氈子) 같은 물건과 그리고 각자 한 개의 동불(童佛) 같은 물건을

---

37) 박지원, 『열하일기』, 「찰십륜포」(『연행록전집』 54권, 609면), "上判事趙達東起扼腕曰: '萬古兇人也, 必無善終理.' 余目之."

주었다고 한다.[38)]

『열하일기』: 라마승 수십 명이 홍색, 녹색 같은 여러 가지 방로와 성성모, 장향, 작은 금불상을 메고 와서 등급대로 나누어준다. 군기 대신이 받들고 있던 수건으로 부처를 쌌다. 사신은 차례로 일어서서 나온다.[39)]

반선에게 받을 물건의 품목에 대해서는 별다른 차이가 없지만, 박지원은 이 물품을 준 사람이 라마승이라고 언급하고 있고, 노이점은 황제의 명령으로 가져온 것이라고 기술하고 있다. 사신의 일행이 열하의 찰십륜포에서 나오고 나서 반선에게 받은 물품을 두고 고민에 빠진 적이 있었다.

『열하일기』: 군기대신은 반선 6세가 하사한, 여러 가지 물품을 적어 황제에게 알리러 말을 타고 달려간다. 사신이 문을 나서서 오륙십 보정도 가다가, 깎아지른 듯한 기슭을 등지고 소나무 그늘이 진 모래사장에 둘러앉아 식사하면서 상의하였다. "우리가 번승을 본 예의가 자못 소홀히 한데다 오만했고, 예부의 지휘도 거슬렸어. 그는 천자의 스승인데 나쁜 일이나 생기지 않을까? 저들이 준 물건을 물리치자니 불손한 것 같고, 받자니 명목이 없으니 어떻게 하지?" 아까 일은 갑작스러워서 옳은 일인지 그른 일인지, 물건을 받아야 할지 말아야 할지 생각할 틈도 없었다. 무릇 황제의 명령과 관련된 일은

---

38) 노이점, 『수사록』, 8월 20일, "以乾隆命, 賜使臣氆氌臧香氈子等物, 又各付童佛一箇"

39) 박지원, 『열하일기』, 「찰십륜포」(『연행록전집』 54권, 609면), "喇嘛數十人, 擔紅綠諸色氆氌, 猩猩氈, 藏香, 小金像, 分賜有差. 軍機以所捧帕裹佛, 使臣以次起出."

유성이나 번개같이 갑작스러운 일이라, 우리 사신들은 나아가고 물러나며, 앉거나 서 있는 것을 저들의 지시에 의지하고 있으니 이미 흙으로 만든 소상(塑像)이요 나무로 깎은 목우(木偶) 같았다. 또한 여러 번 거듭해서 통역을 하기 때문에 서로의 통관(通官)도 자세하게 의사소통을 할 수 없으니, 넓은 들판에서 기이한 귀신을 갑자기 만난 듯이 어떻게 예측할 수가 없었다. 사신이 비록 교묘하고 익숙한 사령(辭令)이 있다한 들 장황하게 말할 수 없었고, 저들도 또한 자세하지 못했던 것은 형편이 그러했던 것이다.[40]

『수사록』: 사신이 사양하여 받지 않으려고 하였으나 예부가 여러 차례 공갈하여서 사태가 국가에 누가 되는 일이 생길 것 같기 때문에 할 수 없이 받았다.[41]

사신의 일행이 금불상 같은 것을 받아 왔지만 이에 대한 노이점과 박지원의 기록이 차이를 보이고 있다. 노이점은 예부에서 강요했기 때문이라고 밝히고 있다. 사신의 일행은 받아온 불상에 심리적 부담감을 가지고 책임을 회피하기 위하여 북경에 있던 사람들에게 청나라 예부 탓으로 돌린 것으로 보인다.

---

40) 박지원, 『열하일기』, 「찰십륜포」(『연행록전집』 54권, 609~610면), "軍機開錄所賜諸物奏帝, 馳馬去. 使臣出門, 行五六十步, 負斷麓蔭松樹沙上, 環坐且飯, 議言: '吾輩見番僧, 禮殊疏倨, 違禮部指導. 彼乃萬乘師也, 得無有生得失乎? 彼所給與物却之不恭, 受又無名, 將柰何?' 當時事旣倉卒, 辭受當否未暇計較, 而凡系皇帝詔旨彼所擧行爀火翕, 倏忽如飛星流電, 我使進退坐立只憑彼導, 已類土塑木偶, 且又重譯, 彼此通官反成聾啞, 如行曠野猝遻奇鬼, 莫測何狀. 使臣雖有玅辭嫺令, 無所張皇, 而彼亦所未能詳, 固其勢然也."

41) 노이점, 『수사록』, 8월 20일, "使臣辭而不受, 禮部累加恐喝, 事將生梗於國, 故不得已受之."

『열하일기』 : 정사가 말한다. “지금 머물고 있는 곳은 태학관이니 불상을 가지고 들어갈 수 없다. 지금 우리 역관들은 불상을 둘 곳을 찾도록 해라.”42)

『수사록』 : 역관에게 맡겼다고 한다.43)

조선 사신의 일행이 숙소인 태학관으로 들어갈 때 또다시 불상을 보관하는 문제로 고민하게 된다. 유교를 국교로 하고 있는 조선의 사신이 불상을 열하의 태학관으로 가져간다는 것은 스스로도 결코 용납할 수 없는 문제였다. 그렇다고 황제의 주선으로 만난 반선 6세에게서 받은 불상을 버릴 수도 없었다.

예부에서 조선 사신에게 공갈할 정도로 분위기가 험악했다는 것이 이채롭다. 『수사록』도 당시 조선 사신이 심리적 부담을 느끼고 있었다고 기록하고 있다. 그런데 『수사록』에 언급된 내용과 『열하일기』에 언급된 내용이 이 처럼 편차를 보이는 부분이 있다.

『열하일기』에 의하면 당시 조선 사신은 이 문제를 찰십륜포 정문 앞에 있는 소나무 밑에서부터 고민하고 있었다는 것을 알 수 있다. 그리고 이 문제는 군기대신을 통하여 황제에게 보고되었다.

영돌이 큰소리로 나를 불러 말한다. “사신이 얼굴색을 즐거워하지 않은 채 한참 동안 나와 앉아 있으면서 장단점을 수군거리니, 그들에게 괴상한 느낌을 준다는 것을 어찌 생각하지 않습니까?” 내가 돌아

---

42) 박지원, 『열하일기』, 「찰십륜포」(『연행록전집』 54권, 610면), “正使曰: ‘今所寓館, 太學也, 不可以佛像入, 今我譯覓厝佛之所.’”

43) 노이점, 『수사록』, 8월 20일, “付諸譯官云.”

> 보니 좀 전에 황제의 명령을 전해주던 소림이 내 뒤에 서 있었다. 이어서 소림이 군중을 헤치며 말을 타고 빨리 갔다. 또 군중 속에 있던 두 사람도 말을 타고 빨리 갔다. 그들을 살펴보니 모두 환관들이었다.[44)]

때마침 박지원은 소림과 환관이 말을 타고 어디론가 떠난 것을 목격한다. 박지원은 이들이 황제에게 갔다고 파악한 듯하다. 박지원은 반선 6세와 조선 사신, 환관과 소림, 군기대신의 움직임을 황제의 존재와 연관시키고 있다. 그리고 이들이 긴밀하게 움직이고 있는 것을 통하여 조선 사신과 그들 사이에 긴장감이 감돌고 있음을 감지하였다.

여기에서 시간을 따라 긴박하게 묘사하는 수법은 정적인 묘사에서 동적인 서술로 작품을 진행시킬 수 있었던 주요한 수단이었다.

> 소림이 정수리에 비취색 깃털을 단 사람과 다시 와서 말을 세우고 한참 있더니 갔다. 그들이 오고가는 것의 신속함이 나는 제비 같았다. 사신과 역관들은 그들이 와서 엿보는 것을 이제야 알았지만 받은 불상을 둘 곳을 정하지 못했으므로 돌아가지 못하고 모두 말없이 앉아 있었다.[45)]

---

44) 박지원, 『열하일기』, 「찰십륜포」(『연행록전집』 54권, 611면), “永突高聲呼余曰: ‘使臣色不榮樂, 久露坐, 囁唼議短長, 獨不念致怪彼人乎?’ 余顧視, 則前所傳詔素林立余背後. 素林因透衆出, 上馬疾馳去. 衆中二人, 又上馬疾馳去, 察視之, 皆小黃門也.”

45) 박지원, 『열하일기』, 「찰십륜포」(『연행록전집』 54권, 611면), “素林又與翠羽者來, 立馬頗久而去, 其往來迅疾, 勢如飛燕. 使臣及任譯輩方覺其來覘也, 所受金佛未及厝置, 故未得罷還, 皆黙然而坐.”

이때 사신이 받은 물품들 중에 불상을 제외한 폐백은 역관에게 주었고, 역관은 다시 은 90량에 팔아 마두배 들에게 나누어주려고 하였으나 마두배들조차 이것으로 술 한 잔 사먹을 수 없다고 받지 않았다.[46]

그런데 이같이 반선에게 받은 물품을 두고 급박하게 진행되던 고민은 황제에 의하여 풀어질 수 있었다. 조선 사신이 겪고 있었던 고민은 단순히 불상 때문만은 아니었을 것이다. 그것은 자신들이 지키고 있는 성리학적 세계관과 상호 대립되기 때문이다. 이때 황제는 조선 사신을 불러 자신도 반선을 존중하고 있다는 것을 보여주게 된다. 이 부분은 박지원이 북경을 기행하면서 의미 깊게 인식한 대목으로 이를 통해 긴장이 해결되었다. 박지원의 기록이다.

> 가마가 이르자 반선은 천천히 일어나더니 평상의 동쪽으로 걸어가서 기쁜 표정으로 웃고 서 있었다. 황제는 (반선과) 4~5칸 떨어진 곳에서 가마에서 내려 빠른 걸음으로 와 두 손으로 반선의 손을 잡고, 둘이 서로 안는 듯이 하더니 바라보면서 웃는다. 황제는 정수리 없이 붉은 실로 짠 모자를 쓰고, 검은 옷을 입고, 금으로 짠 두터운 요에 다리를 꼬고 앉았다. 반선은 금실로 된 갓을 쓰고 누런 옷을 입고, 가부좌를 하고 금실로 짠 두터운 요의 조금 동쪽에 앉았다. 1개의 탁자를 사이에 두고 두 개의 요 위에서 서로 무릎을 나란히 하였다. 자주 몸을 굽히면서 함께 말을 하였고, 말을 할 때는 기쁨을 머금고 웃음을 띠고 있었다.[47]

46) 김명호 앞의 책, 146쪽 ; 『연암집』 권13, 장 42b참고.

47) 박지원, 『열하일기』, 「찰십륜포」(『연행록전집』 54권, 612~613면), "乘輿至. 班禪六世徐起移走立榻上東偏, 笑容欣欣. 皇帝離四五間降輦, 疾趨至, 兩手執班禪六世

황제가 불교의 영수인 반선 6세를 대하는 모습을 본 사신은 반선의 존재에 대하여 다소 인식을 달리 할 수 있는 계기를 가진다.

노이점도 황제와 반선이 서로 대등하게 만났던 광경에 대하여 의아(疑訝)해 하고 있다.

> 건륭은 덕닐(德昵)과 나란하게 앉으면서 예절을 차리는 모습이 매우 정다웠는데 무슨 의도 때문인지 알 수 없다고 한다.[48]

시간의 경과에 따라 계속 발생하는 사건을 묘사하는 수법은 마침내 황제와 반선이 만나는 장면에서 절정을 이룬다.

황제와 반선이 대등하게 만날 때, 조선 사행들은 황제를 두려워하였지만 반선은 무시하고 있었고, 황제는 조선 사신에게 마음대로 명령을 내릴 수 있었지만 반선을 존경하였기 때문에 반선에게는 그렇게 하지 못했다. 또 반선의 위엄이 황제에게는 미치지만, 조선인에게는 미치지 못하였다. 이들의 존재가치가 서로 상대적이라는 박지원의 묘사는 나아가 조선과 청나라의 관계도 이러한 입장이 있음을 의미하고 있는 것이다.[49]

手, 兩相搖搦, 相視笑語. 皇帝冠無頂紅絲帽子, 衣黑衣,坐織金厚褥, 盤股坐. 班禪六世戴金笠, 衣黃衣, 坐織金厚褥, 跏趺, 稍東前坐, 一榻兩褥膝相聯也. 數數傾身相語, 語時必兩相帶笑含歡."

48) 노이점, 『수사록』, 8월 20일, "乾隆與德昵并席而坐, 禮貌甚摯, 未知其何意也!"

49) 여기에 대해 "박지원은 이러한 장면들을 일체의 논평 없이 그려 보이고 있으나, 그 점에서 오히려 그가 얼마나 깊은 충격을 받았는지 짐작할 수 있다. 천자의 절대적 권위가 먹혀들지 않는 별개의 세력권이 존재하며, 이에 대해서는 중국의 황제도 타협하며 회유하지 않을 수 없는 현실을 목격하게 된 것은, 그로 하여금 中華主義的 세계관에서 깨어나게 하는 하나의 계기가 되었을 것으로 보인다."라고 하였다.

덕닐은 반선액이덕니(班禪額爾德尼)를 말한다. 당시 조선은 불교를 배척하고 유교를 숭상하였을 뿐만 아니라, 중국을 상국으로 생각하면서 황제를 하늘같이 받들고 있었다. 열하에 다녀 온 사람들로부터 이런 이야기를 전해들은 노이점은 황제가 덕닐을 대등하게 만나고 있다는 것을 이상한 일이라고 의문을 갖는다. 박지원도 실제로 황제와 반선이 만나는 장면을 보고 난 후 상당히 충격에 가까운 인상을 받고 자신의 세계관에 변화를 보이는 계기가 되었다. 그와 관련된 감회로 보이는 일련의 내용들이 「상기」와 「호질」, 「심세편(審世編)」, 「행재잡록(行在雜錄)」 등에 산견(散見)된다. 나아가 황제가 반선을 특별하게 예우하는 의도는 다봉중건(多封衆建)과 같은 기미정책(羈縻政策)에 있음을 간파하였다.[50] 궁금증을 궁금증으로만 생각하는 노이점과 궁금증을 풀어보려는 과정에 천하대세의 전망을 점칠 수 있었던 박지원의 의식은 『수사록』과 『열하일기』의 중요한 차이로 나타나게 된다.

반선 6세를 만난 날짜도 『열하일기』와 『조선왕조실록』이 차이를 보이고 있다. 그리고 반선 6세 액이덕니(額爾德尼)를 만나는 과정은 『열하일기』의 「찰십륜포」에서 자세히 묘사했고, 반선액이덕니를 만나기까지의 과정은 「태학유관록(太學留館錄)」 10일 기록에 자세하게 나타나 있다. 하지만 『조선왕조실록』에는 14일 황제의 후원 포(砲)가 있는 곳을 다녀왔다고 되어 있다. 『열하일기』에는 박지원은 이

김명호, 전게서 89면 참조.

50) 문화적인 기미정책에 대하여 임형택 교수는 '청나라의 취진국(聚珍局)의 활동을 박지원이 문화주의적 기미정책(羈縻政策)을 날카롭게 간파하여 비판하였다.'라고 하였다. (임형택, 『실사구시의 한국학』, 창작과비평사, 2001, 152면.)

날 이러한 사실은 없고 아침에 사신이 궁궐에 갔다가 대성전에 다녀왔음을 밝히고 있다.

이후 조선 사신은 받은 불상을 조선으로 가져온다. 하지만 이 불상 때문에 성균관 유생들이 상소문을 올리고 항의하게 된다. 다음은 『조선왕조실록』에 있는 내용이다.

> 성균관의 유생(儒生)들이 권당(捲堂)하면서 글로 소회를 밝혔다. "이번 사신이 돌아오면서 금불(金佛)을 받아 온 일이 있습니다. 우리나라는 본래 유교를 숭상하는 것을 중요하게 여기는데 청나라에게 공경하고 중하게 여긴다고 하여 이번에 독단으로 응답하여 사악하고 더러운 물건을 휴대하고 돌아온 것은 비단 국가에 부끄러운 일일 뿐만 아니라 후세 천하 사람들에게 웃음거리가 될 것입니다. 신들은 성인을 존중하는 자리에 있으면서 부처를 받드는 일을 목격하고 마음으로 몹시 놀라 의리상 입을 다물고 있을 수 없습니다. 일전에 배척하자는 논의를 제기하였으나 나중에 의견이 엇갈린 바람에 시일이 덧없이 지나 상소를 올린 기회가 없었습니다. 그러다가 이내 각자가 인책하여 모두 스스로 처신하였기 때문에 염치에 관계되어 감히 무릅쓰고 식당에 들어갈 수 없습니다."
>
> 대사성에게 이를 말하니 대사성이 들어가도록 권유할 것을 명하였다.[51]

51) 『朝鮮王朝實錄』, 1780년 11월 8일 "太學儒生等, 捲堂, 書進所懷曰 今番回使臣, 有金佛受來之事, 我國本以崇儒重道, 中華所敬重, 而今此專對之行, 帶來邪穢之物, 非但貽羞我國家, 亦將爲天下後世之所笑, 臣等跡忝尊聖之地, 目見奉佛之事, 心切驚駭, 義難泯默, 日前發疏斥之論, 而末乃岐貳, 荏再時日, 無封章之期, 遂致各自引義 俱爲自處 故廉隅所關, 不敢冒入食堂 大司成以啓, 命權入"

권당(捲堂)은 성균관 유생들이 나라의 잘못된 일에 대하여 상소를 하고 식당에서 식사하기를 거부하는 것이다. 그 상소가 받아들여지지 않을 때 유생들이 성균관을 비우고 물러나기도 한다. 11월 8일 유생들이 식당에 들어가기를 거부할 정도로 사신들이 가져온 금불은 유생들에게 큰 충격을 주었다. 그리고 11월 12일, 연행 때 부사이면서 호조 참판이었던 정원시는 유생들의 상소한 사실을 알고 과오를 인정하며 책임을 지려고 하자 정조가 면책(免責)해 준다.[52]

2. 『열하일기』와 대비해서 본 『수사록』의 특징

1) 인물에 대한 묘사

(1) 박지원

1780년 북경가는 길에는 노이점과 박지원이 함께 떠나면서 노이점은 박지원을 묘사하기도 하고, 박지원은 노이점을 묘사하기도 한다. 노이점은 박지원을 다음과 같이 언급하고 있다.

> 운주(雲州)를 지나 고북구(古北口)를 나가 사막 끝에 있는 성(城)을 찾아 4○리를 다녀오면서 진귀한 구경을 다하여도 피곤한 기색이 없었고, 채찍을 들어 말을 몰면서도 은연(隱然)히 검을 울리는 관중의 뜻이 있었으니, 어찌 장하지 아니한가?[53]

---

52) 김동석(2010), 대동한문학.

53) 노이점, 『수사록』, 「西館問答序」, "嘗欲一見中華, 今夏隨大行人入燕, 訪華表, 登北鎭廟, 東臨大瀛海, 歷山關、弔金臺而 遍遊皇京, 過雲州, 出古北口 窮沙漠之城

노이점은 박지원을 관중에 비교했다. 공자는 관중이 없었다면 산동을 비롯한 중화가 오랑캐가 되었을 것이라고 말한 적이 있다.[54] 관중은 동이족이 산동지역을 자주 출몰하던 시기 제나라 환공(桓公)을 도와 이 지역을 평정했고, 제 환공을 제후의 맹주가 되게 하였다. 제환공은 관중의 도움으로 춘추시대가 시작할 무렵 처음으로 패권을 잡은 제후가 된다. 노이점은 북경 기행 당시 박지원에게 세상을 호령할 기상이 느껴져 이렇게 묘사한 것으로 보인다.

북경에서 당시 박지원과 노이점에 대한 인상은 청나라 문인 박명(博明)에 의하여 묘사된 적이 있다. 북경에서 박지원과 노이점이 박명과 함께 필담을 나눌 때 박명의 처조카인 황씨(黃氏)가 나중에 들어왔다. 이때 박명은 박지원과 노이점을 황씨에게 이렇게 소개하고 있다.

> "박공(朴公)은 고명(高明)하고, 노군(盧君)은 침잠(沈潛)한 사람이지요. 봄에 피는 꽃과 가을의 열매를 두 분이 각각 차지하고 있지요."[55]

61세인 노이점과 44세인 박지원의 나이를 염두에 두고 이렇게 말한 것으로 보인다.

당시 수많은 사람들이 함께 떠났지만 노이점과 박지원이 언급하고 있는 사람은 정사 주변의 사람과 하례(下隸)들에 그치고 있다. 특이한 것은 노이점에 비해 박지원은 이들 개별 인물의 특성을 잘 살

周遊四〇里 極其瓌觀而若無倦色 陽鞭〇馬 隱然有鳴劍夷吾之意 豈不壯哉?"

54) 『論語·憲問』, "微 管仲, 吾其被髮左衽矣."

55) 노이점, 『수사록』, 8월 22일, "朴公高明, 盧君沈潛, 春華秋實, 二君以之."

려서 묘사하고 있다. 이 때문에 이들은 개성이 넘치고 생동감이 있는 인물로 부각되었다. 여기에 노이점의 기록과 박지원의 기록을 합쳐본다면 당시 북경으로 떠난 사람들의 다양한 활약을 풍부하게 이해할 수 있다.

그런데 북경 기행 때 조선 사신 일행들은 행렬이 10여 리나 길게 이어져 북경으로 가는 도중이라도 함께 다니지 못하는 경우가 대부분이다. 여기에 노이점은 북경에서도 박지원과 함께 다닌 적이 드물다. 이 때문에 두 사람이 포착하여 기록한 인물의 행동은 조금씩 다르다.

(2) 주명신

노이점과 주부(主簿) 주명신(周命新)은 상방비장(上方裨將)의 신분으로 북경 기행을 떠난다. 이 때문에 노이점은 주주부(周主簿)를 가까이에서 접하고 자주 묘사한다. 주명신이 의주에서 압록강을 건너 북경으로 떠날 때의 모습을 박지원이 먼저 묘사하고 있다.

> 정사와 전배(前排)가 흔들거리며 성을 나간다.[기치(旗幟)와 곤봉(棍棒) 같은 것들은 앞에 배열하여 세웠기 때문에 전배라고 한다.] 내원(來源)과 주주부가 2줄로 간다. 내원은 나의 3종 동생이고, 주주부(周主簿)는 이름이 주명신(周命新)이다. 모두 상방비장이다.[56]

---

56) 박지원, 『열하일기』, 6월 24일(『연행록전집』 53권, 258~259면), "正使前排拂拂出城, (旗幟棍棒之屬, 排立於前, 故謂之前排) 來源與周主簿雙行矣. (來源, 余三從弟, 周主簿名命新, 俱上房裨將)"

압록강을 건너고 난 후 주주부가 잠을 잘 때 우스꽝스러운 모습을 보이자 노이점이 묘사하고 있다.

> "호랑이가 지금 여기를 지나갔나요. 호랑이가 여기를 지나갔나요?" 듣고 있던 사람들이 배를 잡고 크게 웃지 않는 사람이 없다.[57]

주주부는 막 잠들고 있다가 여러 사람들이 호랑이가 가까이 오는 것을 막기 위하여 함께 소리 지르는 납함(吶喊) 소리를 듣자 놀라 갑자기 일어나 말한 것을 노이점이 놓치지 않고 남긴 기록이다.

심양으로 가던 도중 물로 길이 막히게 되자 통원보(通遠堡)에서 5일을 머물 때 주명신은 정사의 명을 받고 상방비장 박래원과 함께 물이 불어난 정도를 확인하러 가기도 했다.[58]

노이점과 주주부가 함께 있는 모습이 박지원에 의해 묘사된 적도 있다. 심양에 도착하여 밤이 되자 박지원은 숙소를 벗어날 수 없는 규율을 어기고 몰래 빠져 나가다가 마주친 노이점과 주명신을 이렇게 묘사하고 있다.

> "박래원(朴來源)과 주주부(周主簿), 노참봉(盧參奉)이 밥을 먹고 정원에서 걷다가 배를 문지르며 트림을 하고 있었다. 이때 달그림자가 조금씩 생겨나고 소란한 것도 잠시 사그라진다. 주명신은 그림자를

---

57) 노이점, 『수사록』, 6월 26일, "同伴周主簿時方着睡, 聞吶喊聲而驚惧, 猶未快寤, 猝起而急語曰 : '虎今過此, 虎今過此.' 聞者莫不捧腹大噱. 雖云露宿, 而雨後蒸鬱, 且四五人同宿於一幕, 少無寒意耳."

58) 박지원, 『열하일기』, 7월 2일(『연행록전집』 53권, 317~318면), "正使命來源及周主簿 前往視水, 余亦隨行."

따라 걸어 돌면서 부사가 요양에서 지은 7언 율시를 암송하여 전하면서 다시 자기가 차운한 시도 암송한다. 나는 서둘러 당(堂)에 오르면서 노이점에게 말한다.

"형님이 몹시 심심해합니다."

노이점이 대답한다.

"사또께서 적막하실 것입니다."

바로 (사또가 있는) 방안으로 들어간다. 주명신이 얼굴에 근심스러운 빛을 보이면서 말한다.

"요즘에 와서 (사또가) 병이 들까 걱정입니다."

바로 방안으로 들어간다. 박래원도 따라 들어간다.[59]

심양에서 있었던 이 짧은 대화 속에서 노이점과 주명신, 박래원, 박지원 같은 사람들이 함께 정사의 주변에서 자주 어울리는 상대라는 것을 알 수 있다. 주명신이 식사를 마친 여름밤에 산보하면서 시를 생각하고 있는 것도 흥미롭다. 주명신은 시도 짓고 있지만 중국어도 어느 정도 구사한 것으로 보이는 기록이 보이고 있다.

일행들이 모두 근심하다가 답답해지자 모두 투전으로 시간을 보낸다. 융장(隆章)이 또다시 와서 중국어로 상대하려고 여러 번 말을 시도하였으나 주명신만 조금 중국어를 이해할 수 있고 다른 동반들 중에는 한 명도 이해하는 사람이 없다.[60]

---

59) 박지원, 『열하일기』, 「상루필담(商樓筆談)」(『연행록전집』 53권, 389면), "來源、周主簿、盧參奉, 飯後步庭, 捫腹噎噫, 時月影漸生, 塵喧暫息. 周隨影步市, 誦傳副使遼陽所題七律, 又誦其所次, 余忙步上堂去, 出語盧君曰: '兄主太伀伀.' 盧君曰: '使道寂寞矣.' 卽向堂裏去, 周君憂形于色曰: '近來恐生病患.' 卽向堂裏去, 來源亦隨而去."

박지원이 어울렸던 사람들 중에 주명신을 제외하고는 중국어를 이해하는 사람이 없다는 것도 알 수 있다.

『열하일기』를 보면 종종 박지원이 중국어를 구사하는 장면이 나오고 있다. 노이점의 기록을 통하여 유추하여 보면, 박지원이 그리 능통하게 중국어를 구사한 것은 아니라는 것을 짐작할 수 있다. 북경 기행을 하면서 현지에서 조금씩 익혔을 가능성도 있다.

『수사록』을 보면, 주명신은 정사의 명을 받아 형을 집행하기도 했다.

> 주명신은 말몰이꾼에게 죄가 있다고 사신의 명을 받고 잡아들여와 곤장을 친다. 주인집 동생이 크게 노하여 마구 소리치며 말한다.
>
> "여자가 가까이 있는데 어떻게 무례하게 굴 수 있습니까?"
>
> 아마도 그의 형수가 마침 서로 마주 보이는 곳에 있었기 때문인가 보다. 이곳 풍속은 정오 때 역참에서 유가하(劉家河)의 여자가 우리나라 사람과 함께 섞여 앉아 있던 것과 크게 다르다. 들어보니, 말몰이꾼이 혹시라도 그 문을 향하여 서있기라도 하면 큰 소리로 쫓아낸다고 한다.[61]

주주부는 주로 실무를 담당하고 있었기 때문에 노이점과 같은 상방비장이었지만 함께 다닌 경우는 드물었다. 북경에서 돌아올 때 주

---

60) 노이점, 『수사록』, 7월 2일. "同伴皆以投錢消日, 隆章亦來見, 多以漢語相打, 周主簿稍解漢語 他同伴無一解了者."

61) 노이점, 『수사록』, 6월 29일. "周主簿以驛隸之有罪, 奉使命捉入決棍, 則家主之弟大怒胡叫曰 :'女人在近, 何敢無禮耶?' 蓋謂其嫂適在相望之處也. 此俗則與午站劉家河女子之混坐於我人, 大異矣. 聞驛人或向其內門而立, 則大聲驅逐云矣. 此站雖在於萬疊亂山之中, 而開野頗濶, 人家甚稠, 聞驛丞在此, 即我國郵官之類耳."

주부가 먼저 조선으로 떠나게 된다.

> 오늘은 응당 출발해야 된다. 주주부는 선래(先來)이므로 떠나갔다. 여러 달 아침저녁으로 (나를) 주선해주었지만 '함께 올 수'[聯鑣] 없었다. 서글퍼짐을 감당할 수 없어서 12운(韻)의 배율(排律)을 지어 주었다.62)

선래는 외국에 갔던 사신이 돌아올 때에 사신의 일행보다 앞서서 돌아오는 사람을 말한다. 노이점이 주주부를 다시 만나게 된 것은 조선의 평산(平山) 땅이었다.

> 평산에 도착하여 주명신이 사신의 행차를 맞이하고 문안드리기 위하여 와있다. 언제나 말고삐를 나란히 하고 함께 가는 것이 한이었는데, 여기서 서로 만나게 되니 기쁨을 말로 할 수가 없다.63)

이처럼 주주부는 상방비장으로 『수사록』과 『열하일기』에 자주 언급되는 인물이다. 특히 노이점은 그에게 남다른 친근함을 느껴 많은 기록을 남겼다.

(3) 서자 취만

노이점은 서자 취만(就萬)과 자주 동행한다. 취만은 북경 기행 경

62) 노이점, 『수사록』, 9월 17일, "十七日晴 今日當發行, 而周主簿以先來出去, 積月朝夕, 周旋之餘, 未得聯鑣, 不勝冲悵, 以十二韻排律贈之."

63) 노이점, 『수사록』, 10월 25일. "至平山, 周主簿爲迎候使行來到, 常以未得并轡而歸爲恨, 又爲相逢於此, 喜不可言."

험이 풍부했던지 북경 기행 때 보고 들은 것을 노이점에게 들려준다.

> 서자(書者)인 취만(就萬)이 하는 말을 들어보니, 요동(遼東)의 서쪽 가장자리는 곧 해주위(海州衛)라고 한다. 옛날 당나라 태종이 고려를 원정할 때 해주위에서 왔다고 한 것은 정말 믿을 만하다.[64]

삼류하(三流河)를 지나 왕상령(王祥嶺)에 도착하였을 때에도 서자 취만이 이야기를 들려준다. 서자 취만이 말한다.

> "왕상의 묘는 이 고개에서 거리가 멀지 않습니다."
> 갈 길이 바빠서 우러러 보기만 하고 절을 하지는 못하지만 흠모하는 마음을 누를 수 없다.[65]

왕상령은 진나라 태부(太傅)인 왕상(王祥)[66]이 살던 곳이다. 왕상의 이야기는 오랜 세월 이곳을 다니던 조선 사신의 일행들에게 자주

---

64) 노이점, 『수사록』, 10월 9일, "聞書者就萬之言, 則遼東之西邊, 卽海州衛也. 昔唐太宗征高麗時, 自海州衛出來, 其果信然也, 夕至永壽寺. 止宿於舊主人楊潤家, 是日行六十日."

65) 노이점, 『수사록』, 7월 8일, "書者就萬云:'王子之墓, 距此嶺不遠.' 行忙未得瞻拜, 不任悵慕."

66) 왕상(王祥) : 왕상(王祥, 184~268)은 삼국 시대 위(魏)나라 말엽부터 서진(西晉) 초기까지 살았던 인물로 자는 휴징(休徵)이다. 일찍 어머니를 잃고 계모 슬하에서 자랐는데, 계모의 구박이 심했으나 지성으로 봉양하였다. 한번은 한겨울에 계모가 생선을 먹고 싶어 하여 왕상이 얼음을 깨고 물에 들어가려고 하자 얼음이 저절로 깨지면서 잉어 두 마리가 튀어나왔고, 또 계모가 참새 구이를 먹고싶어 하자 참새들이 그 집으로 날아들었다. 또 자두가 열렸는데 계모가 그것을 지키라고 하자 비바람이 칠 때마다 나무를 끌어안고 울었다. 『小學 善行』(고전번역원 각주 검색 참조)

회자되었던 이야기이다.

서기(書記)가 길을 안내하는 장면도 있다.

> 이른 아침에 출발하여 백탑보(白塔堡)로 향해 가다가 중간에서 길을 잃었다. 말몰이꾼과 군뢰(軍牢)들이 모두 우회하여 간다. 서기(書記)는 사신의 행차를 안내하며, 바른 길을 따라서 갔다고 스스로 말했지만 나중에 들어보니 이것도 우회해서 길을 간 것이다.[67]

조선 사신의 일행이 안내를 받을 수 있을 정도로 '서기'는 경험이 풍부했던 것으로 보인다.

(4) 정계명

심양에서 박지원은 정계명과 함께 다니지 않았다. 이때 정계명(鄭季明)은 노이점과 함께 있었다.

> 오후(午後)에 다시 정계명(鄭季明)과 함께 나가 궁궐(宮闕)에 가보니 그 모습이 매우 장엄하고 화려하며, 대궐문은 일주문(一柱門)인데 높이 솟았다.[68]

노이점은 만부에서는 6월 18일 정계명과 함께 투숙했다.

---

67) 노이점, 『수사록』, 7월 10일, "早朝發行, 向白塔鋪, 而中道失路, 馬頭牢子輩皆從迂路而去, 書者引使駕, 自謂從正路而行, 而追後聞之, 則此亦迂路矣."

68) 노이점, 『수사록』, 7월 11일. "午后復與鄭季明同出, 往見宮闕, 其制亦極壯麗, 闕門以一柱高跱,"

(5) 기타 인물

박지원은 노이점의 마두를 태휘(太輝)라고 말한 적은 있지만,[69] 노이점은 자신의 마두를 문상오(文尙五)라고 밝히고 있다.[70] 태휘와 문상오가 같은 인물인지 아니면 다른 사람인지 알 수 없다.

군뇌 나도망(羅道網)과 이야기를 주고받은 적도 있다. 나도망은 서자 취만과 함께 노이점에게 많은 북경 기행의 정보를 제공한다.

> 목장포(牧場浦)는 저들 말로 '무창(武昌)'이라고 부른다.
>
> ……
>
> 관청 하인에게 물었다.
>
> "이것은 어느 산의 나무인데 이렇게 좋은가?"
>
> 군뢰 나도망이 말한다.
>
> "이 재목은, 우리나라 강변 7읍에 접한 저들의 국경에서 물길로 운반하여 오는데, 모두 호부(戶部)와 관련되어 있습니다."[71]

---

69) 박지원, 『열하일기』, 7월 27일(『연행록전집』 54권, 39면), "太輝者, 盧參奉馬頭也, 初行, 爲人輕妄, 行過棗庄, 棗樹爲風雨所折倒垂墻外, 太輝摘啖其靑實, 腹痛, 暴泄不止, 方煩悶渴, 及聞薇毒殺人, 乃大聲呼慟曰, 伯夷熟菜殺人, 伯夷熟菜殺人, 叔齊與熟菜音相近, 一堂哄笑."

70) 노이점, 『수사록』, 6월 6일, "余於丙申冬, 隨節行過此, 而此邑人文尙五者, 非驛隷而以此境馬頭迎我於中和, 而隨去安州矣. 余以病落後, 呻痛於安州者, 凡五十餘日, 尙五朝夕不離側, 病少間, 丁酉正月望日, 發還京之行, 而尙五亦隨來於京寓. 其情可佳, 無日忘之. 今行欲以此定馬頭, 渠果來謁, 故果率去."

71) 노이점, 『수사록』, 7월 8일, "牧(場)浦彼則稱武昌, 蓋以華音而稱之耳. 其闉外路傍材木之堆積, 其高如陵, 其廣橫亙數里, 此是西來後第一壯觀也. 問于官隷曰 : '此是何山之木, 而若是其美歟?' 牢子羅道網云 : "此材出於我國江邊七邑屬彼之境, 而以水道運來, 係於戶部矣!"

노이점은 주부 조명위를 언급한 적도 있다.

> 주부 조명위(趙明渭)가 『규벽경서(奎壁經書)』을 사려고 하였지만, 서반(序班)이 단지 그 첫 권만 보여준다. 이미 보름이 다 되어 가는데 아직 전질(全帙)을 가지고 오지 않아 걱정이다.[72)]

『규벽경서(奎壁經書)』는 명나라 때 호광(胡廣)이 지은 경전이다. 『수사록』 6월 29일에는 어의 변주부(卞主簿)의 마두인 대종(岱宗)과 부사의 건량(乾糧) 마두인 광석(廣石)이 인척관계라는 것을 밝히고 있다. 이어서 광석이 현지에 양녀를 만나는 이야기도 소개하고 있다.[73)]

이상에서 살펴보면, 박지원과 노이점은 주로 정사와 자신들의 주변 인물을 『열하일기』와 『수사록』에서 언급하고 있다는 것을 알 수 있다. 하지만 『열하일기』에는 다양한 인물들의 일화가 소개되고 있는 반면 『수사록』에는 주명신과 서자 취만, 정계명에 집중되고 있다. 노이점은 상방의 비장으로서 자연 정사 주변에 있으면서 빈번하게 만나는 사람들을 언급한 것으로 보인다.

또 마두처럼 신분이 낮은 사람들의 일화도 『열하일기』에 자주 묘사되고 있지만, 『수사록』에는 자기와 관련이 있는 마두 문상오 같은 사람만 간단하게 기록하고 있다.

---

72) 노이점, 『수사록』, 9월 14일, "十四日 晴, 作五十絕, 而草草無足言矣, 因趙主簿明渭, 欲買奎壁經書, 而序班只示其初卷者, 已至一望, 而尙不持全帙而來, 可菀!"

73) 노이점, 『수사록』, 6월 29일, "秣馬河上店黃姓人家, 有小娥年纔十五六, 與我行隷人輩甚昵, 見御醫卞主簿馬頭岱宗, 而歡迎款待, 心以爲怪, 追聞此是未嫁之女, 而卽副房乾糧馬頭廣石之養女也, 岱宗與廣石有戚誼故也, 蓋我國馬頭及商賈輩年年來往於北京, 故有養子養女者多矣."

북경에 오면서 박지원과 노이점은 함께 다닌 적이 많지 않았지만 북경에서는 종종 함께 다녔다. 이들이 서로 다른 공간에 있다 보니 『수사록』에 나타난 인물 묘사는 『열하일기』와 서로 보완이 되기 때문에 그 미적 가치의 대상이 된다고 할 수 있다.

2) 동일공간에서의 묘사

노이점과 박지원은 북경으로 가는 긴 행렬 속에 항상 함께 다니지는 못했지만 우연하게 같은 공간에 있은 적이 있다. 그리고 북경에서는 자주 어울릴 수 있었다. 이 점을 주목하여 노이점과 박지원이 이런 상황에서 같은 대상과 주변을 어떻게 묘사하고, 어떤 관심을 보이고 있는지 살펴보고자 한다.

구체적으로 설명하여 본다면 사신의 일행이 모두 모였을 때로 압록강과 책문, 요양성, 심양, 청성묘, 광령성, 노하 같은 곳이다. 그리고 북경에 오랫동안 머물 때이다. 이를 통하여 노이점의 기록으로 『열하일기』를 이해하고, 박지원의 기록으로 『수사록』을 살펴본다면 두 자료가 가지고 있는 가치가 새롭게 정리되고, 발견될 것이다.

(1) 압록강을 건널 때

압록강을 건너기로 결정한 6월 24일, 박지원은 아침에 일어나 숙소에서 의주의 관사로 간다. 그리고 여기서 여러 비장들이 옷을 갈아입는 것을 보고, 그들의 인상착의를 흥미롭게 기록한다. 박지원은 비장들이 군복과 전립을 입은 채, 머리에 장식을 하고, 허리에 남방사주(藍方紗紬) 전대와 환도를 찬 모습도 묘사하고 있었다. 그리고 나이 많은 노이점이 공식 복장으로 갈아입고 서 있는 모습도 묘사하고 있다.

관사를 나온 박지원은 다시 의주성 성문 위에 있는 누각에 올라 사신의 행차가 먼저 성문으로 나서기를 기다린다. 때마침 창대와 장복이가 주머니에 남아 있던 돈을 털어 사온 술로 여행에 무사하기를 빌며 마신다. 이윽고 정사가 도착하자 성문 쪽의 분위기가 출렁이더니, 정사가 성문을 빠져 나가자 이어 부사가 뒤를 따라 나가게 된다. 이때의 광경을 노이점과 박지원의 기록을 비교하며 살펴보기로 한다.

박지원은 박래원(朴來源)과 주명신이 정사를 수행하고 의주 성을 떠날 때의 장면을 포착하여 표현한다.

> 『수사록』: ① 아침을 먹은 후 사신 행차를 따라 압록강 가로 나온다. 압록강에서 만부(灣府)까지는 거리가 5리이다.[74)]

> 『열하일기』: ① 정사와 전배(前排)가 흔들거리며 성을 나서자(깃발과 곤장 같은 것들은 배열하여 앞에 먼저 가기 때문에 전배라고 한다.) 박래원과 주주부가 두 줄로 따라 간다.(박래원은 나의 삼종 동생이고, 주주부는 주명신이라고 부르는데 두 명 모두 상방비장이다.)
>
> 채찍을 옆구리에 끼고, 몸을 바로 세워 안장에 걸 터 앉아 어깨가 높고 목이 길어져서 용맹스럽지 않다고 할 수는 없지만, 깔고 앉은 자리의 이불과 전대가 너무 크고 빽빽하고, 하인들의 짚신도 안장 뒤에 주렁주렁 매달렸다. 박래원의 군복도 푸른 모시옷이지만 오래

---

74) 노이점, 『수사록』, 6월 24일, "朝飯后, 陪使行出鴨綠江頭. 江距府五里."

> 된 옷을 새로 빨아 끝자리에 있는 실이 말아 올라가 헝클어져 있으니 지나치게 검소한 것을 숭상했다고 할만하다.[75]

정사가 성문을 나설 때 노이점과 박지원은 서로 가까운 곳에 있었지만 노이점은 사신의 행차를 따라 나갔다는 사실만 밝힌다. 반면 박지원은 정사가 성대하게 의장을 갖추고 의주성을 나가는 행렬을 묘사하고 정사의 비장인 박래원과 주주부의 모습도 재미있게 묘사하고 있다.

서장관은 새벽녘에 떠나는 사람들을 검열하기 위하여 이미 만윤과 함께 배타는 곳에 나가고 성문에 없었다. 박지원은 부사의 뒤를 5리 정도 따라 간다. 노이점은 박지원처럼 떠나는 장면을 묘사하지는 않았지만 일행의 규모로 사람이 270명이고 말이 194마리라는 사실을 자세히 기록하고 있다. 게다가 노정에 대해서도 노이점은 비교적 상세하게 설명하고 있다. 먼저 이날 이들이 언급하고 있는 노정을 살펴보면 다음과 같다.

> 『수사록』: 압록강 → 언덕 → 당피포(唐皮浦) → 삼강(三江) → 산을 올라 구련성(九連城)으로
>
> 『열하일기』: 압록강 → 삼강[愛剌河] → 구련성(九連城)

75) 박지원, 『열하일기』, 6월 24일(『연행록전집』 53권, 258~259면), “正使前排拂拂出城, (旗幟棍棒之屬, 排立於前, 故謂之前排) 來源與周主簿雙行矣. (來源, 余三從弟, 周主簿名命新, 俱上房裨將) 鞭鞘仗脇, 聳身據鞍, 肩高項長, 非不驍勇, 而坐下衾袋, 太庬氄, 僕夫藁鞋, 遍掛鞍後, 來源軍服, 靑苧也, 舊件新浣, 鬅騰郭索, 可謂太崇儉矣.”

원래 압록강에서 5리를 가면 소서강(小西江)에 이르고, 다시 1리를 가서 중강(中江)에 이르며, 다시 4리를 가서 방피포에 도착할 수 있다. 노이점과 박지원은 장마로 불어난 물 때문에 압록강에서 직접 당피포에 이른다. 여기서 다시 5리를 가서 삼강에 이르고, 다시 5리를 가서 구련성에 이른다. 이때 노이점은 삼강에 도착한 후 산으로 올라 구련성에 이른다고 밝히고 있다.

삼강은 장마철이었지만 압록강만큼 물살이 세지 않았다. 그리고 의주에서 미리 대기시킨, 청정(蜻蜓)이라는 '잠자리 모양'처럼 생긴 작은 배가 당피포에서 삼강까지 대려다 준다.

삼강(三江)을 건널 때 봉황성(鳳凰城) 장군인 봉성장군(鳳城將軍)은 이곳에 배를 준비시켜 놓았다. 박지원은 여기에서 청나라 뱃사공을 만난다. 원래부터 이곳은 청나라와 외교문서를 급하게 교환할 때 서로의 편익을 위하여 청나라 측에서 배를 준비시켜 두는 곳이다. 박지원은 삼강을 건널 때 청나라 뱃사공 사이에 있었던 일화를 소개하고 있다.

박지원은 북경으로 가면서 자신의 감회를 시로 노래하여 곳곳에 보이고 있다. 박지원의 서정적인 정서가 많이 담긴 북경 기행시를 살펴보기로 한다.

다음은 박지원이 지은 시로, 압록강을 건너는 모습이다.[76)]

손바닥만한 외로운 성에 비는 쏟아지는데	孤城如掌雨紛紛
망망한 갈밭에 변방 해가 어두워 간다.	蘆荻茫茫塞日曛

---

76) 김명호, 『국역 연암집』 2권, 2004, 59면 참조, 「渡鴨綠江回望龍灣城」.

쌍 나팔 소리에 정마(征馬)가 따라 울고,	征馬嘶連雙吹角
만겹 구름 속에 고국이 아득하게 멀어진다.	鄕山渲入萬重雲
용만(義州)의 군리(軍吏)는 모래머리에서 돌아오고	龍灣軍吏沙頭返
압록강의 물고기와 새는 물 사이로 나누어지고	鴨綠禽魚水際分
집과 고국의 소식 이제부터 끊어지니	家國音書從此斷
차마 견딜 수 없어 고개 돌려 저 먼 길로 간다.	不堪回首入無垠

압록강을 건넌 후 의주를 뒤돌아 본 무렵은 저녁이었다. 이때 일행은 큰 갈대에 둘러싸여 길을 찾지 못하고 있었다. 그런데 『열하일기』에는 갈대의 키에 대해서는 자세하게 설명하지 않았지만[77] 굵기에 대해서만 간단하게 언급하고 있다.[78] 반면 『수사록』은 『열하일기』보다 자세히 설명하고 있다. 갈대와 풀이 사람의 키보다 수척이나 큰데, 사람과 말이 그 속에 묻혀 서로 볼 수 없어 앞에 가는 사람은 뒤에 따라오는 사람을 알지 못하고, 뒤에 가는 사람은 앞에 간 사람이 어디로 갔는지 알 수 없었다고 했다.[79]

그리고 『열하일기』는 강을 건너자 주의를 집중시키는 나팔소리를 듣고 일행이 모이고[80] 나팔소리가 울리자 말이 따라 울었다는 사실을 기록해 두고 있다.

위의 시에서 제5행은 노숙을 준비하기 위하여 의주에서 미리 떠

77) 박지원, 『열하일기』, 6월 24일(『연행록전집』 53권, 261면), "蘆荻如織, 下不見地."

78) 박지원, 『열하일기』, 6월 24일(『연행록전집』 53권, 264면), "皮堅肉厚而不堪作箭, 只合筆管矣."

79) 노이점, 『수사록』, 6월 24일, "五里蘆荻中有微逕, 亦不分明. 草長於人數尺, 人馬入其中, 沒而不相見, 前者不知後者之來處, 後者不知前者之去處矣."

80) 박지원, 『열하일기』, 6월 24일(『연행록전집』 53권, 261면), "于是正使先發, 軍牢一雙騎而吹角引路, 一雙步而前導, 颼颼穿蘆荻而行."

난 군리들을 묘사한 것으로 보인다. 의주의 군리들에 관해서는 『수사록』이 오히려 상세하게 기록하고 있다.

> 이번 참에서는 노숙하기 때문에 의주에서 미리 장교(將校)를 보내어 언덕 위에 장막을 설치해 자리를 잡게 한다. 창군 30여 명도 보내어 사방에 호망(虎網)을 펼고, 큰 나무를 많이 베어 잘라서 불을 피우게 한다. 밤에는 호각을 불고 여러 사람이 고함지르니 산 사이에서 소리가 진동한다. 호환과 도적을 막아야 하는 곳이기 때문이다.[81)]

이와 같이 『수사록』에는 30여 명이나 되는 창군(槍軍)이 노숙할 곳에 미리 와서 호망을 쳐 놓았다고 말하고 있어, 『열하일기』에서 놓친 부분을 기록했다. 노이점이 정사의 비장으로 박지원보다는 북경 기행의 상황과 구체적 일정에 대해 더 자세하게 알 수 있는 위치라서 가능했다고 보인다. 그런데 호랑이 쫓기 위하여 소리 지르는 납함(吶喊)에 대해서는 『열하일기』가 조금 자세하다.

> 해가 기울어 황혼 무렵이 되자 삼십 여 군데 장작불을 피운다. 모두가 톱으로 자른 한 아름이나 되는 나무이다. 날이 샐 때까지 군뢰들이 호각을 불면 삼백여 명이 소리를 지르는데 호랑이에게 겁을 주려고 하는 것이다. 밤새도록 이렇게 하였다.[82)]

---

81) 노이점, 『수사록』, 6월 24일, "此站露宿, 故灣府豫送將校設幕於岸上而定, 送槍軍三十名, 張虎網於四面, 多斫大木, 折而爇火, 夜又吹角吶喊, 聲震山間, 槪爲防虎患盜賊之地也."

82) 박지원, 『열하일기』, 6월 24일(『연행록전집』 53권, 267면), "日既黃昏, 設燎三十餘處, 皆鋸截連抱巨木, 達曙通明, 軍牢吹角一聲, 則三百余人齊聲吶喊, 所以警虎也, 竟夜如此."

한편 박지원은 강을 건넌 후 쓸쓸한 감회에 젖었다. 강물은 국경인 동시에 이별의 정한을 나누는 곳이기 때문이다. 여름철의 북경 기행은 강과 하천을 건너다 갑자기 불어난 물 때문에 불상사를 당하거나, 북경 기행의 피로로 인하여 말이 죽는 일이 있을 정도로 힘든 여정이었다. 때문에 이때가 되면 이별하는 사람들 사이에 아쉬움이 더했을 것이다.

노이점은 강을 건너기 전에 배웅 나온 사람들과 이별하면서 이러한 슬픈 느낌을 『수사록』에서도 토로하고 있다.[83] 노이점과 박지원은 모두 쓸쓸한 감회를 나타내고 있다.

이날 강을 건넌 이들은 구련성에서 첫 날을 보낸다. 박지원은 이날 밤의 감회를 다음과 같이 표현하고 있다.

요양 땅 만리에서 누워서 생각하니,	臥念遼陽萬里中
고금천지에 영웅이 몇이던가?	山河今古幾英雄
이적(李勣)이 개부(開府)를 지냈던 곳에 나무가 울창하고	樹連李勣曾開府
동명왕이 있던 옛 궁궐터에 구름이 덮여 있다.	雲壓東明舊住宮
치열했던 전쟁은 물처럼 다 흘러갔고	戰伐飛騰流水盡
어옹(漁翁) 초부(樵夫)의 문답에 석양만 쓸쓸하다.	漁樵問答夕陽空
취해서 출색곡(出塞曲)을 노래하다 또 웃으니	醉歌出塞歌還笑
서생의 흰머리를 바람이 빗질한다.[84]	頭白書生且櫛風

83) 노이점, 『수사록』, 6월 24일, “各務差員及本府吏校, 皆拜辭於江頭, 吾所守廳通引, 拜別而語曰; 萬里他國, 無事往還! 聞其言, 始覺有遠行之意, 而不無悽黯之懷矣.”

84) 김명호, 『국역 연암집』 2권, 2004, 60면 참조 「露宿九連城」

이적(李勣)은 당나라 때 사람으로 고려를 침입한 사람이다. 그런데 그날 노이점은 박지원과 같은 시간과 공간에 있으면서도 자신의 술회를 박지원과 다르게 표현하고 있다.

> 저물녘에 구련성에 도착하였다. 이곳은 옛날 한(漢)나라 때의 관문(關門)이다. 또 진강성이라고도 부르는데 옛 성의 유적지가 있다. 푸른 산이 사방을 에워싸고 있고, 수목이 하늘을 가린다. 지세가 평탄하고 넓으며 산수가 맑고 빼어난 것이 커다란 부(府)와 웅장한 진(鎭)을 두기에 적당하다. 나무와 수풀이 우거진 사이에는 촌락이 조금 있고, 개·닭소리가 들리는 듯하다.[85]

박지원은 이곳에서 동명왕을 생각했지만, 노이점은 성터와 주변 경관에 관심을 보이고 있다. 조선 사신의 일행이 압록강을 건너고 구련성에 도착하여 숙박하였지만, 청나라에 진입하였다고는 말할 수 없다. 당시 압록강과 책문 사이는 양국 사람들이 사는 곳도 아니었다. 사신이 청나라에 진입하였다고 볼 수 있는 것은 책문을 지나서부터일 것이다.

박지원은 중국 체험을 통해 천하의 대세를 전망하려는 꿈을 가지고 있었다. 그가 자신의 목적을 위하여 가지고 간 유일한 무기는 붓 한 자루였다. 그래서 그는 압록강 앞에 서서 스스로를 한 자루의 비수를 품고 강대한 진나라로 들어가던 형가(荊軻)에 견주었다.[86] 그

---

85) 노이점, 『수사록』, 6월 24일, "日暮至九連城, 此是古漢關也, 又稱鎭江城. 有舊城遺址, 蒼山四圍, 樹木參天, 地勢平衍, 山水淸秀, 合置巨府雄鎭. 林木叢茂之間, 略有村落, 如聞鷄犬之聲."

86) 박지원의 북경 기행의 자세에 대한 자세한 연구는, 임형택, 「박지원의 주체의식과

러나 그는 이러한 용기를 가지고 떠났음에도 불구하고, 책문에 이르자마자 번화하고 잘 정비된 청나라 변경의 모습을 보고, 스스로 불타는 질투심에 사로잡혀 그냥 조선으로 돌아가고 싶은 충동에 사로잡힌다. 사실 이러한 입장과 모습은 박지원이 청나라의 문물과 천하대세를 전망하겠다는 의지가 있었기 때문이다.

(2) 책문(木柵)에서

6월 24일 압록강을 건넌 조선 사람들은 구련성(九連城)과 총수참(葱秀站)에서 각각 하루씩 노숙을 하고 6월 27일 책문으로 들어가게 된다. 책문은 나무를 세워 둘레를 치고 문을 만든 곳이다.

『열하일기』에는 『수사록』에 담지 못한 내용이 있다. 예를 들면 이날 책문을 들어갈 때 상판사 상삼(象三)이 예단(禮單)을 놓고 청나라 관원과 실랑이를 벌이는 장면, 어의(御醫) 계함(季涵) 변관해가 책문 안에 있는 관사 앞을 지날 때 말에서 내리지 않고 가다가 쌍림(雙林)에게 혼나는 장면, 박지원과 일행이 술집에 들어가니 앉아 있던 아랫사람들이 나가버리자 주인이 박지원 일행에게 화를 내는 장면 같은 것이 있다.

먼저 책문 앞에서 있었던 광경을 살펴보기로 한다. 책문을 통과해야 비로소 청나라에 입국하는 것이지만 검열을 맡은 봉성장군이 책문과 떨어진 곳에서 오기 때문에 으레 사신의 일행은 책문 앞에서 기다렸다. 노이점과 박지원은 책문에서 봉황성장을 기다리면서 주변의 풍경과 상황을 이렇게 묘사하고 있다.

세계인식」, 『실사구시의 한국학』, 창작과비평사, 2001, 144~149면 참고.

『수사록』 : 오전에 책문 밖 노루목에 도착하였다. 산기슭은 용산(龍山)에서 서쪽으로 뻗어, 책문 뒤편에 솟아나 있고, 높이가 수백 인(仞)[87]이 되고, 뾰족하기가 붓과 같아 매우 아름답다. 이곳이 바로 외봉황산(外鳳凰山)이라고 하는 곳이다.

책문 밖 하천 옆, 장막을 설치한 곳에 수레를 풀어두었다. 이어 서장관이 도착하여 방물을 점검하고, 개인들의 짐도 조사한다. 책문 안에 있는 오랑캐들이 다들 책문 밖으로 나와 본다.[88]

『열하일기』 : 말을 빨리 몰아 7~8리를 가서 책문 밖에 도착한다. 양과 돼지가 산에 가득하고 아침 연기는 푸르다. 나무로 목책을 세워서 겨우 경계를 알 수 있으니, 이른바 버들을 꺾어서 울타리를 만든다는 말이 곧 이것인 듯싶다. 책문에는 풀로 판자를 덮었고, 문은 굳게 잠겨 있다.

목책에서 수십 보 떨어져서 삼사가 머물 막을 치고 조금 쉬려니까 방물이 모두 도착하여 책문 밖에 쌓아 두었다.[89]

노이점은 장막 주변에 있던 하천과 서장관의 활동을 언급하고 있고, 박지원은 들판에 풀어져 있는 양과 돼지를 설명하고 있다. 노이점과 박지원은 책문에서 시간 차이를 보이면서 있었던 일을 각각 언급하고 있다.

---

87) 인(仞) : 옛날 7척(尺)이나 8척(尺)을 1인(刃)이라고 했다.

88) 노이점, 『수사록』, 6월 27일, "午前抵柵外獐項麓, 自龍山而西注, 峙於柵後, 高可數百仞, 尖如筆狀, 甚可愛好. 此所謂外鳳凰山. 稅駕于川邊柵外設帳所, 書狀次到, 點檢方物, 搜檢私卜, 柵內胡多出柵而見之."

89) 박지원, 『열하일기』, 6월 27일(『연행록전집』 53권, 276면), "疾驅行七八里, 抵柵外, 羊豕彌山, 朝烟青, 木樹柵, 識經界, 可謂折柳樊圃矣, 柵門覆以草板扉深鎖, 離柵數十步, 設三使幕次, 少憩, 方物齊到, 露積柵外."

『수사록』: 사신의 행차가 책문 밖에 도착한 후에 책문에 있는 사람들은 비로서 봉황성장(鳳凰城將)이 나오도록 청한다. 봉황성장은 내봉황성(內鳳凰城)에 있는데, 책문과 거리가 30리나 된다. 봉황성장이 사신의 행차가 책문에 도착했다는 소식을 들어도 곧 바로 출발하지 않기 때문에 사신의 행차는 으레 책문 밖에 일찍 도착한다. 오후가 되어서 봉황성장이 그제야 나왔다.[90]

노이점은 봉성장군이 오후에 도착하였다고 밝히고 있고 박지원은 책문 앞에서 아침을 먹었다는 것을 기록하고 있다.[91] 노이점은 이날 아침 먹은 것을 기록하지 않았는데, 박지원의 기록을 통하여 책문 밖에서 아침을 먹었다는 것을 알 수 있다.

봉성장군이 나오기까지 많은 시간이 걸린 것으로 보인다. 노이점은 기다리고 있었을 때의 광경을 언급하고 있지 않지만 박지원은 몇 가지 일화를 소개하고 있다.

책문에 미리 도착하여 책문 밖에 있었을 때 목책을 사이에 두고 조선 사람과 청나라 사람이 말날 수가 있었다. 노이점과 박지원의 기록을 보면 조선 사람과 이곳 책문 주민은 자못 친분을 표시할 정도로 가까운 사이라는 것을 알 수 있다. 노이점은 이렇게 말하고 있다.

대개 이 책문으로 (청나라와) 경계를 삼는다. 여러 오랑캐들이 책문 안에 늘어서서 우리 역관과 대화를 나누는데, 간간히 늠름하고

---

90) 노이점, 『수사록』, 6월 27일, "使行到柵外後, 柵人始請來鳳凰城將, 而城將在內鳳凰城, 距柵三十里, 城將聞使行到柵消息, 而亦不卽出, 以此之故, 使行例爲早到柵外矣. 午後城將始出."

91) 박지원, 『열하일기』, 6월 27일(『연행록전집』 53권, 278면), "朝飯於柵外"

> 잘 생겨서 호감이 가는 사람도 있다. 시기가 바야흐로 한참 무더워졌기 때문에 풀로 만든 모자를 쓴 사람이 많다. 그 모자는 우리나라 거사(居士)의 관(冠)같이 생겼지만 몸체가 매우 작다. 홍모(紅帽)를 쓴 사람은 몇 명 안 된다. 대개 이 모자는 그들에게 으뜸가는 장식이기 때문에 쓰고 있을 때가 평상시에는 적기 때문이다.[92]

책문에서 노이점과 박지원이 느끼는 생각은 각각 달랐다. 노이점은 책문에 있는 목책이 돼지우리 같다고 말하고 있지만, 박지원은 책문에서 생애 처음으로 접하는 이국의 광경에 감격스러워 하더니 자신의 마음을 마두 장복이와 대화하는 과정에 나타낸다.

> 『수사록』: 책문은 한 척 남짓한 나무로 수십 보에 걸쳐 이어 심어 놓고 중간에 대문을 설치했다. 그 울타리는 돼지우리와 다름이 없다. 대개 이 책문으로 (청나라와) 경계를 삼는다.[93]

> 『열하일기』: 다시 책문 밖에 도착하여 책문 안의 여염집들을 바라보니, 높게 솟은 오량집이다. 띠 풀로 지붕을 덮었는데 지붕마루가 높이 솟았고 대문이 가지런하다. …… 책문은 중국의 동쪽 끝인데도 이와 같거늘 앞으로 유람할 것을 생각하니 갑자기 기가 죽어 그 길로 돌아가고 싶었다. 나도 모르는 사이에 배가 끓어오르기에 반성하며

---

92) 노이점, 『수사록』, 6월 27일, "所謂柵門者, 以尺餘之木, 列植於數十步. 中設大門, 其冊無異於豚柵. 盖以此定界而已! 群胡列立於柵內, 與我舌人打話, 間有像表可愛. 而時方盛暑, 故着草帽子者多. 其狀如我國居士之冠, 而體甚少矣! 着紅帽者甚些, 盖帽則渠輩之上飾, 固着時常少."

93) 노이점, 『수사록』, 6월 27일, "所謂柵門者, 以尺餘之木, 列植於數十步, 中設大門. 其冊無異於豚柵. 盖以此定界而已."

> "이것은 투기심이다."라고 하였다. …… 장복을 돌아보면서 묻는다.
> "네가 만일 중국에 가서 태어나게 했다면 어떻겠느냐?"
> "중국은 오랑캐입니다. 소인은 원하지 않습니다."
> 라고 장복이가 대답한다. 조금 있다가 소경 한 명이 어깨에 비단 주머니를 걸고 손으로 월금(月琴)을 타면서 간다. 나는 크게 깨달아 말한다.
> "저 사람이야 말로 어찌 평등한 눈을 가진 사람이 아니겠느냐." 하였다.[94)]

노이점은 책문이 돼지우리 같이 생겼다고 말하고 있지만 박지원은 책문에서 시기심을 느끼고 있다. 박지원은 다분히 자신의 주관적 느낌을 피력한 것이라고 할 수 있다. 당시 44세 장년의 박지원으로서는 중국에 비해서 낙후된 조선의 문물제도 때문에 부러움과 아울러 조선을 걱정하고 사랑하는 마음이 생겨났을 것이다. 그러기에 더욱더 중국문물에 대한 호기심과 기대감들이 차오를 수밖에 없었을 것이다. 이를 시기심이라고 스스로 표현하고 있지만, 현실을 혁신하고자 하는 문제의식의 발로를 엿볼 수 있는 대목이며 그의 패기가 드러나는 부분이라고 보인다. 책문에서 느낀 점은 박지원보다 앞서 북경 기행을 떠난 홍대용과 다른 점이 있다.[95)]

94) 박지원, 『열하일기』, 6월 27일(『연행록전집』 53권, 279~280면), "復至柵外, 望見柵內, 閭閻皆高起五樑, 艸覆盖, 而屋脊穹崇, 門戸整齊, …… 柵門天下之東盡頭, 而猶尙如此, 前道遊覽, 忽然意沮, 直欲自此徑還, 不覺腹背沸烘, 余猛省曰: "此心也, …… 顧謂張福曰: "使汝往生中國何如, 對曰: "中國胡也, 小人不願, 俄有一盲人肩掛錦囊, 手彈月琴而行, 余大悟曰: "彼豈非平等眼耶?"

95) 책문의 깨달음에 대하여서는 김혈조, 앞의 책, 96면 참조.

> 그들의 집과 화물은 더럽고 조잡하여 볼 만한 것이 없었다. 다만 처음 가는 북경 기행에 처음 보는 것이라 이목이 모두 새로웠으니, 북경 기행에서 제일 마음을 즐겁게 하는 것이다.[96)]

이처럼 홍대용은 저들의 집과 화물에 대수롭지 않게 생각하면서도 중국의 발달된 문물과 사는 형편이 이목에 새로웠다는 점을 들어 외국에 진입하는 새로운 감회를 가지고 책문을 바라보았다.

한편 위의 예문에서 박지원은 자신의 감탄을 확인해보려는 듯 장복에게 질문을 던졌지만, 장복은 엉뚱한 대답을 한다. 그러자 박지원은 세상을 바라보는 장복의 안목이 선입관에 사로잡혀 있음을 한탄하고, 월금을 타고 지나가는 맹인의 평등안보다 못하다고 토로하고 있다.

책문은 조선 사람들에게 특별한 의미를 갖는 곳이었다. 조선 사신의 일행이 북경에 다녀올 때 통상 숙소에서 머무르는 시간은 기본적으로 하루에 불과하지만 책문의 경우는 달랐다. 조선 사신이 북경에 갔다가 조선으로 돌아갈 때 책문에 이르게 되어도 바로 책문을 빠져나갈 수 없었다. 북경에 함께 갔던 상인들이 모두 도착하여야 사신과 일행들이 책문을 나올 수 있다. 이 때문에 사신의 일행은 형편에 따라 며칠 동안 책문에 머물 수밖에 없다. 이런 과정이 있기 때문에 책문에 사는 주민과 조선 사람들이 친숙해질 수 있었다.

실제로 1780년 청나라에 갔던 사신의 일행들이 다시 책문에 돌아

---

96) 홍대용, 『연기(燕記)』, 「연도기략(沿路記略)」, 372면, "其居宅貨物, 粗醜不足觀. 惟初行創見, 耳目俱新, 是行之第一賞心也." (번역은 고전번역원 사이트에 있는 내용을 인용하였다. 논지를 위하여 수정한 부분이 있다. 이하 언급하지 않기로 한다.)

온 것은 1780년 10월 15일이었다. 이때 비변사에서 빨리 돌아오라는 재촉이 있었다.

> 옛 책문에 도착하여 말에서 내린 후 잠깐 쉰다. 저물자 책문에 도착한다. 전에 주인 하였던 집에 들어가서 머물러 잔다. 비변사에서 이번 달 9일에 사행을 재촉하는 관문(關文)을 2번 보내왔다. 추세를 보니, 응당 이번 달 안에 복명(復命)하여야 한다.[97]

관문은 관부문서(官府文書)의 하나로 동등 이하의 관아에 보내는 문서 양식이다. 복명은 명령을 받은 일에 대하여 그 처리 결과를 보고하는 것이다. 정사와 부사는 책문에서 무려 15일부터 있다가 19일 떠난다. 하지만 서장관은 계속 남아 상인들이 돌아오기를 기다린다.

> 『수사록』: 10월 16일 아침에 비가오더니 늦게 맑아진다. 상인들의 짐수레가 오지 않았기 때문에 오늘은 책문(柵門)에서 머문다. 책문의 법에는 으레 수레와 짐이 모두 도착한 후 비로서 점검하고 내보낸다. 그러므로 연경에 있었을 때 서장관은 날마다 상인들을 불러 놓고, 사신의 행차를 따라와 사신이 책문에 도착할 때 들어와야 한다고 엄하게 말했다. 그러나 오로지 빌린 수레만 늦게 오는 것이 아니라, 장사꾼들도 으레 일정을 뒤쫓아 들어오지 못한다. 어떤 사람은 5~6일 뒤쳐져 비로소 도착하거나, 또는 10여 일 이후에 겨우 도착한다. 사신의 행차가 책문에서 지체하는 일은 이 일 때문이다. 가게 주인은

97) 노이점, 『수사록』, 10월 15일, 至舊柵門, 下馬小憩, 暮至柵門, 入接於舊主人家, 止宿. 自備局下送今月初九日兩度催促使行關文, 勢當於今月內復命, 以我衰朽之質, 何以晝夜趲程耶? 愁惱不可言. 是日行七十里, 朴友之病, 已至夬祛, 萬幸萬幸.

우리말을 잘 이해하며, 말몰이꾼과도 모두가 서로 친하다.[98)]

『수사록』: 10월 17일 눈이 몇 자 왔다. 상인들의 짐수레가 오지 않았다. 걱정이 된다. 부사와 서장관을 방문하여 안부를 묻고 돌아온다.[99)]

『수사록』: 10월 18일 맑음, 상인들의 수레와 짐이 저녁에 겨우 도착했다. 이 때문에 오늘은 다시 머물러야 한다. 박치계(朴稚繼)의 편지를 받고, 답장을 써서 보내면서 겸하여 집에도 편지를 부친다. 역관이 봉성(鳳城)에 들어가서 성장(城將)에게 내일 아침 나와 달라고 부탁한다.[100)]

『수사록』: 10월 19일 맑음, 봉성장군(鳳城將軍)이 늦게 비로소 나왔다 책문의 어사(御使)가 세관(稅官)의 무리와 함께 일제히 책문에 모여 세금메길 물품을 검점한 후 그제야 나아가는 것을 허락한다. 사신의 행차를 모시고 책문을 나서니 그 쾌활(快活)함은 마치 조롱 속에 갇혔던 새가 나오는 정도가 아니다. 책문을 나선 후 몇 발자국쯤 되는 길가에 장막을 설치했다. 이곳에서 사신의 행차가 서장관과 이별하는 곳이다. 서장관은 '북경에서 소나 말 따위로 실어온 짐[燕卜]'을 교환하고 팔 때, 그것을 조사하고 점검하기 위하여 뒤에 떨어져 남아 며칠을 보내게 된다. 그러므로 으레 함께 떠날 수 가 없다. 연복(燕卜)이라고 하는 것은 만부(灣府)에서 상인의 무리를 보내어 저들과 함께 여기에서 시장을 벌이는 것이다. 그러므로 저들의 상인들도 모

98) 노이점, 『수사록』, 10월 16일, "朝雨晩晴. 以車卜之不來, 今日留. 柵門之法, 例以車卜之畢到, 然後始爲搜點出送. 故在燕時, 行臺日召衆商賈, 嚴勒趂使行到柵時偕入, 而不但雇車之遲行, 商賈輩例不赴趲程, 或至五六日而後始至, 或至十餘日而後始至, 使行之遲滯於柵, 職此故也. 店主多解我國語, 驛隷多相親."

99) 노이점, 『수사록』, 10월 17일, "雪下數尺. 車卜不來, 可悶. 往候副使、書狀而來."

100) 노이점, 『수사록』, 10월 18일, "晴. 車卜晩始來到, 故今日又爲留宿. 得朴稚繼書, 作答送之, 兼付家書. 任譯入鳳城, 請城將明早出來."

> 자(帽子) 등의 각종 물건을 운반하여 와서 이곳에 와서 교환하고 파는 것이다.[101]

책문에 들어가기 위하여 조선 사신의 일행들이 책문 앞에서 기다리며 목책을 사이에 두고 그들과 다정하게 이야기할 수 있었던 것은 역관 같은 사람들이 이미 이전에 이곳을 자주 지나다니면서 친분이 쌓였기 때문이었다.

(3) 요양성으로 가는 길

1780년 7월 8일은 조선 사신의 일행이 요양성(遼陽城)으로 들어간 날이다. 이날 조선 사신의 일행은 아침 일찍 출발하여 일류하(一流河)와 이류하(二流河)를 말을 타고 건너갔고, 삼류하(三流河)는 물이 깊어 옷을 걷고 건넜다. 그리고 왕상령과 석문령(石門嶺)을 거쳐 냉정(冷井)에 이른다. 여기서 점심을 먹고 광활한 요동평야를 보게 된다. 바로 여기서 박지원은 아침 노정을 소략하게 서술하고 처음 맞닥트린 요동평야에서 감회를 풀어낸다. 이것이 바로 『열하일기』의 명문 중에 한편인 호곡장(好哭場)이다. 이 장에서는 이때의 과정을 노이점의 기록과 비교하면서 살펴보기로 한다.

박지원은 책문에서 느낀 소감을 시기심으로 강하게 표현한 적이

---

101) 노이점, 『수사록』, 10월 19일, "晴. 鳳城將晚始出來. 與門御史、稅官輩齊會於柵, 搜檢稅物, 始爲許出. 陪使行出門, 其快活不翅如脫樊籠, 出柵門數步許, 路上設幕. 此使行與行臺作別處也. 行臺以燕卜化賣時搜檢, 落後過了若干日. 故例不得同行. 所謂燕卜者, 自瀋府送商賈輩, 與彼人又爲開市於此, 故彼中商賈, 亦運來帽子等各種物貨, 於此處相與化賣矣."

있다. 이러고 나서 요동에 이르러 다시 격한 감정에 사로잡혀 울고 싶다고 밝힌다. 본격적으로 중국 지역에 도달한 것은 아니지만 압록강을 건너 요동에 이르기까지 조선과 비슷비슷하게 펼쳐져 있던 산하만 보다가, 요동에서 갑자기 1,000여 리에 걸쳐 펼쳐진 요동평야의 시작을 보자 자신의 감회가 새롭게 일어났기 때문이다. 끝없이 펼쳐진 넓은 들판을 보고 이국적인 풍경에 압도당하는 느낌을 가진 것이다.

이 부분은 『열하일기』의 내용 중에 새로운 전환점을 보여준다. 천하의 대세를 전망하기 위해 박지원이 좀 더 진전된 감정을 보이기 때문이다.

이때의 상황을 잠시 『수사록』을 통하여 살펴보자. 당시 박지원은 삼종형 박명원과 함께 한 가마를 타고 삼류하를 건넜고, 노이점은 하인들이 업고 부축하여 하천을 건넜다. 하천을 건넌 후 노이점의 관심은 왕상령을 넘으면서 왕상의 효심을 떠올리고는, 그의 무덤에 가서 배례하지 못한 것을 매우 안타깝게 생각하고 있다.

> 삼류하를 지나 왕상령에 이르렀다. 이곳은 효자 왕상(王祥)이 오래 전에 살았던 곳이다. 왕상령은 언덕으로, 지금까지도 그 이름이 전하는 것은 효자마을이기 때문이다. 왕상이 살던 집은 정확히 어느 곳에 있는지 몰라도 붉은 자두와 얼음 밭 물고기가 황홀하게 눈앞에 있는 듯이 황홀해 감회가 깊다. 서자(書者) 취만(就萬)이 말하기를, "왕상의 묘는 이 고개에서 멀지 않습니다."라고 한다. 갈 길이 바빠서 우러러 보기만 하고 절을 하지는 못하지만 흠모하는 마음을 누를 수가 없다.[102]

노이점에게 있어서 요동평야와 백탑은 왕상령보다 감명을 주는 곳이 못되었다. 노이점에게 이날 가장 감명 깊었던 곳은 왕상령이었다. 노이점은 효라는 전통적 이념에 입각하여 감동했기 때문이다. 이러던 그가 요동평야와 백탑에서 무엇을 생각하고 있었는지 살펴보기로 하자.

> (냉정에서) 10여 리를 가니 산은 점점 낮아지고, 들은 점차 펼쳐진다. 요양(遼陽)에 이르니 큰 들이 드넓고 한번 바라보아도 아득하게 끝이 없어 하늘은 땅 밑으로 들어가는 듯하고, 땅은 하늘 위로 접한 듯한데, 사람은 점점이 그 구멍 틈 사이로 다니고 있다. 비로소 텅 비고, 밝은, 큰 세계를 보니 나의 몸이 더욱 작다는 것이 저절로 느껴진다. 고개를 들어 옛 요동을 쳐다보니, 백탑이 공중에 솟아 있는 것이 보인다. 몇 길이나 되는지 알 수 없지만 몸체가 호젓하게 하늘을 받치고 서 있다.[103]

요동에 대한 노이점의 느낌은 박지원과 다르다. 노이점이 광대한 요동평야를 보고 압도당해 자신의 모습이 작다는 것을 느낀 반면, 박지원은 좁은 세상에서 넓은 세상으로 나왔다는 환희에 들떠 있다. 그리하여 박지원은 요동평야에 대한 서경적인 묘사를 자제하고 바

---

102) 노이점, 『수사록』, 7월 8일, "嶺過流河子, 至王祥嶺, 此古孝子王祥所居之地也. 嶺是一坏塿, 而至今傳名者, 以孝子里故也. 王子所居之社, 雖未知的在某丘, 而丹柰氷魚, 恍惚如見, 其感悔深矣. 書者就萬云: '王子之墓, 距此嶺不遠.' 行忙未得瞻拜, 不任悵慕."

103) 노이점, 『수사록』, 7월 8일, "行十里餘, 山漸低野漸開, 至遼陽則大野漭濶, 一望無際, 天如入於地底, 地如接於天上, 而人行於團團一竅中. 始見空明大世界, 而自覺吾身之益小矣. 望舊遼東, 見白塔聳起於空中, 不知其幾丈, 而骨立撑天."

로 자신의 심회를 장편의 글로 남겼는데, 이것이 바로 노이점과는 구분되는 점이다.

냉정에서 10리 쯤 가다가 산모퉁이 하나를 지나는데, 정진사(鄭進士)의 마두 태복(泰卜)이 국궁을 하면서 백탑이 보인다고 말하고 나자, 박지원은 산모롱이 때문에 유명한 백탑을 볼 수 없어 말을 채찍질하여 나아갔다. 그는 멀리 백탑을 바라보다가 요동평야로 시선을 돌리면서 감격하여 울고 싶다는 마음을 표현하고, 그 감격의 원인을 찾는다.

① 말을 세우고 두루 살펴보았다. 나도 모르는 사이에 손을 이마에 대고 말하였다. "울고 싶은 장소로구나! 울 수 있겠구나!"

② 정진사가 말하기를, "이런 하늘과 땅 사이에 펼쳐진 세계를 보고 갑자기 울 생각을 하는 것은 무슨 까닭이오?"라고 한다.

③ 내가 말하기를, "그건 그렇지만 아니 아니야! 옛부터 영웅들은 울기를 잘하였고, 미인도 눈물이 많았다. 그러나 몇 줄의 소리 없는 눈물이 옷깃에 굴러 떨어지는 것에 불과하여 쇠와 돌이 떨어지듯이 천지를 가득 채운다는 말을 들어 보지 못했다. ……

④ 정진사가 말하기를, "지금 곡할 곳이 저렇게 넓지만 나도 그대를 따라 한 번 울고자 하여 칠정 중에 고른다면 감동하는 감정은 어디에 있는가?"라고 한다.

⑤ 내가 말하기를, "어린아이에게 물어보아야 한다. …… 이 아기가 어머니 뱃속에서 어둡고 막히어 좁은 곳에 잡혀 있다가 하루아침에 넓은 곳으로 나오니 손과 발이 펴지고 마음은 허전해지니 어떻게 소리를 한 번 내어 진실한 감정을 발설하지 않겠는가! 그러므로 어린아이를 본받아 소리에 거짓이 없어야 한다.[104]

박지원이 '호곡장(好哭場)'이라고 말한 이 부분은 『열하일기』 일기체 중에서 극적인 감정이 노출된 부분이다. 박지원은 자신의 감동을 정진사와의 대화를 통하여 풀어내고 있다. ②와 ③ 그리고 ④와 ⑤는 정진사의 질문에 박지원이 대답하는 형식이다.

책문에서 백탑보(白塔堡)까지 오는 길은 산골길이다. 때문에 온종일 골짜기 속을 지나다가, 석탑문을 나서자마자 앞이 훤하게 탁 트이고 하늘과 땅이 연이은 지평선을 보게 된다. 골짜기 속의 갑갑했던 심정이 들판을 보자 후련해졌을 것이다. 박지원은 이런 감정을 뱃속에 있던 어린아이가 탄생하는 순간에 느끼는 느낌에 비유하고 있다. 바로 이곳이 한바탕 울고 싶어 했던 호곡장(好哭場)이고, 그 감정의 근원을 파헤친 것이 호곡장 논이다. '박지원의 이러한 호곡장 논에는, 뜻을 펴지 못한 채 반평생을 변방 소국에서 국척(跼蹐)해 지나다가, 드디어 중원 대륙에 들어서게 된 해방의 기쁨이 잘 드러나 있다.'[105]라고 할 수 있다.

홍대용은 북경 기행을 할 때 요동평야를 보면서 어떤 느낌이 들었는지, 박지원과 비교하기 위하여 살펴보기로 한다.

---

104) 박지원, 『열하일기』, 7월 8일(『연행록전집』 53권, 301~302면), "立馬四顧, 不覺擧手加額曰: '好哭場, 可以哭矣.' 鄭進士曰: '遇此天地間大眼界, 忽復思哭何也?' 余曰: '唯唯否否, 千古英雄善泣, 美人多淚, 然不過數行無聲, 眼水轉落襟前, 未聞聲滿天地, 若出金石 …… 鄭曰: '今此哭場如彼其廣, 吾亦當從君一慟, 未知所哭, 求之七情所感何居.' 余曰: '問之赤子 …… 兒胞居胎處, 蒙冥沌塞, 纏糾逼窄, 一朝進出寥廓, 展手伸脚, 心意空闊, 如何不發出眞聲, 盡情一洩哉, 故當法嬰兒, 聲無假做."

105) 여기에 대한 기존연구로는 김명호(1990), 75면 인용.

> 책문에서 백탑보(白塔堡)까지 돌팔참(東八站)이다. 석문(石門)의 동쪽은 산이 험하고 시내가 작다. 온종일 골짜기 속에서 다니다가 석문을 나오니 비로소 활연히 넓게 트였다. 하늘과 들이 서로 이어진 것이 아득하고 드넓었다. 다만 요양의 백탑만 구름 속에 우뚝 서있다. 북경으로 가는 기행 중에 제일 장관이다.106)

홍대용의 경우 요동을 지나면서 특별한 내적 감정을 보이지 않는다. 그가 『연기(燕記)』의 「연도기략(沿路記略)」에서 언급한 것 중에 특이할 만한 것은 백탑에서 요동평야에 이르는 과정이 모두 산속이었다는 점이다. 이로 보아 책문에 진입하였지만 요동에 이르기까지는 이국적인 느낌이 들지 않았다는 것을 짐작할 수 있다. 그런데 박지원은 이곳에서 독특한 감회를 느꼈다.

그런데 이날 노이점과 박지원은 냉정에서 점심을 먹고 난 후 멀리서 백탑을 볼 때까지만 해도 같은 길을 가다가 서로 다른 길로 헤어져 갔다.

> 『수사록』: ① 고개를 들어 구요동(舊遼東)을 쳐다보니, 백탑이 공중에 솟아 있는 것이 보인다. 몇 길이나 되는지 알 수 없지만 몸체가 호젓하게 하늘을 받치고 서 있어 마치 신령(神靈)이 있는 듯하다. …… 나는 말이 병들고 길도 돌아가기 때문에 가 볼 수는 없지만, 서장관이 하는 말을 들어보니 눈으로 보는 것과 다를 것이 없다고 한다.107)

---

106) 홍대용, 『연기(燕記)』, 「연도기략(沿路記略)」, "自柵門至白塔堡謂之東八站, 石門以東山磎險隘, 終日由谷中行, 出石門始豁然通曠, 天野相承, 漭漭蕩蕩, 惟見遼陽白塔特立煙雲中, 北行第一觀也."

107) 노이점, 『수사록』, 7월 8일, "望舊遼東, 見白塔聳起於空中, 不知其幾丈, 而骨立撐

『열하일기』: ① 정사와 한 가마를 타고 삼류하(三流河)를 건너서, 냉정(冷井)에서 아침밥을 먹었다. 10여 리 가서 산자락 한 굽이를 돌아 나오니 태복(泰卜)이가 갑자기 국궁(鞠躬)하고 말 앞으로 달려 나와서 땅에 엎드려 큰 소리로,

"백탑이 보입니다."

한다. 태복은 정 진사의 마두다. 아직 산자락에 가려 백탑은 보이지 않는다. 빨리 말을 채찍질하여 수십 보를 채 못 가서 겨우 산자락을 나오자,

② 안광이 어른거리고 갑자기 한 덩이 흑구(黑毬)가 오르락내리락 한다. 내 오늘에 처음으로, 사람이 산다는 것은 본시 아무런 의탁한 곳이 없이 머리는 하늘에 두고 땅을 밟은 채 떠돌아다닌다는 것을 알았다.[108)]

노이점과 박지원이 각기 백탑을 묘사하고 있다. 그리고 노이점은 말이 병들었기 때문에 사신의 일행을 따라 신요양으로 갔고 박지원은 몇몇 사람들과 함께 구요양으로 가 백탑과 광우사를 보았다. 백탑과 그 옆에 있는 광우사는 구요양에 있었다.

박지원과 친구들이 정사와 함께 가고 있는 조선 사신의 일행과 다른 길을 택하여 구요양으로 들어간 시점은 고려총(高麗叢)과 아미장(阿彌庄)을 지나서였다. 박지원은 여기서 구요양에 가서 백탑 옆에

天. 如有神靈 …… 余以馬病路迂未得入見, 而聞行臺之言, 則無異目擊矣."

108) 박지원, 『열하일기』, 7월 8일(『연행록전집』 53권, 341면), "與正使同轎渡三流河, 朝飯於冷井, 行十餘里, 轉出一派山脚, 泰卜忽鞠躬, 趍過馬首, 伏地高聲曰:'白塔現身謁矣', 泰卜者, 鄭進士馬頭也. 山脚猶遮, 不見白塔, 趣鞭行不數十步, 纔脫山脚, 眼光勒勒, 忽有一團黑毬, 七升八落, 吾今日始知人生本無依附, 只得頂天踏地而行矣."

접해 있는 광우사를 보고 이렇게 기록하고 있다.

> 강희황제도 행차하여 살고 있는 승려에게 비단으로 짠 가사(袈裟)를 하사한 적이 있다. 지금은 광우사(廣祐寺)가 황폐하여 승려들도 없다. 이곳을 말하는 것 같다.[109)]

노이점이 박지원 일행을 따라가지 못하고 멀리서 백탑을 바라보며 이야기하고 있을 때 서장관이 위로하는 말을 노이점에게 건넸다.[110)]

박지원이 구요양으로 들어갔을 때 노이점은 신요동성을 지나가면서 본 것을 기록에 남기고 있다.

> 『수사록』 : ③ 신요동성(新遼東城)을 지난다. 이곳은 청나라 사람들이 요동을 공격한 후에 축조한 성이다. 둘레는 그리 크지 않지만 자못 높고 견고하다. 지금은 버려두고 사람들이 거주하지 않는다고 한다. 목장포(牧場浦)를 건넌 후 연이어 삼대천(三大川)을 건넌다. 비록 평일에는 실개천 같은 건천(乾川)이지만 오랫동안 장마가 지면 강 같은 하천이 된다. 목장포는 저들 말로 '무창(武昌)'이라고 부르는데 대개 중국 음으로 부르기 때문이다. 이곳의 여염집 밖에 있는 길에 목재를 쌓아둔 것이 그 높이는 능과 같고, 그 길이는 몇 리에 뻗어 있다. 이곳 서쪽으로 가면서 본 제일의 장관이다.
>
> 관청 하인에게 물었다.

---

109) 박지원, 『열하일기』, 「광우사기(廣祐寺記)」(『연행록전집』 53권, 409면), "康熙皇帝亦嘗臨幸, 賜居僧織錦袈裟, 今廢無僧, 似指此也."

110) 노이점, 『수사록』, 7월 8일, "余以馬病路迂未得入見, 而聞行臺之言, 則無異目擊矣."

"이것은 어느 산의 나무인데 이렇게 좋은가?"

군뢰 나도망(羅道網)이 말한다.

"이 재목은, 우리나라 강변 7읍에 접한 저들의 국경에서 물길로 운반하여 오는데, 모두 호부와 관련되어 있습니다."[111]

『열하일기』: ③ 한낮은 몹시 무더웠다. 말을 달려 고려총(高麗叢)과 아미장(阿彌庄)을 지나서 길을 나누어, 나는 조 주부 달동과 변군·내원·정 진사와 하인 이학령(李鶴齡)과 더불어 구요양에 들어갔다. 구요양은 봉황성보다도 10배나 더 번화하고 호화스러웠다. 따로 요동기(遼東記)를 썼다. 서문(西門)을 나와 백탑(白塔)을 보았다. 제작 기술이 뛰어나고 규모가 웅장하여 요동 벌판과 잘 어울렸다. 따로 백탑기(白塔記)가 있다.[112]

노이점과 박지원이 각각 신요양과 구요양으로 나누어 갔기 때문에 태자하(太子河)를 건널 때의 시점도 달랐다. 노이점이 사신의 일행과 태자하를 건널 때의 광경을 이렇게 묘사하고 있다.

『수사록』: 저녁에 태자하에 이른다. …… 책문에서 출발한 후부터

---

111) 노이점, 『수사록』, 7월 8일, "過新遼東城, 此則淸人攻遼後築城, 周不甚大, 而亦頗高堅, 今則棄而不居云. 渡牧場浦, 連涉三大川. 蓋雖平日涓流乾川, 因積而潦而成江河矣. 牧(場)浦彼則稱武昌, 蓋以華音而稱之耳. 其閭外路傍材木之堆積, 其高如陵, 其廣橫亙數里, 此是西來後第一壯觀也. 問于官隷曰: "此是何山之木, 而若是其美歟?" 牢子羅道網云: "此材出於我國江邊七邑屬彼之境, 而以水道運來, 係於戶部矣."

112) 박지원, 『열하일기』, 7월 8일(『연행록전집』 53권, 344면), "亭午極熱, 趣馬歷高麗叢阿彌庄, 分路與趙主簿達東及卞君來源鄭進士李傔鶴齡, 入舊遼陽, 其繁華富麗十倍鳳城, 別有遼東記, 出西門見白塔, 其制造工麗雄偉, 可適遼野, 別有「白塔記」."

> 영송관(迎送官) 이상아(伊常阿), 통관(通官) 쌍림(雙林), 장경(章京) 1명, 용십고지(甬十古只) 1명, 갑군(甲軍) 30명이 매 역참마다 사신의 행차를 호송하고 있었지만 그들은 혹 앞서기도 하고 뒤에서 오기도 해 함께 다니지 않았으므로 그들이 가는 것을 볼 수 없었다. 지금 태자하에 있는 언덕에 도착하니 통관과 영송관이 이미 먼저 와서 뱃사공에게 배를 대어놓고 기다리도록 지휘하고 있다. 이 때문에 한꺼번에 건널 수 있다. 하천 주변에는 말과 나귀, 노새, 소, 어린양들이 흩어져 많이 다니고 있었지만, 그 마리 수는 알 수가 없다.[113]

박지원이 태자하를 건너려고 할 때는 노이점과 사신의 일행은 이미 태자하를 건너간 후였다. 이 때문에 박지원과 그 일행들은 주위에 아무런 도움을 받지 못하고 고생했던 장면을 이렇게 묘사하고 있다.

> 『열하일기』 : 다시 태자하에 이르렀다. 강물은 장마로 불어났지만 배가 없어서 건널 길이 막연하다. 태자하를 따라 오르락내리락하면서 방황하였다. 조금 있으니 갈대 우거진 속에 콩깍지만 한 고기잡이 배가 흔들거리며 나오고, 또 작은 배 하나가 강기슭에 은근하게 보인다. 장복과 태복 무리를 시켜 소리를 질러 배를 부르게 했다. 어부(漁夫) 두 사람이 낚싯대를 드리우고 양쪽 뱃머리에서 앉아 있다. …… 아무리 불러도 저들은 돌아다보지도 않는다. 오랫동안 물가 모래판에 섰노라니, 찌는 듯한 더위에 입술이 타고 이마에 땀이 나고 배는

113) 노이점, 『수사록』, 7월 8일, "夕抵太子河 …… 自柵離發之後, 迎送官伊常阿·通官雙林, 章京一人·甬十古只一人·甲軍三十名, 每站護送使行, 而厥輩或先或後, 不與同行, 故不見其行處矣. 今至河岸, 則通官及迎送官, 已爲先到, 指揮舡人艤舡而待. 故一齊卽渡, 河邊多有馬、驢、騾、牛、羔、羊之散行者, 不知其數矣."

굶주려 허기가 진다.[114]

박지원이 태자하를 건널 때는 청나라 관원의 도움을 받을 수가 없었고, 여름이었지만 해가 지려고 했던 것으로 보아 이미 늦게 태자하에 도착했다는 것을 알 수 있다. 노이점과 박지원이 태자하를 건넌 후 숙소로 머문 곳은 영수사였다. 노이점과 박지원은 다음과 같이 언급하고 있다.

『수사록』 : 몇 리를 가서 영수사(暎水寺)에 도착하여 양영윤(楊永閏)의 집에 들어가서 머무른다. 그의 집 오른쪽 행랑(行廊)은 무량옥(無樑屋)이다. '무량옥'은 들보가 없다는 것이 아니라 집 위는 평탄하여 지붕마루가 없는 것인데, 실제로도 지붕마루가 없다. 무량옥의 형태를 여기서 처음 본다. 이 행랑의 서쪽에 큰 정원에 담장이 있다. 주위에 거의 보리씨 수십 석 되는 씨앗을 파종할 수 있다. 정원에는 여러 아름드리나무가 많이 있다. 게다가 밑은 둥글고 위는 뾰족한 흙덩이가 많아서 물어보니, 주인이 대답한다.

"이것은 저의 부모와 조부의 봉분(墳墓)입니다."

나는 중국 사람들 중에 풍수를 숭상하지 않는 사람이 많음을 비로소 알게 되었다. 풍수설(風水說)은 실로 세상을 기만(欺滿)하고, 사람을 속이는 것이다. 지금 이곳 양영윤은 그의 부친을 평지 움푹 들어간 곳에 장례를 치렀지만, 그의 집은 풍유하고, 사람들은 재능이 있어 뛰어나고 걸출하다. 이것이 어찌 풍수지리와 관련이 있단 말인가?

---

114) 박지원, 『열하일기』, 7월 8일(『연행록전집』 53권, 345~346면), "還至太子河, 河方潦漲, 無船可渡, 沿河上下正爾彷徨, 俄有蘆葦叢中蕩出荳殼漁艇, 又有一小艇, 隱於汀洲, 使張福泰卜輩齊聲喚舟, 一對漁人兩頭垂竿而坐, …… 千呼萬喚, 終不回頭, 久立汀沙, 暖氣薰炙, 唇焦頭汗, 膓虛氣餒."

이날 70리를 갔다.[115]

『열하일기』: ⑤ 신요양(新遼陽) 영수사(映水寺)에서 묵다. 이날 70리를 왔다. 밤에는 몹시 더워서, 잠든 중에 절로 홑이불이 벗겨져서 약간 감기 기운이 있었다.[116]

영수사가 신요양에 있다는 사실은 박지원의 기록을 통하여 알 수 있다. 노이점은 숙소에 도착하고 시간의 여유가 있었던지, 머물던 주인집의 무량옥을 설명하고, 봉분을 관찰하더니 풍수에 대한 자신의 견해까지도 밝히고 있다. 반면 박지원은 이날 고단한 일정을 마치고 힘들었는지 숙소에 돌아온 후로는 별다른 기록을 남기지 않았다.

(4) 심양에서

노이점과 박지원은 사신의 일행과 함께 심양에 들어간다. 먼저 들린 곳은 관묘다. 노이점과 박지원은 같은 공간에 있었지만 기록하고 있는 내용을 보면 많은 차이를 보이고 있어 관심이 다르다는 것을 알 수 있다. 여기에서는 심양에 들어갈 때를 서로 비슷하지만 다른 기록을 살펴보기로 한다.

---

115) 노이점, 『수사록』, 7월 8일, "行數里抵暎水寺, 入接於楊永閏家止宿, 其家右行廊卽無樑屋也. 所謂無樑屋者 非無樑也, 屋上平夷無脊, 實無脊屋也. 無樑屋之制, 始見於此. 此廊之西有大園墻, 周幾麥種數十石落只, 園中多有連抱大木, 又多土塊之下圓上尖者, 問之, 則主人云 : '此是渠之父祖墳墓' 余始知華人之不尙風水者多矣, 而風水之說, 實欺世誤人矣. 今此楊永閏葬其親於平地汙下處, 而其家豐裕, 人物俊異, 是何系於地理耶? 是日行七十里."

116) 박지원, 『열하일기』, 7월 8일(『연행록전집』 53권, 347면), "宿新遼陽映水寺, 是日通行七十里, 夜極熱, 睡中單衿自脫, 微有感氣."

『수사록』: ①사신의 행차가 도관(道觀)에 들어가서 잠시 쉰다. 도사(道士) 허씨(許氏) 성을 가진 자가 머리에는 구량관(九梁冠)을 쓰고, 몸에는 검은 명주옷을 입고 있는데, 그 모양새가 우리나라 중적막(中赤幕)과 같다.[117)]

『열하일기』: ①관묘에서 한 명의 도사가 걸어 나온다. 몸에는 한 벌의 야견사(野繭紗)로 된 도포(道袍)를 입었다. 목에는 등나무로 된 삿갓을 쓰고 발에는 공단으로 만든 검은색 신을 신었다.[118)]

노이점과 박지원은 같은 장소에 왔지만 노이점은 이곳을 도관(道觀)으로 박지원은 관묘로 다르게 말하고 있다. 또 도사가 입은 옷을 노이점은 명주로 된 중적막(中赤幕), 박지원은 야견사(野繭紗)로 된 도포 같다고 다르게 표현하고 있다. 게다가 노이점은 책문에서 중국인에 대한 관심이 머리 모습에 두고 있었는데, 여기서도 시선이 모자에 머물러 구량관(九梁冠)을 발견하고 관심을 표명하고 있다. 특히 노이점이 북경 기행 내내 만주족의 변발을 폄하하더니 사람을 볼 때도 먼저 두발 모양에 시선이 머물 때, 박지원은 머리보다는 신발에 두었다.

노이점과 박지원은 도사의 행동에 대해서는 비슷하게 묘사하고 있다.

---

117) 노이점, 『수사록』, 7월 10일, "使行入道觀小憩, 道士許姓人者, 頭戴九梁冠, 身着黑繒衣而袖狹, 其制如我國中赤幕."

118) 박지원, 『열하일기』, 7월 10일(『연행록전집』 53권, 361면), "廟中走出一箇道士, 身披一領野繭紗道袍, 項戴藤笠, 足穿貢緞黑靴,"

『수사록』 : ②그 사람은 우리를 반갑게 맞이하더니 사신에게 차를 내오고, 우리들에게도 권한다. 말할 것은 많았지만 중국말이 통하지 않아 그의 말을 알 수 없으니 정말로 안타깝다.[119]

『열하일기』 : ②갓을 벗고 어루만지면서 말하기를, "그대와 똑 같지요." …… 도사가 두 잔에 차를 따라서 각기 권한다.[120]

노이점은 도사가 차를 대접하면서 하는 말을 이해하지 못하였고, 박지원은 어느 정도 이해한 것으로 보인다. 이 사실로 미루어 보면 박지원이 일정 정도의 중국어를 구사했다는 것을 짐작할 수 있다.

그리고 상투를 한 노이점은 그 도사를 보자 두발에 대한 관심이 멸망한 명나라의 후예 같다는 생각까지 하면서, 순간 자기도 청나라 땅에 살았더라면 상투를 지키기 위하여 그 사람처럼 될 수 있다는 생각까지 하게 된다.

『수사록』 : ③책문에 들어온 이후로 저들은 모두 변발(辮髮)을 하였는데, 뒷머리까지 머리를 땋아서 '붉은 댕기'를 묶었다. 여기에 와서 상투머리를 하고 관을 쓴 사람은 처음 본다. 나도 모르는 사이에 반갑고 가까운 것처럼 친근한 마음이 느껴진다. 그 사람도 우리를 보자 관대한 생각이 있어 보인다. 그러나 그 사람은 대단한 사기꾼 같다. 하지만 나를 중국에 태어나게 하였더라도 도사(道士)로 도피하

---

119) 노이점, 『수사록』, 7월 10일, "其人欣迎, 進茶於使行, 亦以勸吾輩, 多有所言, 而不通華音, 故無以知之, 良可歎也."

120) 박지원, 『열하일기』, 7월 10일(『연행록전집』 53권, 361~362면), 脫笠自撫其日, 與相公一樣. ……"道士手注兩椀茶各勸"

> 는 것 외에는 다른 방법이 없을 것이다. 문산(文山)이 황관(黃冠)을 간청한 것을 가히 상상할 수 있다.[121]

문산은 문천상(文天祥, 1236~1282)을 말하고, 황관은 도사의 관을 말한다. 노이점이 두발에 관심을 보인 것은 단순한 두발이 아니라 배청숭명 사상과 관련이 있다. 배청숭명 사상에 사로잡힌 노이점은 청나라 통치하에서 만주인들의 습속을 따르지 않고 상투머리를 유지하고 있는 사람을 보자 지나치게 친근감을 보인 것이다.

다음도 노이점과 박지원이 함께 같은 사람을 만났을 때다.

> 『수사록』: ① 옆에 수염과 머리털이 모두 희고, 얼굴이 살쪄 두툼한 오랑캐 한 명이 있는데, 와서 조아리며 말을 건다.[122] ② 자못 정성스러운 태도를 보이지만 말이 서로 통하지 않을 뿐만 아니라 그의 얼굴이 무식하고 불량한 사람 같아 보였기 때문에 함께 대꾸하지 않았다.[123]

> 『열하일기』: ① 어떤 노인이 수화주(秀花紬)로 된 홑적삼을 입고 벗어진 이마에 머리를 땋았다. 나에게 오더니 길게 읍을 하고 말한다. "수고가 많습니다." 나도 읍으로 답을 했다. 노인은 내가 신고

---

121) 노이점, 『수사록』, 7월 10일, "入柵以後, 彼人皆剃髮, 而辮髮於後頭, 着紅鞢. 至是始見結髻着冠之人, 不覺歡忻親愛之心, 渠亦見我輩, 而有款厚之意, 然其爲人, 則近於多詐矣. 然使我生於中國, 則逃身於道士之外, 無他道矣. 文山黃冠之請, 亦可想矣."

122) 노이점, 『수사록』, 7월 10일, "傍有一老胡鬚髮盡白, 狀貌豊厚, 來叩以語, 頗示款款之意."

123) 노이점, 『수사록』, 7월 10일, "而不唯言語之不相通, 其面目似是無識不良之人, 故不與之酬酢."

있는, 흙 묻은 신을 뚫어지게 보는데, 만드는 방법을 자세히 살피는 것 같다. 나는 바로 한 짝을 벗어 보인다.[124)]

노이점은 그 사람을 불량한 사람이라고 생각하고 말을 섞지 않았다. 반면 박지원은 이 사람을 상대하며 여러 가지 대화를 나눈다. 이때에도 박지원은 중국말을 했던 것으로 보인다. 이처럼 두 사람이 같은 상황에서 각자 대응하는 태도가 매우 다르다. 박지원은 노이점과 달리 적극적이다. 자신이 신던 신까지 벗어서 보이기도 한다. 노이점이 무식하다고 생각했던 이 사람은 벼슬을 하고 있는 관리였다.

『수사록』: ③ 나중에 들어보니, 이 사람은 병부(兵部)의 원외랑(員外郎)인데 보고하러 왔다고 한다. ……

『수사록』: ④ 성밖 도관에서 만났던 병부 원외랑은 상을 잘 보는 사람이라고 한다. 좀 더 빨리 알아 관상에 대하여 논하지 못한 것이 한스러울 뿐이다.[125)]

『열하일기』: ③노인은 나를 이끌고 묘당(廟堂) 안으로 들어간다. 노인은 자기의 이름을 써 보이는데, 복녕(福寧)이며 만주족으로 성경(盛京)의 병부랑중(兵部郎中)이다. 나이는 63세이다. …… 저의 집은 서문(西門) 안쪽의 마남(馬南) 근처에 있고, 대문에 병부랑중이라고

---

124) 박지원, 『열하일기』, 7월 10일(『연행록전집』 53권, 361면), "有一老者, 披秀花紬單衫, 光頭垂, 就余長揖曰, 辛苦, 余答揖, 老者熟視余所着泥鞋, 意似詳觀制作, 余卽脫示一隻"

125) 노이점, 『수사록』, 7월 10일, "追聞, 此是兵部員外郎, 而呈告而來云. …… 追聞, 城外道觀所逢兵部, 卽善相人, 恨未早知而論相耳."

> 쓰여 있다고 한다. …… 도사는 코가 뾰족하며 눈동자가 한쪽으로 쏠린다. 행동거지가 경박하고, 친절한 것은 전혀 없다. 복녕은 사람이 뛰어나고 기세가 넘쳤다.[126)]

원외랑은 상서성(尙書省) 소속으로 정원 외의 관직이다. 평상시에는 소속된 부서에서 장부를 맡아보다가, 시랑(侍郎)이 결원일 때는 그 직무를 맡아 본다. 복녕(福寧)의 신분에 대해서는 노이점도 나중에 알게 된다. 노이점은 도사의 차림새에 동정심을 가지면서도 이야기할 수 없었던 것을 아쉬워하였고, 노인에 대해서는 외모에 선입관을 가지고 외면했던 것을 후회했다.

박지원도 도사의 행동에 대해서는 경박하여 정성이 없다고 했지만, 복장이나 외모에 좌우되지 않았다. 박지원은 적극성을 가지고 있었기 때문에 동일한 사람을 놓고도 노이점과 색다른 체험을 할 수 있었다.

박지원은 이처럼 사람들 사이에 벌어지는 일화를 자주 묘사하고 있지만, 노이점은 이런 부분에 관심을 보이지 않는다. 노이점은 일정한 교양을 가진 사람처럼 보이지 않으면 좀처럼 함께 말을 섞으려 하지 않고 벽을 쌓았다. 이것이 이들의 차이를 극명하게 보여주는 예이다.

1780년 7월 10일 심양에 도착했지만 11일 방물을 실고 갈 수레가

---

126) 박지원, 『열하일기』, 7월 10일(『연행록전집』 53권, 361~362면), “老者引余入廟堂裏, 老者書示姓名, 福寧滿洲人見任盛京兵部郎中, 年六十三. …… 俺家住西門內馬南邊, 門首題着兵部郎中. …… 道士尖鼻會睛, 動止輕佻, 全沒款曲, 福寧爲人魁特磅礴.”

준비되지 않아서 하루 더 심양에 머물고 12일 떠난다. 심양 같은 큰 도시에서는 통행금지 시간이 있어서 함부로 다닐 수 없었다. 그러나 10일 박지원은 저녁을 먹은 후 몰래 숙소를 이탈하여 달빛을 따라 가상루(歌商樓)에 들려 청나라 사람들과 함께 예속재(藝粟齋)에 가서 술과 차를 마시며 밤새워 필담을 나눈다.

박지원은 바로 11일 낮에는 별다른 일정을 기록하지 않고 있다. 간밤에 밤을 새우고 와서 휴식을 취한 것으로 보인다.

이날 저녁때가 되었다. 박지원은 이날 밤 가상루로 가려고 밥을 먹고 기회만 보고 있었다. 박래원과 주명신, 노이점이 배를 문지르며 뜰을 거닐고 있었다. 주명신은 부사가 요양에서 지은 7언 율시를 암송하고, 차운하여 자기 시도 읊고 있다. 박지원은 노이점과 대화를 나눈다.

변계함이 따라 나서려고 했지만 역관의 제지로 그만 둔 박지원은 변계함을 뒤로 하고 혼자 예속재에 갔다가 가상루로 간다. 이날 이야기는 『열하일기』의 「상루필담」에 기록되어 있다.

(5) 청성묘(淸聖廟) 우박사건

노이점은 7월 26일 야계둔(野雞屯) 벌판에서 우박을 만나 공포에 떨면서 힘든 날을 보낸다. 이때 노이점과 박지원은 함께 가고 있었는데, 두 사람의 기록을 비교하면서 살펴보면 노이점이 미처 언급하지 못한 당시 정황을 상세하게 이해할 수 있다.

> 『수사록』 : ① 야계둔에 가지도 못한 채 몇 리쯤에서 서북쪽 사이에서 검은 구름이 종이에 먹물 번지듯 하는 것을 보았다. 얼마 되지

> 않아 소나기가 크게 퍼붓고, 바람이 빗발치면서 새 알만한 우박이 바람에 날려 어지러이 떨어지면서 비옷을 내리 친다.[127]
>
> 『열하일기』: ① 이제묘에서 먼저 출발하여 야계타(野鷄坨)에 도착하지도 못한 몇 리쯤에서 날씨가 찌듯 더웠고 한 점 먼지도 없었다. 노이점과 정진사, 주주부, 변래원과 함께 앞서거니 뒤서거니 이야기하며 가는데 손등에 갑자기 큰 방울이 떨어지니 마음과 등골이 함께 오싹해진다. 주위를 돌아보아도 물을 뿌린 사람이 없다. 또다시 주먹 크기 만한 물 덩어리가 청대의 모자를 때리더니, 그 소리 '탕'하고 난다. 또다시 노이점의 갓에 떨어진다. 모두 머리를 들어 하늘을 본다. 태양 옆에 조각구름이 있는데, 작기가 바둑알만하다. 우당탕 맷돌 가는 소리가 가득하고 잠깐 사이에 사방들판 사이마다 까마귀 머리 같은 작은 구름이 일어난다. 그 빛깔이 맹렬하다. 태양 옆에 있는 흑 구름은 이미 반쯤 해를 가리고, 한 줄기 섬광이 버드나무 사이를 스친다. 순식간에 해가 구름 속에 숨어버리더니 구름 속에서 번갈아 바둑판을 쏟아내는 듯 비단을 찢는 듯한 천둥소리가 난다. 모든 버드나무 침침한데 버드나무 잎사귀마다 번갯불이 번쩍 싸고돈다.[128]

박지원은 이때 정각(鄭珏), 주명신(周命新), 변군(卞君), 노이점과 함께 있었다고 밝히면서 순간순간 변화하는 날씨와 주변 변화를 리

---

127) 노이점, 『수사록』, 7월 26일, "未及野雞屯數里許, 見西北間黑雲如潑墨, 未久, 驟雨大注, 大風如射, 飛雹亂下, 其大如鳥卵, 撲於油衣."

128) 박지원, 『열하일기』, 7월 26일(『연행록전집』 54권, 30~31면), "自夷齊廟先發, 未及野鷄坨數里, 天氣暴烘, 無一點氛埃. 與盧、鄭、周、卞後先行語, 手背忽落一鍾冷水, 心骨俱凄, 四顧無潑水者. 又有拳大水塊下, 打昌大帽簷, 其聲宕, 又墮盧笠, 皆擡頭視天, 日傍有片雲, 小如碁子, 殷殷作碾磨聲. 俄傾四面野際, 各起小雲如烏頭, 其色甚毒, 日傍黑雲, 已掩半輪, 一條白光閃過柳樹. 少焉, 日隱雲中, 雲中迭響, 如推碁局, 如裂帛, 萬柳沉沉, 葉葉縈電."

얼하게 모두 그려 낸다. 노이점은 이런 상황에서 주위에 있던 사람들에 대하여는 전혀 시선을 주지 못하고, 비에서 우박으로 변하는 과정을 짧은 표현으로 설명하고 있다. 박지원은 다급한 순간에도 주변인물과 날씨의 변화까지도 놓치지 않고 표현하고 있다.

벌판에서 만난 긴급한 상황 속에 사람들은 피할 곳이 없었다. 노이점은 이 부분에 대한 설명이 없지만 박지원은 우박을 피하고 대처하는 장면을 상세하게 묘사하고 있다.

> 『수사록』 : ② 묘사가 없다. ③ 묘사가 없다.
>
> 『열하일기』 : ② 함께 말채찍을 재촉하며 달려가니 뒤에서는 수레 만 대가 앞 다투어 몰고 가는 듯하다. 산은 광분하고 들판이 뒤집어질 듯하며, 숲이 격노하고 나무는 흐느적거린다. 말몰이꾼들이 손발을 바쁘게 허둥거리며 유구(油具)를 꺼내려 하지만 전대에 굳게 끼여 있어 꺼낼 수 없다. 바람과 비, 천둥과 번개가 종횡으로 함께 쏟아지니 지척사이도 구분할 수 없다. 말들이 모두 무릎을 떨고, 사람들은 호흡이 다급하다. ③ 이에 말의 머리를 끌어서 둥글게 둘러쳐 세운다. 아랫사람들이 모두 말갈기 밑으로 머리를 가린다.[129]

위의 예문을 보면 박지원은 비와 우박이 내리고 천둥과 번개가 칠 때 대피하는 장면을 묘사하고 있다. 박지원의 기록을 통해 벌판에서 우박을 만난 사람들이 자구책으로 다급하게 말머리로 둘러치

---

129) 박지원, 『열하일기』, 7월 26일(『연행록전집』 54권, 31~32면), "一齊促鞭而行, 背後萬車爭驅, 山狂野顚, 樹怒木酗. 從者手脚忙亂, 急出油具, 堅不脫帒. 雨師風伯, 雷公電母, 橫馳並鶩, 不辨咫尺. 馬皆股栗, 人皆氣急, 遂聚馬首, 環圍而立, 從者皆匿面馬鬣下."

고 그 안에서 피했다는 것도 알 수 있다. 노이점은 이런 대피 방식에 대한 묘사가 없고 자신이 처한 상황만 언급하고 있다.

> 『수사록』 : ④ 빗물이 입에 퍼지면서, 바람이 얼굴을 할퀴니 사람들이 호흡을 통할 수 없다. 말도 또한 쓰러질듯하니 발조차 디디지 못한다. 실로 잠깐 사이에 죽을 것 같은 걱정이 든다. 이런 일은 60평생에 없던 일이다. ……[130]

> 『열하일기』 : ④ 때때로 번갯불 사이로 노이점을 보니, 오그리고 추위에 떨며 쪼그리고 있다. 긴장하여 두 눈을 감고 있는데, 숨기운이 끊어질 듯하다.[131]

노이점이 '말이 쓰러질 듯하고 호흡조차 할 수 없을 정도'라고 한 곳이 바로 벌판에서 말로 둘러치고 그 속에 사람들이 피해있던 상황이라는 것을 짐작할 수 있다. 구체적인 정황을 박지원의 기록을 통해서만 이해할 수 있다.

노이점이 기록하고 있는 내용의 특징은 주변 관찰보다는 스스로 겪고 있는 고충 위주로 묘사하고 있다는 점이다. 이 상황에서 박지원은 노이점이 벌벌 떨며 눈을 감고 숨이 넘어가는 모양을 하고 있었다고 표현하고 있는데, 노이점은 순간 빗물이 입에 들어오고 호흡도 곤란해지는 상황에 있었다고 밝히고 있다. 노이점의 기록만 보면

---

130) 노이점, 『수사록』, 7월 26일, "雨薄於口, 風割乎面, 人不能通呼吸, 馬亦披靡不能容足, 實有頃刻將死之慮, 此實六十年來所未有之事也."

131) 박지원, 『열하일기』, 7월 26일(『연행록전집』 54권, 32면), "時於電光中, 見盧君, 寒戰擂搦, 緊閉兩目, 氣息將絕."

우박 같은 것을 맞고 있다고 하지만 호흡까지 곤란해졌다고 말한 것은 이해하기 힘든 부분이지만 박지원이 이때의 상황을 놓치지 않고 묘사하고 있기 때문에 그때의 상황으로 노이점의 심정을 이해할 수 있다. 결국 노이점이 북경으로 가던 중 가장 힘들었던 순간과 그때의 모습은 박지원이 놓치지 않고 포착하였다.

이윽고 노이점은 야계둔에 있는 가게로 말을 몰고 달려갔다. 여기서 박지원과 길이 엇갈리게 된다.

> 『수사록』 : ⑤ 야계둔을 바라보고 다급히 말을 몰고 간다. 마부도 우박을 무릅쓰고 추위에 떨면서 거의 기진맥진하려고 한다. 말을 끌고 곧바로 가게로 들어가는데, 문이 낮은데다가 말이 급히 들어가는 바람에 갓에 단 장식이 다 부서지고, 목도 다치게 되었다. 게다가 가게는 좁고 사람은 많아서 말과 사람이 서 있을 곳이 없으며 서로 발을 겹치고 어깨를 비비며 있으니 기침이 나고 코와 입이 막힌다. 만약에 조금만 더 있었더라면 죽음에 이르렀을 것이다. ⑥ 조금 지나니 비가 개이고 바람이 그친다. 이에 곧바로 출발 한다.[132]

> 『열하일기』 : ⑤ 묘사가 없다. ⑥ 이윽고 비바람이 조금 잦아드니 얼굴마다 서로 바라보니 모두들 자기 얼굴색이 아니었다. 비로소 양쪽에 집들이 있던 것이 보이는데, 불과 4~50보도 안 되었다. 하지만 비가 내릴 때는 이곳으로 피할 줄 몰랐던 것이다. 사람들이 말한다. "조금만 늦었어도 숨 막혀 죽을 뻔 했습니다." 드디어 가게 안으로

132) 노이점, 『수사록』, 7월 26일, "望鷄屯急急馳去, 馬夫冒雨凍栗, 氣至將盡, 牽馬直入店門. 門低而馬急馳入之際, 笠飾盡碎, 項亦致傷, 而店窄人多. 人馬無可立之地, 相與重足而磨肩, 喘息兩塞, 若過數頃則必至於死矣. 而小間雨霽風止, 故卽爲發行."

> 들어가서 잠시 쉰다.[133)]

말머리로 둘러치고 있던 곳에서 4~50보 밖에 안 되는 곳에 피할 가게가 있었다는 것을 몰랐다. 이윽고 노이점은 그곳으로 말을 끌고 갔다. 노이점은 너무 서둘러 그곳으로 들어가다가 목이 걸려 다친다.

『열하일기』를 보면 부사는 가마에서 우박을 피했던 것을 알 수 있다.

> 길에서 부사를 만나 물어본다.
> "어디에서 비를 피하셨나요?" 부사가 말한다.
> "가마의 창문이 바람에 떨어져 빗발이 마구 들이쳐 밖에 있는 것과 다르지 않았습니다. 빗방울이 큰 것은 거의 술잔과 같으니 대국의 빗방울은 역시 두렵습니다."[134)]

우박이 그쳐 상황이 끝났을 때 노이점과 박지원이 보여주는 반응도 확연히 다르다. 노이점은 두려웠던 심정을 계속 잊지 못하고 있다. 하지만 박지원은 다르다. 바로 이런 언급은 없고 오히려 해학이 섞인 농담을 한다.

---

133) 박지원, 『열하일기』, 7월 26일(『연행록전집』 54권, 32면), 少焉風雨小歇, 面面相視, 皆無人色. 始見兩沿廬舍, 不過四五十步, 而方其雨時, 不知避焉. 諸人曰: "差遲半刻, 則幾乎窒死." 遂入店中小憩.

134) 박지원, 『열하일기』, 7월 26일(『연행록전집』 54권, 32면), "路値副使, 問: '避雨何處?' 副使曰: '轎牕爲風所落, 雨脚橫打, 無異露立, 雨點之大, 幾如酒鉢, 大國雨點, 亦可畏也.'"

『수사록』 : ⑦ 밤에 눅눅한 방에 누우니 잠을 잘 수가 없다. 가만히 생각해보니 오늘 지나오면서 채미사(采薇祠)에서 성범(聖範)을 우러러 본 것은 실로 평생 없었던 성대한 일이었고, 야계둔에서 비와 바람 때문에 곤란을 겪은 것도 평생 없었던 '액운'[厄會]이 온 것이다. 오늘 일을 평생 잊지 못할 일이다. 하지만 청풍대(淸風台)를 보지 못한 것은 끝내 원망스럽다. 그러므로 돌아갈 때 한 번 올라가기를 기약할 뿐이다.[135)]

『열하일기』 : ⑦ 비가 쾌청하게 개이고 바람과 볕도 맑고 곱다. 술을 조금 마시고 곧바로 떠난다. ……

내가 변계함(卞季涵)에게 말한다.

"나는 오늘 『사기』의 전(傳)을 더욱 믿지 않을 것이요!"

정진사가 말을 채찍질하며 앞으로 나와 물었다.

"무엇을 말하는 것입니까?"

내가 말한다. "항우가 '분노하여 소리를 지르는 것'[喑啞叱咤]이 어떻게 천둥소리와 같을 수 있겠는가? 『사기』에서 적천후(赤泉侯)의 말과 사람들이 몇 리를 물러났다는, 이 말도 망언이지요. 항우가 눈을 부릅떴다고 하여도 번개만 못하였을 것이니, 여마동(呂馬童)이 말에서 떨어졌다는 것은 더욱 믿을 만한 이야기를 전한 것은 아니지요. 도두들 크게 웃는다.[136)]

---

135) 노이점, 『수사록』, 7월 26일, "夜臥濕炕不能着睡, 黙念今日所經過, 則采薇祠之瞻仰聖範, 實平生所未有之盛事也, 野雞屯之困於風雨, 亦平生所未有之厄會也, 今日之事, 可謂平生所不可忘者也. 然不見淸風台, 終爲缺悵, 故留期於後路時一登耳."

136) 박지원, 『열하일기』, 7월 26일(『연행록전집』 54권, 32면), "雨快霽, 風日淸麗, 小飮卽發. …… 余謂季涵曰 : "吾今日, 益不信史傳也" 鄭進士鞭馬出前而問曰 : "何謂也" 余曰 : "項羽喑啞叱咤, 何如雷霆之聲, 史記言赤泉侯人馬, 辟易數里, 此妄也, 項羽雖瞋目, 不如電光, 則呂馬童墮馬, 尤非傳信" 皆大笑."

『열하일기』에서 '분노하여 ~것'[喑啞叱咤]은 청나라 저인획(褚人获)이 항우의 목소리를 빗대어 표현한 말이기도 하다.[137] 적천후(赤泉侯)의 고사는 『항우본기』에 언급된 말이기도 한다.[138]

여마동(呂馬童)은 항우와 어릴 때부터 교류가 있었다. 항우가 오강(烏江)을 건너지 않고 최후의 싸움을 하다가 여마동 앞에서 자결을 한다.[139]

노이점과 박지원의 기록을 통하여 야계둔 벌판에서 벌어진 상황을 서로 대비하며 풍부하게 이해할 수 있었다. 노이점이 자신을 중심으로 펼쳐 보이는 체험과 박지원이 자연 환경과 주변 환경을 아울러 표현한 기록은 노이점의 상황을 좀 더 구체적으로 이해할 수 있다.

이들이 비슷한 체험을 하고 난 후 보이는 반응도 서로 비슷하면서도 다르다. 노이점이 스스로 겪은 어려움에 초점을 모으고 있다면 박지원은 이런 것을 초탈하여 『사기』에 묘사된 이야기로 자신의 체험을 재미있게 풀어내고 있다. 노이점과 박지원이 보여준 기록 방식의 일 단면을 볼 수 있는 내용이다.

---

137) 褚人获, 『坚瓠五集 · 项羽庙』: "大风西来, 扬沙飘瓦, 江涌汹涛, 凛有喑哑叱咤之馀威."

138) 『史記·項羽本記』, "项王瞪大眼睛呵叱他, 赤泉侯连人带马都吓坏了, 倒退了好几里."

139) 『史記·項羽本記』, "項王身亦被十餘創. 顧見漢騎司馬呂馬童, 曰 : '若非吾故人乎?' 馬童面之, 指王翳曰 : '此項王也.' 項王乃曰 : '吾聞漢購我頭千金, 邑萬戶, 吾爲若德.' 乃自刎而死."

(6) 광령성에서

조선 사신의 일행은 7월 15일 양자하(羊腸河)를 지나 중안보(中安堡), 우가대(于家垈), 구참리(舊站里), 이대자(二臺子), 달자점(㺚子店), 대간가자(大干家子), 신점(新店)을 거쳐 신광령(新廣寧)을 지나게 된다. 이때 노이점의 말은 이미 병이 들더니 먹지도 못하고 오줌에 피가 섞여 나왔다.

박지원은 이날 정사가 이끌고 노이점이 따라가는 사신의 일행과 가는 길이 달랐다. 박지원이 구광령(舊廣寧)을 지나 북진묘(北鎭廟)를 구경하고 신광령으로 갈 때 노이점은 구광령으로 가는 박지원 일행을 보고서도 따라가지 못하고 그때의 심정만 이렇게 묘사하고 있다.

> 『수사록』 : 구광령은 여기에서 거리가 십 리정도이며, 북진묘는 구광령에서 멀지 않은 곳에 있다. 북진묘는 의무려산(醫無閭山)에 있는 신에게 제사 지내는 곳이다. 여러 동반들이 북진묘를 보기 위하여 앞의 역참에서 말을 몰고 갔지만, 나는 말은 병들어서 함께 갈 수 없으니 정말로 탄식이 나온다. 여러 동반들이 북진묘에서 돌아와 그 빼어난 경치에 대하여 성대하게 말을 한다.[140)]

노이점이 북진묘를 가지 못했지만 여러 가지 정보 지식을 기록하고 있다.

---

140) 노이점, 『수사록』, 7월 15일, "舊廣寧距此十許里, 而北鎭廟在舊廣寧不遠之地. 所謂北鎭廟者, 祭醫無閭神之所也. 數同伴爲見北鎭廟, 自前站馳去, 而余以馬病未偕, 良可歎也. 同伴諸人自北鎭廟而來, 盛言其名勝."

『수사록』: 북진묘는 큰 산 아래에 있는 너른 들판 가운데에 있어 땅의 형세가 펀펀하다. 산의 생김새가 명수(明秀)한 것이 더러운 기운을 벗어나 평소에 기이한 경치라고 일컬어진다.

의무려산은 천하의 큰 산으로 태행상(太行山)에서 지나온 산맥이 700리를 가로 질러 뻗어 있고, 꼬리는 바다를 감아 돌고 있으며, 머리는 큰 들에 대고 있다. 순(舜)임금 때는 유주(幽州)의 진산(鎭山)이었고, 명나라 때는 그 산이 방기(邦畿)에 있는 땅이었다. '제사지내는 서열'이 매우 높아 해마다 산동(山東)의 도어사(都禦史)에게 그 제사를 주관하게 하는데, 그 희생과 폐백, 의식을 받들어 높이기를 극진히 한다.

북진묘는 청나라 사람이 축조한 것 같지만 정확하게 알 수가 없을 뿐이다. 광령은 뒤에 있는 명산을 등지고 큰 들판을 점해 있다. 마을은 부유하고 또한 경치가 뛰어난 곳이다. 가을 곡식은 잘 익었고, 기르는 가축은 들판을 덮는다. 이날 70리를 왔다. [광녕은 옛 이주(伊州)이다.][141]

---

141) 노이점, 『수사록』, 7월 15일, "蓋廟在泰山之下大野中, 而地勢平衍, 山容明秀, 脫洒纙氣, 素稱奇勝. 醫無閭卽天下之大山也, 自太行山過脉横亙於七百里, 尾蟠滄海, 首注大野. 舜爲幽州之鎭山, 皇明時以其在邦畿之內. 秩祀崇極, 每歲使山東都禦史攝其祭, 而牲幣、儀式極其尊奉. 而北鎭廟似是淸人所建, 然未能的知耳. 廣寧背名山而臨大野, 邑里富實, 亦勝地也. 秋穀大登, 畜牧蔽野矣. 是日行七十里. (廣寧, 古伊州也), 舊廣寧距此十許里, 而北鎭廟在舊廣寧不遠之地. 所謂北鎭廟者, 祭醫無閭神之所也. 數同伴爲見北鎭廟, 自前站馳去, 而余以馬病未偕, 良可歎也. 同伴諸人自北鎭廟而來, 盛言其名勝. 蓋廟在泰山之下大野中, 而地勢平衍, 山容明秀, 脫洒纙氣, 素稱奇勝. 醫無閭卽天下之大山也, 自太行山過脉横亙於七百里, 尾蟠滄海, 首注大野. 舜爲幽州之鎭山, 皇明時以其在邦畿之內. 秩祀崇極, 每歲使山東都禦史攝其祭, 而牲幣、儀式極其尊奉. 而北鎭廟似是淸人所建, 然未能的知耳. 廣寧背名山而臨大野, 邑里富實, 亦勝地也. 秋穀大登, 畜牧蔽野矣. 是日行七十里. (廣寧, 古伊州也)"

'제사지내는 서열'은 질사(秩祀)를 풀이한 말이다. 진산(鎭山)은 국가나 도읍지, 고을을 진호(鎭護)하는 주산(主山)으로 정하여 제사하던 산을 말한다. 방기(邦畿)는 왕 성을 중심으로 1000리 이내의 땅이고, 도어사(都禦史)는 왕명으로 특별한 사명을 띠고 지방에 파견되던 어사의 최고 책임자이다.

박지원은 태의 변관해와 주부 조달동, 박래원과 함께 구광령을 지나 북진묘를 구경하고 나서, 밤에 달빛을 따라 40리 길을 거쳐 일행들이 머물고 있는 신광령으로 온다. 박지원은 북진묘를 다녀와서 자신의 감회를 「북진묘기」에 남기고 있다. 하지만 노이점은 말이 병들었기 때문에 합류하지 못했다.

박지원은 북진묘를 이날 7월 15일에 청나라에 유람와서 볼 것은 '깨진 기왓장'과 '똥거름'에 있다고 소개하였다.

(7) 노하(潞河)를 건너는 곳

북경으로 들어가기 전에 노하를 건너야 통주에 도착한다. 8월 1일 정사와 부사, 서장관, 노이점, 박지원은 노하에서 호북(湖北) 사람이 타고 있는 배에 올랐다.

> 『수사록』: ①계주(薊州) 사람에게 들으니, 호북 안찰사(按察使)가 군량을 운반하러 왔다가 북경에서 죽자, 이제 막 한림(翰林)이 된 그의 아들이 목도(木道)로 시신을 반송하고 있는 것이라고 한다.[142]

---

142) 노이점, 『수사록』, 8월 1일, "聞薊州人, 使, 轉漕而來, 死於京, 其子方爲翰林, 以木道返櫬云."

노이점과 박지원은 같은 배에 올라갔지만 서술 내용이 조금씩 달라 좋은 대비를 이룬다. 특히 배에 오를 때 노이점은 그 배의 주인과 상주(喪主)에 대하여 구체적인 상황을 모두 밝힌 다음 오르지만, 박지원은 배에 올라 상주를 만나기 전까지는 상주에 대한 어떤 언급도 하지 않는다. 박지원은 노이점처럼 이야기를 전개하는 것이 아니라 서술할 때 시간의 흐름을 중요시하여 독자들이 읽으면서 궁금한 것을 풀어갈 수 있게 하는 방식을 택하고 있다.

『수사록』: ① 배안으로 들어가보니 방문 밖에는 창들을 세워 두었다. 누대같은 집은 환하게 밝고, 의자와 기물을 많이 두었다.

② 4~5명의 소년들이 맞이하여 방안으로 들어가기를 청한다. 그 사람들이 안내하여 들어가니, 누헌에서 방까지가 깊다. 가운데로 가니, 창문과 문은 모두 푸른 비단으로 발랐고, 유리를 끼우기도 하였다. 그릇과 기물도 모두 모두 화려하고 아름다우며 조각(彫刻)이 되어 있는 의자를 많이 두었다. 우리나라의 호사스러운 재상이라도 이렇게 사치스럽지는 못할 것이다.[143]

『열하일기』: 삼사(三使)와 같이 어떤 배에 함께 오른다. 왼쪽과 오른쪽에는 채색난간이 갖추어져 있다. (배에 있는) 집 앞에는 장막을 치고 의장용 창(槍)으로 문을 만들었는데, 양쪽에는 의장(儀仗)과 기치(旗幟), 도극(刀戟), 봉인(鋒刃)을 두었다. 모두 나무로 만든 것이다.[144]

143) 노이점, 『수사록』, 8월 1일, "入其中則設棨戟於房門外, 軒樓開朗, 多設椅子及器玩, 有四五少年迎接, 請見其房門之內, 其人遂導之而入, 自軒入房, 稍爲深邃, 入其中, 窓戶皆以碧紗塗之, 或以琉璃爲之, 器玩皆華美, 多置雕鏤椅子, 雖我國豪華宰相家, 無如此之侈者矣."

144) 박지원, 『열하일기』, 8월 1일(『연행록전집』 54권, 79면), "與三使齊登一船, 左右

정황으로 보아 노이점은 정사와 서장관과 함께 먼저 배에 올랐고, 조금 지나서 박지원은 부사와 함께 뒤를 따라 오른 것으로 보인다. 들어갈 때 몇 명의 소년들이 안내한 것은 노이점과 정사가 먼저 배에 올랐기 때문일 것이다. 배안에 들어가서 노이점과 박지원이 목격한 것은 같은 내용이다.

> 『수사록』 : ④방의 서남쪽에는 1개의 옻칠한 관이 비단 천으로 덮여 있고, 앞에는 '제사지내는 상'[奠床]이 준비되어 있다.145)
>
> 『열하일기』 : 실내 안에 1구(柩)를 두었는데, 앞에는 의자와 탁자를 두고, 제구(祭具)가 진열하였다.146)

배안에 들어와서 목격한 것은 노이점과 박지원이 비슷하게 설명하고 있다.

> 『수사록』 : ⑤그 옆의 한명은 흰색의 장의(長衣)를 입고, 머리털은 엉클어져 있으며, 얼굴빛은 검은 흑색인데 채색 의자 위에 앉아 있다가 사신을 보고 의자에서 내려와 서 있다. 사신이 손을 들어 읍을 하였으나 그 사람은 읍을 하며 응대하지는 않는다. 이 사람이 극인(棘人)이다. 역관에게 읍을 응대하지 않는 의도를 물어보니, 지금은 지치고 마음이 쇠약해져 있어 이런 예를 차릴 경황이 없다는 것이다.147)

設彩欄, 屋前設帷帳爲棨門, 左右竪儀仗、旗幟、刀戟、鋒刃, 皆木造."

145) 노이점, 『수사록』, 8월 1일, "房之西南有一漆柩, 覆以錦衾, 前設奠床."

146) 박지원, 『열하일기』, 8월 1일(『연행록전집』 54권, 79면), "屋中置一柩, 前設椅卓, 擺列奠具."

147) 노이점, 『수사록』, 8월 1일, "其傍有一人衣素長衣, 頭髮盤錯, 有深墨色, 踞于采椅上, 見使行下椅而立, 使行擧手而揖, 其人不答揖, 此卽棘人也. 使譯官問不答揖之

『열하일기』: 상주는 의자에 걸터앉아 푸른 비단 창 아래에 있는데, 몸에는 비단 동정을 댄 소복을 입고 있었다. 머리는 깍지 않아 길이가 두어 치나 되어 두타(頭陀) 형이었다. 사람들과 기꺼이 수작하려고 하지 않는다. 앞에는 『의례(儀禮)』 한 권이 있다. 부사가 앞에서 읍을 하니 상주가 읍에 답하며 이마를 숙이더니, 일어나 머리를 조아리며 굽히더니 다시 가서 앉는다. 부사가 나에 필담하라고 부탁하기에 나는 이에 부사의 성명과 관직을 쓰니 상주가 머리를 숙이면서 쓴다. 저의 성은 진(秦)이고 이름은 명영(名璟)입니다. 호북(湖北) 사람으로 망부(亡父)께서는 북경에서 벼슬을 하여 한림 수찬(修撰)으로 있다가 금년 7월 9일 돌아가시어 황제가 토지와 돌아갈 배를 내려 주시어 고향으로 운구하고 있습니다.[148)]

장의는 귀족들이 상중에 입던 새하얀 베옷이고, 극인(棘人)은 부모의 상을 당한 사람을 말한다. 먼저 배에 오른 노이점과 정사가 상주를 만날 때 정사가 상주에게 읍을 하여 인사했지만 상주는 화답하지 않았다. 이를 두고 노이점은 매우 이상하게 생각했다. 정사와 노이점이 지나가고 나서 박지원과 부사가 함께 상주를 만날 때도 정식 인사를 하고 박지원이 필담도 한다. 하지만 상주는 잘 알지 못하는 사람과 이야기하기를 달갑게 여기지 않았다는 것을 알 수 있다.

노이점과 박지원이 약간의 시간차를 두고 상주를 만났지만 상주

意, 則答以方在衰疚中, 不遑於此禮."

148) 박지원, 『열하일기』, 8월 1일(『연행록전집』 54권, 79면), "喪人據椅, 碧紗囪下, 身披一領綿布衣, 頭髮不剃, 長得數寸, 如頭陀形, 不肯與人酬酌, 前置儀禮一卷, 副使前爲之揖, 喪人答揖稽顙起伏頓首復坐椅, 副使要余筆譚, 余遂書示副使姓名官啣, 喪人頓首書曰, 賤姓秦名璟, 系是湖北之人, 亡父遊宦京師, 官至翰林修撰, 本年七月初九日身故, 皇上欽賜土地歸船, 返骸故鄉."

의 태도를 기술한 내용은 매우 다르다는 것을 알 수 있다.

『수사록』 : ⑥ 예를 아는 사람 같은데 상주가 그림 장식이 있는 의자에 앉아 있다. 매우 괴상한 일이다.[149)]

『열하일기』 : 창문 밖은 반죽(斑竹)으로 된 난간이 비단 창에 비치어 아롱거리고, 배에는 북소리 들리는 풍악소리에 곡소리가 소란하다. 백구와 안개구름, 누대의 빼어난 경치가 창문에 투영되어 아름다운데, 모래 언덕은 넓고 아득하며 바람 돛은 보였다 말다한다. 한가로이 여기가 물에 떠있는 집이요, 저택이라는 것을 잊고 있자니 마치 화려한 집 사이에서 몸을 머물면서 겸하여 강호의 경치 즐기는 즐거움이 있는 것 같다. 부사가 몸을 돌려 말한다. "월파정(月波亭)에 놀러 온 상주라고 할 수 있습니다." 내가 은근하게 웃는다.[150)]

필담이 끝날 무렵 부사는 박지원에게 주변 경관이 뛰어난 배에 있는 상주를 '월파정 상주'같다는 말로 일괄(一括)하여 표현하면서 웃긴다. 그러더니 앞에 가고 있던 정사가 뒤에서 따라오는 부사와 박지원 무리들에게 빨리 오라고 부른다. 이때 또 한 번의 해학적인 장면이 소개되고 있다.

『열하일기』 : 정사가 사람을 보내 서둘러 맞이해 오게 하면서, "볼

---

149) 노이점, 『수사록』, 8월 1일, "似是知禮者, 而第以棘人坐於畵椅, 此甚可怪矣."

150) 박지원, 『열하일기』, 8월 1일(『연행록전집』 54권, 80면), "窗外斑竹欄干, 映紗瓏, 船鼓樂喧咽, 鷗鳥烟雲. 樓臺之勝, 透窓映帶, 沙堤浩渺, 風帆出沒, 悠然忘其爲浮家泛宅, 若寓身華堂之間, 而兼有江湖景物之樂, 副使回身作曰, 可謂月波亭喪人, 余亦隱笑."

> 만한 것이 있다."고 알린다. 이에 부사와 함께 일어났다는데, 등 뒤에서 바닥을 치는 소리가 들렸다. 돌아보니 부사의 비장 이서구가 헛디뎌 넘어졌다. 사람들을 보고 웃는다.[151]

숙연해질 수밖에 없는 상가집에서 이서구의 부주의한 행동으로 일어난 돌발 상태를 빼놓지 않고 그대로 그려 넣어 흥미롭게 이야기를 전개하고 있다. 노이점과 박지원은 선상에서 다시 만난다. 이때 동일한 대상을 동시에 묘사한 것으로 보이는 장면이 있다. 여기서도 묘사에 차이를 보이고 있다.

> 『수사록』: 배의 나무판 틈 속 사이로 배 안에 있는 방을 엿보니, 옷을 빠는 여자와 불 때는 여자 하인이 발아래에서 왔다 갔다 한다. 또 곱게 생긴 여자가 진한 화장에 검은 옷을 입고 방에 나란히 앉아 있다. 한림의 안 사람인가 보다. 구경을 마치고 배에서 내려 언덕에 오른다.[152]

> 『열하일기』: 문 하나를 나서니 정사와 서장관이 깔아 논 나무판에 걸터앉아 배 안을 구부려 들여다보고 있다. 그곳은 주방인데, 두 명의 노부인이 흰 베로 머리를 싸고 솥에서 녹두 싹과 순무, 미나리 같은 것을 막 삶아내서 다시 찬물에 씻고 있다. 또 이팔청춘으로 보이

---

151) 박지원, 『열하일기』, 8월 1일(『연행록전집』 54권, 80면), "正使使人忙邀, 謂有可觀, 遂與副使同起, 背後撲地響, 顧視則副房裨將李瑞龜跌顚, 視人而笑."

152) 노이점, 『수사록』, 8월 1일, "自板隙中覰見屋中, 則瀚衣之女, 炊火之婢, 來往於脚下, 又有嬋姸女子, 凝粧炫服, 列坐於房內, 似是翰林家內眷也. 看了後下舡而坐於岸上. 待人馬畢渡, 行數里, 至通州. 道返櫬云. 登其舡而見之, 則其高大如華屋, 舡頭雕爲龍頭, 全體皆施彩色, 金碧煒煌, 制度極巧."

> 는 처녀 한 명이 곱고 아름다운 것이 어디 견줄 데가 없는데, 손님을 보고도 조금도 부끄러워하는 모습이 없다. 요조숙녀처럼 그윽하고 한가롭게 일을 돕는 게 자연스러웠다. (김이) 안개 같은데, 흰 팔뚝은 연뿌리 같다. 아마도 진(秦)씨 집안의 여자종 같은데 아침을 준비하고 있다.[153]

박지원은 정사와 서장관이 나무판에 앉아 배안을 내려다보는 장면을 포착하고 있다. 배의 밑바닥을 보고 있다는 것은 노이점이 '발 아래에서 왔다 갔다.'한다는 것을 통해서도 확인할 수 있다. 노이점과 박지원은 3명의 여자를 묘사하고 있지만 이들이 하고 있는 일을 조금 다르게 기록하고 있다.

부엌에 있는 여자를 묘사하면서 박지원과 노이점이 함께 젊은 여인을 언급하고 있다. 동일한 인물로 보이지만 알 수 없다. 박지원은 자신이 목격하고 있는 16살쯤 된 처녀의 모습과 태도, 흰 팔뚝까지 다 그려낼 정도로 묘사가 세밀하다. 심지어 부엌에 일하고 있는 노부인의 머리 형태와 삶아 내고 있는 나물의 이름까지 나열하고 있다.

이들의 묘사에 약간의 편차가 보이는 것은 서로 관점이 다르고 노이점과 박지원이 나중에 기억을 더듬어 남기다보니 조금은 다를 수 있을 것이라고 보인다. 하지만 두 사람의 기록을 통하여 묘사한 상황의 전후관계를 풍부하게 이해할 수 있다.

153) 박지원, 『열하일기』, 8월 1일(『연행록전집』 54권, 81면), "出一門, 正使與書狀, 據鋪板, 俯瞰艙中, 此是廚房, 二個老婦人, 髻裹白布, 方鼎熟菉荳芽, 菁根, 水芹之屬, 更浴冷水, 有一個處女年可二八, 佳麗無雙, 見客小無羞之態, 窈窕幽閒, 執事天然, 而如霧, 皓腕若藕, 似是秦家叉, 爲具朝饌也."

(8) 북경에서 함께 여행을 다니면서

1980년 8월 25일 날씨는 맑았다. 이날 열하에 다녀온 조선 사신의 일행은 모처럼 한가로운 시간을 가지고 북경을 유람한다. 이날 정사 박명원은 함께 동행하지 않았지만 노이점은 부사와 서장관을 따라 만불루(萬佛樓)와 구룡벽(九龍壁), 오룡정(五龍亭), 태학(太學), 대성전(大聖殿), 옹화궁(雍和宮), 문문산(文文山) 사당을 구경한다. 노이점은 이날 박지원과 함께 하고 있다고 직접 언급하고 있지는 않았다.

노이점은 이날 일정을 방문한 순서에 따라 상세하게 소개하고 있지만, 박지원은 8월 20일까지만 일기를 썼기 때문에 이 이후의 일정과 내용은 살펴볼 수가 없었다. 그런데 박지원은 『열하일기』의 「황도기략(皇圖紀略)」과 「알성퇴술(謁聖退述)』편에 유적지와 사찰에 대하여 기록을 남기면서 사이사이 부사와 서장관과 함께 다닌 것과 자신의 행동을 기록하고 있다. 이것으로 유추하여 보면 8월 25일 노이점과 박지원은 함께 다녔다는 것을 짐작할 수 있다. 그리고 8월 25일 방문했던 일정은 『수사록』을 통하여 행적을 밝힐 수 있게 되었다.

이에 박지원과 노이점이 함께 다니면서 같은 공간에서 묘사한 기록을 비교하면서 살펴보고자 한다. 노이점이 아침부터 저녁까지 다녀간 지역을 시간의 흐름에 따라 소개하고 있으므로 이를 중심에 두고 여기저기 나누어져 있는 『열하일기』의 내용을 다시 배열하여 살펴보기로 한다. 동일한 공간에서 노이점과 박지원이 다르게 움직이고 있기 때문에 약간의 차이를 보이고 있다. 이것도 노이점이 서술하고 있는 것을 중심에 두고 박지원이 기술하고 있는 것을 연관 지어 설명하기로 한다.

ⓐ 노이점과 박지원의 동행의 근거

노이점은 국자감에 도착할 때였다. 국자감에 들어가기는 쉽지 않았다.

> 『수사록』 : 조금 있다가 나온다. 몇 리를 가 국자감(國子監)에 이르니 문을 지키는 하인들이 엄하게 금하여 함부로 들어오는 것을 막지만 그러나 그 실상은 모두 체면치레를 요구하는 것이다.[154)]

노이점이 국자감에 들어가려고 문지기와 실랑이를 벌인 장면을 소개하고 있지만, 박지원은 국자감에 이르렀을 때도 벌어졌던 이런 광경을 전혀 묘사하고 있지 않다. 박지원이 압록강에서 북경으로 올 때 일기체 형식으로 『열하일기』를 쓸 때 주변에서 벌어졌던 에피소드까지 빼놓지 않고 자세하게 모두 묘사하였던 표현방식과 매우 다른 방식이다. 노이점은 부사와 서장관이 국자감에서 참배했다고 언급하고 있다.

> 『수사록』 : 그 안으로 들어가니 부사와 서장관이 흑단령(黑團領)으로 갈아입고, 공자의 신위에 참배한다. 되놈들의 무리가 구름같이 모여 청심원(淸心元)을 요구한다. 사신이 청심원 수십 환(丸)을 주니 그들이 다투며 난동을 치며 잡으려고 한다. 시끄럽게 떠들기만 하고 예의가 없는 것이 진실로 놀랄 만하다.[155)]

---

154) 노이점, 『수사록』, 8월 25일, "移時出來, 行數里至國子監, 閽人嚴禁亂入, 而其實則多索面皮"

155) 노이점, 『수사록』, 8월 25일, "入門內, 而副价、行臺, 改着黑團領而謁聖, 羣胡雲集, 索淸心元, 使行以數十丸給之, 而其人爭相亂攫, 喧聒無禮, 誠爲可駭."

노이점의 기록을 통하여 부사와 서장관이 흑단령으로 갈아입었다는 것을 알 수 있다. 박지원도 부사와 서장관을 따라 이곳에 왔다고 언급한 적이 있다.

> 『열하일기』 : 나는 부사와 서장관을 따라 정원에서 재배하였다.[156)]

박지원은 이곳에서 부사와 서장관과 함께 재배하였다고 밝히고 있지만 흑단령으로 갈아입었다는 것까지는 언급은 하지 않았다. 정황상 박지원도 흑단령도 갈아입은 것으로 보인다.

박지원이 노이점과 함께 동행했다는 것을 짐작하게 하는 부분은 『열하일기』의 「황도기략(皇圖紀略)」에 있는 오룡정(五龍亭) 편에서 언급하고 있다.

> 『열하일기』 : ① 부사, 서장관과 함께 왔는데 해가 질 때를 만나니 안개가 뿌연하니 담백한 것이 한가롭다. 광경이 더욱 기이하다. ② 다시 이른 새벽에 온 적이 있는데, 떠오르는 아침 해가 곱고 아름다웠다.[157)]

박지원이 이른 아침에 부사와 서장관을 대동하고 왔다는 것은 8일 25일 노이점이 이곳에 온 날을 말하는 것으로 보이지만 시간이

---

156) 박지원, 『열하일기』, 「알성퇴술(謁聖退述)」·「태학(太學)」(『연행록전집』 54권, 445면), “余從副使, 書狀, 庭行再拜.”

157) 박지원, 『열하일기』, 「황도기략(皇圖紀略)」·「오룡정(五龍亭)」(『연행록전집』 54권, 445면), “與副, 三价俱至, 時値夕陽, 微靄澹蕩, 光景尤奇, ②甞又淸朝一至, 新旭鮮麗.”

다르다. 노이점이 이곳에 부사, 서장관과 함께 온 것은 아침이다. 박지원이 나중에 이 부분을 정리할 때 시각을 혼동했거나 아니면 별도로 한 번 더 왔던 것으로 보인다.

ⓑ 일정의 비교 고찰

노이점과 일행은 서장안가(西長安街)에서 중남해(中南海) 쪽에서 일정을 시작했다. 입구를 지키고 있는 문지기에게 인사치례를 하기 위하여 청심원을 주고 입장하였다. 이런 사실은 노이점의 기록을 통해서만 알 수 있다.

> 『수사록』 : 아침 후 부사와 서장관의 행차를 따라 오룡정에 들어간다. 몽고 승들이 으레 이곳을 지키는데, 청심원과 부채를 많이 주어 체면치례를 하고 먼저 만불루(萬佛樓)에 들어간다.[158]

중남해로 들어가서 처음 들른 곳은 만불루이다. 박지원은 이날 노이점과 함께 방문한 오룡정과 구룡벽, 태액지, 만불루, 극락세계 같은 곳을 『열하일기』의 「황도기략(皇圖紀略)」 편에 장소별로 소개하고 있지만 일정을 언급하지 않았다.

노이점은 국자감이 소홀하게 다루어지고 있다는 것을 불평한다. 그리고 건륭 때 불사가 성대하게 가꾸어져 있다는 것을 조사하여 밝히고 있다.

---

158) 노이점, 『수사록』, 8월 25일, "朝後, 隨副房及行臺行次, 入五龍亭. 蒙古僧例守此亭, 多給淸心元、扇子等面皮, 而先入萬佛樓."

『수사록』: 오룡정은 원나라 때 이미 있었고, 천복사(闡福寺)와 만불루(萬佛樓), 극락세계(極樂世界) 등은 건륭이 모두 지은 것으로 10년도 되지 않는다고 한다.[159)]

이런 내용은 박지원이 언급하지 않은 내용을 노이점이 언급하고 있기 때문에 의미가 있다고 볼 수 있다. 노이점은 박지원, 부사, 서장관과 함께 만불루와 구룡벽, 오룡정을 구경하고 태학이 있는 곳으로 이동했다.

노이점이 북경에 오면서 내내 배청사상에 젖어 청나라 문물에 대하여 비판적이다가 북경에 와서 조금 긍정적인 시각을 보이기도 했다. 하지만 건륭이 불교를 융숭하게 신봉하고 있는 반면 유교는 이에 미치지 못하자 자신의 불편한 마음을 여과 없이 그대로 들어내보인 것이다.

노이점이 대성전(大聖殿)에 도착하여 정원이 황무지 같은 것을 불평스럽게 말하고 사찰인 천복사에 비하여 화려한 것이 반도 미치지 못한다고 개탄하고 있지만 박지원은 이런 언급을 하지 않았다.

『수사록』: 대성전의 정원으로 들어가니 이곳은 밖의 정원과 같이 황무지 같다. 성묘(聖廟)는 매우 크지만 금색이나 푸른색으로 빛나게 장식한 단청이 없다. 이곳은 원나라 때 창립된 것으로 명나라 때에 개조하지 않았다. 오래되어 무너져 내리자 건륭은 24만량의 녹봉(祿俸)을 내놓아 중수했다고 말 할 뿐이지 천복사의 화려하고 깨끗한 것

---

159) 노이점, 『수사록』, 8월 25일, "五龍亭自元已有, 而闡福寺·萬佛樓·極樂世界等閣, 乾隆皆刱建者, 不過十年矣."

에 반도 미치지 못한다. 청나라 사람은 말할 것까지 없어도 명나라에서조차 불당을 많이 지었고 유궁(儒宮)은 수리도 하지 않았으니 매우 개탄(慨嘆)스럽다.[160]

유궁은 국립대학을 말한다. 박지원은 노이첨처럼 유교를 옹호하는 입장에서 불교를 비판하지 않았다. 박지원은 이런 비판대신 대성전의 위치, 역사 같은 고증에 치력하고 있었다.

노이점과 박지원은 대성전에 있는 위패(位牌)에 대해 각각 언급하고 있지만 노이점은 박지원에 비해 제사와 관련된 분야에 지나칠 정도로 상세하다.

『수사록』 : 동쪽 계단으로 올라 대성전(大聖殿) 안으로 들어가 삼가 살펴보니 위패(位牌)는 우리나라 신주(神主)보다 조금 길지만 '함'[櫝]에 있는 것은 아니다. 패(牌)의 면에다 "지성선사공자신위(至聖先師孔子神位)"라고 썼다. 사성(四聖)의 신위는 각각 '○국○성공(某國某聖公)'이라는 것과, 동쪽의 ○○번째 종향(從享)하였고, 서쪽의 ○○번째 종향했다는 것을 써 놓았다.

주자(朱子)를 높여 제일 끝자리에 두었는데, 이는 강희(康熙)가 주자의 경전 주해(註解)를 한 공을 흠모(欽慕)하여 이렇게 한 것이다. 합쳐서 13명의 철인(哲人)이다. 대성묘(大聖廟)의 가운데는 잡색 양탄자를 깔았고, 대성묘의 현판에는 '대성전(大聖殿)' 3자를 써서 걸었다.

---

160) 노이점, 『수사록』, 8월 25일, "入殿庭, 則其荒蕪亦如外庭, 廟宇宏大, 而無丹雘之飾金碧之耀, 此盖元時所刱, 明時不爲改建, 年久頹圮, 乾隆捐俸以銀子二十四萬兩, 重修云耳. 而半不及闡福寺之華侈淨潔, 淸人固不足論, 而明時之多造佛宇, 不修儒宮, 亦極慨然."

그 왼쪽 옆에 청나라 글자로 썼는데, 글자의 모양이 구불구불 뱀이 감고 있는 모양이다. 마침내 종종걸음으로 물러나면서 중간(中間) 문 벽을 보니 석전(釋奠)할 때의 집사(執事)를 써 붙여 놓았는데 모두 만주(滿洲) 사람이다.[161]

『열하일기』: 위패는 모두 '함'[櫝]으로 덮었다. 감실(龕室)은 누런 장막이 내려져 있다. 강희 때 주자를 높여 10명의 철인의 차서에 올려 제향(帝鄉)하였다. 비파와 거문고, 종과 북이 모두 대성전 안에 베풀어져 있고 양쪽 무(廡)에는 대략 백 분의 신위를 제향(祭享)한 것이 한결같이 대성전과 같이 진설되어 있다.[162]

'함'[櫝]은 신주를 넣어 두는 궤(櫃)로 나무로 만든 작은 상자 같은 것이다. 왕조국가 시대 제사를 받드는 것은 지금보다 더욱 강조되었던 시절이다. 여기에 유교를 표방하고 있던 조선 사회는 공자에 대한 신성성을 제사의식으로 표현하기도 하였다. 이곳 대성문 안에서 석고를 보고 노이점은 사신의 일행과 함께 대성전에서 옹화궁(雍和宮)으로 이동했다.

박지원은 『열하일기』의 「황도기략(皇圖紀略)」 편에 옹화궁에 대하여 기록하고 있지만 사신들과 함께 이동했다는 사실을 언급하지 않

161) 노이점, 『수사록』, 8월 25일, "從東堦登, 入殿內奉審, 則位牌比我國神主, 稍長而不櫝, 牌面書"至聖先師孔子神位", 四聖位牌, 各書'某國某聖公, 東從享幾位, 西從享幾位', 陞朱子於末位, 此則康熙慕朱子經書註解之功而然也, 合爲十三哲, 庙中鋪雜色氈子, 廟門之楣, 書揭"大成殿"三字, 其左傍又以清書書之, 字體回回如蛇蟠, 遂趨而退出, 見中門壁上, 書傳釋奠時執事, 而全是滿人."

162) 박지원, 『열하일기』, 「알성퇴술(謁聖退述)」·「태학(太學)」(『연행록전집』 54권, 445면), "位板皆覆櫝, 龕垂黃帳. 康熙中, 陞享朱子于十哲之次, 琴瑟鍾鼓, 皆陳設于殿中, 兩廡從享凡百位, 設一如聖殿."

고 간단하게 이날 기행을 소개하고 있다.

『수사록』 : 조금 지나서 나왔다. 몇 리를 가니 옹화궁(雍和宮)에 도착한다. 이곳은 사찰이다. 어떤 사람은 옹정의 원당(願堂)이라고 하는 데 알 수 없다. 옹화문으로 들어가 옹화궁의 앞뜰에 도착한다. 금빛과 푸른색이 휘황찬란하다. 섬돌과 계단이 정결하기가 만불루보다 뛰어나다.[163]

『열하일기』 : 옹화궁은 옹정의 원당이다.[164]

원당은 명복을 빌던 절이라고 할 수 있다. 옹화궁은 옹정과 건륭이 태어나 살던 곳으로 길지였다. 궁궐 밖에서 거듭 황제가 태어난 곳이기 때문에 사찰로 만들었다고 한다.

노이점은 북경에 올 때 매번 힘들었던 일을 자주 밝히고 있다. 노인으로서 이동에 불편을 자주 느꼈기 때문이다. 3층으로 된 옹화궁의 대웅보전(大雄宝殿) 올라가서는 내려갈 걱정을 한다. 박지원에게는 별문제가 되지 않았던 일이다. 노이점은 대웅보전에 올라가 내려오는 장면을 상세하게 설명하고 있다.

『수사록』 : 나는 난간에 기대어 생각한다.

"함께 누각에 올라온 사람이 매우 많으니 만약에 일제히 내려간다

163) 노이점, 『수사록』, 8월, 25일, "移時而出, 行數里, 至雍和宮, 此亦佛宇, 而或以爲雍正願堂, 未知是否, 入雍和門, 至宮之前庭, 金碧之焜耀, 堦砌之淨潔, 尤勝於萬佛樓."

164) 박지원, 『열하일기』, 「황도기략」·「옹화궁」(『연행록전집』 54권, 421면), "雍和宮, 雍正皇帝願堂也"

면 옷의 뒷자락이 틀림없이 따라오는 사람에게 밟히게 되어 나도 모르는 사이에 어둠 속으로 굴러 떨어지기 쉬우니 조용히 먼저 내려가 편해지는 것만 못하다."

드디어 옷의 뒷부분을 걷어 올린 다음, 신을 벗어 들고, 층계의 계단을 찾으며 내려오는데 칠흑같이 어두워 위험한 생각이 나무 위에 앉은 것에 그치지 않는다. 오로지 모두 계단의 양쪽에 난간이 있어 이를 잡고 무사히 내려올 수가 있다. 한참 뒤에 부사와 서장관, 동행했던 사람들이 섞여서 내려오는데 모두 옷의 뒷자락을 걷어 허리띠에 메었다. 그러나 여러 사람들의 발이 어지럽게 움직이고, 어두워 분간할 수 없으니 앞사람은 혹간 계단을 건너 디디어 거의 허공에 떨어질 듯하였고, 뒷사람 중에 앞사람의 옷자락을 잘못 밟아 서로 다투며 어지럽게 소리를 지르며 간신히 내려오는 사람도 있다. 모두 식은땀을 흘리고 얼굴이 새파랗게 질렸으면서도 껄껄거리고 웃는다.[165)]

『열하일기』: 아래를 내려다보니 다리가 떨려서 오래 앉아 있을 수가 없다.[166)]

노이점의 기록에는 이처럼 여행도중 겪었던 고충에 대해 유난히 자주 언급하고 있다. 말이 병들었던 일이라던가 진흙탕을 건널 때

165) 노이점, 『수사록』, 8월 25일, 凭闌而思, 同登者甚多, 若一齊下來, 則衣之後幅, 必爲後來者所躡, 倉卒黑暗之中, 顚躓似易, 不如從容先下之爲愈, 遂攝衣於後, 脫履而持之, 覓梯級而下, 黑如漆夜, 危惧之意, 不翅如集木, 而唯梯之左右傍, 皆有闌干, 故執之而無事下來, 良久, 副使書狀及重同伴, 雜遝下來, 而亦皆攝衣後葉於帶, 然衆足亂動, 昏黑難卞, 前者, 或越踏梯級, 而幾至墜空, 後者, 或誤履人背, 而爭致亂嚷, 艱辛下來, 而皆汗流而色青, 還爲呵呵.

166) 박지원, 『열하일기』, 「황도기략」·「옹화궁」(『연행록전집』 54권, 422면), "而下視股栗, 不可久居矣."

위험했던 일, 우박을 맞아 고생한 일, 그리고 높은 곳에 올라갔다가 내려올 때 느꼈던 심정 같은 것이 많다.

노이점이 옹화궁을 나와 찾아간 곳은 문문산(文文山) 사당이다. 노이점은 이곳 사당을 보고 정원과 소상 같은 것에 대하여 자세하게 언급하고 있다.

하지만 박지원은 문문산 사당에서 이런 것에 대해서는 말하지 않았다. 박지원은 문산에 대한 행적과 평가, 그리고 항절의 선비에 대한 자신의 소회를 풀어내고 있다.

> 『수사록』 : 옹화문(雍和門)을 나와 몇 리를 간다. 어떤 골목길을 따라가 문문산(文文山)의 사당을 찾아가니 풀이 우거지고, 황량한 곳에 전각이 있다. 정원에 잡초는 제거하였으나 사당은 낡고 부서져 있다. 위에서 비가 새고 옆에서 바람이 들어와 지붕의 대들보와 상다리는 새는 빗물을 맞은 흔적이 얼룩얼룩하니 매우 처량하다.
>
> 소상 앞에 가서 절하며 뵐 때 가까이에 서서 살펴보니 살빛이 베풀어지지도 않았다. 원래의 형상도 그런지 알 수는 없지만 소상은 영웅답지 못하고, 크거나 건장한 기상도 없다. 화상으로 본 것과 매우 다르다. 정말로 괴상한 일이다. 소상의 왼쪽과 오른쪽에 있는 돌로 된 비석도 검은색으로 초상을 그렸다. 그러나 더욱 분명하지 않아 진짜 모습을 볼 수 없다. 간절함이 더해져 탄식이 나온다. 아! 문천상의 큰 절개는 천하에 떨쳤다고 말할 수 있다.[167] 그런데 그를 높여 숭배하는 예절은 오히려 부처보다 못하다. 다시 한 번 그 세도가 어떠한지 볼 뿐이다. 서관으로 돌아와 머무니 날이 이미 저물었다.[168]

---

167) '천하에 떨쳤다' : 경천위지(經天緯地)를 풀이한 것이다. 이 말은 하늘을 날실로, 땅을 씨실로 삼았다는 뜻으로 천하를 다스렸다는 것을 비유한다.

『열하일기』 : 나는 재배를 하고 물러났다.[169]

노이점의 기록을 통하여 이때 문천상 사당이 소홀하게 관리되고 있다는 것을 알 수 있다.

박지원은 노이점 같은 언급을 하지 않았다. 박지원은 쓸쓸하게 퇴락하고 있는 한족으로서, 민족 영웅으로서 부각시키는데 치력하고 있었다. 박지원은 역사유적을 통해 이민족과 갈등을 빚어온 문천상을 부각하여 지금의 민족문제를 설명하려 했던 것으로 보인다.

박지원은 열하에 다녀온 후 20여 일 북경에 더 머무르면서 기록한 「황도기략(皇圖紀略)」, 「알성퇴술(謁聖退述)」, 「앙엽기(盎葉記)」 같은 편은 『열하일기』의 끝부분을 장식하는 내용이다. 이 때문에 『열하일기』가 미완성으로 끝났다고 언급되기도 하였다. 하지만 노이점이 꼼꼼하게 남긴 기록으로 중요 부분 중의 하나인 북경 여행 일정의 구체적인 날짜와 과정을 알 수 있게 되었다.

3) 노이점의 체험을 통하여 살펴본 『열하일기』

박지원이 『열하일기』를 창작하면서 의도적으로 생략한 것으로 보

---

168) 노이점, 『수사록』, 8월 25일, "出雍和門行數里, 從一衚衕中, 尋文文山祠, 則有閣在於蔓草荒烟之中, 庭除蕪穢, 祠宇頹弊, 上雨傍風, 屋樑床脚, 漏痕斑斑, 極爲悽愴. 展拜於塑像前, 近立而奉審, 則不施肉色, 雖未知眞像亦然, 然狀貌近於不揚, 無魁偉氣像, 大異於畵障中所見, 良可怪也!塑像之左有石碑, 亦以墨畵像, 而尤不分明 無以見眞面深切悵歎!噫, 文山之大節, 可謂經天緯地, 而其尊奉之節, 反不如佛氏, 亦見其世道之如何耳, 歸於館次, 日已暮矣."

169) 박지원, 『열하일기』, 「알성퇴술」·「문승상사」(『연행록전집』 54권, 455면), "余再拜而退"

이는 내용이 있다. 즉 복장에 관련된 일화와 영상(領賞), 하마연(下馬宴), 상마연(上馬宴)에 대한 이야기인데, 『수사록』에는 있는 내용이지만 『열하일기』에는 간단하게 언급하거나 생략된 것들이다.

노이점과 박지원이 호타하(滹沱河)를 지날 때, 노이점이 호타하와 관련된 고사를 장황하게 설명하고 있지만 박지원은 일체 언급이 없다. 그러다가 「곡정필담」에서 언급하고 있다. 박지원이 반복을 피하기 위하여 이렇게 한 것으로 보인다. 여기서는 대략 이와 같은 것들을 살펴보고자 한다.

(1) 복장에 관한 일화

다음은 복장에 대한 일화이다. 노이점은 8월 5일 사신의 일행이 열하로 떠날 때, 숙소에서 동직문(東直門)까지 따라가서 배웅한다. 돌아오는 길에 자금성 뒤편에 있는 경산(景山)과 고루(鼓樓) 사이에 있는 지안문(地安門)으로 오다가 어느 가게로 들어가 구경을 했다. 여기서 노이점은 복장 때문에 조롱을 받은 적도 있다. 다음은 그 내용이다.

> 어떤 전방에 들어가니 거기에 있던 한 사람이 웅황가루를 나에게 주며 코에 들이키기를 권한다. 그리고 그들 중에 있던 나이가 어린 무리가 우리들의 의관을 보고 크게 웃으며 조롱한다. 침해(侵害)하며 업신여기는 의도가 자못 노골적이다. 내가 중국말[漢語]로 묻는다.
>
> "니 뻬이 원장 쯔다우후? 칭위 삐타아안? [너희들은 글과 도를 아느냐? 너희들과 필담(筆談)하기를 청한다.]"
>
> 그 아이들이 말한다.

"츠 우~즈 워언저[여기 글을 아는 사람은 없습니다.]"

아이들이 비로소 눈을 크게 뜨고 쳐다보고 다시는 침해하여 업신여기지 않는다. 그러나 가는 곳마다 추잡한 무리가 사방을 둘러싸고 말을 걸어 왔지만 대답할 수가 없었다. 이 또한 정말 괴롭다.[170)]

이때 노이점은 중국어를 잘하지 못하면서 자신을 희롱하는 어린 아이들을 짧은 중국말로 재치 있게 제압하고 있다.

북경에서 복장 때문에 놀림을 받은 적도 한 번 더 있다. 열하에서 돌아온 사신이 북경에 머물 때 건륭이 열하에게 밀운으로 왔다는 소식을 듣고 조선 사신의 일행은 그곳까지 마중 나간다. 노이점은 감기 때문에 밀운까지 함께 가지는 못하고 조선 사신을 배송하게 된다. 돌아오다가 다시 복장 때문에 길에 지나가는 아이들에게 또다시 놀림을 받는다.

8월 29일 맑음. 아침 식사 후 사신의 일행은 길을 떠난다. 때문에 주주부와 함께 거리를 몇 리쯤 '배송'하고 돌아온다. 길을 막고 있는 어린아이들이 우리나라 사람의 의복을 보고 포복절도하지 않는 사람이 없다. 모자와 띠를 한 사람을 '장희(場戱)'라고 한다. [중국 발음으로는 '창시(昌市)'라고 발음한다.] 오랑캐 옷을 입은 사람은 '고려방자(高麗房子)'라고 하면서 [중국 발음으로는 '고려(高麗)'를 '가오리(家五里)'라고 한다] 손가락으로 가리키고 지적하면서 웃는다. 대개 거리

170) 노이점, 『수사록』, 8월 5일, "入一廛房, 其中一人以雄黃末與我, 要入于鼻, 而其中年少輩見我輩衣冠大笑譏嘲, 侵侮之意頗多, 余以漢語打之曰 : '爾輩文章知道乎? 請與筆談.' 彼輩答曰 : '此無知文者.' 小兒輩始更瞠視, 而不復侵侮, 然所到處, 醜類四圍而打話, 而無以答之, 良亦苦矣."

에서 광대놀이를 설치하고 연기하는 사람들이 언제나 우리나라 모자를 쓰고, 띠를 하고 있기 때문이라고 한다.[171)]

'창시(昌市)'는 창희(唱戲), '가오리(家五里)'는 고려(高麗), '고려봉자(高麗棒子)'는 '고려방자(高麗房子)'를 음차하여 중국어 발음을 우리 한자어 발음으로 쓴 것이다.

조선 사람들은 복장이 당시 '장희(場戲)'들이 입는 옷과 모양이 같다고 놀림을 당하곤 했다. 박지원도 이런 체험을 했을 것이고, 느꼈을 것이다. 그런데 박지원은 직접 겪은 이야기를 하지 않았다. 표현 방식도 노이점과 다르다. 다음은 그 내용이다.

아아! 중국이 적의 손에 빠져 버린 지 백여 년이 넘었지만 의관의 제도가 아직도 보존이 되어 배우들이 연극하는 무대 사이에서 어렴풋이나마 흡사하게 보이니, 하늘이 마치 여기에 의도가 있는 것 같다. 연극무대에는 모두 여시관(如是觀)이라 세 글자를 썼으니 하늘의 희미(稀微)한 뜻이 붙어 있는 것을 볼 수 있다.[172)]

박지원은 「허생전(許生傳)」[173)]과 「자소집서(自笑集序)」[174)]에서 조

---

171) 노이점, 『수사록』, 8월 29일, "淸, 朝飯後, 使行離發, 故與周主簿出街上數里許, 祗送而歸. 欄街小兒見我國衣冠, 莫不絕倒, 帽帶者謂之'場戲' (華音'昌市'), 戎服者謂之高麗 (家五里)房子, 指點而笑, 蓋街上設戲子遊者, 必着我國帽帶故云."

172) 박지원, 『열하일기』, 7월 22일(『연행록전집』 53권, 521면), "嗚呼, 神州之陸沉, 百有餘年, 而衣冠之制猶存, 彷彿於俳優戲劇之間, 天若有意於斯焉, 戲臺皆書如是觀三字, 亦可以見其微意所寓耳."

173) 김명호, 『열하일기 연구』, 197쪽 참조, 창작과 비평사, 1990.

174) 신호열·김명호 옮김, 『국역 연암집』 1, 308~311면 참조, 민족문화추진위원회,

선 사람의 복장에 대하여 깊이 있는 분석을 한 적이 있다.

다만 이와 관련된 내용은 짧은 필치로 간단하게 언급만 한다.

> 우리나라 사신들의 의관은 신선 같이 빛난다고 할 수 있다. 그러나 거리에서 아이들이 놀라 괴이하다고 생각하고 도리어 연극하는 사람과 같다고 말한다. 슬프도다.[175]

박지원도 노이점과 같은 체험을 하였지만 『열하일기』에는 간결한 문장 속에 표현하고 있을 뿐이다. 이런 문제에 대해 박지원은 크게 노출하기를 꺼린 반면 노이점은 사실에 입각하여 자세하게 묘사하고 있다.

(2) 영상과 하마연, 상마연

박지원은 열하에 다녀오고 나서 한동안 다시 북경에 체류하게 된다. 그런데 이때의 일정은 일기체 형식을 고집하지 않고 「황도기략(黃圖紀略)」, 「알성퇴술(謁聖退述)」 같은 편에서 주제별로 분류하여 기록하고 있다. 표현 방식이 바뀐 것은 박지원이 의도적으로 바꾼 것으로 보인다. 이 기간 사이에 영상과 하마례, 상마례 같은 청나라 예부에서 주도하는 각종 행사에 참가하여 '삼배례구고두'같이 자존을 해치는 의식(儀式)이 있기 때문인 것으로 보인다. 그리고 청나라

2005.

175) 박지원, 『열하일기』, 「피서록(避暑錄)」(『연행록전집』 55권, 400면), "我使衣冠可謂燁如仙人, 然街兒驚怪, 反謂戲的一樣, 悲夫."

정권 아래에서 행해졌던 '삼배례구고두'는 오랜 세월 사행(使行)을 갔던 조선 사람들이 수치스럽게 여겼던 의식이기도 하다. 노이점은 다음과 같은 기록을 남긴다.

> 이것이 '삼배례구고두'이다. 그러나 엎드리기만 하였지 고두는 하지 않았다.[176]

노이점은 역사의식에 일관성이 부족하다. 배청의식에 모순을 보이기 시작하다가도 북경에 와서는 그들의 문화에 압도되어 오히려 감탄하기도 하면서 폄하는 말이 눈에 띄게 줄어든다. 다음은 영상에 참여하면서 감탄하고 있는 모습이다.

> 아아! 영상(領賞)은 성대한 거동이다. 예의가 가지런하니 가히 볼만하지 않다고 말할 수 없다. 모름지기 상전벽해(桑田碧海)의 느낌이 마음속에 매우 절실하다.[177]

노이점은 『수사록』에 자신이 보고 듣고 한 사실을 모두 남기겠다는 기록정신을 가지고 북경에서 있었던 중요한 행사를 거의 모두 기록한 것이다. 심지어는 바로 자신들보다 앞서 새해에 왔던 정조사(正朝使) 때 진하(進賀)에 대해서도 들은 이야기도 기록했다.

---

176) 노이점, 『수사록』, 9월 15일, "此所謂三跪九叩頭也. 然只俯伏, 而無叩頭之擧矣."

177) 노이점, 『수사록』, 9월 15일, "噫, 領賞盛擧也, 禮貌秩秩, 非無可觀, 而第桑海之感, 深切于中."

> (정조사) 때 정전(正殿)에서의 진하(陳賀)는 보지는 못하였지만 이미 그곳 정전을 봤고, 또 일행들의 말을 들었으니, 눈으로 보고 들은 것과 다름이 없기 때문에 기록한다.[178]

이와 관련된 구체적인 내용은 앞에서 설명하였기 때문에 여기서는 언급만 하기로 한다.

(3) 호타하의 고사

이밖에 조선 사신의 일행은 7일 30일 호타하(滹沱河)를 건너 북경에 들어온 적이 있다. 노이점은 이때 다음과 같은 기록을 남긴다.

> 호타하에 이르니 …… 작은 배가 있어 곧바로 건넌다. 말 위에서 한(漢)나라의 광무가 하천에 이르자 얼음물이 합쳐진 일을 생각하니, 어렴풋이 마치 하룻밤 사이의 일 같다. 하천 주변에서 몇 리쯤 되는 곳에 촌락이 많은데, 풍대수(馮大樹)가 어느 마을에서 보리밥을 얻어 먹었는지 알지 못하겠다. 아마도 이 근처를 벗어나지 않을 것이다. 어떤 사람이 말하기를, '이곳은 세조가 건넜던 하천이 아니고, 다른 곳에 진짜 호타하가 있다.'라고 한다. 무엇을 근거로 말하는지 알지 못하겠지만 억지로 신기한 것만 찾는 사람의 말에 불과하다.
>
> 광무는 계주성(薊州城)에서 왕랑(王郎)의 추적을 만났으니 이 하천이 호타하인 것을 명백하게 의심할 수 없다.[179]

---

178) 노이점, 『수사록』, 9월 16일, "正朝正殿陳賀, 雖未見之, 而旣見其殿, 又聞同人之言, 無異目聲故記之."

179) 노이점, 『수사록』, 7월 30일, "三十日 晴 至滹沱河 …… 馬上憶漢光武至河氷水合之事, 依依如隔晨. 河邊數里許多有村落, 未知馮大樹乞麥飯於何邨, 而第不出若箇

1세기 초 왕망이 신(新)이라는 나라를 세우자, 군웅이 거병하게 된다. 광무제 유수(劉秀)는 왕망(王莽)에게 나라를 빼앗겼지만 다시 왕망을 격파하였다. 풍대수는 풍이(馮異) 장군이다. 왕랑(王郎)이 병사를 일으키자 광무제와 피신하다가 굶주리게 되자 풍이가 콩죽을 올린 적이 있다. 호타하를 건너 신도(信都)에 이를 때 풍이로 하여금 하간(河間)의 군사를 거느리게 하였다. 훗날 여러 장수들과 공을 논할 때면 풍이는 항상 홀로 나무 아래에 숨었기 때문에 군중(軍中)에서는 그를 대수장군(大樹將軍)이라고 불렀다고 한다.

노이점은 호타하를 건너면서 비교적 긴 글로 고사를 이야기한다. 박지원은 열하에서 왕민호와 이야기할 때를 서술한다.

> 사람들이 항상 하는 말이 있는데, '하늘이 거짓을 용납하지 않는다'라고 한다. 하지만 바야흐로 그 나라가 일어나려고 하자 왕패가 얼음이 굳게 얼었다고 거짓말을 하였지만 하늘도 이 거짓말을 따라 주었으며 지성으로 기도하여도 반드시 소원을 이뤄주는 것은 아니다.[180]

『후한서』의 「왕패전(王霸傳)」에 나오는 말이다. 광무제가 호타하를 건너려고 하니 척후병이 와서 배가 없어 건널 수 없다고 하였다. 이에 왕패가 다시 가보고 돌아와서 얼음이 두껍게 얼었다고 거짓말을 했다. 광무제와 왕패가 함께 가보니 그 사이에 얼음이 얼었다는

邊矣. 或云此非世祖所渡之河, 他處有眞滹沱河, 未知有何所據, 而不過務爲新奇者之說也. 光武自薊州城而遭王郎之追, 則此河之爲滹沱, 明白無疑矣."

180) 박지원, 『열하일기』, 「곡정필담(鵠汀筆談)」(『연행록전집』 55권, 166면), "余曰: '人有恒言天不容僞, 而方其興也, 王霸之詭言氷堅, 天亦從僞, 至誠禱祝, 未必遂願'"

이야기다.

반면 박지원이 이날 호타하를 건널 때는 광무제의 고사를 이야기하지 않다가 열하에서 왕민호와 필담을 나눌 때 그 고사로 인용하고 있다.

이상에서 박지원이 복장에 관한 일화와 영상, 상마연, 하마연의 의식을 생략한 것은 『열하일기』의 표현 방법이 『수사록』과 다르다는 것을 보여주는 것이다. 게다가 노이점은 북경에 올 때 호타하를 지나오면서 자세하게 설명하고 있지만 박지원은 「곡정필담」에서 간단하게 언급하고 있다. 박지원이 호타하를 지날 때 이 부분을 생략한 것은 반복을 피하기 위한 것이라고 할 수 있다. 이처럼 『열하일기』와 『수사록』은 같은 내용이라도 표현방식과 풀이 방법이 조금씩 다르다는 것을 보여준다.

V
결론

노이점은 박지원과 함께 북경에 갔다 오면서 자신의 체험을 『수사록』에 기록해 두었다. 이와 관련하여 이 글은 노이점이 남긴 『수사록』을 분석하고, 『열하일기』와의 상호 대비를 통해 『수사록』의 특징과 『열하일기』가 놓친 여러 가지 사항을 살펴보았다. 이러한 목적을 달성하기 위하여 『노이점의 수사록 연구』라는 제목 아래에 '『열하일기』와 비교연구의 관점에서'라는 부제를 달았다.

구체적인 검토는 이미 목차에 제시한 것과 같이 구분하여 진행하였다. 이제 논의된 내용을 요약함으로써, 결론을 대신하고자 한다.

Ⅱ장의 「작자와 북경 기행록의 전통」에서는 다음과 같은 내용을 다루었다. '『수사록』의 작자'에서는 책의 제목과 연관된 '사(槎)'의 의미를 살펴보고, 동시에 박지원과 대립하는 사상을 가지고 있던 노이점의 성향을 부각시켜 살펴보았다. 뗏목을 뜻하는 '사(槎)'의 의미는 다양하게 해석될 소지가 있다. 장건이 대월지국을 다녀오면서 뗏목을 타고 강을 건넜기 때문에 외국에 사신으로 다녀올 때 썼던 단어이기도 하다. 하지만, 당시 일본을 다녀온 사행에 흔히 이 단어를

사용하였다. 일본의 경우, '사(様)'를 사용한 것은, 상대적으로 청을 비하하고 우리나라보다 문화적으로 못한 것으로 인식하고 이를 의도적으로 사용한 것으로 보인다.

노이점은 배청사상을 가진 인물이다. 그런데 그가 이러한 생각을 가지게 된 계기는 자신의 선조 의병활동과 관련이 깊다. 그의 선조 노응환과 노응탁은 임진왜란 당시 금산전투에서 왜구를 물리치기 위하여 조헌(趙憲)을 따라 순국하였다. 이러한 가족사와 조상들에 대한 추모의 정이 배청사상으로 나타났다. 이러한 노이점의 배청사상은 결국 명을 멸망시킨 청을 배척하는 것으로 나타났거니와, 이러한 존명사상과 배청사상이 『수사록』에 자연스럽게 표출되었다.

'1780년의 사은겸진하사(謝恩兼進賀使行)'에서는 당시 조정에서 청에 대한 외교문제를 두고 펼쳐지는 논의와 그 배경을 살펴보았다. 당시 조정에서는 배청숭명사상을 고수한 명분파와 청의 존재를 인정하자는 현실파가 대립하고 있었다.

그런데 열하까지 따라가서 변화하고 있는 중국의 정세를 첨예하게 인식한 박지원의 생각은 매우 현실적이었다. 반면 북경에 남아 있으면서 전통적인 화이론(華夷論)에 사로잡혀 있는 노이점은 경직된 명분론자와 흡사할 정도로 생각에 다른 것이 있었다. 당시 조선의 조정에서 있었던 격론만큼이나 둘의 인식과 내용은 대립적인 것이었다. 이는 청에 대한 조선 내부 지식인들의 대립과 그 인식의 차이를 대변하고 있다.

'북경 기행록의 전통과 『수사록』'에서는, 북경 기행록의 전통 속에서 『수사록』이 가지는 특성을 부각하고자 하였다. 북경 기행록과 조천록은 다 같이 중국을 다녀오면서 남긴 개인의 기록이지만 중국의 왕조가 명에서 청으로 바뀌면서 그 명칭을 달리한 것이다. 그런데 북경 기행록은 대체로 배청 의식이 주류를 이루고 있다. 이 글에서는 『수사록』이 전통 북경 기행록의 형식과 내용을 그대로 지니고 있다는 관점에서 살펴보았다. 반면 『열하일기』는 전통적 북경 기행록의 양식에서 이탈하여 보다 문학적인 성과를 이루어 낸 작품이라는 시각으로 살펴보았다.

『수사록』과 대비하여 보기만 하여도 확연히 다른 『열하일기』의 문학적 성과는 작자의 창작의도 자체가 다르기 때문에 생겨난 것으로, 좀 더 적극적으로 말한다면, 『열하일기』는 서사문학과 접맥될 수 있는 북경 기행록이라고 말할 수 있을 것이다.

Ⅲ장의 「『수사록』의 기록내용과 서술시각」에서는 '일정의 고찰'과 '주제별 기록내용', '서술시각의 특징'으로 나누어 살펴보았다.

'일정의 고찰'에서는 한양을 출발하여 북경에 다녀온 과정의 구체적인 날짜와 일정은 물론, 동시에 이 기간에 노이점이 몸소 겪은 체험을 중점적으로 살펴보았다. 특히 『수사록』의 경우, 출발에서 의주까지의 과정과 북경에서 돌아오는 일정을 고찰하는 것은 『열하일기』의 빠진 부분을 살펴봤다는 점에서 의의가 있다. 이에 대한 구체적인 의의는 '구성상의 비교'에서 다시 언급하였다.

'주제별 기록내용'에서는 노이점이 북경을 중심으로 이국에서 보고 느낀 풍속과 풍물을 고찰하였다. 이를 통하여 노이점이 이국의 어떤 풍물에 관심이 있었는지 구체적으로 파악할 수 있었다. 또한 「서관문답서」에서는 노이점이 박지원에게 들은 지전설(地轉說)의 구체적인 내용과 그 의미를 살펴보았다.

당시 노이점은 박지원이 말한 지전에 대하여 의아하게 생각하고 있었다. 하지만 노이점은 박지원의 기발한 생각에 자못 감탄하여 「서관문답서」를 지어 주었다. 「서관문답서」를 통하여 지전에 관한 이야기 이외에도 박지원이 큰 키에 술을 잘 마시며, 서양금도 꽤나 잘 연주했다는 사실도 함께 알 수 있었다. 이는 박지원의 인간적 면모와 그동안 알려지지 않았던 서양금과 관련한 정보를 제공하고 있어 박지원 창작본 『열하일기』를 판별하는데 단서를 제공할 수 있었다.

'서술시각의 특징'에서는 '배청숭명 사상에 입각한 서술'과 '북경기행의 일정', '사신의 업무', 그리고 궁금증과 부정확한 지식을 표현 한 것으로 나누어 살펴보았다. 노이점은 상방 비장으로 자신에게 부여된 본연의 임무를 『수사록』에서 밝히고 있거니와, 특히 사행의 일정을 소상히 밝히고 있는 데서 알 수 있다. 이러한 사행의 일정을 기록한 것 중, 영상과 하마연, 상마연 등에 관한 정보는 『열하일기』에 없는 언급이다. 더욱이 기존에 나온 바 있는 다른 '북경 기행록'보다 자세하다. 『수사록』 자체의 가치를 논하기 위하여 설명하였다.

Ⅳ장의 「『수사록』과 『열하일기』의 비교」에서는 크게 '구성상의 비교와 기록의 차이', '『수사록』과 대비해서 본 『열하일기』의 특징'으로 나누어 살펴보았다. '구성상의 비교와 기록의 차이'에서는 『수사록』과 『열하일기』의 구성형식과 일정의 흐름에 따라 기록된 사실들을 비교해 보았다.

전체의 일정을 모두 기록한 『수사록』을 통하여, 박지원이 북경에 체류했던 8월 21일부터 9월 16일까지의 일정 중에 몇 가지 일정을 밝힐 수 있었다. 박지원은 열하에서 북경으로 돌아온 8월 20일 이후의 일정을 쓰지 않고, 「황도기략(皇圖紀略)」이나 「알성퇴술(謁聖退述)」 같은 편에 북경에서의 견문을 기록하고 있다.

특히 『열하일기』의 비일기체 부분에 해당하는 작품편인 「황도기략」, 「알성퇴술」, 「앙엽기(盎葉記)」 등은 그 일정이 드러나지 않은 내용들이다. 이는 『열하일기』가 박지원에 의하여 의도적으로 재구성되었음을 시사하는 것이다. 특히 『열하일기』 일기체 부분은 천하의 대세를 전망하겠다는 의지와 감정 등이 전체를 구성하는 주요한 요소로 기능하고 있거니와, 박지원은 지나가는 장소마다 이런 점들이 잘 드러나도록 서사로 구성하고 있다. 일기체 부분에서 박지원이 천하대세를 전망하겠다는 의지를 표명할 때, 노이점은 무엇을 생각하고 있었는지를 '전체의 내용'부분에서 살펴보았다.

'열하기행'은 열하에 다녀온 박지원이 『열하일기』에 언급한 내용과 열하에 다녀오지 못한 노이점이 들은 이야기를 서로 비교하였다. 특히 '반선 6세와의 만남'에서는 박지원은 비교적 소상하게 자신의 생각을 담아 표현하고 있다. 박지원은 이 이야기를 비교적 긴장감있게 전달하고 있는데, 이에 대한 비교의 차원으로 노이점의 들은 이야기를 함께 살펴보았다.

'『열하일기』와 대비해서 본 『수사록』의 특징'에서는 '인물에 대한 묘사'와 '동일공간에서의 묘사', '노이점이 체험으로 본 『열하일기』로 나누어 설명하였다. 특히 '인물에 대한 묘사'에서는 『수사록』에서 노이점이 자주 언급하고 있는 박지원과 주명신, 서자 취만, 정계명 같은 사람들을 『수사록』에서 축출하여 소개하였다. 노이점과 박지원이 함께 동행한 여행이기 때문에 노이점은 언급한 인물과 그 구체적인 행동은 바로 『열하일기』의 보완물이 될 수 있다는 점에서 의

의가 있다. 특히 정사의 비장 주명신에 대해서는 노이점이 정사의 비장으로 북경에 갔다 왔기 때문에 매우 소상하게 기록하고 있다.

'동일공간에서의 묘사'에서는 노이점과 박지원이 북경에 가는 도중 함께 있었던 공간에서 있었던 일들을 뽑아 비교하였다. 방대한 내용을 다 살필 수 없기 때문에 중요한 지점을 선택하여 설명하였다. 구체적으로 압록강과 책문, 요양성, 심양, 청성묘, 광령성, 노하 같은 부분과 북경에서 함께 여행했던 날을 중심으로 살펴보았다. 북경으로 가는 도중에는 노이점과 박지원이 함께 다닌 적이 드물었지만 북경에서는 비교적 자주 함께 다녔다.

'노이점의 체험으로 본『열하일기』'에서는 노이점이 복장 때문에 겪은 고충을 '복장에 관한 일화'에서 살펴보았다. 그리고 조선 사람의 복장에 대해서 박지원이 어떤 내용으로 풀이하였는지 추적하였다. 노이점이 공식행사에 참여한 영상과 하마연, 상마연에 대하여서는 이미 앞에서도 언급한 것처럼『열하일기』의 형식과 연관이 있다는 관점에서 살펴보았다. 그리고 노이점이 호타하를 지나가면서 설명하고 있는 광무제의 고사를 박지원은「곡정필담」에서 어떻게 풀이하고 있는지에 대하여 살펴보았다. 노이점의 기록을 통하여 박지원의『열하일기』창작 방식의 일부를 되돌아 볼 수 있었다고 본다.

이와 같이 노이점은 박지원과 함께 북경에 다녀왔는데도 불구하고 동일한 사물이나 유사한 사건의 묘사에서 서로 차이를 보이고 있다. 이는 개인적 처지, 북경 기행 기록을 통해 자신이 나타내고자 한 방법, 서사의 수법, 북경 기행에 임하는 자세 등에서 차이가 난 결과라고 할 수 있다.

앞서 이미 본 바와 같이『수사록』은 기존 북경 기행록의 성격을 십분 수용하면서도 배청의식을 담고 있는 특징을 보여준다. 『수사록』은 당시 북경 기행의 사정과 다양한 정보를 사실적으로 전해주는 역할도 하여 1780년 기행을 풍부하게 이해할 수 있는 자료적 기능을 하고 있으며, 그때 있었던 북경 기행록의 전통과 변모를 밝히는 데도 일정한 역할을 하는 바 있다.

나아가 『수사록』의 존재는 『열하일기』의 문학적 가치와 성격을 보완하고, 새롭게 재해석할 수 있는 기반도 된다는 점에서 그 나름의 의미를 지닌다고 하겠다. 다시 말하면 『수사록』은 『열하일기』의 성격과 특징을 더욱 선명하게 하는데도 기여하고 있다. 『열하일기』의 서사방식과 그 문학적 가치는 『수사록』과 대비함으로써 보다 선명하게 부각할 수 있기 때문이다. 이는 『수사록』의 작품 가치를 부각시키는 부분이다.

【부록】

의주에서 연경까지의 노정 기록

압록강(鴨綠江) 5리(里), 소서강(小西江) 1리, [건천(乾川)] 중강(中江) 1리, 방피포(防陂浦) 1리, [건천(乾川)] 삼강(三江), 2리, 구련성(九連城) 15리, [숙소참에 성터가 있다. 합계 20리].

망우(望隅) 5리, 자음복이(者音福伊) 8리, 비석우(碑石隅) 2리, 마전파(馬轉坡) 5리, 금석산(金石山) 15리, [중화참(中火站), 합계 35리].

온주(溫州) 8리, 세포(細浦) 2리, 유전(柳田), 10리, 탕참(湯站), 10리, 성터가 있다. 총수참(葱秀山) 2리, [숙참(宿站), 합계 32리].

어용퇴(魚龍堆) 1리, 사평(沙坪) 2리, 혈암(穴巖) 8리, 상용산(上龍山) 5리, 책문(柵門) 10리, [중화참(中火站) 합계 28리, 이상은 노숙을 했던 참(站)이다.], 안시성(安市城) 10리, [봉황산(鳳凰山)에서 뻗어온 산기슭 높은 곳에 성터가 있다.]

진평(榛坪) 2리, 구책문(舊柵門) 8리, 봉황산(鳳凰山) 5리, 봉황성(鳳凰城), 10리, 합계 35리. 삼차하(三叉河) 10리, 건자포(乾者浦), 10리(중화참 합계 20리). 백안동(伯顔洞) 10리, 마고령(麻姑嶺) 10리, 송참(松站) 10리, 찰원(擦院)이 있다. 합계 30리.

소장령(小長嶺) 5리, 옹북하(瓮北河) 5리, [팔도하(八渡河)를 마지막으로 건넌 곳]. 대장령(大長嶺) 5리, 팔도하(八渡河), 14리, [중화참(中火站) 합계 29리]. 장항(獐項) 1리, 통원보(通遠堡) 29리, [숙참(宿站),

찰원(擦院)이 있다. 합계合 30리].

석우(石隅) 15리, 초하구답동(草河溝沓洞) 15리, [점심을 먹은 참(站) 합계 30리]. 분수령(分水嶺) 20리, 연산관(連山關) 10리, [숙참(宿站), 찰원(擦院)이 있다. 합계 30리].

회녕령(會寧嶺) 15리, 첨수참(甛水站) 25리 [숙참(宿站), 찰원(擦院)이 있다. 합계 40리].

청석령(靑石嶺) 20리, 대소석령(大小石嶺) 2리, 낭자산(狼子山) 18리 [숙참(宿站), 찰원(擦院) 합계 40리]

삼류하(三流河) 15리, 왕상령(王祥嶺) 10리, 석문령(石門嶺) 3리, 냉정(冷井) 10리, [점심을 먹은 참(站), 합계 38리]. 아미장(阿彌莊) 15리, [이 참(站)부터 북쪽을 향해서 간다.] 신요동(新遼東) 15리, [숙참(宿站), 찰원(擦院)이 있다. 합계 40리].

접관파(接官罷) (*廳) 17리, 방허소(防虛所) 8리, 삼도파(三道把_ 5리 [일명(一名) 난니보(爛泥堡), 점심을 먹은 참(站), 합계 30리], 연대하(烟臺河) 10리, 산요포(山腰鋪) 5리, 오리대(五里臺) 5리, 십리보(十里堡) 5리, [숙참(宿站), 찰원(擦院)이 있다. 합계 30리]

판교관(板橋館) (*鋪) 5리, 장성참(長盛站) 10리, 사하보(沙河堡) 5리, 폭교와(暴交哇) 10리, 화소교(火燒橋) 8리, 전장관(氈匠館) (*鋪) 2리, 백탑보(白塔堡) 10리. [점심을 먹은 참(站), 합계 50리]. 일소대(一所臺) 5리, 홍화포(紅花鋪) 5리, 혼하(混河) 1리, 번양성(潘陽城) 9리, [숙참(宿站), 합계 20리].

원당사(願堂寺) 5리, 탑원(塔院) 7리, 방사촌(方士村) 3리, 장원교(壯元橋) 1리, 영안교(永安橋) 14리, [점심을 먹은 참(站), 합계25리]. 쌍가자(雙家子) 5리, 대방신(大方身) 10리, 마도교(磨刀橋) 5리, 변성(邊

城) 10리 [숙참(宿站), 합계 30리].

신농점(神農店) 12리, 고가자(孤家子) 13리, [숙참(宿站)을 지나쳤다.] 주류하(周流河) 8리, 주류하보성(周流河堡城) 9리, [(숙참(宿站), 찰원(擦院)이 있다. 합계 42리. 여기부터는 서남쪽을 향하여 간다.]. 필자점(泌子店) 3리, 오도하(五道河) 2리, 사방대(四方台) 5리, 곽가둔(郭家屯) 5리, 신민둔(新民屯) 5리, 소황기보(小黃旗堡), 5리, 대황기보(大黃旗堡), 8리. [점심을 먹은 참(站), 합계 33리]. 유하구(柳河溝) 8리, 석사자(石獅子) 15리, 고성자(古城子) 10리, 백기보(白旗堡) 5리, [숙참(宿站), 찰원(擦院)이 있다. 합계 38리].

소백기보(小白旗堡) 10리, 일판교(一板門) 20리 [점심을 먹은 참(站), 합계30리]. 이도정(二道井) 20리 [숙참(宿站), 찰원(擦院)이 있다.] 숙은사[寂(*神)隱寺] 8리, 신점(新店), 22리 [점심을 먹은 참(站), 합계 30리]. 사자정(土子井) 1리, 연대(煙臺) 15리, 소흑산(小黑山) 4리 [숙참(宿站), 찰원(擦院)이 있다. 합계 20리].

양장하(羊腸河) 12리, 중안보(中安堡) 18리 [점심을 먹은 참(站) 합계 30리]. 우가벌(于家垡) 5리, 구참리(舊站里) 13리, 이대자(二臺子) 5리, 달자점(韃子店) 5리, 대우가자[大于(*小)家子] 3리, 신점(新店) 2리, 신광령(新廣寧) 7리 [숙참(宿站), 찰원(擦院)이 있다. 합계 40리」.

흥륭참[興隆站(*店)] 5리, 쌍하관(雙河館) 7리, 장진보(壯鎮堡) 5리, 상흥점(常興店) 2리, 삼대자(三臺子) 3리, 궁양역(宮陽驛) 15리 [점심을 먹은 참(站) 합계 37리]. 이대자(二臺子) 10리, 삼대자(三臺子) 5리, 사대자(四臺子) 5리, 오대자(五臺子) 5리, 육대자(六臺子) 5리, 십삼산(十三山) 10리 [숙참(宿站), 찰원(擦院)이 있다. 합계 40리].

삼대자(三臺子) 12리, 대릉하(大凌河) 14리, 구릉하참(九凌河站) 4리

[점심을 먹은 참(站), 일명(一名) 대릉하참(大凌河站)이라고 한다. 합계 30리]. 사동비(四同碑) 12리, 쌍연[(雙沿) (*雙陽店)] 10리, 소능하참(小凌河站) 8리 [숙참(宿站), 찰원(擦院)이 있다. 합계 30리].

소릉하교(小凌河橋) 3리, 송산보(松山堡) 17리 [점심을 먹은 참(站) 합계 20리], 행산점(杏山店) 18리, 십리하점(十里河店) 10리, 고교보(高橋堡) 8리 [숙참(宿站), 찰원(擦院)이 있다. 합계 36리].

탑산점(塔山店) 12리, 주사하(朱獅河) 5리, 탁라산점[卓 (*罩) 羅山店] 5리, 이대자(二臺子) 3리, 연산역(連山驛) 7리 [점심을 먹은 참(站), 합계 32리]. 오리하(五里河) 5리, 쌍석참(雙石站) 5리, 쌍석성(雙石城) 3리, 영녕사(永寧寺) 10리, 영원아(寧遠衙) 8리 [숙참(宿站), 찰원(擦院)이 있다. 합계 30리].

청돈대(青墩臺) 7리, 조장역(曹庄驛) 6리, 칠리파(七里坡) 5리, 오리교[五里橋(*驕)] 7리, 사하소(沙河所) 8리 [점심을 먹은 참(站), 합계 33리]. 건구대(乾溝臺) 3리, 연대하(烟臺河) 5리, 반랍점(半拉店) 5리, 망해점(望海店) 2리, 곡척하(曲尺河) 5리, 삼리교(三里橋) 7리, 동관역(東關驛) 3리 [숙참(宿站), 찰원(擦院)이 있다. 합계 30리].

이대자(二臺子) 5리, 육도하교(六渡河橋) 11리, 중후소(中後所) 2리 [점심을 먹은 참(站), 합계 18리]. 일대자(一臺子) 5리, 이대자(二臺子) 3리, 삼대자(三臺子) 4리, 사하점(沙河店) 8리, 엽가분(葉家墳) 7리, 구어하둔(口魚河屯) 2리, 구어하교(口魚河橋) 1리, 양수하점(兩水河店) 9리 [숙참(宿站), 찰원(擦院)이 있다. 합계 39리].

전둔위(前屯衛) 6리, 왕가대(王家臺) 10리, 왕제구(王濟溝) 5리, 고녕역(高寧驛) 5리, 송령구(松嶺溝) 5리, 소송령(小松嶺) 4리, 중전소(中前所) 11리 [점심을 먹은 참(站), 합계 46리]. 대석교(大石橋) 7리, 양

수호(兩水湖) 3리, 노계둔(老鷄屯) 2리, 오가점(五家店) 3리, 팔리보(八里堡) 10리, 산해관(山海關) 10리 [숙참(宿站), 城內찰원(擦院)이 있다. 합계 35리].

심하(深河) 3리, 홍화점(紅花店) 7리, 범가장(范家莊) 20리, 대리영(大理營) 10리, 왕가령(王家嶺) 3리, 봉황점(鳳凰店) 2리 [점심을 먹은 참(站), 합계 45리]. 망해점(望海店) 5리, 심하보(深河堡) 10리, 강자점(綱子店) 10리, 유관(楡關) 10리 [숙참(宿站), 무찰원(無擦院), 합계 35리].

영가장(榮家莊) 3리, 상백석보(上白石鋪) 2리, 하백석보(下白石鋪) 3리, 오가장(吳家庄) 3리, 무녕현(撫寧縣) 9리, 양하(羊河) 2리, 오리포(五里鋪) 3리, 노봉구(蘆峯口) 10리, 다붕암(茶棚菴) 5리, 배음보(背陰堡) 5리, [점심을 먹은 참(站) 합계 45리], 쌍망보(雙望舖) 5리, 요참(要站) 5리, 부락령(部落嶺) 12리, 십팔리보(十八里堡) 3리, 여조(驢槽) 13리, 만택원[滿(*漏)澤園] 3리, 영평부(永平府) 2리 [숙참(宿站), 찰원(擦院)이 있다. 합계 43리].

청능하(靑能河) 1리, 남허점[南墟(*坵)店] 2리, 낙하(灤河) 2리, 범가장(范家莊) 10리, 망해대(望海臺) 5리, 해하점[每河(*梅花)店] 8리, 야계둔(野鷄屯) 12리 [점심을 먹은 참(站), 합계 45리], 사하보(沙河堡) 8리, 사하역(沙河驛) 12리. [숙참(宿站), 찰원(擦院)이 있다. 합계 20리].

삼관묘[三(*王)官廟] 5리, 마포영(馬鋪營) 5리, [일명(一名) 칠가령(七家嶺)으로 옛날에 모자점(帽子店)이 있었다.] 신점포(新店鋪) 5리, 천하초[千河草(*店)] 5리, 신평점(新平店) 5리, 강중교[扛中(*牛)橋] 12리, 청룡교(靑龍橋) 7리, 진자점(榛子店) 1리 [점심을 먹은 참(站), 합계 40리, 이곳은 바늘을 주조하는 곳이다.], 철성감(鐵城坎) 20리, 소령하(小鈴河) 1리, 판교(板橋) 7리, 풍윤현(豊潤縣) 22리, [숙참(宿

站), 찰원(擦院)이 있다. 합계 50리]

조가점(趙家店) 2리, 장가점(蔣家店) 1리, 환하교[渙(*漁)河橋] 1리, 노가점(盧家店) 4리, 고려보(高麗堡) 7리, 초리점[草履店(草里庄)] 1리, 연계보(軟鷄堡) 10리, 다붕암(茶棚菴) 2리, 사하(沙河) 12리, [점심을 먹은 참(站) 합계 40리], 양수교(兩水橋) 10리, 양가점(兩家店) 5리, 십오리둔(十五里屯) 10리, 동팔리보(東八里堡) 7리, 용지암(龍池菴) 1리, 옥전현(玉田縣) 7리 [숙참(宿站), 성내(城內) 찰원(擦院)이 있다. 합계 40리]

서팔리보(西八里堡) 8리, 오리둔(五里屯) 5리, 채정교(彩亭橋) 3리, 대고수점(大枯樹店) 9리, 소자수점(小柘樹店) 2리, 봉산점(蜂山店) 8리, 나산점(螺山店) 2리, 별산점(鼈山店) 8리 [점심을 먹은 참(站), 합계 45리], 이리점(二里店) 2리, 현교[現橋(*渠)] 4리, 소교방(小橋坊) 2리, 어양교(漁陽橋) 14리, 계주성(薊州城) 5리 [숙참(宿站), 합계 27리]

오리교(五里橋) 5리, 방균점(邦均店) 25리 [점심을 먹은 참(站), 합계 30리], 백간점(白澗店) 12리, 공낙점(公樂店) 8리, 가장령(假家嶺) 1리, 석비(石碑) 9리, 호타하(滹沱河) 5리, 삼하현(三河縣) 5리 [숙참(宿站), 합계 40리]

조림장[棗林莊(*店)] 6리, 백부도(白浮圖) 6리, 신참(新站) 6리, 황두점[皇頭(*親)店] 6리, 하점(夏店) 6리, [점심을 먹은 참(站), 합계 30리], 유하둔(柳河屯) 6리, 마망핍[馬望(*已)乏] 6리, 연교포(烟郊鋪) 8리, 삼가점(三家店) 5리, 등가장(鄧家莊) 3리, 호가장(胡家莊) 4리, 습가장(習家庄), 3리, 백하(白河), 4리 [일명(一名) 중로하(中潞河)로 통하강(通河江)이다.], 통주(通州) 1리 [숙참(宿站), 찰원(擦院)이 있다. 합계 40리].

팔리교(八里橋) 8리, 양가갑(楊家閘), 2리, 관가장(管家庄), 3리, 삼간방(三間房) 3리, 정부장(定府庄) 3리, 대왕장(大王莊) 3리, 태평장(太平庄) 3리, 홍문(紅門) 3리, 십리보(十里堡) 2리, 팔리보(八里堡) 2리, 미륵원(彌勒院) 7리, 조양문(朝陽門) 1리 [황성(皇城) 동쪽 문이다. 합계 40리, 총 합계 2034리]

국문초록

『노이점의 수사록 연구』은 추산(楸山) 노이점(盧以漸, 1720~1788)이 쓴 『수사록(隨槎錄)』에 대한 연구이다. 이 책은 경북대학교 도서관에 소장되어 있는 필사본인데, 1980년대 초 남권희(南權熙) 교수가 처음으로 소개하였고, 이어 권연웅 교수에 의하여 표점으로 정리가 되었다. 노이점은 1780년 사은겸진하사행(謝恩兼進賀使行)의 일원으로 상방비장의 직함을 가지고 청(淸)나라에 다녀왔는데, 연암(燕巖) 박지원(朴趾源)과 함께 다녀왔다. 때문에 『수사록』과 『열하일기』는 서로 보완되는 내용이 있다.

노이점의 대중국관은 임진왜란과 관련이 있다고 할 수 있다. 5대조 형제가 임진왜란 때 금산전투에 참여하여 순국하게 되자, 노이점은 조선을 도운 명나라의 도움을 잊지 못했다. 이것이 계기가 되어 명나라를 멸망시킨 청나라를 미워했다. 그리고 그가 배청숭명(排淸崇明)을 주장한 것은 일정 부분 그의 가문의 내력과 관련이 있다고 할 수 있다.

노이점은 배청과 숭명 사상에 입각하여 만주인의 변발을 무시했으며 북학을 주장하는 박지원과도 입장을 달리했다. 결국 노이점의 『수사록』과 박지원의 『열하일기』는 대중국관을 두고도 입장 차이를 보이게 된다. 노이점이 편협한 시각을 가지기도 했지만 『수사록』에는 독특한 장점이 있다.

『수사록』은 『열하일기』가 놓친 일정을 보충하고 있다. 이를테면,

『수사록』은 출발하는 5월 25일부터 한양으로 돌아오는 10월 26일까지 기록을 남기고 있다. 하지만 『열하일기』에는 압록강을 건너는 6월 24일부터 시작하여 열하에 갔다가 북경에 돌아오는 8월 20일까지만 일기체로 기록하였다. 이후 북경에 체류했던 기간은 별도의 형식으로 표현하고 있다. 때문에 『수사록』을 통하여 『열하일기』에 빠진 북경 기행의 일정도 알 수 있다.

이밖에도 노이점의 독특한 시각을 통해 1780년 사행단의 분위기를 짐작할 수 있다. 『열하일기』 7월 15일자 내용을 보면 박지원은 조선 사신의 분위기를 상사(上士)와 중사(中士), 하사(下士)로 나누어 설명하고 있다. 상사는 변발을 했기 때문에 볼 것이 없다는 노이점, 중사는 구경보다 북벌을 해야 한다고 주장하는 주명신, 그리고 하사는 깨진 기왓장과 똥거름 같은 사소한 것에도 볼 것이 있다고 주장하는 박지원이라는 것을 알 수 있다.

여행 도중 노이점의 모습은 박지원에 의해 관찰되어 『열하일기』 곳곳에 나타나 있다. 『열하일기』 6월 24자 환갑이 넘어 군복을 갈아입고 스스로 멋쩍어 하는 노이점, 7월 11일 심양의 숙소에서 정사의 방으로 들어가 이야기하러 가는 노이점, 7월 26일 야계둔에서 우박을 맞고 공포에 떨던 노이점, 북경에서 황금에 갔다가 실망한 노이점 등을 묘사하고 있다.

노이점도 박지원의 여행 도중 모습과 인상을 언급하고 있다. 노이점은 박지원의 모습을 관중(管仲)에 비유하였고, 박지원이 서양금을 연주하면서 사람들에게 노래하게 했다는 것도 밝히고 있다. 그리고 박지원이 지구가 둥글고 돈다고 말하니, 노이점은 주자가 "하늘은 둥글고 땅은 네모지다."라고 한 말로 극구 반대하며 논쟁을 벌였지만 박지원의 열정에 감동을 받았다. 그리고 박지원이 과거를 포기했을 당시의 심정과 중국에 온 소회를 듣고, 박지원에게 「서관문답서」라는 글을 써준다.

노이점은 61세로 정사 박명원의 비장이었고, 박지원은 44세로 정사의 삼종동생으로 공식 직함은 자제군관이었다. 그리고 이들은 다 같이 정사 주변에 있었다. 노이점은 기실(記室)이라는 직함도 가지고 있던 것으로 보아 청나라 관원에게 보내는 공식문서를 작성할 때 참석하여 도왔던 것으로 보인다.

이 밖에도 『노이점의 수사록 연구』에서는 인물과 노정을 중심으로 노이점과 박지원이 기록한 내용을 서로 비교하였다.

노이점이 언급한 인물로는 박지원과 주명신, 취만, 정계명 같은 인물이 있다. 특히 노이점은 주명신이 정사의 비장(裨將)으로서 업무를 수행하는 모습이나 개인적인 특징도 자세히 기록하였다.

노이점과 박지원이 같은 공간에서 어떻게 다른 행동을 보여주었는지도 살펴보았다. 구체적인 노정으로는 압록강과 책문, 요양성, 심양, 청성묘, 노하, 북경 같은 곳이다. 이 중에 북경에서 노이점과 박지원의 활동을 비교하는 것은 특별한 의의가 있다. 왜냐하면 『수사록』에는 조선 사신의 일행이 열하에 갔다가 도착한 8월 20일 이후의 일정도 기록하고 있기 때문이다. 박지원은 『열하일기』에서 북경에 도착한 8월 20일 이후의 일정은 『황도기략』이나 『알성퇴술』 같은 편에서 일기체 형식이 아니 기사(記事)의 형식으로 정리하고 있다. 이 때문에 구체적인 날짜에 대해서는 알 수 없었다. 『수사록』을 살펴보면 노이점과 박지원이 만복사에서 오룡정, 고루, 국자감, 옹화궁 같은 곳을 같은 날 함께 다녔다는 것을 알 수 있다.

中文摘要

『盧以漸的隨槎錄研究』是對楸山盧以漸(1720~1788)的『隨槎錄』的研究. 這本書現藏於慶北大學校圖書館是1780年南權熙教授發現的, 後來權延雄教授以標點整理本出版了這部著作.

1780年爲祝賀乾隆70歲生日盧以漸以上房裨將的資格參加了謝恩兼進賀使行團. 當時『熱河日記』的作者燕巖朴趾源也去了這次行使. 所以『隨槎錄』跟『熱河日記』的內容可相互補充. 作者盧以漸主張排淸崇明跟家門的背景有關. 盧以漸對中國看法跟壬辰倭亂有一定關係. 他的五代祖兄弟在壬辰倭亂錦山戰鬪中殉國. 所以他不能忘記帮助過朝鮮的明朝. 因爲這个原因他也看不起滅明朝的淸朝. 在排淸崇明的基礎上, 盧以漸看不起滿洲人的辮髮, 而且不喜淸朝的統治. 這樣的態度和主張是跟北學派朴趾源不一樣的. 也可以說『隨槎錄』跟『熱河日記』的中國觀有不同之處. 『隨槎錄』可以對『熱河日記』沒有的內容作補充. 比如說在『隨槎錄』書中, 從5月25日到10月26日盧以漸記有每日的活動和見聞. 相反, 朴趾源在『熱河日記』中, 只寫了從6月24日到8月20日的內容. 所以了解其他的日程需要參考盧以漸的『隨槎錄』. 可以說1780年的燕行日程, 可以通過『隨槎錄』了解整个過程. 還有盧以漸的獨特視角, 可以了解1780年當時的使行團活動. 7月15日在『熱河日記』中, 朴趾源說明使行團想法分爲上士、中士、下士. 上士主張在中國燕行中沒有什么好看的. 因爲中國人的頭髮變成滿洲人的辮髮. 這只是盧以漸的看法. 在『熱河日記』中可以看到朴趾源眼中的盧以漸形相, 比如說6月24日在渡江之前換上武服以後, 自己感覺不好意思的盧以漸, 7月11日在瀋陽宿所找正使朴明源聊天的盧以漸, 7月26日在野鷄屯經歷冰雹後吓得發抖的盧以漸, 在北京找黃金臺以後失望的盧以漸等等.

盧以漸也在旅行中描寫了朴趾源的活動與印象. 盧以漸比喩朴趾源爲管仲, 描寫朴趾源一邊演奏西洋琴, 一邊讓同僚唱歌, 還提到朴趾源主張地球自轉和空轉. 當時盧以漸反對朴趾源的主張, 因爲朱子說"天圓地方", 可是他感受到了朴趾源的熱情, 所以寫了記錄當時談話的「西館問答序」給朴趾源. 在「西館問答序」中盧以漸描述過去朴趾源抛棄科擧的感懷, 還有來北京的感懷. 61歲的盧以漸是正使朴明源的裨將, 44歲的朴趾源是正使朴明源的三從弟弟. 兩个人都在正使的身邊. 盧以漸也有記室的公職職銜. 在『盧以漸的隨槎錄研究』中, 也比較了盧以漸和朴趾源在同一空間的行動. 比如說鴨綠江和柵門、遼陽城、瀋陽、淸聖廟、路河、北京的活動等等. 在北京滯留期間中, 考察『隨槎錄』和『熱河日記』的日程也有重要的意義. 因爲『熱河日記』當中沒有寫出來北京的日程, 可是朴趾源也去過萬福寺、五龍亭、鼓樓、國子監、雍和宮等等. 『熱河日記』的『黃圖紀略』和『謁聖退述』等篇, 朴趾源簡單敍述了他的旅行經驗.

綜合以上內容, 可以說要充分的了解『隨槎錄』, 須要讀『熱河日記』. 也可以說要充分地了解『熱河日記』也要讀『隨槎錄』.

참고문헌

1. 원전자료

盧以漸, 『隨槎錄』, 경북대학교 소장 고도서.
林其中 編, 『연행록전집』 41권, 동국대학교 출판부, 2001.
周命新, 『玉振齋詩稿』, 한국학중앙연구원 장서각 소장 고도서.
朴鍾赫, 『玉振齋詩稿』, 해제.
『연민문고소장 연암박지원작품 필사본 총서』, 문예원, 2012.
朝鮮王朝實錄.

金景善, 燕轅直指, 성균관대 대동문화연구원. 1960.
金時習, 梅月堂全集, 성균관대 대동문화연구원, 1973.
南公轍, 金陵集, 국학자료원, 1990.
朴齊家, 貞蕤集, 국사편찬위원회, 1974.
朴齊家, 楚亭全書, 아세아문화사, 1992.
朴宗采, 過庭錄, 필사본, 박지원 후손가장본.
柳得恭, 古芸堂筆記, 아세아문화사, 1986.
李奎報, 東國李相國集, 한국문집총간, 민족문화추진회.
李書九, 惕齋集, 보경문화사, 1986.
正　祖, 弘齋全書, 장서각, 1978.
洪敬謨, 冠巖遊史, 규장각.
洪大容, 湛軒書, 경인문화사, 1969.
홍대용, 『연기』
洪翰周, 智水拈筆, 아세아문화사, 1984.
萬頃盧氏族譜, 국립중앙도서관.
삼국연의, 인민문학출판사, 전언(前言), 2008.

갈진가評註, 『崔溥漂海錄』, 綫裝書局, 2002.
黃枝連, 『朝鲜的儒化情境構造』, 中國人民大學出版社, 1995.

2. 번역서와 저서

번역서

리상호 역, 『국역 열하일기』, 국립출판사, 1995.
『국역 열하일기』, 민족문화추진회, 1968.
『국역 청장관전서』, 민족문화추진회, 1978.
『연행록선집』, 민족문화추진회, 1967.
김동석, 『열하일기와의 만남 그리고 엇갈림, 수사록』, 성균관대학교 출판부, 2015.
김명호, 『국역 연암집』 1권, 민족문화추진회, 2005.
김명호, 『국역 연암집』 2권, 민족문화추진회, 2004.
김혈조 옮김·박지원지음, 『열하일기』, 1·2·3, 돌베개, 2009.
류샤오펑 지음·조미원외 2인 옮김, 『역사에서 허구로』, 길, 2001.
박종채著·김윤조譯, 『역주과정록』, 태학사, 1997.
박종채著·박희병譯, 『나의 아버지 박지원』, 돌베개, 1998.
박지원 작품집, 중국, 민족출판사, 1989.
박지원 지음·김혈조 옮김, 『그렇다면 도로 눈을 감고 가시오』, 학고재, 1997.
李翼成편역, 『박지원』, 한길사, 1992.
이규상 지음·민족문학사연구소 한문학분과 옮김, 『18세기 조선인물지』, 창작과 비평사, 1997.
李家源譯, 『熱河日記』, 「한국명저대전집, 熱河日記」, 대양서적, 1975.
이희경지음·진재교외옮김, 『설수외사』, 성균관대학교출판부, 2011.

저서

姜東燁, 『열하일기 硏究』, 일지사, 1988.
姜慧仙, 『박지원 散文의 古文 변용 양상』, 태학사, 1999.
金都鍊, 『한국 고문의 원류와 성격』, 태학사, 1998.

金明昊, 『박지원 문학연구』, 성균관대 대동문화연구원, 2001.
김명호, 『환재 박규수 연구』, 창작과 비평사, 2008.
金明昊, 『熱河日記 硏究』, 창작과비평사, 1990
김명호, 『연암 문학의 심층연구』, 돌베개, 2013.
김문식, 『조선후기경학사상연구』, 일조각1996.
김혈조, 『박지원의 산문문학』의 「박지원의 사유양식」, 성균관대학교 대동문화연구원, 2002.
金炳珉, 『朝鮮 中世紀 北學派 文學硏究』, 목원대 출판부, 1992.
金泰俊, 『홍대용 평전』, 민음사, 1987.
金泰俊·소재영 편, 『여행과 체험의 문학-중국편』, 민족문화문고 간행회, 1985.
閔斗基, 『中國近代史 硏究』, 일조각, 1986.
朴箕錫, 『박지원 文學硏究』, 삼지원, 1984.
朴熙秉, 朝鮮後期 傳의 小說的 性向 硏究, 성균관대 대동문화연구원, 1993.
朴熙秉, 韓國 古典 人物傳 硏究, 한길사, 1992.
朴熙秉, 한국의 생태사상, 돌베개, 1999.
宋載卲, 茶山詩 硏究, 창작과비평사, 1986.
유봉학, 燕巖一派 北學思想 硏究, 일지사, 1995.
유영봉, 고려문학의 탐색, 이회문화사, 2001.
劉婧, 『19~20세기 초 청대문인 편찬 조선 한시문헌연구』, 보고사, 2013.
李家源, 燕巖小說硏究, 을유문화사, 1965.
李敏弘, 한국 민족예학과 시가문학, 성균관대 대동문화연구원, 2001.
李佑成, 韓國의 歷史像, 창작과비평사, 1982.
이우성, 「한국 실학연구회 창립기념 발표회」, 1991.
李贄 지음·홍승직 옮김, 분서, 홍익출판사 1998.
李贄, 이지문집, 사회과학문헌출판사, 2000.
임기중, 『연행록 연구』, 일지사, 2006.
이춘희 『19世紀 韓·中 文學交流-李尙迪을 중심으로』, 새문사, 2009.
林熒澤, 『실사구시의 한국학』, 창작과비평사, 2000.
林熒澤, 韓國文學史의 논리와 체계, 창작과비평사, 2002.
林熒澤, 韓國文學史의 視角, 창작과비평사, 1984.

鄭珉 외 7인, 『北京 琉璃廠』, 민속원, 2013.
鄭玉子 외 지음, 『정조시대의 사상과 문화』, 돌베개, 1999.
陳在敎, 「한국서사양식의 층의와 변모」, 『동아시아 서사학의 전통과 근대』, 성균관대 동아시아학술원, 2001.
陳在敎, 『이조 후기 한시의 사회사』, 소명출판, 2001.
韓國實學硏究會, 『韓國實學硏究』, 솔, 1999.
앤드르 플랙스, 『동아시아 서사학의 전통과 근대』, 성균관대 동아시아학술원, 2001.
중국역사대사전 - 청사 상·하, 상해고적출판사, 1992.
戴逸 主編, 簡明靑史, 人民出版社, 1980.
蔣孔陽(김일평 역), 형상과 전형, 사계절, 1987.
정석근, 중국역대소설서발집, 인민문학출판사, 1996.
조규익·이성훈·전일우·정영문 엮음, 『연행록연구총서』 6, 학고방, 2006.
주응빈, 구경사임지, 대만중앙도서관인쇄 현람당총서총서, 1981.
黃枝連, 朝鮮的儒化情境構造, 중국인민대학출판사, 1995.
김진곤 편역, 이야기 小說 Novel - 서양학자의 눈으로 본 중국소설, 예문서원, 2001.
루사오펑 지음, 조미원·박계화·손수영 옮김. 역사에서 허구로: 중국의 서사학, 길, 2001.
황지연, 『朝鮮的儒化情境構造』, 中國人民大學校出版社, 1995.
후마 스스무[夫馬進], 옮긴이 하정식·정태섭·심경호·홍성구·권인용, 『연행사와 통신사』, 新書苑, 2008.
후지츠카치카시[藤塚鄰], 『秋史 김정희 또 다른 얼굴』, 아카데미하우스, 1994.
후지츠카치카시[藤塚], 윤철규·이춘구·김규선 옮김, 『秋史 金正喜 硏究』, 과천문화원, 2009.
『중국역사대사전-청사상』, 상해고적출판사, 1992.

〈논문〉

강민구, 「영조대 문학론과 비평에 대한 연구」, 성균관대학교 박사학위논문, 1997.權延雄, 노이점의 수사록: 해제 및 원문 표점, 『慶北史學』 22집,

1999. 8.

김남이, 「연암이라는 고전의 형성과 그 기원」, 『어문연구』, 2008.

김동석, 「호질연구」, 『한문교육연구』 14호, 2000.

김동석, 「열하일기의 象記에 수용된 華夷之分의 비유」, 『한문학보』 3집, 2000.

김동석, 「열하일기에 형상화된 공안파의 영향」, 『한문학보』 5집, 2001.

김동석, 「조선후기 연행록의 미학적 특질」, 『東方漢文學』 49輯, 2011.

김동석, 「『수사록』과 기타 자료를 통해 읽어보는 『열하일기』, 『大東漢文學』 34輯, 2005.

김동석, 「盧以漸의 『隨槎錄』에 관한 연구」, 한국한문학 27집, 2001.

김동석, 「『隨槎錄』 연구」, 성균관대학교 대학원 박사학위논문, 2002.

김동석, 「서울과 燕京學人의 神交와 그 양상」, 『漢文學報』, 우리한문학회, 2009.

김동준, 「韓國文集과 漢學硏究」, 『민족문화연구』 62집, 민족문화연구원, 2014.

김명호, 「동문환의 『한객시존』과 한중문학교류」, 『한국한문학연구』 26집, 한국한문학회, 2000.

김명호, 「1861년 熱河問安使行과 朴珪壽」, 『연행록연구총서』 7, 서울 : 하고봉, 2006.

김명호, 「海藏 申錫愚의 『入燕記』에 대한 고찰」, 『고전문학연구』 32집, 한국고전문학연구, 2007.

金都鍊, 夜出古北口記의 含蓄美와 意境, 『한국고문의 원류와 성격』, 태학사, 1998.

金都鍊, 古文의 文體硏究 – 燕巖體를 중심으로, 『한국학논총』 6집, 한국학연구

金柄珉, 「韓客巾衍集與淸代文人 李調元, 潘庭筠的文學批評, 『外國文學』 第6期, 2001.

金 새미오, 「연천홍석주의 연행과 그 의미」, 『동방한문학』, 2006.

김영진, 「연행록의 체계적 정리 및 연구 방법에 대한 試論」, 『大東漢文學』 34輯, 2011.

김영진, 「朴趾源의 필사본 小集들과 작품 창작년고증」, 『대동한문학』 23집, 2005.

김윤조, 「유만주가 본 박지원」, 『한국의 경학과 한문학』, 태학사, 1995.

金聲振, 「朝鮮後期 小品體 散文 硏究」, 부산대 박사논문, 1991.
金允朝, 「유만주가 본 박지원」, 『한국의 경학과 한문학』, 태학사, 1995
金允朝, 「燕巖의 '李夢直哀辭'에 대하여」, 『한문교육연구』 4호, 1990.
金血祚, 「燕巖集 異本에 대한 考察」, 『한국한문학연구』 17집, 1994.
金血祚, 「燕巖體의 成立과 正祖의 文體反正」, 『한국한문학연구』 6집, 1982.
金血祚, 「박지원의 산문문학, 성균관대 대동문화연구원, 2002.
南權熙, 「새로 발견된 노이점의 수사록에 대한 書誌的 硏究」, 『圖書館學論集』 23, 1995년 겨울호.
閔斗基, 「열하일기의 一硏究」, 『역사학보』 20집, 1963.
朴壽密, 「燕巖 박지원의 文藝美學 硏究」, 한양대 박사논문, 2000.
박준호, 「惠寰 李用休 文學硏究」, 성균관대학교 대학원 박사논문, 1999.
朴智鮮, 「金昌業의 老家齋燕行日記」, 고려대 박사논문, 1995.
朴現圭, 「조선 사신과 청조문사의 참된 우정과 필사록-菊壺筆談」, 『동방한문학』, 2005.
朴熙秉, 「박지원 사상에 있어서 言語와 冥心」, 『한국의 생태사상』, 돌베개, 1999.
宋載卲, 「박지원시 '海印寺'에 대하여」, 『한국한문학연구』 11집, 1988.
송병렬, 擬人體 散文의 發達樣相, 1977
송혁기, 「연암문학의 발견과 실학의 지적 상상력」, 『한국실학연구』 18, 2009.
송혁기, 「曺兢燮의 金澤榮 諸家文評 비판과 그 비평사적 의의」, 『동양한문학연구』 22집, 2006.
신익철, 「18세기 연행사와 서양 선교사의 만남」, 『한국한문학연구』 51집, 2013.
신두환, 「朝鮮 使臣들의 詩文에 나타난 '醫巫閭山'의 이미저리 연구」, 『한국학논집』 38집, 2014.
안대회, 「초정 박제가의 연행과 일상 속의 국제교류」, 『동방학지』, 2009.
안대회, 「조선 후기 燕行을 보는 세 가지 시선」, 『한국실학연구』 19권, 한국실학학회, 2010.
안대회, 「박제가 이해의 새 이정표」, 『민족문학사연구』 42집, 민족문학사학회, 2010.
吳壽京, 「18세기 서울 文人知識層의 性向」, 성균관대 박사논문, 1990.
李家源, 「『燕巖集』 逸書·逸文 및 附錄에 대한 小考」, 『국어국문학』 39·40합병

호, 1968.

李君善, 「金昌業 燕行日記의 敍述視角과 手法에 관한 考察」, 성균관대 석사논문, 1997.

李東歡, 「'夜出古北口記'에 있어서의 燕巖의 自我」, 『한국한문학연구』 8집, 1985.

李東歡, 「燕巖의 思惟様式」, 『한국한문학연구』 11집, 1988.

李明學, 「한문단편 작가로서의 安錫儆」, 『이조후기 한문학의 조명』, 1983.

李明學, 「北伐論과 비판의식」, 『대동문화연구』 25집, 1990.

李佑成, 「虎叱의 作者와 主題」, 『창작과 비평』 11호, 창작과비평사, 1968.

이종호, 「삼연 김창흡의 시론에 관한 연구」, 1991.

李篪衡, 「洪湛軒의 經學觀과 그의 詩學」, 『한국한문학연구』 1집, 1976.

李學堂, 「열하일기 中에 筆談에 관한 研究」, 성균관대 석사논문, 2000.

李炫植, 「燕巖 박지원 文章의 研究」, 연세대 박사논문, 1993.

이군선, 「冠巖 洪敬謨의 中國文人과의 交遊와 그 意義」, 『동방한문학』, 2003.

이승수, 「고려말 對明 使行의 遼東半島 경로 고찰」, 『漢文學報』 20집, 우리한문학회, 2009.

李佑成, 「燕巖 熱河日記내의 虎叱의 作者와 問題」, 『창작과 비평』 11호, 1968년 여름호, 1995.

이의강, 「磻溪 柳馨遠의 부안 愚磻洞 은거를 전후한 한시 작품의 정서」, 『한문고전연구』 26집. 한문고전학회, 2013.

이춘희, 「藕船 李尙迪과 晩淸 文人의 文學交流 研究」, 서울대학교 박사학위논문, 2005.

임준철, 「대청사행의 종결과 마지막 연행록」, 『민족문화연구』 49호, 2008.

임준철, 「18세기 이후 燕行錄 幻術記錄의 형성배경과 특성」, 『한국한문학』 47집, 2011.

엄경흠, 「鄭夢周와 權近의 使行詩에 表現된 國際關係」, 『한국중세사연구』 16호, 한국중세사학회, 2004.

원재연, 「17~19세기 연행사의 북경 내 활동공간 연구」, 『동북아역사논총』, 26호, 2009.

劉婧, 「帥方蔚이 편찬한 『左海交游錄』과 19세기 한중문인들의 문화교류」, 『淵民

學志』 第15輯, 2011.
정후수, 『추사김정희논고』, 한성대학교 출판부, 2008.
주응빈, 『구경사임지』 4권, 대만중앙도서관인쇄 『현람당총서』 총서, 1981.
진재교, 「18세기 조선조와 청조 학인의 학술교류」, 『고전문학연구』 23집, 고전문학회, 2003.
진재교, 「18~19세기 초 지식·정보의 유통 메커니즘과 중간계층」, 『대동문화연구』 68집, 대동문화연구원, 2009.
진재교, 「18·9세기 동아시아와 知識·情報의 메신저, 역관」, 『한국학문학연구』 47집, 한국한문학회, 2011.
林熒澤, 「18세기 藝術史의 視角」, 『이조후기 한문학의 재조명』, 창작과비평사, 1983.
林熒澤, 「이조말 지신인의 분화와 문학의 희작화 경향」, 『전환기의 동아시아 문학』, 창작과비평사, 1985.
林熒澤, 「實學思想과 現實主義 文學」, 『제4회 동양국제학술회의 논문집』, 성균관대 대동문화연구원, 1991.
林熒澤, 「實學派 文學과 漢文短篇」, 『한국문학연구입문』, 지식산업사, 1981.
林熒澤, 「燕巖의 認識論과 美意識」, 『한국한문학연구』 11집, 1988.
林熒澤, 「燕巖의 主體意識과 世界認識-『열하일기』 分析의 視角」, 『제3회 동양학국제학술연구회의 논문집』, 성균관대 대동문화연구원, 1985.
黃元九, 「『燕行錄選集』 해제」, 동국대 출판부, 2001.
楊通方, 「근대 전야 한·중지식인과 동북아시아」, 명지대학교 국제한국학 연구소, 2002.
천금매, 『海隣尺素』 연구, 연세대학교 대학원, 2008.
천금매, 『18~19世紀 朝·淸文人 交流尺牘 硏究』, 延世大學校 大學院, 2011.
한명기, 「병자호란 직후 조선지식인의 청나라 이해」, 명지대학교 국제한국학연구소, 2012.
허권수, 「燕巖의 北京에 대한 認識의 한계」, 『한문학보』 19집, 우리한문학회, 2008.
허권수, 「연천 홍석주가의 학술과 문예」, 『한문학보』 15권, 우리한문학회, 2006.
허경진·천금매, 「『燕槎錄』을 통해본 鄭元容과 淸朝 文士들의 문화교류」, 『동북

아문화연구』 19집, 2009.
허경진, 『출판저널』, 한국과학기술정보연구원(KISTI), 대한출판문화협회, 324권 0호, 2002.

중국논문

錢志熙, 「從≪韓客詩存≫看近代的韓國漢詩創作及中韓文學交流」, 『韓國學論文集』 第9集, 黑龍江朝鮮民族出版社, 2002.
王振忠, 〈琉璃廠安徽商程嘉賢與朝鮮燕行使者的交往〉, ≪田籍與文化≫, 2005.
琴知雅, 「朝鮮申緯的 ≪奏請行卷≫ 研究」, 『韓國學論文集』 第9集, 黑龍江朝鮮民族出版社, 2002.

찾아보기

ㄹ

ㅁ

ㅂ

ㅇ

한중문화교류연구총서를 기획하면서

한자(漢字)는 전근대까지 동아시아에 공용되던 문자였다. 따라서 한국 한문학은 한국 내에서 지어진 한문학인 동시에, 동아시아 어디에서나 읽혀지던 문학이었다. 한자는 요즘에 세계 공용어라는 영어보다도 훨씬 더 국제적이고 보편적인 문자였으며, 한문학은 영문학보다 상대적으로 훨씬 더 많은 독자를 지니고 있었다. 우리나라 시골에 있던 선비들도 중국의 시문집을 원문 그대로 자연스럽게 읽었으며, 이들이 지은 글도 기회만 있으면 중국에서 읽힐 수 있었다. 교통과 통신, 그리고 무역이 불편했던 당시 상황을 고려해본다면, 중국의 최신 문학이 상당히 빠른 속도로 우리나라에 들어왔으며, 많은 지식인 작가들이 중국의 문학 흐름에 민감하였다.

그렇지만 이삼십년 전까지 한국 한문학을 연구하는 분들이 대부분 한국 한문학을 중국 문단과 떼어놓고 따로 연구하는 경향이 강했다. 그랬기에 비교문학이라는 범주가 따로 있었던 것이다. 한국 한문학의 작가들은 어릴 때부터 유학의 기본 경전과 중국 작품을 읽으면서 자랐고, 구체적으로 중국의 한 작가를 좋아하여 그의 작품을 주로 배우고 영향받은 경우도 많았다. 이렇게 따진다면, 한국 한문학의 작가들은 모두 비교문학의 대상이 될 수도 있을 것이다. 그러나 이제는 비교문학 이상의 차원에서 연구를 진행할 필요가 있다.

중국 시집이 조선에 유입되어 독자들에게 널리 읽힌 것은 당연하게 여겨지지만, 임진왜란 직후에 명나라 문인 오명제와 조선 비평가 허균이 함께 편집한 『조선시선』이 중국에서 간행된 이래, 조선 문인들의 시선집도 몇 차례 청나라 문인에게 보내져 비평을 받았다.

박제가, 이덕무, 유득공, 이서구 등 후사가의 시선집인 『한객건연집(韓客巾衍集)』이 1776년에 유금(柳琴)을 통해 청나라 문단에 소개되었다가 높이 인정을 받고 다시 조선 문단에서도 관심을 끌자, 그 다음 세대였던 역관 6명이 자신들의 시 235수를 모아 『해객시초(海客詩鈔)』라는 시선집을 편집하고 청나라 문장가 동문환(董文渙)에게 보내어 평을 구했다. 이 책에 실린 역관 이용숙, 김병선, 강해수, 김석준, 변원규, 최성학은 모두 청나라에 널리 알려진 역관 시인 이상적(李尙迪)의 제자들인데, 이들은 평소에도 청나라에 드나들며 많은 시인들과 사귀었다. 이들은 동문환이 1862년부터 『한객시록(韓客詩錄)』을 편찬하고 있다는 소식을 들었으므로, 이용숙이 1871년에 자문(咨文)을 가지고 북경에 갔던 길에 그를 찾아가서 『해객시초』를 전해 주면서 비평을 부탁하였다. 내가 미국 하버드대학 옌칭도서관에서 발견한 이 책에는 동문환의 평이 덧붙어 있다. 나는 이 책이 조청(朝淸) 문학교류의 중요한 단서가 될 것이라고 생각했기에 석사논문을 지도받는 중국인 유학생 유정에게 논문 주제로 내주었는데, 『해객시초 연구』로 석사학위를 받은 유정은 박사과정에서 청나라에서 편찬 출판된 조선시문집을 주제로 박사학위를 받았다.

나는 대학원 박사과정에서 학위논문을 지도한 중국 유학생 제자들에게 출신학교의 특성에 따라 논문 주제를 주었으며, 이들이 쓰는 논문은 사실상 나와 공동작업의 성격을 지니고 있다. 시간이 되면 내가 논문으로 쓰고 싶었던 주제를 그들에게 나누어 주었으며, 자료도 함께 수집하였다. 이들이 학위를 받은 뒤에 중국으로 돌아가서 어느 기관 어느 직분에서 연구를 계속하건, 이들과 교류를 계속하면서 공동연구를 할 생각이었다.

최근에 『연행록전집』이 나왔지만, 아직도 많은 자료들이 남아 있다. 최초로 바닷길을 통해 명나라에 사신으로 다녀왔던 안경(安璥)이 기록한 『가해조천록(駕海朝天錄)』은 제목만 보더라도 말을 타고 가야할 중국길을 배를 타고 갔다는 뜻이 나타나 있는데, 나는 이 책을 외국 도서관에서 찾아냈다. 이 책 경우에는 배를 타고 다녀왔다는 사실 자체가 당시 조선과 명나라, 후금(後金, 후일 청나라) 3국의 정치역학관계를 잘 보여줄 뿐만 아니라, 떠나는 배마다 파선되어 사신으로 임명되는 것을 기피했던 현상, 명나라 관원들의 기강이 무너져 부정부패가 극심했던 상황 등이 사실적으로 그려져 있다. 연행록 한 편만 가지고도 글로벌 한국학의 연구를 할 수 있다.

곽미선(중국 연변대) 교수의 『김택영의 망명시기 문학활동연구』(2010), 천금매(중국 남통대) 교수의 『18-19세기 조청문인 교류척독연구』(2011), 유정(이화여대 중문과) 교수의 『19-20세기초 청인 편찬 조선한시문헌연구』(2011) 등이 계속 학위논문 심사에 통과하여 박사학위를 받고 본격적으로 학자로서의 출발을 하게 되자, 이들의 연구성과를 모아 한중문화교류연구총서를 간행하여 학계에 알려야 할 단계가 되었다. 나와 관련된 여러 대학의 젊은 학자들도 박사논문의 총서 편입을 요청해와, 총서의 목록이 곧바로 열 권 가까이 접수되었다. 글로벌 한국학 시대가 되면서 한중문화교류연구총서에는 더욱 알찬 연구성과가 축적될 것이라 기대된다. 마침 연세대학교에 미래융합연구원이 발족하면서, 글로벌한국학연구센터가 문을 열게 되었다. 앞으로는 외국의 박사학위논문도 받아들여, 글자 그대로 한중문화교류가 이 총서를 통해 활성화되기를 바란다.

2013년 7월

글로벌한국학연구센터에서 허경진

저자 김동석(金東錫)

성균관대학교에서 「수사록연구–열하일기와 비교의 관점에서」로 박사학위를 받았다. 『열하일기』를 비롯하여, 외교사절로 청나라에 파견 다녀온 조선 사신들의 중국 여행기(연행록)에 주목하여, 당대 동아시아 문명·문화 교류의 지형을 꾸준히 연구해왔다. 베이징대 한국학연구소에서 연구학자로 지내며 가까이서 중국의 실체를 보고 들었다. 번역서와 다수의 논문이 있다. 근래에는 『열하일기와의 만남 그리고 엇갈림, 수사록』이라는 번역서를 출간하였다.

tongxi@hanmail.net

노이점의 수사록 연구

열하일기와 비교연구의 관점에서

2016년 6월 9일 초판 1쇄 펴냄

지은이 김동석
펴낸이 김흥국
펴낸곳 도서출판 보고사

등록 1990년 12월 13일 제6-0429호
주소 경기도 파주시 회동길 337-15 보고사 2층
전화 031-955-9797(대표), 02-922-5120~1(편집), 02-922-2246(영업)
팩스 02-922-6990
메일 kanapub3@naver.com / bogosabooks@naver.com
http://www.bogosabooks.co.kr

ISBN 979-11-5516-552-2 94810
979-11-5516-040-4 세트

정가 20,000원

이 도서의 국립중앙도서관 출판예정도서목록(CIP)은 서지정보유통지원시스템 홈페이지(http://seoji.nl.go.kr)와 국가자료공동목록시스템(http://www.nl.go.kr/kolisnet)에서 이용하실 수 있습니다.(CIP제어번호: CIP2016012095)